U0041749

艾迪・弗林
系列 2

# 騙局

# THE PLEA

STEVE CAVANAGH

史蒂夫・卡瓦納——著

聞若婷——譯

# 媒體書評與各方推薦

非常傑出、有意思的開頭，層層堆疊的緊張情緒，引領讀者走向壯觀的高潮。這傢伙眞材實料，相信我。

——英國驚悚小說天王 李・查德

小說完美地結合了作者對法律的權威，並且絕對驚險刺激。這種精巧的書很少出現。

——美國暢銷作家 麥可・康納利

極具娛樂性……對於喜歡法律驚悚小說中包含密室元素的讀者來說，這絕對是完美之作。

——《出版者週刊》，星級書評

卡瓦納快節奏、令人緊張刺激的法律驚悚小說，以出乎意料的轉折抓住約翰・葛里遜和麥可・康納利的書迷。

——《圖書館雜誌》，星級書評

令人討厭的、邪惡的、無情的——這就是我們喜歡法律小說的經典元素。《騙局》完全符合要求……法庭劇中的審訊令人印象極爲深刻。

——《紐約時報書評》

當你跟著卡瓦納深入劇情，會開始困惑到底是誰在控制誰……一些驚人的瞬間，例如被用手機操控的汽車追逐戰，加上驚心動魄的密室，和少了警察的辦案過程……動作場面和法庭劇的喧騰使這一切值得一看。

——《書目雜誌》

你可以毆打他、逮捕他的妻子、嘗試用炸彈炸死他，但你絕對不能試圖欺騙騙子……完美的法庭審判、引人入勝的人物、華麗又扭曲的情節、懊悔但充滿希望的英雄——這樣的組合還能有什麼問題？……非常值得閱讀。

——《科克斯書評》

生氣勃勃、聰明、讓人享受……不間斷的行動，只有在法庭審判才會被中斷。

——《泰晤士報》

《騙局》讀起來就像埃爾莫爾·倫納德和約翰·葛里遜的綜合體，但又自成一格。

——英國《金融時報》

卡瓦納的法庭曲折和場外動作場面融合在一起，令人震撼，超乎預期，並且完全不落俗套……卡瓦納擁有不斷提升張力的特殊才能，塑造出艾迪·弗林如此出彩的角色，有麥可·康納利筆下米奇·海勒的風采，但弗林更具其獨特性。《騙局》絕對是你必讀的小說，可讓你固定在座位上，隨著翻頁的動作沉浸書中。

——《神祕場景》雜誌

快節奏、俯衝，街頭喧囂的冒險……非常適合在飛機上閱讀。

——《紐約時報》犯罪小說俱樂部

如果你不看法庭劇，這部絕對是例外。書中充滿了機智的反轉和交易。一流的故事講述方式……上乘之作，讓人「直到讀完書前，都不會改變肌肉動作」。

——Northern Crime

簡而言之，《騙局》將是你今年閱讀過最有趣的書之一。

——愛爾蘭驚悚大師、《失物之書》作者 約翰·康納利

精心製作的法律驚悚小說，結合了經典的密室謎團。艾迪·弗林正迅速成爲我最喜歡的小說英雄之一，而卡瓦納則是我最喜歡的驚悚小說作家之一。

——S.J.I. Holliday, author of *Black Wood*

《騙局》中的主角艾迪・弗林，簡直是雷蒙・錢德勒創造的名偵探菲力普・馬羅，和麥可・康納利筆下的辯護律師米奇・海勒的綜合體，再加上一點吉姆・湯普森《致命賭局》的味道。精彩的內容和出色的主角，注定讓這本犯罪小說成為討論度最高的作品之一。

——Howard Linskey, author of *The Search*

獻給崔西

# 三月十七日，星期二
# 晚上七點五十八分

我以為所有人都死了。

我錯了。

哈蘭與辛頓律師事務所的辦公室，佔據萊特納大樓的三十七樓。這間律師事務所二十四小時不休息，在紐約是規模數一數二的大公司。正常情況下，這裡的燈整天都開著，不過入侵者在兩分鐘（或更久）之前切斷了電源。我的背很痛，嘴裡有血味，還摻雜著猶在地毯上到處亂滾的空彈殼所散發的焦酸味。一輪肥大的滿月照亮一縷縷幽魅的煙絲，它們似乎是從地板浮出來的，又在我剛瞥見時就消散無蹤。我的左耳感覺像灌滿了水，但我知道這只是槍擊聲所導致的暫時性失聰。我的右手握著一把沒有子彈的公家配發克拉克十九，最後一發子彈埋在我腳邊死去男人的身體裡，他的腿跨在身邊另一具屍體的肚子上。在那奇妙的一瞬間，我醒悟到會議室地上的所有屍體似乎都在朝彼此延伸。我沒看向任何一個人，我不忍心看到他們死去的臉。

腎上腺素威脅要擠扁我的胸腔，我的呼吸短促而粗重，每一下都必須奮力突破這股緊縮感。冷風從我後方的破窗灌進來，開始吹乾我頸後的汗水。

牆上的數位時鐘顯示八點整的時候，我看見我的殺手。

我看不清對方的臉或甚至是身體；它是個影子，躲在會議室的漆黑角落裡。時代廣場上空炸開的煙火，將綠色、白色、金色的光以奇特的角度送進室內，在片刻間照亮一把小手槍，它被一隻貌似虛幻、戴著手套的手給握住。那是一把儒格LCP。雖然我看不見對方的臉，這把槍卻告訴我許多事。那把儒格槍裡裝著六發九毫米子彈。它的體積小到能塞進掌心，重量比一塊上好的牛排還輕。雖然這是很有效的武器，卻缺乏一般規格手槍所具備的阻擋能力。任何人使用這武器的唯一理由，就是要隱瞞他們有帶武器的事實。對大部分執法機關而言，這把小槍是受歡迎的備用武器——它小到可以藏在零錢包裡，也可以輕易地藏進量身訂做的西裝口袋，而不會破壞外套的曲線。

我的腦中蹦出三種可能。

三個槍手人選。

別想說服任何一人放下手槍。

想想這兩天來我在法庭上的表現，那三個人都有充分的理由殺我。我對於那人可能是誰有個想法，不過在這當下似乎並不重要。

十四年前，我金盆洗手，不再從事詐騙。我從騙子艾迪．弗林變成了律師艾迪．弗林。我在街頭學到的技巧輕輕鬆鬆地就轉而應用在法庭內。我不再誆騙賭區經理、組頭、保險公司和藥頭，現在我把那些技巧施展在法官和陪審團身上。但我從未騙過委託人。直到兩天以前。

儒格槍管對準我的胸膛。

這最後一場騙局將奪走我的性命。

我閉上眼睛，感覺異常平靜。事情不該如此發展的，這最後一口呼吸不知怎麼感覺就是不對勁。我感覺自己好像被耍了。即使如此，我的肺裡還是灌飽了槍枝擊發後久久不散去的煙硝和金屬味。

我沒聽到槍聲，沒看到槍口火光一閃，或是往後縮。我只感覺到子彈鑽入我的皮肉。從我接受協議的那一刻起，這致命的一槍便無可避免。我怎麼會走到這一步呢？我心想。

是什麼協議導致我吃子彈？

跟多數事情一樣，這件事的開端很微小。一切都從四十八小時前，一根牙籤和一枚硬幣開始。

# 1

## 三月十五日，星期天
## 槍擊前四十八小時

我把鑰匙插入鎖孔。

我僵住了。

事情不太對勁。

這棟有著桃花心木大門的四層樓沙岩建築，看起來就跟西四十六街這頭的其他建築沒什麼兩樣，整棟樓房裡有五間辦公室，包括我的個人律師事務所。這附近有酒吧、麵館、高級餐廳、會計師事務所和私人內科診所，愈往百老匯走，辦公室就愈漂亮。我這棟建築的木板大門大約在一個月前漆成了藍色，門的內側傲人地鑲著手工裁製的鋼板——這是個小驚喜，專門保留給以爲可以踹破木板，並從內側把門鎖打開的不速之客。

這一區的治安可想而知。

關於門鎖，我並沒有太多經驗。我不會攜帶開鎖工具；我根本沒用過，即使在我行騙的那段人生中都沒有。我和許多騙子不一樣，我不拿紐約的一般居民當目標，我的目光放在活該被扒口袋的那種人身上。我最愛的目標是保險公司，愈大尾愈好。在我看來，他們是世界上最大的詐騙集團。偶爾也要讓他們的口袋被人搜刮才公平。要騙保險公司的錢，我不需要闖入虎穴，只要確保他們邀請我進去即可。我的花招不完全靠嘴上功夫，也有實質上的技法來支援。我花了多年時間鑽研巧妙手法。我父親是箇中翹楚，是專精酒吧和地鐵的高手。我向他學藝，逐漸培養出靈巧的手感：我對重量、觸感和細微動靜非常敏感。我父親稱之爲「巧手」。正是這種精細微調過的感官能力告訴我事情不對勁。

我把鑰匙從鎖孔抽出來。插回去。再抽出來。重複。

這動作比我記憶中來得安靜而順暢。沒那麼多清脆碰撞聲，沒那麼大的阻力，不需要施加那麼大的力氣。我的鑰匙幾乎自己滑了進去，像是通過鮮奶油。我查看鑰匙齒；它們就像新打的鑰匙一樣堅硬而銳利。鎖面是標準的雙鎖心單閂鎖，鎖孔周圍有許多刮痕，這讓我想起樓下辦公室開旅行社的傢伙，他喜歡在早上的咖啡裡加波本酒。我有幾次聽過他拿鑰匙亂戳一通，某天早晨我在大廳和他擦身而過，差點沒被他的口臭熏昏。換作一年前，我根本不會注意到，我會跟那個旅行社老闆一樣醉醺醺。

鎖面上的刮痕暫且不論，鑰匙進出鎖孔的觸感絕對有明顯的改變。要是房東換了鎖，我的鑰匙應該根本不能用才對。鎖頭或鑰匙都沒有散發明顯可辨的異味，鑰匙摸起來也是乾的。要是有人往鎖孔裡噴了除鏽潤滑劑，我會聞得出來。事實上，只有一種解釋說得通：自從我早上離開辦公室之後，有人把鎖硬撬開過。星期天待在辦公室對我來說是必要之惡，因爲我現在以它爲家。我已經負擔不起又租公寓又租辦公室的租金了，而在辦公室後側的小房間擺一張摺疊床解決了我的所有問題。

房東付不起裝防盗系統的錢，我也一樣，但我仍然想採取某種安全措施。這道門是往內開的，我把門微微推開一公分，看到右側門框（門鎖這一側）挖空的地方嵌著一角硬幣，門的厚度能遮住硬幣的一半，防止它掉到門階上。晚上我出去買吃的之前，在門框和門的間隙塞了一枚硬幣，卡在門框上被我用摺疊刀挖出的圓形淺槽裡。如果有人侵入這棟建築又不希望我發現，他會聽到硬幣掉落的聲音，識破我的伎倆，並謹慎地把硬幣放回原位。我的用意是希望侵入者把注意力都放在硬幣落地製造的聲響和動靜上，因而沒能注意到在門的另一側，有一根牙籤精確地插在第一個鉸鏈上方二十五公分的位置。

不論這天晚上入侵的人是誰，他都精明到把硬幣放回去，卻忽略了牙籤，它在門階上。

這棟樓的五間辦公室有另外三間租出去了：正在經歷清算之痛的旅行社、我還沒在附近見過的財務顧問，以及喜歡去客人家拜訪、看起來賊頭賊腦的催眠師。他們大致上是朝九晚五的公司，或者就旅行社老闆和催眠師的情況而言，是朝十一晚三。他們星期天絕對不會進公司，更絕對不會費心把硬幣放回去。如果是我的鄰居，他們會把硬幣收進口袋，然後就忘了這回事。

我扔下手中的報紙彎腰去撿。在半蹲的姿勢下，我決定重新綁鞋帶。左邊沒有人。右邊沒有人。

我轉過身綁另一邊的鞋帶，趁機掃視街道對面。還是沒有人。街道左端一段距離外有兩、三輛車，但都是老舊的進口車，擋風玻璃一片霧白；它們絕不可能是監視車輛。我右側的對街有一對男女挽著手走進沙漏酒館，是趁表演開始前填飽肚子的劇場迷。我搬來這裡後去過那間酒館兩次，兩次都吃了龍蝦義大利餃，兩次都成功對啤酒雞尾酒驚喜包說不，每當吧檯後方牆上的巨大沙漏翻轉時，驚喜包的內容就會跟著改變。對我來說，戒酒仍然處於「戒一天是一天」的階段。

我關上大門，拾起門階上的報紙，豎起衣領保護我的脖子抵禦冬天的寒風，然後開始走路。我在行騙的人生中樹立很多敵人，當上律師後又讓名單加長了一些。我想這些日子以來，小心駛得萬年船。我沿著三個街區繞了一圈，用上我所知道的所有反監視技巧：隨機拐進小巷，突然小跑後彎過轉角，之後再大幅度放慢速度，利用車窗和公車站的壓克力廣告牌查看倒影，不時突然停下來或是迅速轉彎再原路折返。我開始覺得有點愚蠢，根本沒人在跟蹤我。我猜想若非那個催眠師交上好運，帶了個客人回他辦公室，就是那個財務顧問終於現身，來清空他爆滿的信箱，或是用碎紙機處理檔案。

當我再度看到我那棟建築時，我感覺沒那麼愚蠢了。我的辦公室在三樓。一、二樓都漆黑一片。

我的窗戶透出光線，而且不是我的檯燈。那道光束很細、不怎麼亮，斜斜的，會動。

手電筒。

我的皮膚發麻，我的呼吸化作長長一口氣吐出白霧。我腦中閃過一個念頭：正常人這時候會報警。但我家裡不是這麼教我的。當你靠行騙討生活，警察就不會是你思考過程中的一個要素了。這種事我全靠自己解決，而我需要看看是誰在我辦公室。我的野馬跑車後車廂裡有撬胎棒，但回停車場去拿沒有意義，因爲我不想拿著它走在大街上。我沒有槍；我不喜歡槍，不過我是有一些不介意使用的家用防身物品。

我靜悄悄地打開大門，在硬幣掉落地磚前接住它，然後在大廳脫掉鞋子以免發出聲響，再走到牆上的那排信箱前。

在寫著「艾迪・弗林律師」標籤的那個信箱裡，放著我所需要的所有後援。

# 2

我從鑰匙圈上取下一把小鑰匙，將剩下的鑰匙串小心翼翼地放在信箱頂端，然後打開我信箱上裝的新掛鎖，在一疊厚厚的牛皮紙信封和垃圾信底下找到一對黃銅手指虎。我十幾歲的時候曾經爲我的教區打拳，紐約許多天主教家庭的窮孩子都會這麼做。這麼做的目的是灌輸紀律和運動家精神——但就我而言，我父親堅持要我這麼做是出於完全不同的理由。他是這麼想的：如果我能揍扁體型比我大一倍的傢伙，等我要獨立闖江湖去行騙時，他就不用太擔心我犯菜鳥錯誤。我只管在健身房努力鍛鍊、詐騙時放聰明一點，還有該死地確保我媽不會察覺任何蛛絲馬跡。

大廳黑漆漆的，無聲息也無動靜，唯一的聲響是暖氣管線發出的詭異呻吟。樓梯很老舊，踩上去會瘋狂地嘎吱響。我評估了一下手邊的選項，看來還是樓梯製造的噪音比古老的電梯來得小。我腳步放得很輕，貼著瓷磚牆壁走。這麼做使我在爬樓梯的同時能留意高處的階梯，也有助於避免老舊的木板發出最刺耳的呻吟聲。如果你把重量放在樓梯中央位置，它就會大聲咆哮。套在我手上的手指虎感覺冰涼，那種觸感似乎爲我提供一些慰藉。我爬到接近第三段樓梯的頂端時，能夠聽到人聲，模糊的、壓低的嗓音。

我辦公室的門大大地敞開，有個男人站在門框內，背對著走廊。在他前方，我能看到至少一個男人拿著手電筒，彎腰查看我的檔案櫃最上面一格抽屜。背對我的男人戴著單邊耳機，我能看到透明的耳機線由他的耳朵蜿蜒往下進入黑色皮夾克的夾層內。他穿著牛仔褲和厚底靴。

是執法人員，但絕對不是警察。耳機並不是紐約市警局的標準配備，而大部分警察並不想吐出一百美元換取看起來很酷或是像作戰人員的特權。聯邦執法機構的預算確實包含給每個人員配發耳機，但聯邦調查局會派一個人駐守大廳，也不會在乎有沒有把硬幣放回門框。如果他們不是聯邦調查局探員或警察，那是誰？我思考著。他們有通訊系統的事實令我緊張，有通訊系統表示他們是有組織的，不可能是想要快速拿到錢的兩個快克毒蟲。

我爬上最後幾級階梯，確保我的肚子貼著地面。我能聽到悄聲交談的聲音，但一個字都聽不清楚。拿著手電筒埋頭在檔案櫃裡的人並沒有在說話，辦公室裡還有我看不見的其他人；是他們在討論。隨著我靠近，那些聲音變清楚了。

「有找到什麼了嗎？」有個聲音說。

搜索者關上那格抽屜，繼續拉開下一格。

「沒有與目標有關的東西。」男人邊說邊選定一個檔案夾，翻開來，開始藉著手電筒的燈光閱讀。

目標。

這個詞像衝擊波一樣，使沸騰的腎上腺素在我的血管中奔竄，頸部肌肉變得繃緊，呼吸漸漸急促起來。

他們沒有看見我。

我有兩個好的選項：悄悄溜出去，回到車上，發瘋似地狂飆一整夜，然後在隔壁州打電話報警。二號選項是離開，別管車子，跳上我看見的第一輛計程車，前往哈利．福特法官位於上東區的公寓，在他安全的沙發上打給警察。

兩個選項都很牢靠，兩個選項都很聰明，兩個選項都能將風險降到最低。

但那不是我。

我無聲無息地站起來，轉了轉脖子，把右拳收到下巴底下，然後朝門衝過去。

# 3

我邁開腳步奔跑時，站在門口的男人轉身。一開始他被突如其來的沉重腳步聲給嚇了一跳，看到我後，他張開嘴巴，狠狠地吸了一大口空氣，眼睛隨之瞪得大大的。他的求生本能搶在他所受過的訓練之前撞上他，先是震驚，然後才有所反應。甚至在他能呼喊之前，我已看出他的心智狀態奮力掙扎要接管慌亂，而他的右手開始胡亂地探向固定在腰側的手槍。

太遲了。

我並不想殺了這個人。有人曾經告訴我，在不完全知道某人的身分之前就殺死他是不專業的表現。正常來說，如果我打他的臉或頭，有一半的機率會要了他的命，可能是手指虎的力道敲裂了他的腦殼，造成大出血，或這可憐蟲失去意識的身體倒下時自己撞破了腦袋。我的動量可以輕易爲拳頭添加額外十五、六公斤的衝擊力。以這樣的速度而言，造成致命傷害的機率變得更高，如果我以他的頭部爲目標，很有可能一招斃命。

但我只需要讓他無法行動。

他是右撇子。

在最後一秒，我放低右拳、調整準頭。

我一拳打在他右手臂的二頭肌上，深及骨頭，他的手指立刻張開，接著整隻手放鬆；感覺就像切斷電線——徹底摧毀這種大肌肉，表示那男人的手臂會呈「死亡」狀態好幾小時。我的衝力帶我經過他身邊，同時他的喉嚨迸出第一聲慘叫。

他的搭檔丟下正在讀的檔案，迅速把手電筒對準我。這個人是左撇子，我迎接他的揮擊。環繞我左拳一公斤重的手指虎接觸到手電筒，使它斷成兩截。燈泡爆開，火花四濺，燈光滅了。在爆炸的瞬間，男人的臉暫時被照亮，我看到他的嘴巴張開，眼睛瞪大，一臉驚愕。只不過那其實不是驚愕，我的手指虎一定打中他一部分的手了。在路燈透入的昏暗光線中，我看著男人跪倒在地，捧著自己骨折的手指。

「艾迪，住手！」有個聲音在黑暗中說。

我桌上的檯燈亮了。

「斐拉、溫斯坦，退後。」坐在我辦公桌後頭的人說。我大約是在半年前第一次見到他。當時我們跟俄羅斯黑幫發生衝突，我救了他——聯邦調查局的特別探員比爾．甘迺迪。他發話的對象是我攻擊的那兩個人，兩人此刻都跪在地上。理平頭的男人咬牙忍耐悽慘的手指帶來的劇痛；另外那個穿皮夾克的人體型較魁梧，他在地上滾動，抱著手臂，手槍仍安全地插在槍套裡。

我怎麼也沒想到會在我的辦公室見到甘迺迪。他坐在我的椅子上向後靠，把兩條腿交叉蹺到桌上。他看看手下，又看著我，好像我弄壞了他的東西。他的深藍色西裝褲微微往上拉，足以讓我看見他的黑色絲質短襪，以及束在他左側腳踝的備用槍——一把儒格ＬＣＰ。

# 4

「搞什麼鬼？」我說。

「放輕鬆。你剛才攻擊了兩位聯邦探員。老天，艾迪，他們是我的部下啊。」

拿手電筒的那個探員慢慢站起身，食指以不自然的角度伸展。他齜著牙把食指扳回原位，發出啪的一聲。我並沒有打斷任何骨頭，只是讓他的手指脫臼而已。他的夥伴看起來悽慘得多，臉色蒼白、汗水淋漓。兩名探員都走向隔著房間與檔案櫃遙相對望的沙發。

「他們會沒事的。」我說，「他們可能有一週左右的時間必須用另一隻手擦屁股，不過他們會活下來。至於你就不一定了，除非你告訴我你闖進我的辦公室做什麼。喔，對了，如果面對闖入者要捍衛自己的人身安全或財產，就不算攻擊，我還以為你在匡提科有學到這一點呢。你有搜索令嗎？」

我脫下手指虎，讓它們落在我桌上的一疊文件頂端。甘迺迪把腳放下地，拿起一個手指虎套到手上，感覺那致命的重量抵住指節。

他脫下金屬環，放到我桌上的紙頁上，然後說：「艾迪，手指虎？」

「那是紙鎮。」我說，「你的搜索令在哪？」

在他回答之前，他開始撓手背。這動作已透露我需要知道的一切；甘迺迪很容易擔心這個擔心那個，而且他會把焦慮發洩在他的身體上。他兩隻拇指周圍的皮膚看起來又紅又腫，因為他會用牙齒和指甲摧殘那裡。他沒刮鬍子，看起來需要沖個澡、理個髮，並好好睡上一覺。他通常白得耀眼的襯衫現在褪成和他眼袋相同的顏色，他四十歲的臉龐皮膚變得薄弱。由他襯衫領子內側那兩、三公分的空隙判斷，我猜他體重減輕了不少。

我第一次見到甘迺迪時，我是俄羅斯黑幫首領奧雷克．佛切克的律師。那場審判後來出了大亂子，佛切克擄走我的十歲女兒艾米，拿她當人質，威脅要殺了她。那場審判到現在已過了將近半年，我在這段期間一直努力想忘掉那絕望的時刻，但我做不到。我什麼都記得——想到有人意圖傷害她、奪走她年輕的生命，而且一切都是我的錯，那種強烈的痛苦，光是用想的我的手心就會冒汗。

那次甘迺迪差點喪命，不過我設法在最後關頭將他送醫。他的傷口復元得很好，他甚至在佛切克案塵埃落定時幫忙擺平一切。那兩天我做了很多嚴重違法的事，甘迺迪讓我免除所有責任。但事實上，他所知道的尚不及我眞正做的一半，我也希望他永遠不會知道。

他的槍傷好了之後，曾邀請我和家人去他家參加新年派對。我老婆克莉絲汀說她不想去；有一陣子我們之間的狀況不太好。大約十八個月前，我被趕出我們的房子，是我罪有應得，因爲我待在酒吧、夜間法庭和醉漢拘留所的時間比待在家裡更長。後來我戒酒，克莉絲汀和我之間的狀況緩和了一些，直到佛切克案發生。

克莉絲汀認爲我害艾米有危險——我們的女兒是因爲我才會被綁架。她是對的。不過近兩、三週，她的憤怒開始消退了。我能夠更常和艾米見面，而且上星期三我送她回家時，克莉絲汀還邀我進屋。我們一起喝了瓶酒，甚至還有了笑聲。當然，我臨走前又搞砸了，因爲我在門階上想要吻她。她別開臉，一手按在我胸前；太快了。我開車回辦公室的途中，心想總有一天會好的，有一天我也許能讓我的兩個女孩回到我身邊。我時時刻刻都在想著她們。

我一個人出席甘迺迪的派對，喝胡椒博士可樂，吃豬肉和醃牛肉，提早告辭。辯護律師通常不太能融入執法人員的圈子，騙子更是如此。不過我其實還滿喜歡甘迺迪的。雖然愛擔心又固執，但他是個正直認眞且紀錄優良的探員，這樣的人卻爲了我賭上這一切。現在他坐在我辦公桌另一邊，在我的椅子上，咀嚼我的提問，我在他的眼神中看出面無表情的道德感。最後我決定自己回答。

「你沒有搜索令，對不對？」

「目前我只能說，這場小派對是爲了你好。」

我掃視辦公室，看到角落堆放著四個看起來很笨重的金屬手提箱，旁邊還有類似音響設備的東西。

「我打擾到你們團練了嗎？」我問。

「我們是在幫你的忙，檢查你的辦公室有沒有任何竊聽裝置。」

「竊聽裝置？以後不要問都不問就幫我的忙。不過，好奇問一下：你們有找到嗎？」

「沒有，你這裡很乾淨。」他說，站起來伸展背部，「你都隨身攜帶紙鎮？」

「辦公用品有時候挺好用的。你爲什麼不打電話說你要來？」

「時間來不及。抱歉。」

「什麼叫時間來不及？我聽到你那位弟兄提到『目標』兩個字，所以我要知道你們來這裡的眞實目的。」

甘迺迪還來不及回答，我就聽到腳步聲。通往辦公室內室的門開了，走出一個五十來歲、個子矮小、蓄著灰白鬍鬚、戴黑框眼鏡的男人。他穿著黑色長大衣，下襬落在腳踝處。藍襯衫、深色長褲，花白的鬈髮往後梳，露出曬黑的瘦臉。

「保護。」矮小男人說，代爲回答我問甘迺迪的問題。

他站在那兒，雙手插在口袋裡，自信滿滿，掌控全局。他態度輕鬆地經過甘迺迪身邊，一屁股坐在我的辦公桌上，然後對我露出微笑。

「弗林先生，我的名字是雷斯特．戴爾。我不是聯邦調查局的人，我隸屬另一個單位。聯邦調查局的人之所以在這裡，是因爲他們參與了我所領導的一個聯合專案小組。我們有一項工作要委託你。」他點點頭說。

「好極了。所以你是什麼來頭？緝毒局？菸酒槍炮及爆裂物管理局？第四台人員？」

「噢，我效力的機構在明面上並不會在美國本土行動，所以才由聯邦調查局和財政部來調度所有人力。就國務院看來，我在這裡的身分是顧問。」他說，然後微笑，鬍鬚上方的棕色皮膚顯現出很深的紋路，往眼睛方向漸漸減少。這些紋路在他的臉上似乎並不自然，好像微笑並不是他平常會做的事。他的口音有點怪，發音極爲精準而乾淨。

我不需要問他在哪裡工作——那個笑容已說明一切。但他還是告訴我了。「在檯面底下，弗林先生，這是我的任務。我看得出來你已經猜到我在哪個單位服務了。你是對的——我爲中情局工作。」

我點點頭，瞥向甘迺迪。他正專注地盯著我——小心翼翼地判斷我有什麼反應。

「我們時間緊迫，所以請恕我說明簡短又開門見山。我們是來採取預防措施的，爲了確保除了我們之外沒人聽見這段對話。我要向你提出一項提議，我有個案子要委託你。」他說。

「我不接政府的案子，尤其是硬闖進我辦公室的那種政府單位。」

「噢？我以爲你可能會歡迎有薪工作。我看到你屋內有沙發床、衣物、電視，浴室裡有牙刷，還有一疊平裝書。不過我不需要從這些來揣測什麼：我對你瞭如指掌，所有細節。你破產了，你住在辦公室。事實上，你的銀行戶頭裡有一千兩百美元，而你的辦公室戶頭負債三萬元，而且工作進來得很慢。」

我狠狠瞪了甘迺迪一眼。他手臂環胸，朝著戴爾點點頭，向我表示我該仔細地聽。

「弗林先生，我的狀況是這樣的。我花了五年時間調查一群壞透了的惡徒，而老實說，我一無所獲。我什麼都沒查到，直到昨天，我所有的祈禱獲得了回應。顯然那群壞傢伙的一個朋友做了非常糟糕的事而被逮捕了。他會被審判及定罪，這案子一翻兩瞪眼。我希望說服這男人和我談條件，讓他能在還算年輕時走出監獄，交換條件是我要逮捕他的那群朋友。問題是，這個人的律師不這麼想。我要你接管他的案子，我要你當這個人的律師代表，而且我要你說服他接受交換條件。這對他來說是最有利的方案，對你來說也是。」

他看了看錶，說：「你有整整四十八小時，讓你被新委託人雇用、迫使他認罪，而我們會跟他談條件。如果你完成這件事，聯邦政府會爲你做兩件事。」

他從大衣裡摸出一個隨身酒壺，打開，往我桌上的空咖啡杯裡倒了一點。他沒問我要不要，只是倒酒，然後把杯子遞給我。他就著瓶口啜了一小口，繼續說。

「第一，我會付你十萬美元酬勞，現金，免稅。以一個上午的工時來說還不賴。第二，這對你來說更重要：替我做這件事，我就不會把你老婆送進聯邦監獄，讓她在裡頭度過餘生。」

# 5

戴爾端坐在我的辦公桌上，又從隨身酒壺啜了一口酒。我沒理會他在我的咖啡杯裡倒的不知名酒液。他再度展露不自然的微笑，我讓他的話漫過我心頭。

**做這件事，我們就不會把你老婆送進聯邦監獄，讓她在裡頭度過餘生。**

我看到甘迺迪繃緊神經。他知道上一群威脅我家人的暴躁傢伙有什麼下場，而甘迺迪此時似乎和我一樣訝異。

「戴爾，告訴他我們是好人。」甘迺迪說。

「負責發言的人是我，比爾。」戴爾說，那虛假的笑容始終對準了我。

甘迺迪或戴爾等著看好戲，我並沒有遂了他們的心願。我反而靠向通常是給我委託人坐的椅子椅背，兩手交疊。

「戴爾，你說的事很有意思，但我老婆守法到不行，她甚至不會任意穿越馬路。如果你認爲你能抓到她的把柄？好啊，你就去用吧，我們法庭見。事實上，她並不需要我。克莉絲汀是比我更優秀的律師，所以她在哈蘭與辛頓律師事務所工作，而我……唔，我在這裡工作。總之，多謝邀約。酬勞聽起來不錯，但說到威脅，我就倒胃口了。我不是被嚇大的，戴爾。你們出去的時候別忘了把硬幣放回去。」我說。

假笑變成了眞笑。在那一刻，他看起來不一樣了，很有魅力。不管他剛剛的所作所爲，現在這人顯露出意料之外的親和力。他跟甘迺迪互看一眼，然後他彎下腰，從身旁的手提箱裡取出一個綠色資料夾。

「你認爲你老婆很安全，因爲她是哈蘭與辛頓的律師？」戴爾說。「諷刺的是，正因為她是哈蘭與辛頓的律師，才會陷入這個窘境。」

「什麼？」

「我帶了點東西來給你看。其實你可以留著，我還有複印本，聯邦檢察官那裡也有。有了這裡頭的文件，我們可以根據《反勒索及受賄組織法》對你老婆提出三十八項指控，求處合計一百一十五年的刑期。你自己看一下吧。」

資料夾裡共有三頁文件，對我來說都沒有太大意義。第一頁是一間我沒聽過的公司的股份收購合約，上頭有克莉絲汀作爲見證人的簽名，就簽在客戶（也就是股份收購人）的簽名旁。

「我不懂。」我說。

「我用最簡單的方式說明吧。你老婆到哈蘭與辛頓律師事務所上班的第一天，就簽了這份文件。哈蘭與辛頓的每一個律師就職第一天都會遇到同樣的事。你知道去新辦公室的第一天是怎樣的狀況吧，有一半的時間都在努力記住大家的名字、你的座位在哪、你的檔案在哪，還有設法記得別人剛給你的所有該死的電腦新密碼。你在哈蘭與辛頓上班的第一天大約四點半時，資深合夥人之一會把你叫到他的辦公室。他剛替一位客戶完成股份移轉合約，盡職調查[1]的步驟已經完成了，但他臨時被通知要參加緊急會議，而客戶又恰好到場。於是資深合夥人要你替

1 盡職調查（due diligence）是在簽署合約或併購公司等交易之前，先針對合約、交易人，或公司進行各方面的調查，例如資產、債權、訴訟案等方面，以降低風險並作為最後決定的參考。

他見證這份文件。你只需要看著客戶在這張該死的紙上簽名，然後把自己的名字簽在旁邊，就這樣。這種事每天都在發生。事實上，那間公司總計兩百二十三名律師，每個人上班第一天都經歷了同樣的事。千萬別被蒙蔽了雙眼，弗林先生。你老婆在這份文件上簽名的同時，已經無意中參與了美國史上規模數一數二的金融詐欺案。」

「哈蘭與辛頓？詐欺？老兄，你誤會大了。他們是本市招牌最老、最受敬重的事務所之一，絕不可能從事非法勾當。他們何必這麼做？他們的錢多到都不知道該怎麼處理了。」

「噢，他們是有錢沒錯。黑錢。」

「你有證據嗎？」

「有一些，例如你剛才讀到的文件。我們還沒有掌握所有罪證，這就是你的作用了。是這樣的，哈蘭事務所之前有多年財務狀況起起伏伏，不過當一九九五年傑瑞．辛頓加入，一切都改變了。新成立的哈蘭與辛頓事務所將客戶名單縮減到五十人以下，專注在證券、稅務、債券、財富管理和地產投資。他們的獲利一飛沖天。在辛頓入夥之前，這間公司是乾乾淨淨的——而且到現在它仍享有最優良的聲譽。這對他們的小小活動而言是完美的條件。」

「什麼活動？」

戴爾停頓了一下，看看我面前完全沒動過的酒，轉頭對甘迺迪說：「比爾，拜託幫我們泡個咖啡吧。」

甘迺迪走到內室，又敲又打試著喚醒我的舊咖啡機。

「哈蘭與辛頓事務所只是門面。他們是會做一點法律工作，不過實際上他們是在進行美國本土有史以來規模最大的洗錢計畫。事務所代理一些只存在於紙上的空殼公司。他們讓合法的客戶購買那些空殼公司的股份，而那些客戶能獲得百分之二十的投資報酬率擔保。那些客戶不知道他們其實是雙手奉上乾淨的錢，讓黑錢從公司人頭戶流回來付給投資者，在轉帳的過程中把錢洗乾淨。黑錢的來源是販毒集團、恐怖分子，你懂的。而你老婆副署了一份強烈暗示她涉入詐欺案的文件。」

「不會吧。」

我再看看那些文件。如果戴爾所言爲眞，克莉絲汀確實惹上了最糟糕的麻煩。就算她什麼都不知道，也完全不重要。這是嚴格責任[2]原則下的犯罪——如果你以任何形式參與了交易，又沒有執行盡職調查，你就等著吃官司吧。無論你的意圖爲何，只要你確實經手了交易過程，便足以將你定罪。

「你怎麼知道這麼多內幕？」

「因爲我跟一個男人談過了，他負責處理一部分的銀行交易工作。他把整個犯罪結構都告訴我了。他要揭發整個犯罪活動。」

「那你爲什麼還需要我？」

「你要聽實話嗎？因爲證人死了。你老婆的老闆傑瑞·辛頓找人把他做掉了。」

2 嚴格責任（strict liability）原則，又稱無過錯責任，是指當損害發生時，主要考慮的是違規的結果是否因違規的行為造成，而不考慮違規者是否出於故意或過失。

# 6

兩手都端著熱咖啡的甘迺迪戛然止步。整個房間變得一片死寂。我閉上眼，按揉額頭，感覺好像有一股鉛流在我的太陽穴裡蓄積。

克莉絲汀究竟給自己惹上什麼該死的麻煩？

她是我唯一真正愛過的女人。我們的婚禮規模很小。我父母雙亡，而且除了哈利．福特法官以及我的合夥人傑克．哈洛蘭之外，我所有的朋友都是騙子、娼妓或幫派分子，但他們仍然是我的朋友。那天，位於費里曼大道上的教堂聚集了一批不尋常的會眾。她那一半的教堂充滿上流階層的紐約客，曼哈頓的菁英：報社老闆、名廚、房地產富豪、律師、模特兒以及社交名流——不管那是什麼玩意兒。我這一半有一位法官，也就是我的導師哈利．福特；一位狡詐的律師，當時是我的合夥人傑克．哈洛蘭；一位一百八十公分高的前妓女小布；四個幫派正式成員及他們的嬌妻，與他們的老大吉米．「帽子」．費里尼；兩個行騙老夥伴；還有我以前的房東瓦喬斯基太太，我並不是特別喜歡她，但她能平衡其他人的凶惡氣質。所有人都很安分守己，只有瓦喬斯基太太喝了太多螺絲起子調酒結果掉進馬桶，讓我頗失面子。克莉絲汀的媽媽還得把她拽出來。

我不在乎，我眼裡只有克莉絲汀。我們很快樂。

好景不常。

在我瘋狂泡在法庭內、柏克萊案，以及酗酒的過程中，不知何時，克莉絲汀不再愛我了。

我從她的眼神看得出來，她已經感到厭倦，對我感到厭倦。雖然我迷失了方向，但我從未喪失對我妻子的愛。上星期三晚上，我提醒她瓦喬斯基太太掉進馬桶的往事，她從鼻孔噴出一口酒。儘管在門口時她拒絕了我的吻，但我知道仍有小小的機會，我們有朝一日還能復合。她按在我胸前的手力道放得很輕；那動作帶著溫柔，讓我心中燃起希望。

甘迺迪吹開咖啡杯冒出的熱氣，上前來把其中一杯遞給我。他站在戴爾身旁，等著我喝一口。太燙了。我把杯子放在辦公桌上，拿起一枝筆，讓它流暢地在我指間舞動，這有助於我思考。

「告密者是誰？」我問。

戴爾想擺苦瓜臉又忍住，他溜下我的桌子，繞過去，重重坐進我的椅子並嘆口氣。甘迺迪把另外一杯咖啡遞給他。

「謝謝你，比爾。」戴爾說，往熱騰騰的杯子裡加了一點他隨身酒壺裡的液體。

「自從九一一事件後，中情局就把目標鎖定在全球恐怖主義的核心上——金融。這十五年來，我一直在盯著大開曼島，它就像是黑錢界的巴拿馬運河。我們的觀察名單上有個傢伙——法魯克。他直接聽命於傑瑞．辛頓。我們發現法魯克除了是貪腐的銀行業者和洗錢者之外，還在線上交易兒童色情照片。去年四月，他被一支洲際警方專案小組逮捕。他們透過戀童癖的網站追查到法魯克，當地警察逮到他時，在他的電腦裡找到非法照片。在大開曼島，這代表很長的刑期，不過他更可能一踏進監牢就被幹掉。事務所倚仗法魯克這樣的中間人來移動錢，如果他轉爲抓耙子，他可以把他們全都拖下水。

「所以我決定去喬治城警局跟他談一談，把他轉爲線人。在那之前兩、三個星期，事務所已經跟他劃清界線，因爲辛頓有了全新的方法來移動錢和洗錢；此外法魯克也怕被連累。他承諾會提供我們這起史上最大規模洗錢活動的一些相關證據，有些文件就像你已經看過的那種股份合約，有些是舊的銀行對帳單，這是給我們嚐一點甜頭；若是我們給他新的身分以及在另一個地方的新生活，他能給我們整個哈蘭與辛頓。」

咖啡喝起來很苦——機器老舊，又沒有濾紙。我試著專注在眼前的男人身上，留意任何「破綻」。他看起來很放鬆，與我眼神交會及轉移的時候都很自然，手勢流暢不緊繃，也沒有強調特定字詞或是用手指遮嘴巴。

「我們準備好談條件，所以我們以車隊護送他離開當地警局總部。法魯克沒能抵達大使館。我不知道是誰執行攻擊的，但不管是誰，都運用了軍事技巧——用火箭推進榴彈消滅領頭車，堵住後頭的路。我的首席分析員在其中一輛車上喪命。我只記得她在烈火中的尖叫聲。我無法趕到她身邊。法魯克被活捉，事務所需要知道他對警方說了什麼。」

他的目光移向桌面，並且保持那個方向說：「他什麼都告訴他們了，他不可能隱瞞得住。我們發現了他的屍體——就掛在大使館的圍牆上。他全身——從頭到腳——都被強酸灼傷。他身上沒有致命傷，沒有嚴重外傷的跡象。我們認為他的死因是強酸燒灼帶來的痛苦所引發的心臟病或痙攣。你能想像嗎——痛到你的身體就這麼死了。

「法魯克死了，案子也跟著無疾而終。所有書面證據都回溯到見證合約的律師，兩名合夥人撇得一乾二淨。傑瑞．辛頓解決掉其餘的中間人，事務所開始用別的方式洗錢，而我們什麼都沒有了。」

「現在，我們有一個機會逮到哈蘭與辛頓，就在昨天，這個機會就這麼掉進我們懷裡。我們認為我們找到新的線人了。也就是**你的**新委託人。」

「你沒告訴我這傢伙是誰。他為什麼願意談條件？」

「他會談條件的。他只是個小鬼，嚇壞了的小鬼。是啊，他很強，在他自己的領域很強。但他承受不了終身監禁的未來。他握有事務所的相關資訊——關鍵資訊。你只需要知道這些就夠了，暫時如此。說服他加入我們這一邊，我會安排一切。」

「那小鬼做了什麼？」

「他在一天前，槍殺了他的女朋友。我們有槍，我們有證人證明他在犯罪現場，我們還有鑑識證據。罪證確鑿。你要做的是說服他解雇他現在的律師，雇用你當他的辯護律師，並且迫使他跟我談條件。」

「我會被取消律師資格的，我有強烈的利益衝突。我不能說服委託人接受對我老婆有利的協議。」

他像是沒聽到我說的話。「我們要他在預審聽證會之前提出有罪答辯。依規定，他被捕後二十四小時內必須被傳訊。他今天早上因爲謀殺而遭到逮捕。他接受了面談、被控告，等一下會前往中央拘留所。他在明天中午之前必須被傳訊；這是你的時鐘——你有十五個小時可以擠掉事務所、搶走他們的委託人。如果你成功被雇用，法官很可能安排在隔天舉行預審聽證會。我要他在預審聽證會之前提出有罪答辯，因爲這時候他壓力很大，而且地方檢察官願意談條件；這個男人在這個時間點最脆弱。另外，我們只是從這傢伙手上拿到給那兩個合夥人定罪的證據還不夠好，我們還要拿到事務所的錢。以伯納．馬多夫爲例——那是史上破獲規模最大的金融詐欺案，但是對執法機關來說卻很失敗，因爲他們沒把錢找回來。我們要那兩個合夥人，也要錢。魚與熊掌要兼得，我們就得動作快，搶在錢消失以前下手。你做這件事，我們就確保克莉絲汀全身而退。」

我搖搖頭。

「我老實跟你說好了，艾迪。這就是中情局的作風。我們取得線人，控制住他，然後盡情利用。你的新委託人就是那個線人，我們必須掌控他，才能利用他。你會獲得豐厚的補償。經過錢伯斯街的事件以後，我們知道你能應付這種壓力。如果必要的話，我們隨時可以觸動你的開關，艾迪阿弗。」

幫派分子都叫我艾迪阿弗，尤其是我的老友「帽子」吉米。我們年紀還小的時候，會在練完拳後玩棍球。我的打擊比不上吉米——他是全壘打王——但我的手很快，一球都不漏接。吉米給我取了艾迪阿弗（與「飛快」同義）這個雅號，在我進入詐騙界之後，這暱稱也一直跟著我。

我想著克莉絲汀和艾米。律師誓詞什麼的姑且不論，我不能讓任何事危害到我的家人。而且由戴爾告訴我的資訊聽來，這個委託人是有罪的。讓有罪之人認罪並且談條件，藉此拯救我的妻子，至少聽起來還不壞。

「我得告訴克莉絲汀，她有權知道。」

戴爾搖搖頭。「你一個字都不能告訴她。她知道得愈少愈好。萬一她一慌，在其中一個合夥人面前說溜嘴該怎麼辦？那她就死定了，而整個計畫也會泡湯。什麼都別告訴她。你會替她買到一張脫身的車票，那就夠好了。」

我能理解他的邏輯。我完全無法想像克莉絲汀會作何反應，甚至會不會相信我。我望著戴爾。

「委託人是誰？」

「他是你的目標。你把他弄到手成爲你的委託人，讓他承認犯下謀殺，用來和我們交換條件。他獲得減刑，事務所垮台，我們拿到錢，你則得到克莉絲汀。」

戴爾瞥向甘迺迪。

「我得伸伸腿。」戴爾說。他起身站直，我注意到他有輕微的跛腳。他藉由走動來恢復，還按揉大腿。

「弗林先生，我在攻擊法魯克的事件中並不是毫髮無傷。我要那間事務所，他們奪走了我的證人，我的分析員。我**一定會**打倒他們。」

他朝內室走，我聽到他關上浴室的門。甘迺迪湊向前，以免被戴爾聽到我們的對話。

「在攻擊法魯克的事件中殉職的分析員——她的名字是蘇菲，她是戴爾的徒弟，也是他的情人。我聽說他們的感情很堅定，很認眞。他把這視爲私人恩怨。對他寬容一點吧。」甘迺迪說。

「他在威脅我老婆耶。」

「他只是在盡他的職責，他並不想傷害你的家人。他要給你一張免入獄卡讓克莉絲汀可以用。你也知道無論克莉絲汀是有意洗錢或只是犯下無心之過，都沒有差別。事實就是她在文件上簽了名，而且她沒有先執行盡職調查；那兩個合夥人是不是騙了她根本不重要，她百口莫辯。戴爾是給她提供一條生路。」

「你們還是沒告訴我委託人是誰，還有他能如何擊垮事務所。」

「他是關鍵，艾迪。或者應該說——他握有關鍵。我們認爲目前你最好還是不要知道太多，也就是關於這男人握有事務所的什麼把柄。但他是唯一能帶領我們找到錢的人。這兩天會非常緊迫、有壓力。我知道你很行——所以我們才會在這裡——但我們不能冒險讓你有可能洩露什麼情報，哪怕只是不小心說溜嘴。如果委託人認爲你想操控他來對付事務所，他可能選擇閉緊嘴巴。跟他說你可以幫他談個好條件，他只需要跟你的兩個聯絡人談一談就可以了。然後我們就會接手。」

我聽到戴爾繞過轉角。

「好吧，我們怎麼做？」

我看到甘迺迪明顯鬆懈下來，被我打傷的兩名探員也是。戴爾噘著嘴巴點點頭，眼中似乎燃起某種光芒。

「明天我們可以幫你拖住他的律師，讓他無法及時趕到法院，替你爭取一點時間。在那之後，你就要靠自己了。」

「他現在的律師是……？」

「你說呢？哈蘭與辛頓。」

# 第一部　布局

# 7

## 三月十六日，星期一
## 槍擊前三十六小時

我父親曾告訴我，在詐騙遊戲中，有兩種基本的行動模式：短詐騙與長詐騙。短詐騙通常發生在街頭或酒吧裡，完成的時間介於五秒鐘到五分鐘之間，屬於低風險低報酬的詐騙。長詐騙則要花很長的時間，就算花上六個月甚至一年來執行都算正常。長詐騙涉及詳盡的規劃、偵察、準備，要投入大量資金，高風險則以潛在的高報酬來平衡。

還有第三種詐騙模式：子彈詐騙。這是把長詐騙濃縮在短時間內，介於兩天到一個星期之間。子彈詐騙的關鍵在於速度，也是目前為止風險最高的做法。你沒有什麼時間沙盤推演，無可避免地，大部分時候你只能憑感覺走。沒有人會選擇採行子彈詐騙，除非有天大的好康掉在他們懷裡，好到他們捨不得放棄，好到難以抗拒：例如有個嗜賭成性的有錢目標飛到你所在的城市，但他只會待一週；或是有一幅天價的名畫為了緊急清潔，出乎意料地從原本戒備森嚴的存放處移出來。那一類的生意，迅速，複雜，危險。

我聽老一輩的說，之所以稱之為子彈詐騙，是因為啓動的速度太快了——就像扣下扳機。不過在現實中，這名稱的由來是如果行動失敗，騙子要做好吃子彈的心理準備。

在聖派翠克節前一天的早上八點十五分，我開始進行我生涯中第一次的子彈詐騙。它就和大部分高明的詐騙一樣，由微小的動作開始。起初是一連串簡單的動作與手勢：這是騙子的工具，用來引目標上勾、使他擔心、使他冒汗，然後騙子再大搖大擺地登場，手握一張金色票券，它能解決目標的所有問題。

那天早晨，我走進曼哈頓地方法院地下室的拘留室時，右手心藏著一張摺起來的二十美元鈔票。我事先把鈔票弄縐，好讓它能緊密貼合我的手掌。我的腳步聲在光滑的油地氈地板上迴盪，經過那一排鐵欄杆，它將我與等著出庭的被拘留者分隔開來。我用眼角餘光在人堆中挑出我的目標。他坐得離其他囚犯很遠，窩在角落，垂著頭，手捂著臉。我直視獄警，他懷裡抱著一把獵槍，握有這座圍牢的鑰匙，圍牢裡有我的目標，以及另外三十個等著被傳訊的男人。

那天早上出現在牢裡的男人，大部分都是因爲毒品、酒、精神問題、貧窮或幫派而被關。那些人受到監禁要拜以上所有因素之賜，但我的目標則不同，大大不同。他是裡頭個子最小的一個，而且差人家一大截。他看起來頗爲健康，不過有一點太瘦。橘色連身囚衣鬆垮垮地掛在他的骨架上。有人拿走了他的鞋子，我能看見他的白色運動襪。獄卒會沒收有鞋帶的鞋子，以防某個囚犯試圖用鞋帶上吊或勒死別人。他們的耐吉或匡威鞋被收走之後，會領到黑色橡膠運動鞋。我的目標什麼鞋也沒穿，顯然是圍牢中的某個人搶走了他被逮捕時穿的鞋子，那裡面沒人會想偷囚犯穿的運動鞋。他那一頭蓬亂的焦糖色鬈髮和金屬框眼鏡讓他看起來有點可笑，稍微偏向科技宅不酷的這一端，不過我很懷疑有任何人告訴過他這一點。

如果你是億萬富翁，別人會突然對你很有禮貌。

負責管理這裡的獄警名叫尼爾，他聽到我的腳步聲，便挪動一下懷裡的獵槍。對辯護律師來說，拘留室是打廣告的好機會。那些傢伙會冷眼旁觀誰獲得保釋，誰沒獲得保釋，誰很快就敲定審判日期，他們有沒有逃過一劫。坐在那座圍牢裡的人有大把時間可以聊天。尼爾管理圍牢的資歷已有二十年了。我以前的搭檔以優惠價幫尼爾打離婚官司，換來尼爾向牢籠裡的常客散播訊息。*見鬼，那混蛋怎麼能獲得保釋？*

*艾迪．弗林，全靠他。*

圍牢裡的噪音震耳欲聾，有人在罵髒話，有人在尖叫，有醉鬼在唱歌。在這司空見慣的混亂中，沒人會注意到我和尼爾的對話。我提早兩、三個小時這麼對他說了，於是我們設計了這天早晨我登場的小小流程，目的是吸引目標的注意。

我走到尼爾面前停下來，對他眨眨眼睛。他把十二口徑獵槍的一枚子彈上膛。那個聲音，那無庸置疑的一卡一拉，足以讓任何人停止原本在做的事。即使背對牢籠，我也能感覺到每個囚犯都在瞪著我。我的右手動作流暢地伸向前與獄警握手，站姿微微往左偏，讓我的目標能看見我在耍什麼把戲。我的手指張得夠開，好讓那個億萬富翁看見鈔票轉手。尼爾面露喜色，讓每個人都能清楚看見他把鈔票塞進胸前口袋。他爲我打開牢門，這是嚴格禁止的行爲，我就這麼走進鯊魚缸。現在只剩下一件事，那就是在水中撒餌。

波波是我的毒蟲委託人，現在他鬱悶地點了一下頭，算是跟我打招呼。波波是洛杉磯人，他在那裡是專業抓耙子，後來弗雷斯諾市對他來說變得太危險，於是他搬到這裡來。以他這種狀況的人來說，他看起來氣色還不錯。他的牛仔褲有一邊扯破了，背心上有各種食物汙漬。他散發陳年老屎和香菸味，消瘦的軀幹上覆著厚厚一層汗水，那汗水表明他正因爲停止吸食海洛因而受到初期的折磨。波波穿著廉價的懶人運動鞋，這樣他被逮捕時就能保有自己的鞋子，而被逮捕對他來說是家常便飯。他的本名叫岱爾．巴恩斯，他總是對警方報上這個名字——但他太常向警方告密了，別人便給他取了「波波」這個渾號，意思是「波麗士大人」。這個簡稱的起源已不可考，不過似乎是從加州開始的；那些並肩騎著自行車巡邏的警察，T恤背後就印著

「波（ＰＯ）」的大字，代表「警察」。從他們背後看過去，就是「波波」兩個字。對一個抓耙子來說，這種外號可不利於他做生意。

波波張開龜裂滲血的嘴唇說話。「律師男，你跑哪去了？」

他聽起來對我有點不爽，正如我們事先講好的一樣。

「買早餐給你。」我說，並遞給他一個藏在資料夾底下的布袋。我在波波左側的長椅上坐下來。波波是離我目標最近的囚犯，那人坐在波波右側一、兩公尺外，在長椅的末端。這天稍早之前我跟尼爾談過後，他讓我跟波波通電話，我要我的委託人跟那個科技宅模樣的白人打好關係。他用顫抖的手指打開布袋，開始狼吞虎嚥地吃漢堡。我讓他吃。他拿出另一個漢堡請坐他右手邊的男人，不過被拒絕了。這時候我就在想，他們是多麼古怪的對照組，都是二十二歲，都在同一座城市出生，現在都住在同一座城市，都讓同一條監獄長椅把他們的屁股變冷，然而他們就像是不同星球的人。一個來自富星球，一個來自窮星球。

我的目標叫大衛．柴爾德，擁有史上成長得最快的社交媒體網絡──瑞樂。自三年前這個網站上線以來，它使大衛．柴爾德擁有超過十億的資產，臉書相形之下就像過氣的MySpace。幾乎每個月，瑞樂或大衛都會因某種新聞事件而登上頭條。現在他把頭抵在胸前，頭髮被汗浸濕，我幾乎認不出他來。近距離觀察，我並不覺得他像是會涉入卑劣行爲的那種人，他看起來奉公守法。不過話說回來，很多守規矩的男人也有殺人的能耐。這小子是個天才，但我想不通他跟哈蘭與辛頓會有什麼瓜葛。他是那間事務所的客戶，不過他們之間還有什麼別的關係？甘迺迪說這孩子是唯一能帶他們找到錢的人，我不懂，還不懂。我看著坐在同一張長椅上的大衛和波波。犯罪眞是讓眾生平等的有力工具。

「所以這次要多久，艾迪？」波波問。

我從齒縫間吸氣。這可不是任何委託人會想獲得的反應。

「唔，我們這裡是沒有所謂的三振出局規則啦，不過你已經差不多被四十三振了，我得說，大概半小時，頂多四十五分鐘吧。到時候我應該已經說服檢察官撤銷告訴，你就能離開了。」

當我告訴一個毒蟲慣犯，我會在一小時內把他弄出去時，牢中響起了此起彼落的嗤笑聲。大衛轉過頭來，直直盯著我。我刻意避免對到他的視線，只是若無其事地望著我的委託人。

「我不是跟你說了嗎，艾迪最棒了。」波波說，轉身友善地戳了一下大衛的肩膀。「你最好說到做到，艾迪，我還要去別的地方趕場呢。」波波說。

「我會盡力而為。我沒辦法製造奇蹟。我應該可以在十點半以前把你弄出去，但我不保證任何事。」

他微笑。真相是，波波每隔一週的星期天晚上都會被捕。這是條件。兩個月前他犯下搶劫案被逮到，面臨嚴重的刑期，他唯一的選擇是跟警方合作，而在我的協助下，他跟警方談成了協議。如果你是領酬勞的線民，你有兩種收款的選項：每週領六十三點六美金，或是國家會付錢雇用你所挑選的律師代表，時薪最高可達一百五十美金。相對於一般由慈善捐款或國家部分補助所聘請的公益律師，這個付款雇用私人律師的試驗性計畫，用意在減輕公設辯護人與其他過勞法律扶助計畫的負擔，並且避免公設辯護人辦公室間的利益衝突問題。畢竟公設辯護人同時作為告密者以及被告的律師代表，並不是罕見的情況。雖然這計畫是個好主意，大多數的人卻還是會選擇領六十三點六美金。

波波可不一樣。

通常波波每隔一週的星期天因持有毒品被逮捕，我都能開出六小時的帳單，並在隔天把他弄出去。不知道怎麼樣，他那被毒品搞得亂七八糟的腦袋老是忘記他是警方的線民，搞得我每次都要在星期一來到法院解決一切，領取一百五十美金的鐘點費。你要在毒品圈裡臥底，不可能不隨身攜帶一點毒品——所以撤銷他的罪名是小事一樁。儘管如此，我通常不會急著讓波波被釋放。在波波的協助之下，我每個月向司法部請款的金額大約是一千五百美金，五十美金是中央拘留所值班警員的回扣，五百美金分給波波，他再把錢付給本地的毒販當保護費，以免因爲當抓耙子被殺掉。頂著波波這種名號的人，需要各種幫助才能在街頭活命。毒販提供波波辦事不力的員工名單，讓他們被警察抓走，這樣就能再招募更廉價的新血。要知道，如果你沒辦法在紐約街頭一天賣掉價值兩千美金的毒品，你根本就不適合幹這一行。在我看來，這是所有人都有好處可拿的好交易。大家都分到錢，犯罪數據看起來比較漂亮，公設辯護人辦公室也能稍微清閒一點。沒有人受傷，市政府買單。

一場完美的小小不法勾當。

「不要心急。我跟檢察官談過了，她是我朋友。她會先叫你的案子，讓你能快點離開。」我說，一掌拍在波波汗濕的背上。

我站起身，對委託人提出幾句最後的建言。

「在十分鐘之後做好準備，什麼都別說，讓我來負責講話，懂嗎？」

他點點頭。我滿意地轉身準備離開。我原本預期可能要走到牢門那裡才會聽到大衛叫住我，結果我才跨出第三步時他就出聲了。

「不好意思，律師先生，你有空嗎？」大衛說。

我停下腳步，但沒有轉身。

「公設辯護人晚點會進法院。我不負責法律扶助或公益服務，朋友。」我說。

「不……不……啊……你不明白。我已經有個律師了……我只是……」

我半轉過身，打斷他的話。「那你並不需要我。」

「不，等一下，請不要走。我只是需要問你一件事，拜託你。」他兩手手指在下巴底下交錯合掌，用嘴形一再地說「拜託」。雖然他焦急地想和我說話，他卻不想站起來；他對於從長椅起身而吸引牢友注意的恐懼，勝過了迫切的心情。

「放輕鬆，沒關係的。欸，我是不是認識你？」

他似乎縮小了，整個人抱住自己的身體。他最不希望的就是被認出來。

「我不認爲我們見過面。」他說。

「我能如何效勞？」我走向他。

「我的律師昨天晚上說今天早上他會來這裡，但他沒有出現，我很擔心。我……我並不習慣……」

「我懂了，你沒被逮捕過。你的律師是誰？」

「傑瑞·辛頓。」

「哈蘭與辛頓的那位？」

「是啊。你好像很驚訝。」

「這個嘛，是有一點。我太太是哈蘭與辛頓旗下的律師，我以爲他們是很嚴謹的公司。」

「傑瑞和我是老交情了，我信任他。你今天早上有見到他嗎？」他因爲喉嚨太乾而破嗓，音調忽高忽低。尼爾告訴我，大衛幾乎整夜都在哭，直到波波設法讓他平靜下來。這麼做很明智，籠子裡的男人隔著老遠就能嗅出軟弱的氣味。

「不，我今天早上並沒有見到傑瑞，不過我相信他很快就會到了。」

我注意到他的手小而柔軟。它們因恐懼而顫抖，同樣的恐懼正威脅著要徹底征服他。他的下巴像手提鑽一樣抖動，眼睛發紅瞪大。我轉身要走的時候，他伸手抓住我的手腕。

「喂！不要動手動腳！」獄警尼爾暴喝。

我的目標放開手，臉皺成一團。

「請等一下。你能不能查查傑瑞到了沒？我不能打給他，而他現在應該要到這裡才對。我會付你鐘點費。也許你可以打給你太太，問她有沒有見到他？」

波波沒有銀行帳戶，除了身上的衣服之外也沒有任何錢或財產。甘迺迪告訴我，大衛的資產淨值高達十九億美元，他擁有一艘遊艇、好幾輛轎車、三棟房產，以及一支籃球隊。在這當下，大衛和波波卻沒有什麼差別。兩人都迫切需要某樣東西，波波需要的是海洛因，我的目標需要他的律師，他們的痛苦讓兩人平等，這是只有死亡或疾病才能相提並論的。

「克莉絲汀的老闆是班・哈蘭。我不知道她有多常見到傑瑞・辛頓，不過我還是打個電話給她好了。」

我拿出手機假裝打給克莉絲汀，同時看了一下手錶。我來法院之前，已經趁著戴爾和聯邦探員不注意時試著打給她五、六次了，她都沒有接。老實說，我不知道如果她接了，我要對她說什麼。我想我會叫她待在家裡，但我不認爲她會聽我的，除非我向她坦白一切。後來我決定，戴爾可能是對的——她知道得愈多就愈危險。

「他大概塞在路上了，我相信他會來的。等他到了以後，他會向法庭書記官報他的姓名，登記爲你的備案律師，領取案件紀錄，然後聯絡檢察官。聽著，我會請尼爾打給書記官，幫你確認一下。」

「謝謝你。」我的目標說，他閉上眼睛，期盼等他睜開眼睛時，我已經找到他的救星了。

我闔上手機，說：「她手機關機了，大概在開會。」

我把尼爾喚到欄杆旁，要他打給書記官丹妮絲，確認一下傑瑞・辛頓到法院了沒。尼爾打電話的時候，我對大衛露出安撫的微笑。尼爾大概是打給他的組頭吧，他絕對沒有打給丹妮絲，沒這個必要。我頗爲確定在這個時間點傑瑞・辛頓究竟在什麼地方，而假如一切都照計畫走，傑瑞・辛頓打死也不可能在短時間內趕到法院。

# 8

我走進牢房的一小時前，傑瑞・辛頓應該正坐在一輛一九六八年出產的勞斯萊斯銀影駕駛座上，塞在美洲大道的車陣中。戴爾告訴我，辛頓蒐集的車款會逼哭傑・雷諾，而且辛頓喜歡開車。他曾像大多數頂級律師一樣聘用司機，不過六個月前買下這輛勞斯萊斯後，他就解雇了司機。

此時，開在他前面的那輛老舊福特皮卡車會開始在傑瑞這一道上不斷切出切入。傑瑞會看出車上的一對男女在爭吵，他可能會對皮卡車按一、兩次喇叭，並且試圖超車。皮卡車的駕駛亞瑟・波多斯克可不會容許他這麼做。亞瑟體重大約有一百七十公斤，五十來歲，有氣喘，而且是我合作過數一數二厲害的精準駕駛。那傢伙可以在一秒之間把船停住。亞瑟會藉由變換車道來阻止傑瑞超車，然後在恰到好處的瞬間，在號誌轉為紅燈的那一秒用力踩煞車。傑瑞絕對沒有機會停住，他的古董車絕對會撞上老皮卡的屁股。

傑瑞大概會下車對著亞瑟破口大罵，這狀況不會維持太久。當皮卡車的駕駛座車門打開，亞瑟把他巨大的屁股挪到馬路上時，他會佯裝心臟病發作。亞瑟的老婆愛琳使他看起來就像個體操選手。我想像愛琳就和平常的她一樣歇斯底里起來，對著傑瑞揮動她粗壯的膀子，短短幾秒內，整個局面就會完全陷入混亂。最大的風險在於傑瑞用手機打回辦公室，派另一個律師去法院照顧他的委託人。這部分我也考量進去了。幸運的是，有輛紐約市警局的巡邏車會剛好經過目睹整起事故，其中一名巡警會用無線電呼叫急救人員，另一名巡警會把傑瑞拖下勞斯萊斯，將他臉朝下按向引擎蓋，給他上銬，然後把他塞進巡邏車後座，等急救人員來了以後再處理。一切都搶在傑瑞能撥號求援之前。

這絕對不是簡單的布局，但我有幫手，能安排一輛巡邏車跟著律師，並在他打出電話前拘留他。只要是他們認爲必要的事，他們基本上都辦得到。

傑瑞今天早上及時趕到法院的機率爲零。

「你的這位客戶對你讚譽有加。」大衛說，伸手指向波波。

「我跟他說了，我的艾迪老兄最棒了。」波波牙齒打顫地說。他開始出現嚴重的戒斷症狀。

我直直地盯著大衛，好像我現在才眞正好好看他。他的臉被眼淚弄得髒兮兮的，頭髮黏在額頭上。

「嘿，我眞的認得你，你是……」

「不要在這裡講。」他說。他的眼神在牢籠內到處瞟，還用力抓住膝蓋來抑制手的顫抖。他的腳抬了起來，在察覺我的目光後，又把腳藏到長椅底下。

我沒有預料到大衛會失去他的鞋子，有時候你只能臨機應變。有些最巧妙、最有說服力的騙局之所以會成功，全是因爲騙子看出他有機會自我推銷，讓別人相信他是個老實人。讓目標信任你是最大的障礙，所以當你能鞏固與目標之間關係的機會浮現，一定要把握住。我們這一行稱這種小手段爲「遊說」。不管成功的機率有多高，你都絕對不能放過機會。大衛失去了鞋子對我來說就是天賜良機，讓我能向他證明我說話算話。

「嘿，你的鞋子怎麼了？」

他垂下頭，揉著後頸，腳緊張地微微顫抖，雙手扭絞在一起。他看著我，然後飛快地瞥向圍牢中央。我看到一個高大的黑人站在中心位置，好像他是這裡的老大。以一個充滿危險分子的牢籠來說，他的周圍有很大的空間。這傢伙位於食物鏈頂端。他穿著一雙嶄新的耐吉訓練鞋，紅色的懶人鞋款。它們對他來說小了好幾號，他的腳跟都滿到地板上了。

我不理會大衛做出哀求的手勢，並輕聲說「拜託，算了」，逕直走向牢籠中央，朝我面前的巨人伸出手。我身高一米八，他比我還高出十五公分，體重大概比我多了四十五公斤，而且那些額外的體重看起來都是結實的肌肉。他寬闊的胸膛上有一隻展翅的黑鷹刺青，我看到他的牙齦間閃著金光。

那大傢伙只是瞪著我。

「我叫艾迪．弗林。」我說，手仍然伸著。

毫無反應。

「我注意到你穿著我委託人的鞋，我想它們並不合你的腳，我想拿回來。」

大傢伙的眼中燃起怒火，我看得出籠內的其他人都在用手肘輕戳彼此，準備看一場好戲。牢籠內籠罩著沉重的靜滯，我能聞到那男人的汗味。我的手還伸著，目光始終沒有從他的臉上移開。

巨人沒有握我的手，而是迅速伸出右手臂，揪住我的領帶。若他不是打算把我拉過去掐死，就是只打算威脅我。我沒給他任何機會，一把抓住他的右手，牢牢固定在我胸前。我的左手臂迅速舉向天花板，還順便帶著大傢伙的手肘一起。我讓他的手腕繼續固定在低處，手肘則被推向十點鐘方向，肩膀發出響亮「啪」的一聲。我看到男人的表情由憤怒轉變爲訝異，再轉變爲火辣辣的痛苦。手臂不是生來給人這樣亂折的。

「我只要把手臂再往上抬五公分，你的肩膀就永遠廢了。那裡面有很多軟骨，會受到擠壓而斷裂。你會昏過去，等你醒來，你會寧可你死了。你要把鞋子脫了，大家好好相處嗎？還是你想每個月一號去領身心障礙者給付？」

他點點頭，我放手。他的手臂會麻痺兩、三個小時；那裡頭的神經和肌纖維都一下子變成廢物。我看得出他在考慮撲向我。

我露出微笑。

他脫下鞋子。

在全市最險惡的拳館長大自有其好處，即使是在律師這一行。

我把鞋子拋給我的目標，他的嘴張得大大的。尼爾打破現場驚呆的寂靜。「你知道嗎，我眞的該去配一副新眼鏡了。」他邊說邊摘下眼鏡，舉起來對著光查看。

他繼續說：「該你上場了，艾迪，你的小朋友是下一個。我打給丹妮絲了，沒有辛頓先生的蹤影。」

「謝了，尼爾。」我說。

大衛聽到傑瑞．辛頓沒有抵達法院時，簡直喘不過氣來，只能製造出短促而嘈雜的喘息聲，嘴唇向內凹進口腔，掙扎著要吸入不新鮮的空氣。他的鼻尖滴下汗水，和臉上新湧出的眼淚混在一起。

「你能幫我嗎？拜託？我不知道傑瑞怎麼了，他應該在這裡的，不過我跟你說，反正我也不可能獲得保釋。傑瑞說我完全沒有機會。只是我……我不能一個人上場。你可以當我的律師代表嗎？就這一次就好？拜託，我求你了。」

所有的計畫、所有的準備、我這天早上做的一切，都是爲了誘導他提出這項請求。然而，當他眞的說出口時，我卻什麼也沒說，因爲我知道一旦答應了，我就沒有回頭路了。我的腦中再度瀏覽所有可能性。這十個鐘頭以來，我幾乎沒想過別的事。一切都沒有改變，沒有別的選擇，沒有別的出路。

另一個選項是我會來到一個和這裡一樣的牢裡，只不過不是去見委託人——而是去探視我的老婆。

「好吧。」我說。

他慢吞吞地吁出一口氣，笑了。我感覺有一副重擔用力朝我肩膀砸下來，開始慢慢壓垮我。

我朝他靠近一步，壓低音量。

「我們就省略所有客套話吧。你是創立瑞樂的大衛．柴爾德對吧？」

「對。」他說。

「什麼是瑞樂？」波波問。

「類似推特，或臉書。」我說。

「什麼是推特？」波波問。

我沒理他，把注意力轉向大衛。「如果我要當你的律師代表，我需要知道你這件案子的所有資料。一開始我覺得問這個不太禮貌，但現在我最好要知道了。你被控告什麼罪名？」

他抹了抹臉，然後用上衣揩拭濕漉漉的手。他回答我的時候，語氣像是無法相信他說的內容，感覺說出這些話本身，會使他產生新的醒悟。像是膝蓋受傷的人走路，本來已忘了傷勢，卻被那可恨的疼痛硬生生拉回現實。他最後終於勉強把話擠了出來。

「謀殺。」他說，「罪名是一級謀殺。我向你保證，我沒有殺她。」

# 9

他把臉埋進掌心。我需要知道更多，不過在這當下逼問他是沒有意義的。

「好吧，放輕鬆。我得先處理波波的案子，會花大概十分鐘。我會請法官等一小段時間再來處理你的案子，讓我們能找個地方私下談話。希望這能讓傑瑞來得及趕過來。」

我說話的時候大衛沒有看我，他一直用手捂著眼睛。

我離開牢籠，在穿過通往法院樓上的安檢門前，我始終盯著他。我在等電梯時，從外套口袋拿出新手機，打了一封簡訊，按下送出。

**我入選了。至少再拖住傑瑞一小時。**

電梯抵達時，我收到回應。

**你有四十分鐘，頂多。**

我的手錶顯示九點十五分。時間不夠。

萬幸電梯是空的。我按下按鈕，門關上，電梯開始上升，慢得讓人心焦。二十四小時前，我的人生似乎正在回到正軌。我在三個月前開了自己的事務所，最近兩週生意逐漸有了起色，感覺比較像在過正常的生活。我重振旗鼓，應付客戶、最後期限和透支，還開著一輛二手車——跟我以前的事務所生活像是兩個世界，但感覺比以前更好；感覺很誠實。

一年半以前，我停止律師生涯。有一件案子出了差錯，很大的差錯。我害某個人受傷，不是因為詐騙任何人，或是從事任何不法勾當，而只是因為我善盡職責。結果我失去一切——我的老婆、我的女兒、我的生活。我頗爲努力地用酒精慢性自殺一段時間，後來我下定決心戒酒。我成功了，開始對未來有了新的展望，也受夠原先的一切，決定放棄律師事業：不再跟委託人周旋，不再上法庭耍花招。那都過去了。然後，半年前，我被迫代表俄羅斯黑幫的首腦出庭。我活著回來，並且又回到律師這一行。

現在我在這裡，不只是即將涉入自O．J．辛普森以來最轟動的謀殺案，而且還要誆騙我的委託人，以挽救我老婆，避免她被判刑。誆騙委託人來救克莉絲汀並不會太令我困擾。

我的新委託人是美國排名四十五的富豪。

而就他們告訴我的，他罪證確鑿。我的心思暫時飄到戴爾身上。他失去了某個人，正承受著心痛——這似乎是夠明確的事實。這種心痛能產生兩種效果：你會想拯救別人，避免他們和你受一樣的苦；或是你會希望所有人都和你一樣受苦。我無法弄清楚戴爾是哪一種人，還沒辦法判斷。他把大衛被逮捕視爲一個機會，我猜想有罪答辯足以滿足戴爾的良心，之後他就能利用大衛對付事務所，對付他希望受苦的人——班．哈蘭與傑瑞．辛頓。戴爾想要奪走這兩個男人的一切——他們的生活、他們的事業、他們的名譽，還有他們的錢。

錢。

一切歸根結柢都是爲了錢。

估計達八十億美元的非法交易金額。我今天早上出發前，甘迺迪是這麼告訴我的。我得替大衛提出有罪答辯，戴爾才能和他談條件，用減輕刑期換取那對合夥人，還有錢。我要說服大衛認罪，否則他們會讓克莉絲汀被終身監禁。先前在我的辦公室裡，我對這個布局沒有疑慮，現在看到那孩子，卻開始懷疑他怎麼可能朝女朋友扣下扳機。他看起來連拉開汽水罐拉環都需要人幫忙。我的腦海深處開始有種不安在擴散。我試著忽略它。

電梯哐噹一聲變得更慢，然後打開門。

四十分鐘內要拿到目標的完整代理權。

然後有另外二十四個小時讓他提出有罪答辯。

我走進大廳，這裡滿是平素慣見的三教九流，個個都等著和法官約會。我靠在大廳角落的一根柱子上，以最好的角度觀察人群。有幾個律師在等待，其中我認得的人都不是哈蘭與辛頓事務所的律師；大廳裡的律師所穿的衣服沒有半點稱得上昂貴的。那間事務所自誇網羅了金錢能買到最好的律師，而他們每個月都能領到兩千美元的治裝費。女性律師偏好亞歷山大．麥昆，男性律師則喜歡亞曼尼。我大部分的西裝都在乾洗店，因為我的辦公室有點潮濕，經常必須把西裝送洗來除異味。今天早上我身上的西裝價值三百美元，而且它差不多是我現在擁有最好的西裝了。

我正準備離開柱子走向法庭，這時我看見了他。

不是傑瑞．辛頓，也不是哈蘭與辛頓的律師。

他看起來像西班牙裔，穿著黑色羊毛大衣，裡面是灰色毛衣、深色長褲以及黑皮鞋。他坐在中央樓梯井右側的長椅上，離我大概九公尺遠。他用左手食指在智慧型手機螢幕上飛快滑動。為數不少的出庭者都在做同樣的事，低著頭窩在牆角或是長椅上，啜飲塑膠杯裡的咖啡，檢查虛擬生活中的大小事。但我看到的男人不一樣。雖然他的手指在手機上動個不停，他並沒有把注意力放在螢幕上。智慧型手機已成為二十一世紀監視者用來當掩護的報紙。

這個男人密切注意著大廳裡的人，目光漫不經心地掃過我。他喝了一口外帶咖啡，然後望著周圍。當他仰起頭再喝一口咖啡時，我看到他脖子上有個刺青，但距離太遠，看不出是什麼圖案。絕對不是聯邦調查局的人。我檢視人群，想看看能不能辨認出他的監視對象。沒有人特別惹眼。

有種感覺吸引我將注意力轉回那個喝咖啡的人身上，幾乎就像有人拿針輕輕刮過我的後頸。

他正直直盯著我。

我還小的時候，父親曾帶我去布朗克斯動物園搭乘野外亞洲列車。我們經過老虎谷的時候，其中一隻西伯利亞虎突然停住，抬頭盯著我這個車廂。牠直直盯著我，沒有低吼，或是露出牙齒。只是盯著。即使我是個十歲小孩，也能從那雙凶惡的眼睛看出，下頭那個一百八十公斤重的猛獸想要把我開膛剖肚。

這男人讓我有相同的感覺。

他把咖啡杯丟進垃圾桶，走樓梯離開。我猜他原本並沒有在找我，但他察覺我注意到他了，這大概是他離開的原因。直到我開始走向法庭，才意識到自己呼吸得很用力。

而且我的手在顫抖。

無論那個男人是誰，我永遠都不想再見到他。

# 10

五分鐘後，我在辯方席坐好，迎來第一個好運——諾克斯法官拖著腳步進入法庭，入座，咳了兩聲，然後立刻表明他本日的計畫。

「各位先生女士，早安。在此知會辯方律師，我今天下午要打高爾夫球，所以我最晚要在一點半之前離開。如果屆時還沒有叫到你的案子，你的當事人將自動還押候審，等待下一輪。現在開始審理第一件案子。」

在約翰．諾克斯法官眼裡，正義是個屁。他喜歡高爾夫、威士忌，以及漂亮的女書記官。他最喜歡的消遣是恐嚇出現在他法庭內的律師。格蘭菲迪威士忌、高血壓和尖酸刻薄的個性，使他的臉頰和鼻子都染上淡淡紅暈。他個子很矮，有嚴重的矮個男症候群。諾克斯會在法庭上坐兩、三個小時，快速處理案子，然後休庭，將所有人送進監獄，把保釋申請當耳邊風。他過去曾遭到司法懲戒，也被上訴過好幾次，但他一點都不在乎。

法庭內看起來挺空的。大概有六名律師，他們所代表的當事人數量也差不多，這代表樓下的拘留室裡大概還有二十個傢伙在等公設辯護人。我已經安排好先叫波波的案子，再來是大衛．柴爾德。我這天稍早打電話給書記官丹妮絲，告訴她我必須盡快把事情辦完走人，就當我欠她一個人情。她答應了。我在職員間的名聲還是很不錯的。

獄警把波波帶進法庭。他戴著手銬腳鐐，拖著腳坐進我左邊的座位。我能看到大約六公尺之外那一排囚犯，像輸送帶一樣等著叫到自己的案子。大衛．柴爾德站在隊伍第一個，他環顧法庭的眼神好像這裡是刑求室。他眼睛瞪得老大，即使隔得這麼遠，我都能聽到他身上的鍊子因爲發抖而叮叮作響。

檢察官茱莉・羅培茲跟諾克斯法官身高差不多：一百五十五公分。她面前堆疊著至少三十個藍色資料夾，平均分成兩疊。茱莉和她的資料夾一樣，看起來總是井井有條；她的頭髮用筆挽成俐落的髮髻，薄施脂粉，深色套裝看起來公事公辦，剪裁得非常合身。她拿取左邊那疊的第一個資料夾，開啓她的一天。

「法官大人，第一個案子是岱爾・『波波』・巴恩斯。由弗林先生代表被告。檢方撤銷所有告訴，法官大人。」

諾克斯不常負責這個法庭，所以他對波波並不熟悉。他一開始沒對檢察官說什麼，瞇起眼睛，快速翻閱資料夾裡的文件；他在讀時，臉上漫開某種表情，毫不掩飾他對我和我的委託人懷有明顯的輕蔑。

「羅培茲小姐，我有沒有聽錯？檢方要撤銷所有告訴？」

「是的，法官大人。」茱莉說。

「但他身上的毒品量足以構成散布毒品罪，更別說單純的持有毒品罪了。」

「是的，法官大人。」

「所以爲什麼要撤銷告訴？」

除了上述的各種問題之外，諾克斯法官還挺笨的。茱莉看著我，聳聳肩；我回望著她，搖搖頭。有幾秒時間，我們只顧著對望，把法官晾在一邊。我們在商量該怎麼辦。在公開的法庭上宣布波波是警方的長期線民，可以豁免於檢方提出的各種毒品罪指控，可不是什麼好辦法。也許我以爲「波波」這個名字足以透露玄機，但這對諾克斯來說似乎不管用。

大部分法官會接收到暗示，醒悟這傢伙會對紐約市警局掏心掏肺，但是儘管茱莉露出尷尬的笑容，諾克斯還是不為所動。

「我漏了什麼嗎？」諾克斯問。

大概五十分的智商吧，我想這麼說，但沒開口。我的腦袋反而突然快速運轉起來，我看到眼前出現今早第二個創造遊說的機會。

「法官大人，我們能不能到法官辦公室與您討論這件事？此事涉及敏感議題。此外，我也希望利用這個機會私下討論您清單上的下一件案子。是一位柴爾德先生的案子。」我說出我的目標姓氏時，直直望向他本人，然後再將目光移回法官臉上。時間還有點早，記者們還沒坐滿旁聽席，即使後排座位有幾個犯罪線記者，他們也不會預期在法庭內看到大衛．柴爾德，所以這名字不會引起他們注意，而且除非他們坐在最前排，不然不會看到他的。此時前排並沒有任何記者。

諾克斯立刻就認出他，不過很明智地沒有驚動任何可能正在法庭內的記者。他微微點頭，我們只需要這個就夠了。諾克斯起身，書記官說「全體起立」，接著茱莉和我就跟著諾克斯穿過法庭的後門，沿著一道窄窄的走廊，經過這個法庭專用的一間間會議室，進入他的私人辦公室，這裡等於是諾克斯的小小王國。法院針對法官辦公室有相關規定，不過範圍不包括私人辦公室，所以諾克斯好好利用了這個漏洞。他以舒適的姿勢坐進椅子、整理法官袍時，我趁機打量周圍。這個小辦公室粉刷成奶油白，近年似乎所有辦公室都時興用這個顏色。房間四周掛滿諾克斯與知名高爾夫球選手的合照。後側牆邊甚至立著一套高爾夫球桿。放眼望去沒有家庭照。鋪著地毯的地板似乎飄散著一股既熟悉又難以定義的氣味，聞起來像蜂蜜、漂白水和麥芽威士忌。

「所以，先講波波，然後你們兩個要詳細告訴我柴爾德先生的事，讓我有愉快的一天。」諾克斯說，忍不住咧嘴而笑。

茱莉和我還站在諾克斯桌前兩張看來很舒適的皮椅旁。在法官辦公室，法官沒有請你坐下，你就不能坐下。就我所知，諾克斯從未請任何人坐下。他就是那種混蛋。

茱莉試著把一個藍色資料夾（關於波波的）在她面前的椅背上放穩，好讓她能打開資料夾閱讀她的筆記。我既沒有整理出波波的資料夾，也沒有做任何筆記。我手邊是有幾份波波的舊檔案，不過我只是拿它來做做樣子。通常我不會印出波波的紙本檔案，因爲那樣一來有可能被某人查帳，進而發現我工作的時數根本就遠不及我向紐約市警局報帳的數目。沒有檔案，就無帳可查。如果國稅局問東問西，我會說檔案被錯放在某個地方了，而他們會姑且相信我。如果紐約市警局想看檔案，我會叫他們滾蛋；這是我委託人的檔案，受到律師及委託人之間的秘匿特權保護。

茱莉在看筆記時，我決定直接使出友善的奉承手段。

「法官大人，我的委託人波波是警方的線民。他必須攜帶和吸食毒品才能執行他的工作。地檢署知道這件事，爲了更重要的利益而不予追究。我的委託人提供的資訊，已經協助警方逮捕了若干重要罪犯。」

諾克斯的脖子一下變成跟鼻子一樣的顏色。他差點在公開法庭上犯下愚蠢的錯誤，讓警方線民曝光，令他十分難爲情。而我遞給他一條救生索，讓他看起來很聰明，能夠保住面子。

「弗林先生，我只是想跟檢察官確認一下，她從你的委託人那裡獲得的資訊，是否值得她撤銷所有告訴。」諾克斯說。

「我們和波波有持續性協議，他具備豁免條件。」茱莉說。

「唔，在我們開始談柴爾德之前，我們都同意放波波走嗎？」我說。

「誰？噢，那個毒蟲，當然。跟我說說我們的億萬富翁。我瞄了一下檔案，他有答辯根據？」

「是的。」我說。

「檢方對保釋的態度如何？」諾克斯問，迅速將注意力轉向茱莉。

「我們反對保釋。」茱莉說。

「徹底反對？」諾克斯問。

「是的，法官大人。檢方認為，即使設下最嚴厲的交保條件，法庭仍然無法確保柴爾德先生會回來受審。」

法官將身子往前傾，兩手成塔式手勢抵在下巴。他蒼白的舌尖從嘴唇間微微露出，諾克斯把舌頭收回去，製造出響亮的吸吮聲。這動作來得突兀，有點像爬蟲類。他假裝思考檢察官剛才說的話。

「弗林先生，你的委託人能答應什麼樣的保釋條件？」

這是想要抄捷徑，省掉保釋聽證會的步驟。如果我告訴他能接受的條件，他會准許保釋，不過條件會設定得比我所說的更嚴格。等我回答他之後，他會刺探茱莉，弄清楚如果他想准許保釋，她會提出什麼條件。諾克斯可以藉由這種方式，讓辯方和檢方都同意保釋條件，那他就完全不必舉行聽證會了。屆時辯方和檢方都會不開心，但誰也不會質疑他的決定，因為我們都擔心會失去自己取得的小小優勢。諾克斯的理解速度或許稍慢，但他學會了一、兩招審判的伎倆。

「恐怕我得向委託人詢問保釋條件的事。」

「很好，」諾克斯說，「給你十分鐘。」

我看看錶，估計我還有十四分鐘左右的時間，然後傑瑞·辛頓就會衝進法庭，到時候一切還沒開始就已經結束了。

# 11

我已經知道故事的來龍去脈了，大約九小時以前，戴爾對我詳細說明過。儘管如此，我還是想聽委託人怎麼說。每個故事都有好幾種版本，我們各自是個小小的星球，因此我們都只能從自己的角度看事情，那包括我們的偏見、我們的劣根性、我們的天資，以及我們受限的觀點。沒有兩個人會看見同樣的事情。當你再加上一個狀況，那就是任何一個人都會對同一件事做出不同的敘述，這取決於他們敘述的對象是誰，你就能體會事件的版本有可能撲朔迷離到什麼地步了。一個人講述同一個故事時，會因爲聆聽者是男是女、大學教授或計程車司機、警察或律師，而呈現不同的樣貌。我們會無意識地修飾我們說的話及肢體語言，來博取聆聽者的同情與理解。所以你需要所有的資訊才能針對事實眞相做出客觀判斷，這還不考慮對你說故事的人究竟誠不誠實。

有一些簡單的技巧是專門設計來取得原始資料，而不是潤飾過的說詞的。

我運用這類技巧中最簡單的一種來誘使大衛．柴爾德開口。我們坐在一間狹小的灰色調會談室裡，一張深色桃花心木桌將我們隔在兩邊。那張桌子傷痕累累，源自迴紋針、小刀和原子筆的刻蝕，過往的重罪犯用這類工具在桌面鑿出他們的名字。

我才剛坐下，還沒告訴柴爾德，我剛才跟諾克斯法官談話的任何內容。

「所以，發生什麼事？」我問。

「法官怎麼說？」

我靠向椅背，不發一語。我的手擱在大腿上。我不能手臂環胸，必須保持開放的姿勢，這樣才能將潛意識維持在「接收」狀態。

「他說什麼？」

我的頭往右偏。

「弗林先生？」

在靜默中，幾秒鐘過去了。柴爾德望著地板。當有人耐心地等著你開始說話時，要保持沉默就變得挺困難的。他猛然抬起頭，以哀懇的目光迎向我的視線。我挑起一眉。

「大衛，發生什麼事？」我重複。

他點了兩、三下頭，然後舉手投降。

我沒有問柴爾德他爲什麼被逮捕，或是他爲什麼被控告謀殺，或是警察掌握了哪些對他不利的證據。我問的問題盡可能開放而廣泛，這樣我能得到更多資訊。

「天啊。」柴爾德說，兩手撫過頭皮。「我愛克萊拉，我從未認識過像她這樣的人。她很完美，太完美了。我永遠不會知道她怎麼會和我這樣的廢物在一起。耶穌在上，現在我眞希望我沒有認識過她，那她就還會活得好好的。」

他哭了起來，淚水泉湧而出，從他眼周的腫脹判斷，這幾個小時他顯然時常在哭。他彎下腰，大口吸氣時背部顫動，再把空氣硬吐出來，同時伴隨著低喊。雖然據說他富可敵國，此時滿臉鼻涕和淚水的他，看起來只是個悲慘的少年。

我什麼也沒說。

我沒有伸出手臂摟著他，沒有說些安慰的話，只是保持放鬆與沉默。

如果我同情他，那就不是幫他，而是在害他。我會把我剩下的八分鐘用來看他哭、看他擤鼻涕。讓某個人停止哭泣、開始說話最快的方法，就是保持沉默。一般人會覺得難為情，不該在陌生人面前如此宣洩情緒。

柴爾德用他的連身服袖子抹了抹臉。

「對不起、對不起。」他說。

我不說話。

剩七分鐘了。

「大衛，發生什麼事？」

他轉了轉脖子，呼了幾口氣來穩住呼吸，然後回答我的問題。

「她因為我而死。」他說。

他說話的時候沒有看我，目光一直低垂，望著桌面。他說話的語氣就事論事，好像他剛才告訴我的是他的地址或出生日期。這不是衷心的自白，而是單純的陳述。

律師通常不會質疑委託人是否說了實話，那條路通往瘋狂。你要做你該做的事，並且信任司法系統。所以，有罪之人認罪，清白之人辯護，讓陪審團來決定。如果這個過程帶來真相浮出這個副產品，那就這樣吧，但真相不是這過程的目的，裁決才是。審判中沒有真相的容身之地，因為沒人在乎查出真相，尤其是律師或法官。

然而，在我過往的職業生涯中，在我成為律師之前，真相一直是我的目標。身為騙子，你向目標展示絕對真相，能決定你是生是死。當然，不是真正的真相。不，是適合這場騙局的某個版本的真相，但那個故事、那句台詞，不管是什麼，都必須成為目標眼中的真相，感覺起來、嚐起來都是真實的。

憑我的經驗，通常我隔著老遠就能識破謊言。我原本預期柴爾德是個高明的騙子，我得先研究他一番，才能夠看穿他的破綻。我低估他了。他簡直是緊張、震驚、愧疚的綜合體，這使他該死地幾乎無法解讀。所以我只能仰賴我的直覺。

我的第一印象——這男人不是殺人犯。但我曾經看走眼。

剩六分鐘。

# 12

會談室內迴盪著「噹」的聲音，那是隔壁走廊的鐵欄杆門關上的聲音。即使這個房間沉重的門牢牢緊關，仍不足以把那些聲響隔絕在外。哭聲、歌聲、禱告聲。

柴爾德抹了把臉，吸吸鼻子，坐直身體。

「在我離開公寓之前，我就知道有壞事要發生了。我用手機檢查了電子信箱，收到十七封新郵件。是奇數。我不喜歡奇數，所以我知道會發生壞事，而那會是我的錯。我知道這很瘋狂，但我一直都有這個……嗯。醫生診斷出……」

「大衛，我們時間不多，我們可以之後再探討細節。只要告訴我你的女朋友出了什麼事的基本資訊就好。」

「我把克萊拉留在我的公寓裡——那天她才剛搬進來。我在去公司的路上——我在離我住的地方兩個街區外停下車等紅燈。每個星期六晚上八點半，我們瑞樂都會開會；我們會檢視該週的統計數據，調整行銷計畫，還有腦力激盪。變綠燈了，我的車越過白線。我在十字路口前進大約六公尺時，有個混蛋撞上我。他闖紅燈，撞上我的布加迪超跑。他一下車，我就聞到他渾身酒臭，然後他威脅我。警察來了，他……他問我發生什麼事。我對他說了，然後那個警察告訴我，對方駕駛看到我車內腳踏墊上有槍。我跟他說這是誤會，但那個警察走向我的車子。我向你發誓，弗林先生，我從來沒見過那把槍。我沒有槍。他要我出示持槍許可，我根本沒有。我告訴他那槍不是我的，他就逮捕了我。我以為我會被罰錢什麼的，我們只在警察局待了兩、三個鐘頭。他們拿走了我的衣服，用棉花棒刷過我的臉、手臂、手，然後採了我的指紋。我以爲這都是例行公事。我打給傑瑞．辛頓，他趕到警局。當天深夜，他們告訴我克萊拉死了，她被槍殺了。她陳屍在我的公寓裡……我……我……」

驚慌哽住他的喉嚨，我看到他的眼淚開始積蓄。

「我大約是八點鐘把她留在公寓裡，我與她吻別。我出門的時候她還活著，我發誓。」

「所以你被訊問，傑瑞陪著你。你跟警方說的內容和你告訴我的一樣？」

「是啊，我告訴他們實話。我沒有任何需要隱瞞的。」

如果他在撒謊，那他就是天底下最厲害的騙子。

「你剛才爲什麼說她是因爲你而死？」

「那該死的奇數，我知道是這樣。一定有人闖入我的公寓要找我，要搶我的錢——結果他們……他們找到了她。我沒有殺她，我沒有槍。不是我做的……我……不……不是我……我不可能啊。」

他的胸腔開始劇烈起伏，眼神變得呆滯。他的手激烈地顫抖，臉變得死白，然後他吐在桌面上。接著他的頭猛然垂下。我趕在他摔下椅子前接住他，讓他側躺在地，踢開會談室的門大聲呼救。

他斷斷續續地呼吸，還掙扎著把話硬擠出口。

「傑瑞……傑瑞……告訴……我……不能保釋……不能保釋……不要讓媒體……保釋不了……逃亡之虞。」

「冷靜一點，別說話，呼吸。」

一名警衛衝進來，跪在柴爾德旁邊，望著我。大衛快要休克了。

警衛年紀很輕，有一雙和善的大眼睛，他離開後很快又帶著呼吸罩和小型移動式氧氣瓶回來。我們合力讓大衛坐起來，背靠著牆壁。他就著吸入器奮力吸了兩口氧氣，然後警衛把氧氣面罩戴在大衛臉上。我們陪他坐了幾分鐘，讓他自行取得控制力。過了一會兒，他的呼吸變得比較深也比較緩。

他把面罩拉下來掛在胸前，說：「傑瑞說我沒有保釋的機會。」

我的機會來了。我站起身，打開檔案，把一份四頁的文件放到檔案頂端，然後整個放在大衛的膝蓋上。

「這是什麼？」

「委任契約書。你在這上頭簽名，我就成為你的律師了。我會讓你保釋，也會防止消息見報。你只需要簽名就成了。」我說，並且把筆遞給他。

「可是傑瑞說我申請不到保釋。我有四架私人飛機，我有逃亡之虞。而且如果有人申請保釋，媒體……他們會……會大肆報導。」他說，恐懼似乎使他的胸腔有罷工的危險。

「簽就對了。你在監獄裡撐不過一天的。我可以把你弄出來，但我需要用合法的方式。簽了這份文件，我就會照顧你，大衛。」

他用顫抖的筆匆匆簽下名字。我拿起文件和筆，交給他身旁的警衛。

「因為他狀況有點不穩定，請你替我見證這份文件。」

警衛看著那張紙的眼神好像它是炭疽病毒，他抬起一隻手。

「聽著，這是為了保護我。」我說。

「你就簽吧。」尼爾站在門口說。他是來確認我一切安好的。

我看看警衛的名牌——達瑞・懷特。我讓達瑞在文件上簽全名、姓名縮寫以及日期。

「醫生在嗎？」我問。

「他在看一個慣犯。」尼爾說。

「你可以讓他盡快來看一下我的男孩嗎？也許給他一點藍色藥丸讓他平靜一點？」

「當然好。來吧，孩子，現在有人照料你了。」尼爾說。

我們合力拉大衛站起來。達瑞個子比我小，不過連他都能一手提起那小子。大衛體重大概只有五十公斤，手肘的骨頭感覺很尖銳，幾乎沒有肌肉組織，他就像是用肌腱和膠水固定成形的。

大衛坐在醫務室裡，頭往後仰，眼睛瞪大，彷彿想利用它們把空氣吸進肺部。他說話了。輕聲細語。我沒聽清楚。

「放輕鬆。醫生馬上就來了。」我說。

大衛從氧氣機用力吸了一口氣，製造出嘈雜的聲音，然後他把面罩推到一旁，說：「我可以叫你艾迪嗎？」

「當然可以。」我說。

「好。我簽了你的契約書，那表示你是我的律師了，對吧？」

我點點頭。

「拜託，艾迪，幫幫我。我沒有殺克萊拉。幫幫我，我求你了。」

這就是了，他在懇求。一個嚇壞了的孩子在呼救。

我的手機震動。

戴爾傳來另一封簡訊。

**傑瑞·辛頓剛走進十二號法庭。**

# 13

在十二號法庭內，公設辯護人辦公室的一位女律師正趁著短暫休息的空檔，與檢察官茱莉．羅培茲快速協商案件。兩位律師在諾克斯法官面前你來我往地針對審判討價還價，他卻只是快速翻閱桌上的資料夾。

一開始，我沒有看到傑瑞．辛頓，我從沒見過他本人。昨天晚上戴爾給我看了照片，但不是最近拍的，而且照片完全無法傳達這男人不凡的氣場，有如一罐五百美元的鬍後水圍繞在他周圍的甜霧一般。他那身藍色條紋西裝剪裁得無比合身，完美貼合他高挑而優雅的身段。黑色鬈髮中摻雜著幾絲白髮，蓋在一顆大而危險的頭顱頂端。他的鼻尖上架著一副時尚寬眼鏡。他曬得很黑，臉上布滿歲月帶來的紋路，但他看起來並不像將近六十歲的人。金錢有種讓老化停止的能耐。他跪在書記官的椅子上對她說話，檢查名單，確認他沒有錯過他的委託人出現在法官面前的時機。我能看見書記官告訴他，這件案子已經向法官提起過了，但他還沒有做出判決。他傾向前，讀著書記官在大衛．柴爾德的名字旁邊填入的律師姓名。書記官環視法庭，看到我，對傑瑞說了什麼，然後以一種書記官獨有的方式指著我——**弗林先生在那裡，他是登記的律師。要吵去跟他吵，不要把我扯進去**。

傑瑞抬起他的大頭，唰地摘下眼鏡，看著我的眼神好像他準備好嚼玻璃。他沒有咆哮，那個男人自帶一股威嚇感。他把眼鏡戴回臉上，朝我走來。

我抆起手臂，把重心擺在一側臀部，看著他逼近。他離得愈近，脖子就漲得愈紅，等他站到我面前時，有一條肥大的血管從他漿挺的衣領中暴凸出來。他比我高了將近四十公分，而且站得離我很近，簡直像是控球後衛完全擋住籃框。他從飽經風霜的眞皮公事包裡取出一份厚厚的文件夾在手臂下。他尾戒上那顆碩大的黑色寶石折射出頭頂的燈光，讓我在剎那間瞎了眼睛。我猜那枚戒指大概比我第一棟房子還貴。

他再度取下眼鏡。這時候我看見了。

要殺死某個人並不容易。大部分謀殺案都發生在行凶者喝醉酒，吸毒吸昏了頭，又或兩者兼具的狀態下。也可能是爭執失控，或有人情緒太過激動。多數人甚至無法策劃謀殺。但是有些人就是對那些防止我們殺人的心理障礙免疫，他們沒有同理心。我不需要知道傑瑞・辛頓的過去就能看出他是個殺手。有時候你就是知道。我面前的這個人無法爲另一個生命體產生任何感情，他眼中只有自己，別的什麼都沒有。

「你是艾迪・弗林？」他低沉的嗓音中藏著一絲南巴爾的摩的口音。

「對。」我說。

「我們就不講廢話了。多少？」

「你說什麼？」

他抓住我的手肘，帶著我走到法庭角落。

他講話低沉而緩慢。「所以你的某個好兄弟向你通風報信，說有個名人被逮捕了。你到底下去，試圖爲你自己偷一條大魚。我懂。但這是**我的**魚，你不能搶走他。我沒時間搞這個。你要多少才肯閃邊去？一萬？一萬五？兩萬怎麼樣？」

「不用了，謝謝。」

他的表情沒有改變，冰冷的憎恨藏在死人般的面孔後頭。我想像他下令殺了線人法魯克時，也擺出了同樣的表情。

「你違法慫恿了我的委託人，我可以讓你停職、失去律師資格，或者你可以選擇帶著兩萬元離開。」

我堅守陣地。

他冷靜下來打量我，怒氣漸漸消退。他看見的大概是一名三流律師，急匆匆地瀏覽罪犯名單，試著籌出房租。

「收下這筆錢，然後走開。這案子你吃不下來。」

「我看陷入麻煩難以脫身的人是你吧，朋友。這裡不是會議室，這裡是刑事法庭，你在我的地盤。如果我是你，我會將你那雙紅寶石鞋鞋跟相碰，在心裡默想『上東區』[1]。」我說。

他沒有明顯的反應，只有嗓音中微微的顫抖洩露出他不快的跡象。

「我有這個案子牢靠的委任契約書，弗林。你知道大公司是怎麼辦事的。他是我的委託人。」

「我手上有最新的委任契約書，大衛．柴爾德今天上午剛簽的。」

他湊向前，不習慣和我這種微不足道的律師爭執。

「我的兩萬元提案只在六十秒內有效。」

我聳聳肩。

「你應該接受這筆錢。如果你不接受，會有壞事發生。」

我感覺雙手握成拳頭，我的嗓音提高了。「退後，你嚇不倒我。」

「你不知道你在跟誰鬥……」

法官的聲音讓辛頓趕緊立正站好。

「喂，這裡是法庭。如果你們兩個有問題，到外頭解決去。我在看東西。」諾克斯說。

「法官大人，」辛頓說，「弗林先生有不法行爲，他違法接近我的委託人。我想要到法官辦公室討論這件事。」

「先生，你是哪位？我從沒在這個法庭內見過你。」諾克斯法官說。

「我名叫傑瑞．辛頓，法官大人。我是柴爾德先生的律師代表。這位弗林先生試圖——」

「傑瑞．辛頓？哈蘭與辛頓的合夥人？」

「是的，法官大人。我想要——」但是諾克斯法官直接打斷他。

「我認識老哈蘭先生——我是說在我執業的年代。要是他能看到事務所現在的榮景，一定會很自豪。」諾克斯難得展露微笑。「這樣吧，我快要判刑完畢了，不會花太久時間。你跟弗林先生先到後頭去，我五分鐘內去辦公室找你們。書記官會帶路。」

辛頓在跟著書記官走之前，先轉頭得意地看我一眼。他深信事務所的老朋友諾克斯法官會跟他一個鼻孔出氣。我不能讓那種事發生。我要是被踢出這個案子，克莉絲汀就完蛋了。

我沿著走道步向通往諾克斯辦公室的出口，我大口吸氣，憋住，再慢慢吐氣。除非我在五分鐘內想出好辦法，否則哈蘭與辛頓嚴明的委任契約書將判我永久出局。

1 典出《綠野仙蹤》電影，女主角桃樂絲穿上壞女巫的紅寶石鞋後，無意中發現只要將鞋跟相碰三次，並且唸誦「沒有比家更好的地方」，她就能回到家。

# 14

書記官帶著傑瑞・辛頓走進那一條毫無特色的走廊，來到諾克斯的辦公室。她開門讓我們進去後便離開了。傑瑞發出一聲煩躁而疲憊的嘆息，坐進面向辦公桌的一張高級皮椅。現在室內只有我們兩人，他一句話也不說，只是坐在那裡，當我不存在。他從沒跟諾克斯打過交道，不知道未經許可坐在那張椅子上，可能會害諾克斯長動脈瘤。

我看到我的第一個機會，決定閉緊嘴巴。

五分鐘後，我聽到諾克斯法官一邊碎碎唸，一邊沿著走廊走來。我從飲水機裝了一杯水，待在房間後側。門打開時，傑瑞站起來，然後隨著諾克斯坐下。我看到法官的表情，他眉毛挑起來，用牙齒咬住下嘴唇。

「二位，我不喜歡律師在我的法庭內爭吵，很沒禮貌。如果你們想唇槍舌劍，可以等我叫到你們的案子時再做。好了，所以到底有什麼問題？我的備忘錄上，柴爾德登記的備案律師是弗林先生。辛頓先生，你有什麼意見？」

傑瑞從公事包裡拿出厚厚一疊契約書，恭敬地放在法官面前。辛頓在椅子上坐直了一些，把西裝外套扣起來。他對法官說話時語氣變得不一樣；比較輕，比較和善。

「法官大人，這是柴爾德先生在二〇一三年簽的委任契約書。它授權我的事務所在所有法律事務上作爲他唯一的代表。如果柴爾德先生想換律師，他必須提前三十天通知我們。如果他選擇不通知我們，這份契約書讓我們擁有合作關係中所產生的任何檔案及文件的留置權。基本上，這項條款使我們有柴爾德先生的獨家代表權。在客戶簽署這份契約書之前，我們特別向他讀出這項條款，也特別針對它所代表的意義向他提供法律建議。柴爾德先生今天簽的任何委任契約書都沒有效力。弗林先生侵犯了原本既有的律師及客戶關係；他違法招徠我的客戶，我有意在今天下午召開臨時州律師委員會，讓弗林先生在獲得懲戒之前先停職。」

辛頓向後靠，蹺起他又長又粗的腿，把手優雅地放在大腿上。他發表言論時流暢俐落，低沉的嗓音聽起來像一顆顆小石子落入鋪著絲絨襯裡的帽子裡；他講話的語氣圓潤而純粹，卻潛藏著微微的尖刻。現在那個冷酷的劊子手已沒有留下一絲蹤跡。諾克斯法官快速瀏覽相關段落，然後把文件放在桌子上，摩挲下巴，看著在房間後側靠在書架上的我。就在他向我發話前一刻，我站直身體。

「弗林先生，你怎麼說？你讀過這份文件嗎？」

「沒有。」我說。

諾克斯等著我繼續說，我卻不發一語。

「你想讀一讀嗎？辛頓先生提出頗爲嚴重的指控呢。」

我喝光塑膠杯裡的水，把杯子丟進垃圾桶。

「庭上叫到柴爾德先生的案子時，辛頓先生並不在這裡，而我在。我跟柴爾德先生談的時候，他可說是求我幫他。他簽了我的委任契約書，其中一位獄警作了見證。如果在辛頓先生不在場的情況下，柴爾德先生遭到傳訊，會發生什麼狀況？在我看來，這是律師代表的失職。你要出席才能代表當事人。」

法官目光銳利地瞥向辛頓。他痛恨他的法庭上有人遲到。你遲到，你就輸了，就這麼簡單。

「如果辛頓先生仍堅持己見，我可以說服我的委託人向律師標準委員會針對辛頓先生的遲到提出申訴。我的委任契約書針對的是刑事訴訟，因此相關性更高，而且它今天剛獲得簽署與見證。我猜辛頓先生只是無法面對他被炒魷魚的事實。」我說，把雙手放在辛頓旁邊那張椅子的椅背上。

「法官大人。」辛頓說，他在椅子上傾向前，一邊搖頭。

「你的屁股，辛頓先生。」諾克斯法官說。

「抱歉，您說什麼？」辛頓說，態度稍嫌訝異與不悅，對他不太有利。

「我聽不見，辛頓先生。」法官說。

「我說……」傑瑞大聲地開口。

「我指的不是你的音量，而是你的屁股。這些辦公室是我的法庭延伸，辛頓先生。從來沒有一個律師不是站著對我說話的，你是第一個靠在我的椅子上對我說話的律師。對了，是誰准許你坐的？沒有人能夠不經過我的許可就坐下，如果你來過這間法庭，你就會知道。」

辛頓額頭上的皮膚繃緊了。他知道是我讓他坐下的，他知道是我讓他惹毛法官的。諾克斯法官也知道，因爲我能看到他那兩條蛞蝓般的嘴唇周圍隱約帶著笑意。

傑瑞帶著僵硬的笑容站起來，扣好西裝外套，然後拉直領帶。和藹可親的假象消失了——鯊魚回到房間裡。

「法官大人，被告在法律上是我的客戶。他在警局接受問話時，是我陪著他。我先接下這件案子。如果您認同弗林先生的主張，就等於認同違法招徠客戶的行爲。」

這是傑瑞的大絕招，他原本大概希望不必用上，希望法官會直接幫他的忙。諾克斯可不是熱心助人的類型，而威脅他也不管用。對付他要用巧勁。他轉向我。

「法官大人，辛頓先生主張的是法律層面，我想他說的對，這是法律解讀的問題。無論您如何決定，您大概都會被上訴。我言盡於此，就交由您決斷吧。」

諾克斯法官摩擦雙手，把手肘擱在桌面上，眼神發直地盯著虛空處。雖然諾克斯頭腦還算清楚，而且以刑事法官而言勉強可以歸類在嚴謹的一邊，但他在任何法律問題上都很差勁。在他別無選擇、只能根據法律決定的少數情況下，他都被上訴法院的法官批得滿頭包。眾所皆知，他鄙視來到他法庭上的刑事被告，他不在乎因爲太過刻薄——或是忽視被告權利——而被高等法院批評，但他難以承受有個上訴法院的法官告訴他，他弄錯法律規定。諾克斯不想發生那種事，他盡量避免那種狀況。只要不必做決定，怎樣都好。

所以我給他一個脫身之道。

「法官大人，在您決定之前，我想先爲之前在您的法庭上造成騷動道歉。辛頓先生覺得需要讓您來處理這件事，眞是令人遺憾。我們應該要能夠自己解決才對。」

我幾乎看到諾克斯腦袋裡的電燈泡亮起來。

「弗林先生，我得說我對事態的發展非常不滿意。兩位經驗豐富的律師爲了爭搶客戶互不相讓，對你們的形象都不是好事。所以我要給你們另一個自行解決的機會。二位，我有權力指定公設辯護人作爲辯護律師，我想那可能是我們的解決之道。所以你們二位都到外頭去兩分鐘，若非你們達成共識後再一起進來，否則柴爾德先生就得去公設辯護人辦公室報到，你們兩個可以到另一個該死的法庭上互告。」

「法官大人——」傑瑞開口。

「別再說了，辛頓先生。去外面好好談。」

說完這句話，諾克斯法官抹抹雙手，自顧自地露出微笑。

# 15

走廊迴盪著我們來回踱步的腳步聲，以及傑瑞・辛頓用他的尾戒輕敲牆壁的聲音。

「他一直都是這樣嗎？」他問。

「可以這麼說。聽著，他不想做出讓我們有機會上訴的決定。公設辯護人不能拒接案子，我們也不能針對那個決定提出上訴。他不想判給我們任何一方。你何不就交給我呢？柴爾德會受到良好照料，我經驗很豐富，我可以提供他最好的法律服務。」

傑瑞投起手臂。「你有什麼樣的資源？我有兩百個律師和一組專家，他們二十四小時聽我調度。你有多少後援人力？」

「你面前站著的就是後援人力兼打字員兼清潔工。」

「這是個錯誤，弗林。」

「我不這麼認爲。我認識很多法官，知道怎麼應付他們。你或許有一打律師在打這場官司，但那無礙於地方檢察官讓你屁股開花，因爲你根本不知道你在做什麼。不過，在謀殺案審判中，人力總是很好用的……」

「你不知道你面對的是什麼。拿錢閃人吧。」

我想起辛頓和我一樣需要這件案子。如果大衛・柴爾德能夠如戴爾所期望的那樣重創哈蘭與辛頓，那麼這間事務所必須不惜一切代價擔任他的律師代表——他們才能監視他。並且確保他不會把律師出賣給聯邦調查局，以換取減刑。

「我不要錢，我要這件案子。這會是媒體趨之若鶩的大審判，這可以成爲我的代表作。這是我的案子，我不會放手的。反正我也沒有損失。既然我們無法同時擔任他的律師代表，不如就去叫諾克斯打給公設辯護人好了。」

我跨出三步，把手放在諾克斯辦公室的門把上。辛頓伸手阻止我。

「等一下、等一下。這很有意思。你說我們無法同時擔任他的律師代表，但有何不可？我有資源，你有經驗。你可以擔任特別指導或是顧問，隨便你愛怎麼稱呼。我們會處理這案子的前線工作。」

「想得美。」我說，並轉動門把。

「等一下！你可以當次席律師，那──」

「很高興認識你。」我將諾克斯法官的門打開一條縫。

「等等，」辛頓咬牙切齒地說，「好吧，首席律師。但我們是一個團隊。」

「隨便啦。」我跨入諾克斯的辦公室。

諾克斯在用手機玩憤怒鳥，面前擺著一杯新泡的咖啡，正在慢慢變冷。

「法官大人，我們談出了折衷方案。哈蘭與辛頓事務所將在這件案子中擔任我的共同律師。」

法官點點頭，但目光沒有從手機上移開。

「很好，二位。五分鐘後舉行保釋聽證會。先去外頭等檢察官吧。」

傑瑞．辛頓咬下魚餌了。都是因爲傑瑞．辛頓和班．哈蘭，克莉絲汀才會被捲進麻煩。我想要待在這些傢伙身邊，也許可以查出什麼線索，既讓戴爾滿意，又足以讓克莉絲汀全身而退，還能讓我不必遊說大衛．柴爾德接受判刑。現在我有機會了。我相當確定這是正確的做法，我不能就這樣強迫柴爾德去坐牢，至少得先試試有沒有其他方法能讓克莉絲汀脫身。

傑瑞・辛頓靠在淺色的走廊牆壁上，慢慢地吸氣吐氣。他的客戶失而復得了。

我爲克莉絲汀爭取到一個機會。

而且大概簽下了我自己的死刑執行令。

# 16

檢察官茱莉．羅培茲沿著走廊走來，看看我們，然後敲了諾克斯法官的門。我們跟著她回到房間裡。

「『柴爾德公訴案』的案卷要修改，幾分鐘前，辯方團隊的規模增加了，羅培茲小姐。我想妳應該不反對吧。」諾克斯法官說。

「不反對。」羅培茲邊說邊打量傑瑞．辛頓。

「還有，弗林先生，請你公開表明，你的當事人是否在不到庭的前提下，同意這場聽證會的結果？」諾克斯法官問。

「是的，法官大人。我認爲沒有必要讓他在公開法庭上出現在媒體面前。我們很樂意就在這裡私下進行。」

「唔，律師，雙方同意的保釋條件是什麼？」

「我們要求被告限制住居，在——」羅培茲的話被辛頓打斷。

「等一下，法官大人。我們沒有申請保釋。我的當事人並不想在這個時間點申請保釋。這件案子在媒體方面很敏感，而我的當事人——」

「法官大人，我才是首席律師，請不要理會我的共同律師。法庭已經記錄了我們提出的申請，而且我們是根據柴爾德先生的指示這麼做的，他希望申請保釋。我們同意限制住居條件。還有別的嗎？」我問。

「除了出庭日之外，他每天都要在下午一點之前至最近的警局報到。他必須交出護照。不可飲酒，不可服用處方藥之外的藥物，被告必須接受週期性的酒精和藥物隨機檢查。」羅培茲說。

「法官大人，被告——」

「同意。」我搶在辛頓能造成更大傷害之前說。

「保釋金總額爲一千萬美元。預審聽證會將於明天……」

「法官大人，我們已準備好在今天下午進行預審聽證會。」羅培茲說。

「文件送出去了嗎？」法官問。

羅培茲把一個牛皮紙大信封交給我。

「現在送出了。」她說。

諾克斯法官摩挲著下巴，想著他的高爾夫球局要取消了。

「你們對預審的看法是什麼？如果這案子將吸引媒體關注，我假設你們會放棄預審聽證會？」法官問。

大部分重罪案件，例如謀殺案，是沒有預審的，所謂的預審聽證會，用意在於決定檢方是否有足夠的證據提起告訴，並且把案子交由大陪審團調查。檢方不需要在這個階段證明被告有罪，只需要證明他們有合理根據來成立可辯論的案子。通常，既然證據足以逮捕並起訴被告，就表示檢方有充足的證據能輕鬆通過預審聽證會的考驗。

「你們的決定是？」諾克斯法官問。

我對檢方的檔案中有什麼內容已經可以猜個八九不離十。昨天晚上，戴爾把警方握有的證據都攤給我看了。預審是浪費時間，那些證據足夠給大衛．柴爾德定罪兩次。

「我們不放棄預審。」我說。

如果我不管證據，只聽大衛講的話，我是相信他的。他快要崩潰了，而我並不打算任由他崩潰，還不打算。我需要親自看到證據，再跟他談一談。我想要保有各種選項。

諾克斯法官桌上的電話響了起來。

「好吧，案子延至下午四點審理。」他說完便拿起聽筒。

我們還沒走到門口，法官又叫住我。

「等一下，弗林先生。」

羅培茲、辛頓和我都轉頭看法官。他看起來備受打擊，臉色變得蒼白，我看到他的上嘴唇冒出汗水。他繼續聽電話，眼珠快速轉動——他在消化聽到的資訊。最後他搖搖頭。

「他在我這裡，我會告訴他。我們要進行完整的調查，這太過分了。你要隨時向我報告進度，威爾森。」諾克斯說。「該死。」他喊道，重重放下聽筒。「兩位男士，你們最好立刻趕到拘留室，你們的委託人被刺傷了。」

# 17

不停搥打電梯裡的按鈕，並無法使它移動得快一點。辛頓站在角落，手摀著嘴巴——低頭沉思。自從諾克斯向我們通知這個消息後，他還沒說過半個字。

「快啊。」我說，再度猛按通往地下室的按鈕。

我閉上眼睛，將額頭靠在電梯控制面板上方冰冷的鋁板上。我默默祈禱大衛還活著。在這一刻，我發現我已經開始關心他了。他看起來是那麼無助，他的世界和心智正在崩塌。爲了什麼？他並不是個殺手。可以在清醒狀態下對著心愛的人扣下扳機的那種人，是很容易辨別的。反社會傾向就和自戀一樣明顯，他們殘酷、社交疏離，而且有使用暴力的前科。

柴爾德不具備那種卑劣的氣質，或是缺乏同理心，即使他身邊的世界快要化成灰了，他也並不憤怒——而是害怕。

那孩子不可能殺了他女朋友。

我用力閉緊眼睛，試著回想我對大衛所知的一切。要達到他那樣的富有程度，過程中不可能沒把別人踩下去。而大衛這種地位的人不會弄髒手，如果他希望弄死某個人，他總是可以雇人代勞。

我眞希望能在牢房以外的地方看看他——觀察脫下橘色連身囚服、不再處於冰冷慌亂中的他。那我就能確定了。此時此刻，我只能根據直覺判斷他是無辜的。

而現在有人刺傷他。

電梯放慢速度，門叮的一聲打開。早在我們抵達最底下的樓層之前，我已經聽到牢房內的暴動。被拘留的人都瘋了，空氣裡瀰漫著血腥味。警衛們朝囚犯吼叫，對方的回應則是搖晃鐵欄杆、吐口水和怪叫。一根根手指控訴般指著警衛，眾人開始齊唸——「殺手，殺手，殺手。」一名警衛解下後側牆上盤繞的水管，準備好朝整個圍牢噴水，獄醫則在辦公室裡對我揮手。我跑過牢房外側，進入通往急救室的小走廊，辛頓跟在我後頭小跑。

我放慢腳步，結果滑了一下，腳在地上舞動，試著抓牢地面，直到我終於扶著牆壁才穩住身體。頭頂的燈光明顯倒映在濕漉漉的地板上。這裡那裡、門上、牆上，都還看得到新鮮的血跡。我扭回頭看，發現剛拖過地的痕跡一路延伸回牢房裡。急救室忙成一團，爆滿的垃圾桶裡露出吸飽血的繃帶和紗布。就連獄醫的襯衫肩膀處都有血漬。角落裡的診療床也染上血紅，雖然已經有人擦拭過，但還沒能徹底清潔。

「發生什麼事？」傑瑞問。

「這個人是誰？」獄醫問。

「沒關係，他是跟我一起的。我們的人怎麼樣了？他能活命嗎？」我問。

「急救人員接手的時候他還活著。他的生命跡象不太樂觀，大量失血。」

「天啊，究竟怎麼回事？」我問。

「我不知道。警鈴響了，我看到兩個警衛把他從籠子裡拖出來。那孩子全身都是血，他的兩條手臂都被嚴重割傷，腹部也有一處很大的刀傷。該死的血就一直往外噴。有人把刺進他身體裡的刀刃往上扯，想要他開膛剖肚，之後還狠狠劃傷他的臉。」

「急救人員帶他去哪裡？」辛頓問。

「下城醫院急診室。」獄醫說。

「先別急著走。」我說，但辛頓已經奔向門口。他想獨佔大衛——好把我炒魷魚。我很想追在辛頓身後，但我必須先搞清楚發生了什麼事。反正我還有時間。大衛很可能直接送進手術室，辛頓得等很久才能見到他的客戶。我祈禱這事不是我的錯，不是之前搶走大衛鞋子的大塊頭決定討回公道。

噪音減弱了，只剩少數幾個被拘留者還在跟警衛爭吵。我查看了一下休息室，他們還沒有拖地，我能看到一串血腳印通往一張桌子。當天早晨幫忙我接近大衛的警衛尼爾坐在那兒，雙手抱頭，臉離熱氣蒸騰的咖啡杯只有幾公分。他的袖口沾著血。一名警察坐在他旁邊，手裡握著筆，筆記本攤放在桌上。

「尼爾，你還好吧？」我問。

他迅速抬起頭，試著擠出笑容，但失敗了。他咳了兩聲，擦擦嘴，靠向椅背。「你不應該在沒有人陪的情況下四處亂晃。」

「我不需要人陪，我對這些牢房跟你一樣熟悉。獄醫說是你把那孩子拉出來的，我得知道發生了什麼事。」我說。

「這傢伙是律師？」警察用筆指著我問道。

「沒關係，他叫艾迪．弗林，是那個人的律師。坐下吧，艾迪。」尼爾說。「聽著，我沒什麼可說的。柴爾德的恐慌症發作減退以後，獄醫判定他可以回到牢房中。他進去後才過了大概兩、三分鐘，我聽到一聲微微的叫嚷，這不算什麼異常。然後我就看到那個墨西哥人，那個不肯穿上衣的刺青男，他走到柴爾德那裡對他說了什麼。他正準備動手時，你的委託人擋在柴爾德面前，承接了所有的攻擊。我花了十幾秒趕進去，把那傢伙制伏，但為時已晚。那個墨西哥人一定把小刀藏在屁眼裡，只有這樣它才沒被搜出來。我們把波波隔離，清出一塊地方進行搶救。我們沒辦法穩定住他的狀況，所以把他挪到急救室。他在那裡頭眞是做了一件好事，救了柴爾德。」

「我不懂……」

「波波！你聽不懂嗎？那個墨西哥人想要找柴爾德麻煩，然後一眨眼工夫，他手裡已經多了把小刀，就要往柴爾德身上刺。波波在最後一秒挺身而出，代替他挨刀。勇敢的小子。也許挺笨的，但眞勇敢。」

「老天，波波。要不是我叫他照顧大衛，他絕對不會這麼做。」

「他會撐下來的，波波很強悍。而且我們很快就幫他急救了。」

更多重量壓在我身上，頭暈、想吐。我爲自己害波波身陷險境感到羞愧。

「柴爾德在哪？」我問。

「他恐慌症又發作了，我們把他安置在樓上的安全牢房裡，派了一個獄警守著門，但他總不能整天待在那裡。我需要那個警衛。」

我想高舉雙手感謝上帝，因爲克莉絲汀獲得自由的門票還在呼吸，但我做不出來。波波這個毒蟲、抓耙子、小偷，全市最不像英雄的人，卻挺身而出救了億萬富翁的命。我的眼皮感覺很沉重，我用手指抹過眼角的皮膚，然後按揉太陽穴。波波一定是爲了我而做的，他看到攻擊者動手，便（可能）因對我誤懷的忠誠而插手，進而阻止了謀殺。又或許是我把波波汙名化了，他確實是個毒蟲兼罪犯，但波波不止如此，他可能只是純粹做了正確的事。

「如果你聽到任何關於波波的消息，立刻告訴我。」

我轉身走向出口。由於這起事件，警衛人手不足，個個神經緊張，現在不開放探訪了。優先事務是重建籠內的平靜，把一個個當事人提領出來去法庭，然後再去保釋辦公室或是回到這底下的牢房。一切都會慢下來。這讓我爭取到一些時間。我好奇傑瑞・辛頓要花多久才會發現這個烏龍——在急診室的是波波而不是柴爾德。我估計頂多半小時。

「謝了，尼爾。你今天大概救了波波一命。」

「那孩子體內沒被毒品吃掉的部分也沒剩多少了。他進來時狀態就不怎麼好，不過他是個鬥士。」

我腦中突然冒出一個想法，而且迫不及待。

「那個墨西哥人進籠子以後多久才動手行凶？」

「啊，應該半小時吧，或許再久一點。你剛把大衛帶去會談室，他就進來了。」

我點點頭，留下尼爾去跟警察做筆錄。我按了電梯，等候時看到安檢櫃檯後頭的警衛在擦掉白板上的字。白板頂端的印刷字寫著「沒有重大事件的天數」，而警衛把「八十七」擦掉，拔掉魔術筆筆蓋，在白板上畫了個大大的零。

該是跟戴爾聯絡的時候了。

該是告訴他我把客戶牢牢弄到手的時候了。

還有我們的交易取消了。

# 18

我走到出口、穿越馬路到法院對面時，並沒有注意到有任何監視者。有一輛黑色休旅車停在名叫「傑克乾洗」的二十四小時乾洗店外頭等待。我在書報攤老闆的手裡放了兩塊錢，然後拿起一份《紐約時報》和《華爾街日報》。我再度察看街道。沒人跟監。

後座車門打開。

「情況如何？」戴爾問。我坐到他旁邊，把資料夾丟在皮椅上，上面疊著我的報紙，然後我關上車門。

「有人想取大衛的性命。有個墨西哥人試著在籠子裡拿刀刺他，而我的委託人插手。波波也許撐不過來，不過柴爾德倒是沒事。就長遠來看，這事可能對我們有利，相信我，我們會需要盡可能尋求幫助。傑瑞．辛頓設法讓自己擔任共同律師了。」

戴爾用左手比了個繞圈的動作，休旅車便融入車流。他一直將注意力放在我們後方的車輛和行人上，確認沒有人在跟蹤我們。駕駛剃著平頭，我能看見他左手的手指用透氣膠帶綑在一起。當我們停下來等紅燈時，他特地轉過頭來對我擺臭臉。

「你已經見過溫斯坦探員了。」戴爾說。

「你的手指還好吧？」我問。

那個瘦削的男人對我微笑，用右手對我比中指，然後轉回去。他的上司繼續注意我們的後方，又過了半個街區才將視線轉向我。

「共同律師？你怎麼能容許這種情況？」戴爾問。我感覺他的語氣有點慍怒。

「你的部下應該把他困在車禍現場的，他提早到這裡。」

「事務所的保全小組在盯著辛頓。哈蘭與辛頓雇了一支六人小組，全是退役的海軍陸戰隊隊員。他們負責看顧那些律師和文件，不過我們認爲他們其實是打手和保護錢的看門狗。小組長名叫吉爾，他當過海軍陸戰隊隊員，也在紐約市警局當過差——既聰明又心狠手辣。總之事務所的保全小組出面干預。我猜其中一人打給吉爾，而他可能找了幾個熟人幫忙，因爲拘留辛頓的警察收到無線電呼叫，接著傑瑞就立刻被釋放了。現場的員警告訴我，他的小隊長命令他放人，要是他繼續扣留辛頓，有人就會猜到警方別有居心了。辛頓目前在哪裡？」

「我和他都以爲是柴爾德被刺傷，所以他趕去急診室了。我想在他發現柴爾德仍然在法院之前，我們有半小時可以利用。」

「你確定那個墨西哥人的目標是柴爾德？」

「我聽說是這樣。看起來事務所想除掉他了。」

戴爾從他腿上的牛皮紙資料夾裡取出一張黑白照片。他很小心地沒把資料夾掀得太開，以免我看到內容物，不過我看到的部分足以讓我知道，那資料夾裡有厚厚一疊關於哈蘭與辛頓的文件。那張照片是一個年齡與我相仿的男人近照，大概比我再接近四十歲一點，體格肌肉健壯，有一頭淺淺的沙色頭髮，下巴看起來能咬裂棒球棍。這並不是在十二號法庭外大廳盯著我看的黑大衣、灰毛衣男子。

「這是吉爾，你要留意他，他很危險。事務所會爲了保護他們的不法活動而殺人，吉爾就是執行的殺手。我敢說拘留室裡的刺殺事件就是他安排的。我們需要你把辛頓排除在外，有辛頓踩在你喉嚨上，你要怎麼向柴爾德施壓？你要怎麼擺脫他？」

「目前先讓他留下，我會需要他的。老實說，戴爾，我並不認爲柴爾德有罪。一定還有別的方法，我只是還沒想到。」

「噢，他是清白的，是嗎？你怎麼知道？」

「我就是知道。那孩子沒有殺人的本性，我看得出來。」

「你何不等你老婆因爲洗錢和詐騙被判刑八十五年後，再慢慢向她解釋？不要被那個『孩子』給唬住了。他讓自己成爲億萬富翁，他可沒有手下留情，你要記住。」

「等一等。你要的只是情報，對吧？帳戶、銀行、合約，可以給班・哈蘭與傑瑞・辛頓定罪的所有證據。我完全知道你要成功起訴他們需要哪些條件，但你從柴爾德那裡半點都拿不到。這男人不需要從洗錢過程中撈油水。他沒有涉案，他不是那種人。他什麼都不知道，戴爾。他是個目標，僅此而已。他就和其他把錢倒進哈蘭與辛頓的有錢蠢蛋一樣，都是受害者。我可以幫你弄到你需要的證據，但要用我的方式。」

「這傢伙眞的把你唬得一愣一愣的，艾迪。我以爲你頭腦很清楚，我以爲我們都談好了。證據、錢和證詞，交換你老婆的自由，這要求不過分。」

「那是我見過柴爾德之前的事。他那麼年輕，他快崩潰了。我愛我老婆，但我不會爲了她犧牲一個人的人生，只要還有別的選擇。我會確保你們得到需要的東西，而你們也別動克莉絲汀一根汗毛。但我需要知道柴爾德跟事務所的關聯是什麼，還有他握有他們什麼把柄。你必須告訴我。」

我把照片交還給他，他小心翼翼地夾回資料夾，然後整個丟在我們之間的座位上。他嘆口氣，身體往前傾，用雙手抹臉，先是嘟囔了一句什麼，才清楚地對我說。

「我們談好條件了，我們有一個計畫，我不喜歡別人出爾反爾，艾迪。我也不喜歡下流的前騙子對我指手畫腳，一點都不喜歡。」他說。

戴爾把頭靠回座椅上，手指伸進眼鏡底下揉眼睛。他的動作緩慢而從容，像是在抵抗從二十四小時前柴爾德被逮捕以來，就一直被剝奪的睡眠。我看到他左眼抽搐了一下，聞到他額頭上的汗味。現在他眼角的紋路變得很深。

「我們維持原定計畫。對柴爾德不利的證據要讓他因謀殺女友而定罪是綽綽有餘。你知道爲什麼嗎？因爲他殺了她，艾迪。你告訴他你有個退路，告訴他你能救他一命，告訴他你可以幫他談條件。我們需要他把事務所全盤供出。五年刑期是小菜一碟，這對一級謀殺罪來說是很划算的交易。如果他拒絕，就等著吃一輩子牢飯吧。」

「不，要不我退出，要不你告訴我大衛握有事務所什麼把柄。」

「太冒險了，我們得用我的方式來辦事。柴爾德面臨難題，而你能提供解決方案。除此之外，他是不會透露我們要的情報的。」

「我可以弄到。」我說。

戴爾仔細打量我，衡量他的選項，研判我能不能說到做到。我看了一下後照鏡，離休旅車最近的車足足有九公尺遠，而我猜我們的車速大概是每小時三十公里。我知道戴爾的答案會是什麼，也已經知道我下一步要怎麼做。

「不。」戴爾說。

「那一切都結束了。」我邊說邊朝前座中間伸出手，拉起手煞車。車輪鎖死，整輛車往前一顛。駕駛被安全帶固定住，頭衝向胸膛。

我早已把右肩抵在前座椅背上，準備好迎接這股衝力。戴爾的臉撞向駕駛座椅背，檔案滑到地上，我們後方的車子猛按喇叭，勉強在撞上我們的車尾前把車煞住。

我收拾我的檔案和報紙，打開車門，說：「我退出，你們靠自己吧。」

溫斯坦已經在破口大罵——說我瘋了。

一隻手搭上我肩膀。我預期它會很強硬地把我扳回車內，結果不是。那隻手傳達出屈服，以及最後的求助。

「好吧。」戴爾說。

我關上門，直直盯著前方，檔案擺在腿上；我在等著戴爾分享資訊，而且不直視他的眼睛。休旅車慢慢開動，我們後方的喇叭聲停了。

「不要再亂來。」溫斯坦說。

戴爾嘆了口氣，娓娓道來。

「大衛・柴爾德掌握的證據並不是非法的，事實上，它完全合法。洗錢最大的風險就在於整個工作鏈裡的人員。唔，柴爾德爲事務所提供了解法，能夠去掉這種風險。現在那些錢不會經過很多雙手，而是一鍵敲下，直接經過一個個帳戶。」

「什麼意思？」

「他爲事務所設計了一套數位安全系統。這間事務所的客戶帳戶間有大筆金錢在流動，所以它需要滴水不漏的安全系統來防範駭客攻擊，因此大衛設計了一套演算法，操作模式與瑞樂相同：結合隨機以及特定的序列。基本上，大衛在哈蘭與辛頓安裝了一套資訊科技安全系統——這是完全合法的，但如果換個方式使用，它便成爲有史以來最安全、最優良的洗錢工具。」

「但它原本不是用來洗錢的？」

「你說對了。假設大衛安裝的系統偵測到駭客威脅，如果情況夠嚴重，程式會把事務所的公款以及客戶帳戶裡的錢全都丟到網路裡，存放在事務所幾百個客戶帳戶裡的幾百萬美元便開始移動。演算法把那些錢切割爲小筆金額，每一筆不高於一萬美元，讓它們進行隨機的數位旅行，穿梭在幾百個帳戶之間——藉此保護它們不被駭客染指。錢一旦啓程便無法追查下落，不過三天後，那些錢會回到某一個高度安全的帳戶。當然，等錢進入那個帳戶時，已經變得乾乾淨淨。事務所可以隨他們高興地經常『測試』這套系統——以確保它運作正常。由於那些錢會分割成一萬元以下的金額，不會觸動《銀行保密法》的規定，沒有人會針對這筆錢進行盡職調查或反洗錢檢查。洗錢的重點就在這裡，就像幫每一塊錢都買一本護照。洗錢有三個基本階段——導入、分層、整合。那些假的股份交易把錢導入系統，當哈蘭與辛頓啓動演算法，錢從合法帳戶移動到合法帳戶，爲它們添加一層層不同的來源，最後，髒的錢、合法的錢，全都在同一個帳戶裡安頓下來。」

我不得不讚嘆這個系統，眞是太美妙了。事務所只要按下一鍵就能處理幾百萬元——假借測試安全系統的名義，啓動大衛的演算法，而那些錢就會隨機進入清洗循環。眞是完美。

「由於這個安全系統是合法的，你不能申請搜索令，而錢在流通的時候，你也追查不到。我猜演算法把錢送到兩名合夥人手中？」

戴爾搖頭，強忍著笑意。

「沒錯，我們相信兩名合夥人就是這樣拿到他們的酬勞——當錢落入那個高度安全的帳戶時，他們便撈一些油水。蒐集所有錢的最終帳戶總是放在班·哈蘭的名下，這一點我們確定。但我們不知道是哪間銀行的哪個帳號。事務所在一堆銀行中開了幾千個靜止戶，每一次演算法的循環結束時，都會把錢送到不同的帳戶。哪怕只是找到其中一小部分，都要派出一整支資訊專家大軍，而且我們還必須準確地知道錢進入帳戶的時間。我們甚至不知道錢會送到哪一間銀行。演算法在跑的時候，會寄一封電子郵件給兩名合夥人，通知他們新帳戶的資訊。等到那時候，錢已經變乾淨了，合夥人會先撈走他們的分紅，再把錢付給投資者。我們猜測他們每兩、三個月會洗一次錢——而我們做出的最佳判斷是，每次兩名合夥人會把五百萬左右的錢收進自己口袋。不過這件事的關鍵是把錢拿回來。你想想看——近幾年每一次破獲大規模的金融詐欺案，都有一個共同點——錢始終沒有拿回來。有了這個演算法，我們可以拿到錢，也能逮到合夥人。」

我把戴爾對我說的所有事仔細想了一遍。

「昨天你告訴我，法魯克說事務所為了要擺脫他們的中間人，所以現在整個活動都改成數位化了？」

「可以這麼說。這樣更安全。我們猜想既然他們不需要中間人了，大概就是走數位化。事務所跟他們的錢繄劃清界線的同一段時間，柴爾德成為他們的客戶，並且替他們設計安全系統，所以我們開始往那個方向追查。我們的資訊專家沒過多久就搞懂了它的運作方式，但那個系統該死地複雜，沒辦法追蹤錢流。所以我們才需要柴爾德。我們中情局總部蘭利的資訊小組可以監控大約一百個帳戶，但總共有幾千個帳戶。我們查出錢會從那些帳戶消失，並且在時間內回來。我們的監視行動不完全合法——我們需要可以送上證人席的人，我們需要柴爾德。我們的資訊專家認為傑瑞昨天啓動了演算法，現在那些錢正在滿天飛。」

「所以你才希望柴爾德趕快答應談條件。你需要進入系統循著黑錢追查到合夥人身上，但你也需要在銀行守株待兔，在錢洗完之後把它抓住。」

「你說對了。柴爾德被逮捕之後，辛頓便啓動演算法，這件事讓我很緊張。我猜他在洗錢，而等錢停下後，辛頓和哈蘭會帶著乾淨的錢消失無蹤。但他們並不想這麼做。如果在大衛全盤托出演算法的相關資訊之前，他們就能除掉他，那就不必逃亡了。我們很幸運——我們得妥善利用這件事。如果能透過洗錢追蹤錢流，我們可以把錢全拿到手，並且送合夥人進大牢。我要哈蘭與辛頓——他們害死我的同事，艾迪。我聽見她在車子裡被燒的時候呼喊我的名字。我需要這個。」

「你的分析員蘇菲。甘迺迪跟我說了，說你們兩個是一對。很遺憾你痛失所愛。」

我是眞心的。不過戴爾還是仔細打量我的臉，尋找任何虛情假意的跡象。然後他滿意地說：「謝謝。她太年輕了，應該是我參與那支護送車隊才對。我知道我咄咄逼人，但我不是壞人。我只是想打倒那間事務所。」

「所以確切來說，你需要大衛．柴爾德提供什麼幫助？」

「演算法是他寫的，他一定有辦法追蹤錢移動的方式，以及最後會送到哪裡。他一定有辦法在演算法移動錢的時候監控它。我要知道錢的路徑，從存進事務所帳戶的第一塊錢，一直到最後落入合夥人的口袋。他要告訴我錢會落在哪裡，還有現金如何一點一滴流向哈蘭與辛頓。那樣我們就有證據可以控告傑瑞．辛頓和班．哈蘭，也能確保我們牢牢抓住事務所的全部現金。」

我讓他的話在我心裡沉澱，在戴爾的敘述中尋找矛盾之處。我只找到一個。

「姑且說我相信你好了，聽起來滿像一回事的。但如果你查出柴爾德可以操控演算法，也願意向他提出交換條件，又哪裡需要我？你爲什麼不親自去找他談條件？幹嘛把我扯進來？」

「我們一收到大衛的資訊科技系統報告，就打算那麼做。結果我們聯邦調查局的朋友給我們看大衛的心理評估報告。那小子過去有根深蒂固的權威恐懼症——他當了很多年的駭客，對政府既厭惡又不信任。他是個邊緣型偏執症患者，也有某種適應障礙。如果我們直接找上他，他不會信任我們。不過那不重要，首先我們就不可能在他的律師不知情的狀況下，合法地找他談條件。再說還有他女朋友死掉的這個小問題，我們不可能不經過律師就跟他協商。我們需要柴爾德有個盟友，他能信任的人，而且必須將他和事務所隔開。合理的做法便是給他找個新律師，一個有同情心又積極的人，來說服柴爾德認罪協商。自從你老婆到事務所工作後，你就在我們的觀察名單上了。我們對那些律師瞭若指掌，考量過所有可利用的角度，當機會浮現，我們就好好把握。你是這項任務的完美人選。」

眞是標準的中情局作風，以利用別人、操弄別人的人生來滿足他們的需求。我自己也玩過這樣的把戲。

「我沒有那麼完美。我不會讓柴爾德屈打成招。」

「我知道你很會看人，但你永遠都無法確定，艾迪。大衛．柴爾德非常聰明——而且所有證據都說他是凶手。你想讓殺人犯逃過法網嗎？我看過照片了，我知道他對那女孩做了什麼。儘管我這麼想打倒事務所，我都不能讓那種人逍遙法外。」

一股冰冷而麻木的痛楚在我的右手炸開。是舊傷。不堪回首的記憶洶湧而來。

「戴爾，如果我認爲他有罪，我會協助你讓他定罪。我得相信我的直覺。我會用另一種方式拿到你要的證據。等我拿到了，你要用豁免協定讓克莉絲汀無罪。」我說。

他摩擦下巴，說：「你要怎麼拿到？」

「交給我來處理吧。」

我們在離法院八百公尺處停車。

「你就從這裡走過去吧。當心點，我告訴過你這些人很危險了，現在你知道到底有多危險。幫你自己一個忙，選簡單的路走吧——弄到我要的認罪，我就確保克莉絲汀安然無恙。但你別搞錯了，還以爲就算你妨礙到我，我也不會控告克莉絲汀。明天晚上事務所的錢就會落入安全帳號——全部的錢。我需要提早拿到資訊，才能在那裡等待。如果到時候我們還拿不到演算法的紀錄，一切就太遲了。只要辛頓覺得苗頭不對，他可以捲款消失。」戴爾說。

我把檔案夾在手臂下，打開車門，從休旅車下到人行道上。戴爾翻開手機，注意力轉向螢幕。我把門關上，休旅車揚長而去。

老婆或委託人？錢會在明天停下來，我還有一天的時間來洗清克莉絲汀的罪名——*如果我放棄柴爾德*。

昨天晚上，這似乎是個簡單的決定，但我甩不開那股站錯邊的感覺，我覺得大衛需要有人替他辯護，而不是幫忙把他推進監獄。

不算太久之前，我曾擔任律師代表，替一個我知道有罪的男人辯護。我使出渾身解數，到最後讓他免受法律制裁。那之後我每一天都活在悔恨中。那件事讓我失去了太多東西。

我不但不能讓有罪之人自由，也不能把無辜之人送進監獄。這個體制容許被告高薪聘請大牌律師讓他擺脫牢獄之災，並讓經驗豐富、手握無限資源的檢察官，去跟無法爲當事人買一張客運車票來出庭的公設辯護人互鬥。

這個體制有問題，它容許玩家爲所欲爲。我是個玩家，不管我做什麼，不管我偷偷耍什麼欺詐的手段來讓我的工作能延續下去，我都不會讓體制因爲錯的理由而崩壞。

我得設法同時洗清克莉絲汀和大衛的罪名，而在這當下，無論我在腦中朝哪個方向思考，我都知道企圖同時救他們兩個的後果，大概會讓我至少失去其中一人。我得贏得大衛的信任，我得讓他答應協議。

我的嘴角掀起微微笑意，因爲我在想：我把牛皮紙資料夾裡的文件替換成《紐約時報》，不知道戴爾如果看到封面，會不會察覺異狀。我只需要持有偷來的文件幾分鐘就夠了。

我看到半個街區外，有一間聯邦快遞的辦公室。

# 19 槍擊前三十三小時

這間聯邦快遞辦公室擁有六台傲人的最新款高科技影印機。我把檔案頁面平均分配放入其中三台，每台頁數不超過五十頁。我按下三台機器的「開始」鍵，然後等待它們呼隆呼隆地為我製造戴爾檔案的複本。

我清點每一台機器印出來的複本，到櫃檯結帳，然後離開。

我直接打給戴爾，打到我專用的緊急號碼。

休旅車一分鐘內就出現了。

這次我打開副駕車門，拿著文件伸出手。「抱歉，這個一定是跟我的檔案混在一起了。」

抽搐。

戴爾不發一語地搶走文件原本，關上車門，然後快速駛入紐約的車流，朝克萊斯勒大樓開去。

我把複本夾在我今天帶來的波波舊檔案內頁之間。我暫時沒辦法讀那份檔案，我得趕回法院協助柴爾德，等拘留室的情況緩和下來，就要進行他的保釋程序及釋放了。我得晚點再來讀檔案內容，等我有時間坐下來釐清狀況的時候。

我偷拿這些文件的行為踰越了界線。即使戴爾無法確定我是不是故意拿走檔案，他都會把它視爲我這一方採取的行動。我在與戴爾應對時必須更謹慎一點。克莉絲汀的命運掌握在他手中，我痛恨這一點。

我得想辦法讓失衡的權力槓桿朝我這邊傾斜，我知道要做到這件事，關鍵在一個二十二歲的男孩身上，他正在牢房裡慌成一團，無法呼吸也無法思考，更別說幫任何人的忙了。

我招了輛計程車，叫司機載我回法院，翻開羅培茲在法官辦公室交給我的起訴檔案開始讀。我已經知道基本情況了——被害者是大衛的女朋友，她被發現陳屍在他公寓裡，死於槍傷。在我打開這份檔案前所不知道的是，檢方實際上要怎麼打這場官司，他們掌握了哪些對柴爾德不利的證據，他們要在法官面前提出什麼殺人動機。

這檔案並不厚——初步鑑識報告、證人的陳述、犯罪現場照片，還有電腦紀錄。我讀完之後，開始懷疑我對大衛．柴爾德的判斷；這些證據看起來很乾淨，它們證明大衛槍殺了他的女朋友克萊拉．瑞斯，遠超出了令人質疑的程度。我回想那孩子的眼神，他的恐慌，感覺就像看著他掉下很深的洞。

我發現我很難揣測檢方會往什麼方向去假設殺人動機。證據明確地顯示，大衛殺了他女朋友，而且凶手不可能另有其人。

我要求計程車司機在離法院一個街區外停車，我需要走走路來讓腦袋清醒。

# 20

天空飄起小雨，我把衣領豎起來，將檔案塞進大衣裡保持乾燥。人行道熱鬧得很，擠滿通勤者、消費者、慢跑者、攤販、街頭表演者以及大聲講手機的人。我沒有把這些聲音聽進去，也沒有眞正看在眼裡。我也沒看見林立在法院前方的石柱，或是在門口排成一列的黃色計程車，那些司機上半身探出車窗，爭辯誰應該排第一輛。這些都沒有直接映入我的眼簾，我有注意到它們，卻只在最基本的層面上。我的腦袋仍然沉浸在起訴檔案中。

檔案中提到兩片ＤＶＤ，它們尙未送達辯方，不過有幾位警探看過這兩片ＤＶＤ，並且希望將他們的評論當作呈堂證供。根據某位警員的陳述，第一片ＤＶＤ是中央公園西大道的道路監視畫面，它拍到了車禍過程。一名喝醉酒的駕駛闖紅燈，一頭撞上大衛的布加迪。警方到現場處理時，在超跑副駕駛座的腳踏墊上看到手槍。柴爾德說槍不是他的。那名警員菲爾．瓊斯說他聞了那把槍，有一股強烈氣味，像是才剛擊發過。柴爾德沒有那把槍的執照，因此他們逮捕了他，把他關進拘留所。後來他們發現他的住家地址符合有人通報發現屍體的案發地——也就是他的公寓。我從那些警察的陳述中看得出來，他們在暗示要不是柴爾德的車被那個醉鬼撞上，他可能就溜掉了，有機會處理掉犯案凶器。

結果法網恢恢，他還是被逮到了。

柴爾德成爲億萬富翁的資歷相對來說尙淺，但他擁有中央公園十一號裡的一間公寓，那是全美最昂貴的公寓大樓。其實大樓本身坐落在中央公園西大道上，但他們決定爲它命名爲中央公園十一號。他的公寓面積比籃球場更大，還有寬敞的環繞式陽台，能以最好的視野欣賞曼哈頓的公園。他的鄰居是個好萊塢電影導演名叫葛許包姆，這位鄰居的陳述一開始便說明，他擁有位於二十五樓與大衛相連的公寓，而在這個高度，也就是蓋在建築主體之上的塔樓裡，每一層樓只有兩戶公寓。他說他在自家公寓裡看他之前拍好的電影片段時，似乎聽到了槍聲。起初他不確定，想著或許是街上的汽車引擎逆火，因此他打開陽台的門，把身體探出欄杆查看。就在這時，他看到隔壁公寓的窗戶爆開，嚇得他差點翻出欄杆摔下去。他從家裡的緊急避難室打給大樓保全，然後等待。保全在四分鐘後來到他家門外。葛許包姆告訴警衛他所見情況，並帶他查看隔壁陽台上的玻璃。第一個進入公寓的警衛在廚房發現克萊拉的屍體。

我不需要回想警衛對場景的描述，一張現場的屍體照已經牢牢烙印在我的腦海中。她有一頭金髮，剪成短短的鮑伯頭。照片上的她，頭髮不再是金色，而是化作一團血淋淋的組織。她穿著簡單的白T恤配深藍色牛仔褲，打赤腳。屍體面朝下倒在廚房，頭微微轉向右側。兩條手臂都貼在身側。一般人鮮少以面朝下的姿勢遭到槍殺。大部分受到槍擊的人不會立刻死亡，他們會反射性地伸出手，在子彈的動能推倒他們的同時試圖穩住身體，克萊拉卻沒有伸出手臂緩和跌勢。合理的解釋可能是在她的身體撞上光潔的白瓷磚之前，她就已經死了。

法醫表示克萊拉被多次射擊——大部分都是對準頭部。她的背部有兩處子彈射入的傷口，兩者相隔十三公釐。其餘的射擊都是對準她的後腦杓。由屍體的姿勢研判（假設她死後沒有被移動過），我猜想她的頭部先中彈，然後倒地。凶手對著脊椎開兩槍，確保她死了，然後朝她後腦杓連續擊發。法醫無法確認她的頭部中了幾槍，因爲她幾乎沒剩下完整的頭骨。某個犯罪現場調查員的陳述證實，在克萊拉的臉底下，瓷磚四分五裂，底下的水泥裡有一團扭曲變形的子彈。

殺手審視過現場狀況後，決定朝她的背部開兩槍，然後把彈匣裡剩下的子彈都射進她的後腦杓裡。

接著換上新的彈匣。

第二個彈匣裡的子彈全進了她殘破不堪的頭骨。

憤怒式的射殺行爲。這指向熟人作案的可能，我猜地檢署會從這個方向下手找動機。除了犯罪現場的照片外，還有一張從克萊拉的瑞樂帳號抓下來的照片。那是她跟另一名女子的合照，對方與她年齡相仿，但沒有她漂亮。她們坐在吧檯高凳上，展示她們相同的新刺青。她們各自在右手腕刺了一朵紫色的雛菊。兩人背對著吧檯，身後放著飲料。克萊拉看起來好像笑得樂不可支。她是天生的美人胚子，皮膚光滑而透亮，眼神充滿活力。

一時間，我想到幾年前那個年輕女孩，因爲我讓攻擊她的人行動自由，而害她面臨悲慘的結果。

我的胃部有種愈來愈強烈的灼熱感。我的手很沉重，有股想打人的衝動。有時候我會有這種感覺，想要傷害別人。我唯一能爲克萊拉做的，就是確保殺害她的人永遠無法再對別人做同樣的事。我看到同樣的刺青，就在犯罪現場照片中她向上翻、毫無生命力的手腕上。我忍不住覺得她有一部分的靈魂還在這裡，在觀看，在爲被奪去的生命哭號，在批判。我再次想著大衛．柴爾德，他有這麼會撒謊嗎？厲害到能騙過我——能在人體模型上看出破綻的我？我不相信他有這麼高竿，但我愈是讀下去，對柴爾德不利的證據就愈是令人心往下沉。

如果你是中央公園十一號的住戶，你會拿到公寓的鑰匙和一個電子感應卡。感應卡能控制大樓電梯以及關掉你的警報器，那是住戶的標準配備。大樓保全那裡有柴爾德的進出紀錄，精確到幾點幾分，資料便是來自感應卡。晚上七點四十六分，他跟克萊拉進入他的公寓，十七分鐘後，柴爾德的感應卡顯示他一個人搭電梯離開大樓。他是最後一個離開公寓的人。四分鐘後，保全警衛來到葛許包姆的公寓外，然後在大衛．柴爾德空無一人的公寓裡發現克萊拉的屍體。也就是他幾分鐘前才離開的公寓。

一名警員調閱了大樓的監視器紀錄，看到柴爾德進入和離開公寓。他穿著過大的綠色連帽衫、鬆垮垮的灰色運動褲，以及一雙紅色耐吉鞋。我檢查第一片光碟對柴爾德的描述，也就是關於車禍的監視器畫面。他的打扮完全一樣。

初步鑑識報告揭露柴爾德的雙手和衣服上都有大量的射擊殘跡。這不是二次轉移，說明他可能接觸過剛開槍的人，或是有在槍擊現場走動。他看起來就像用射擊殘跡洗過澡，雙手、衣服和臉上發現的殘留物質濃度，符合他多次開槍的假設。

在警方訊問過程中，柴爾德說在警察給他看據說是在他的布加迪腳踏墊上找到的那把槍之前，他從未見過它。他告訴他們他沒有槍，這輩子也沒開過槍。

在公寓裡找到的彈殼將進行彈道鑑定，報告應該很快就會出爐，不過有鑑於口徑相同，再加上初步的發現，看起來柴爾德車上的手槍就是作案凶器。

那是一把儒格ＬＣＰ。

# 21

我從警報器不太靈光的消防門進入法院，沿著後側樓梯來到安全戒護樓層。矯正署把這個區域保留給最危險或最脆弱的拘留者。進入鐵欄入口後，有兩名警衛看守一整排監視螢幕。我見過其中一人，告訴他我是來見柴爾德的。這個區域不在封鎖範圍內，他在放我進去之前先搜了我的身，還仔細地翻查我的檔案，確保我沒有偷偷夾帶什麼東西給囚犯。

走廊有個彎道，在右側一整排的牢房後，我看到一名警衛坐在戒護室外頭。以獄警來說他算是矮小的，身高不超過一百五十五公分。他腰帶上懸垂的警棍看起來都比他大支。

「有人要求跟我的委託人見面嗎？」

「醫生來檢查過他的狀況，不過他十分鐘前就離開了。你要見他？」警衛問。

「沒錯。」

「你是他的律師？」

「唔，我不是他媽。我當然是他的律師。你可以把牢門打開嗎？你不是應該盯著他嗎？」

「他屬於『有風險』的級別，所以我每九分鐘會確認一次他的狀況。你要看我的紀錄表嗎？」他問。

他大概已經把檢查表的空格都打好勾了，看也是白看。牢門開啓時發出了金屬呻吟聲，進去之後，我看到柴爾德躺在權充爲床鋪、五公分厚的橡皮墊上。即使躺著，他仍然抱著頭，也許是擔心若不扶著額頭，席捲他的旋風會轉得更快。

「我幫你申請到保釋了，不過有一些附加條件。你得——」我開口。

「他還活著嗎？」柴爾德問。

我對這個人的印象分數又拉高了。當你穿著橘色連身囚服坐在那兒，頭上懸著謀殺罪名，忘了別人的問題是再容易不過的事了。

「他保護了我。」大衛說，同時坐了起來。

那張床實際上是一塊鋼板，掛在用螺絲鎖在右側牆面上的一對托架上。一個鋼製馬桶佔據牢房的中心位置，左側則有一張鋼製長椅。地板是澆灌的混凝土，看起來還是濕的，我能感覺到濕氣從腳底往上竄——也能聞到。

「他為什麼這麼做？」他問。

「我要波波特別留意你，不過我猜原因不止如此吧。如果他毫不關心，是不會出面阻止攻擊的。」

警衛把門關上並上鎖。

「我在成長過程中沒交到任何朋友，我經常被霸凌。我賺到第一桶金的時候，突然變得很受歡迎。也許……我不知道，你想他是想要錢嗎？」

「我不認為他真的知道你是誰。」

「是啊，但我，怎麼說，當過《時代》雜誌的封面人物，他一定認得我。」

「唔，我不認為波波是《時代》雜誌的訂戶。他不識字，而我絕對沒告訴他你是誰。如果你無家可歸、破產、滿腦子想著在哪裡可以來一針，社交媒體跟你是八竿子打不著關係的。要是他知道你是億萬富翁，他絕對會跟你要錢。我猜他大概能猜到你有幾個錢，因為你是白人，你很乾淨，還穿著那雙昂貴的運動鞋，但他不會只因為你是個有錢的白男孩就為你擋刀子。」

他按摩額頭。

「現在怎麼辦？」

「事情有了變化。傑瑞．辛頓出現了，他來陰的，說服法官指派他爲共同律師。如果你想解雇他，你得上法庭。你跟哈蘭與辛頓簽的委任契約書很完善，賦予他們對任何律師及委託人間工作成果的留置權。你可以不管他，但事情會變得很棘手。不是對你，是對我來說。他會用禁止令綁住我的手腳，並試著讓我因爲招徠他的客戶而被取消律師資格。我的建議是把他留在身邊，至少一段時間。」

「那不打緊，我本來就覺得把他解雇有點不好意思。」

我能聽到牢房門外傳來警衛斷斷續續吹破泡泡糖的聲音，所以我湊近大衛，坐在他身旁。

「在我們繼續進行之前，有件事你得知道。傑瑞並不想申請保釋。昨天晚上在警察局他就這麼告訴你了，對不對？」

大衛點點頭。「他說媒體會蜂擁而上，我的公司股價會狂跌，而且因爲我擁有幾架飛機，逃亡風險很高，根本不用想保釋。他說沒有必要申請保釋——缺點太多了。」

不知爲何，在這一刻，我突然意識到我今天早晨沒刮鬍子。我可以感覺長了一天的鬍碴在下巴上冒刺。我清了清喉嚨，迎向大衛的目光，告訴他眞相。

「任何一個法律系一年級的新生都能告訴你，你可以申請到保釋，而且法官有權力在辦公室內進行這個程序，藉以保護當事人的隱私。另外，你有幾架私人噴射機根本不重要——向法庭交出你的護照，在桌上放下高額保釋金，以你乾淨的紀錄而言，絕對能申請到保釋。我知道傑瑞在刑事訴訟方面經驗有限，甚至沒有經驗，但我不認爲他有這麼笨，我認爲他想要你繼續被羈押。」

「爲什麼?」

「好讓你被殺掉。」

# 22

他跟我四目相對了半秒鐘，然後他的臉上出現一連串的情緒變化。他先是微笑，停住，再看看我是不是在開玩笑，然後皺起眉頭。他眼睛瞇起，目光閃爍。他不想相信我剛才說的話。忽略我們最害怕的事，緊抓住任何可能的希望——即使只是虛假的希望，都完全合乎人性。

「你的話完全說不通。」

「當然說得通。待在拘留所裡不申請保釋才說不通。傑瑞沒料到你會接受別的法律建議。如果我想的沒錯，他大概預期你現在已經死了，正躺在停屍間，心臟插著那個墨西哥人的小刀。」

「不，這不是眞的。」大衛說。

「那個墨西哥人進入你的牢房時，你在醫務室——因爲你在會談室恐慌症發作。你一回到籠子裡，他就發難了。你不是幫派成員，你在那個籠子裡誰也不是，我也不認爲你做了任何對那傢伙挑釁的舉動。他把小刀夾帶進去只有一個理由——他是去殺你的，大衛。是傑瑞・辛頓派他去的。」

他站起來，在房間裡踱步，努力思考。我閉上嘴讓他慢慢想。某個念頭讓他停下腳步。

「聽著，現在你是我的律師，好嗎？如果能讓你比較舒坦，我會解雇傑瑞。我覺得找你這樣專業的刑事律師比較好，但請你不要提出瘋狂的指控——我很害怕。」

「你是應該害怕。十二個小時前，一支聯邦專案小組找上我，跟我說除非我幫他們的忙，否則他們要把我太太關進大牢。他們要我接近你，並確保你雇用我爲你打這場官司。然後他們要我說服你接受認罪協商：轉爲汙點證人，揭發你自己的律師哈蘭與辛頓以及他們的洗錢活動，你謀殺女友的罪名就能獲得減刑。我本來已經答應這麼做了。後來我見到你，發現兩件事——我不認爲你殺了你女朋友，而且你對哈蘭與辛頓的洗錢活動一無所知。如果你確實知道他們的活動，你幾乎等於握有『自由走出監獄』的王牌。如果是那樣，你不會希望傑瑞．辛頓進入你周圍八百公尺內，更絕對不會希望警方向你問話時，他還坐在你旁邊。」

他似乎雙腿一軟，半坐半跌地落在冰冷的混凝土地板上。

「如果你沒有殺害你的女朋友，看起來絕對有人陷害你。而且不是事務所陷害你的。他們可不希望把你放進壓力鍋，以免你爲了減刑而出賣他們。所以他們不希望你獲得保釋，他們要你繼續待在牢裡，在牢裡隨便一起暴力事件都能終結你的性命，不會牽連到他們。死人是不會作證的。」

他搖搖頭，呼吸又變得急促。他的雙手帶著節奏不斷撫過自己的膝蓋，身體前後搖晃以抵禦恐慌。

「你女朋友的死可能只是巧合，但我不信。聽著，我還沒有想通整件事。我知道你是清白的，我知道你太有錢也太有名，不會涉入洗錢。」

「洗錢？那可是哈蘭與辛頓耶，他們是紐約最受敬重的事務所之一，絕對不可能……」

「等一下。我一開始也不相信，大衛，但是現在我相信那是眞的。如果一切都只是胡說八道，是聯邦調查局搞錯了，那又怎麼會有個莫名其妙的幫派分子想殺了他從未見過的五十公斤重白人小子，給自己爭取到終身監禁？殺了你又不會提升他的地位。是啊，像你這樣的人進了籠子可能會被揍，或是有更慘的下場，但那些傢伙沒有理由殺你，因為你不構成威脅。你對他們來說不重要。我的理論是哈蘭與辛頓付錢給某人，讓你變得重要。他們要你死。」

「不，這太瘋狂了，瘋狂到誇張。不，不可能的。我是說，我完全不知道事務所有做什麼非法的事。」

「就是這樣，我認為你說的是實話。如果你什麼都不知道，你就不會成為聯邦調查局或是事務所的目標，但你確實是目標。他們告訴我，你那個資訊科技安全系統，也就是在偵測到駭客攻擊時會把錢藏起來的演算法，被事務所用來洗錢——幾百萬的錢。他們假裝測試系統——實際上卻在洗錢。聯邦調查局想要你的演算法，好循著錢流追查回合夥人身上。如果你給他們，我們就能談條件了。」

「什麼？我的演算法不是設計來洗錢的，它是個安全系統。」

「這我知道，但我猜合夥人要求你在設計他們的安全系統時，符合特定的客戶需求——因此當它偵測到威脅時，錢會開始跑。我說的對嗎？」

他點點頭。

「聯邦調查局要錢也要合夥人，而你的演算法就是關鍵。如果聯邦調查局有權限進入演算法，就能取得完整的金錢流動路徑——從一開始的交易一直到錢變乾淨為止。你一被逮捕，事務所就啟動了演算法。我猜當那些錢一進入最終帳戶，合夥人便會跑路。聯邦調查局希望錢停下來的時候他們已經等在那裡。他們要你認罪，他們要演算法，然後他們會讓你輕判，並且放過我太太。但我認為還有另一個辦法。」

「我沒有殺她，我不會認罪的。」

「我不會讓你為了沒犯下的殺人罪而去坐牢。我們來談新的條件。我會把演算法賣給他們——高價出售——他們得讓你和克莉絲汀全身而退。」

我伸出手，直到這時才發現我在發抖。

他盯著我，跟我一樣害怕。

大衛往後挪，直到頭抵住牆壁。

「我不能。」他說。

「你非做不可。你想毫髮無傷地挺過這件事，我是你唯一的希望。」

「不，我的意思是我幫不了你。聯邦調查局誤會大了，那個演算法安裝在事務所內部的獨立系統上，我沒有權限進入。」

他雙手十指交纏，把手高舉過頭，然後再落到腦袋瓜上。他用兩隻手箍著頸後，把手肘靠向彼此，然後開始反覆開闔手臂。看起來這孩子是在試著拿手臂當風箱，想從腦中逼出一個主意來。

「噢，天啊，眞希望沒發生這些事。」他說。

他突然靜止下來——若有所思地僵住身體。當他讓想法呼吸時，他的身軀恢復了活力。

「艾迪，如果我能追蹤演算法呢？我憑什麼信任你？」

這是個好問題。我考慮編個有說服力的理由，最後還是放棄，決定告訴他實話。

「如果我是你，我不確定我會信任任何人。不幸的是，你沒有選擇的餘地。事務所把你視爲威脅，他們要你死。如果我們能給聯邦調查局足夠的籌碼扳倒事務所，你就有希望了，我也有本錢替你跟我太太討價還價。然後我會幫忙查出是誰殺了克萊拉。我不認爲這是出了差錯的竊盜案：你的公寓沒有遺失任何東西。你有時間好好想想。如果你告訴我你是清白的，你一定對誰想陷害你有些概念。」

「不喜歡我的人很多。協助我創立瑞樂的人，被我資遣的人。他們都曾經是我的朋友，我不認為其中任何一人會殺人。但有一個人，我知道他可能會殺人。」

「誰？」

「伯納德．朗希默。」

「伯納德．朗希默是誰啊？」

「我的競爭對手。他曾說他會毀了我。我可以告訴你關於他的一切。」

「等我們把你弄出去再來詳談好了。順帶一提，我在外頭可以保護你。」

「你要怎麼做到？」

「我有個朋友可以找。他替我的練拳老搭檔工作。這個朋友有點特別，不過他會保你活命。人稱蜥蜴。唔，精確來說，是**他自稱蜥蜴**。」

「蜥蜴？」

「我說了——他有點特別，但我願意把性命託付給他。還有我需要你家人的聯絡資料，會來這裡準備你保釋金的人。」

「我沒有任何家人，不算有。你可以聯絡荷莉，她可以處理錢的事。」

「荷莉是誰？」

「荷莉．薛佩德。她是個老朋友，也是我的私人助理。」

「她可以順便幫你帶些衣服來嗎？」

「可以啊。」

他能直接背出手機號碼，我註記在檔案裡。大衛在房裡踱步，口中唸唸有詞。我想著對他不利的證據，以及戴爾告訴我的話。有一瞬間，我好奇大衛會不會在耍我。

「你眞的能追蹤錢流嗎？」我問。

他停下來，摩擦雙掌。

「我不確定。我可以試試看。你想如果我交給他們，他們就會放我一馬嗎？」

警衛用他的警棍輕敲牢門。窺孔蓋被推開，我隔著門看到他呆滯的眼睛。

「我接到辦公室的電話。你姓弗林對吧？」

「是啊，艾迪·弗林。」

「你太太來找你。」他說。

# 23

這天早晨我從樓梯頂端俯瞰中央大廳的景象，跟別的日子沒什麼兩樣。安全人員散布各處，有的組成小隊守在入口處掃描隨身物品，有的作爲支援人力分散在周圍，隨時保持警醒。地板的材質是堅硬有凸紋的黑色橡膠，能夠承受大量的踐踏。好幾排松木長椅用鋼條鎖在地上。那些長椅靠在牆邊，還有兩塊集中的座位區面向咖啡販賣機。從早上開始，會有連續不斷的被告受到傳訊而穿梭於法庭，一直到半夜一點左右法庭才休息。通常那代表川流不息的家人、女友、保釋人、警察、律師、毒販、記者、皮條客、假釋官和法庭職員會進進出出。

大衛的私人助理荷莉接聽了我的電話。

「荷莉，我是艾迪．弗林。我代表我的委託人大衛．柴爾德打給妳。我需要妳幫忙——」

「他還好嗎？他們不讓我見他，事務所又什麼都不告訴我。傑瑞跟你在一起嗎？他爲什麼沒回我電話？大衛能保釋嗎？」

她說話速度快到我來不及聽。但她並不是處於慌張或亢奮的狀態，她聽起來像那種做事極有條理的人，而且無法理解爲什麼不是每個人都和她一樣。很難判斷，不過我猜她比大衛大不了幾歲——二十五到二十九歲，頂多。

「我們一個一個來吧。我和哈蘭與辛頓是共同律師的關係，我是專精於刑事辯護的律師。聽起來妳已經知道大衛被逮捕了，我可以告訴妳，他被控犯下重罪。我需要妳來保釋辦公室這裡，安排銀行匯款支付他的保釋金。妳可以做這件事嗎？」

「我的天啊！他還好嗎？大衛受不了密閉空間，他會抓狂……他的藥有在身上嗎？」

「荷莉，他沒事，我在照顧他。好了，以下是妳必須做的事……」

我告訴她法院的地址、法院出納室的銀行資料、案件編號，並要她帶些衣服來給大衛換。她一一寫下來，說她馬上辦。我掛掉電話，打到蜥蜴的手機，跟他約好等大衛交保時來接他。蜥蜴以前是海軍陸戰隊隊員，現在是替我的超級老友「帽子」吉米辦事的殺手兼審訊者。蜥蜴是先前幫忙我對付俄羅斯黑幫的其中一個吉米的手下，他絕對罩得住。

我走下樓梯時，一眼看到了克莉絲汀，她坐在靠近東牆的一張長椅上，頭頂有個告示牌寫著「禁止攜帶武器　禁止攝影」。她身旁放著一只真皮皮包，看起來很新也很貴。她棕色的秀髮向後紮成馬尾，穿著俐落的黑色套裝，裙子長度剛好到膝蓋上方。她蹺著腿，左腿有節奏地擺動，讓她的亮皮高跟鞋搖搖欲墜，看起來很焦慮。這幾天天氣都不錯，而大廳裡的暖氣又爲了顧及站在門口的警衛而開到最強，因此室內熱得很。她用纖細而修長的手指搧著喉嚨，奶油白的寬領上衣露出她喉嚨白皙的皮膚。

我還沒能走到樓梯底部，她就看到我了，她一把抓起皮包朝我大步走來。那雙高跟鞋在牆面之間迴盪著低沉的「喀喀喀」聲響。她的腳步目標明確而快速，使得她腦後的馬尾隨著惡狠狠的步伐而甩來甩去。

我能看出她的表情困惑，一下一下敲擊地面的鞋子證實她憂心忡忡。她在樓梯底部等待。

她那雙藍眼睛周圍的皮膚緊繃，顴骨處微微泛紅，顯得它們好像因爲單色的套裝和高跟鞋，希望能更出風頭一點。

不論我在她身邊醒來多少次，或是她在沙發上看電視時我轉頭看她，還是早晨我在浴室裡聞到她的香味——每一次我都感覺胃裡一陣騷動，還伴隨著一股暖意，因爲我找到了這個世界上我唯一想與之為伴的女人。最近這種感覺會馬上帶來洶湧的自厭——我弄丟了我所擁有最美好的事物，一切都是我的錯。我仍緊抓著殘存的小小希望，但願這分開狀態不是永久的。一想到如果我搞砸這件事，她將每天在牢裡待上二十三個小時，就讓腎上腺素在我的血管裡狂飆。

我都還沒走到樓梯底部，她已經開始說話。她要答案。

「因為你，傑瑞．辛頓的助理剛才把我從會議中拖出來。我還以為我要被炒魷魚了。她說你在破壞他們的生意，非法招徠他們最重要的客戶之一。我告訴她你絕對不可能做這種事，你做不出來。他們派我來找你談。艾迪，到底是怎麼回事？」

「放輕鬆，我試著解釋給妳聽。妳說對了，我現在確實是大衛．柴爾德的律師代表。」我說。

她瞇起眼。克莉絲汀是個聰明絕頂的律師，她對訴訟了解的程度我一輩子都追不上。我們是在法學院認識的；她名列前茅，而我只是勉強及格。有一天早上我們合搭計程車去學校，我就被她給迷住了。克莉絲汀和其他目標明確、拘泥死板的女同學不同，她內心有一絲狂野。她跟班上大部分女生一樣家裡有錢有勢，但她沒有被汙染。她沒把時間花在讀書和規劃出路上，而是泡在酒吧裡或是去遊民收容所當志工。幸好憑她的腦袋，只要花一點力氣或甚至完全不花力氣就能出類拔萃。我從未見過像她這樣的人。

「你為什麼這麼做？你不知道這會害我很為難嗎？」

「妳知道我不會做任何有損妳事業的事。這很難解釋。」我說。

「你怎麼會以為可以偷走我公司的客戶？你又不是專攻公司法的律師，你連法律書和西爾斯百貨的型錄都分不出來。」

「聽起來很瘋狂，但我是為了妳才這麼做的。」

她翻了個白眼，把身體轉開。我看到她按摩太陽穴，慢慢搖頭。

我湊到她身後，正要觸摸她的肩膀，又讓手停在半空中。她感覺到了。

「不需要。我知道你很在乎我的事業，所以我才不能理解這件事。這跟我一點關係也沒有。而且我很氣傑瑞．辛頓的私人助理——她講話的口氣好像我是地上的泥巴。天啊，艾迪，我可能會被解雇。」她說。

我的手垂落身側。

我們在原地站了一會兒。我一句話不說，讓尷尬的沉默填滿我們之間的空間。她轉過頭來研究我的臉。

「你跟這個客戶是怎麼回事？告訴我實話。」

「我們不能在這裡講。聽著，這跟妳我無關。我有事得告訴妳，但現在不是對的時機，這裡也不是對的地點。我可以晚點去找妳，到時候再談。我保證我不是在整妳。我希望事情回到以前那樣，而且比以前還要好。我可以做到，我努力要做到。相信我，我做這件事是為了妳——為了我們。」

她在我臉上搜尋我在糊弄她的跡象。她能看穿我，我感覺她知道我說的是實話。

「艾米愛你，我知道你也愛她。有時候……有時候我覺得我們可能還有機會……」

她藍眼睛中的溫柔隨著下一句話消散：「然後你就做出這種事。」

「克莉絲汀……」

「不，艾迪。你惹毛我其中一個老闆了。我不知道你到底想幹嘛，但後果不能由我來承擔。你想改善我們的關係？好啊，搞定這件事，告訴客戶你弄錯了，把他還給傑瑞．辛頓。」

「事情比妳說的要複雜。我們去走一走吧。」我說，手比向大門。

她把手提包甩到肩上，朝大門走去。我讓她走在前面，把目光焦點對準法院入口處的玻璃牆。有了頭頂的燈光，我能在玻璃上看到克莉絲汀的映影。我持續盯著玻璃牆的中間，邊走邊聚焦在那個中心點，然後將注意力延伸到餘光。

這時候我看到他們。

# 24

有兩個人。

第一個男人剛才跟著我走下樓梯。他體格壯碩，年約四十出頭，穿著格紋襯衫、綠色鋪棉外套，蓄有跟髮色相同的淡淡鬍鬚。

我走到樓梯底部與克莉絲汀會合時，他在樓梯上停下腳步看手機。連我們在說話時，我都能感覺到那個大塊頭在我身後。他穿著黑色長褲，褲子中央熨出清楚的摺痕，底下配的是工作靴——這說明了一切。擁有體面黑西裝褲的任何男人，也都會有一雙像樣的皮鞋，他絕對不會穿著工作靴來法院。

那個沙色頭髮、穿綠外套的男人持續緩慢靠近，耳機線連向手中的手機。

我對這個傢伙並不是太擔心。我不十分肯定，但他看起來很像戴爾給我看的照片裡的人：吉爾，哈蘭與辛頓的保全主管，雖說我還沒機會仔細看他的長相。

第二個男人則完全是另一回事。他坐在我右邊的長椅上，扠著手臂，報紙攤開放在身邊的椅面上。他懶洋洋地斜靠椅背，黑色長大衣敞開，雙腳伸長交叉，頭往後仰，眼睛閉著。他也戴著耳機，只是我看不出它連向什麼裝置。我察覺強烈的腐敗菸臭味，隨著我靠近他而愈來愈濃，接著我認出他是我稍早在大廳看過的人，他仍穿著同一件大衣，換掉了灰色毛衣，好微微改變外型。現在他穿著奶油白的襯衫，但頸部的刺青讓他露餡。他絕對是我先前看到拿著智慧型手機的人，那個直視我的人。現在距離較近，我看出他的右臉頰有顆痣，膚色曬得很黑，使他的黑髮看起來更黑。他的嘴唇很薄，抿得很緊，幾乎像是沒有嘴唇，看起來更像一個開放性傷口。這想法有違我的直覺，但我猜他只有可能是戴爾和聯邦調查局的眼線，雖說他看起來實在不像我見過的任何聯邦探員。

克莉絲汀大步走向出口，手臂隨著腳步擺動。

我在黑大衣男面前停下。這傢伙眞臭。他的食指染著尼古丁汙漬，一天勢必至少抽兩包菸。我把檔案放在身旁的地上，單膝跪地假裝綁鞋帶，離黑大衣男不到一公尺的距離。我咳嗽，罵髒話，他沒有看我。我離他的個人空間近到足以使任何人張開眼睛，抬頭看看我到底在幹嘛。但他沒有動。距離這麼近，我能看清楚他脖子上的刺青，那個圖像我不管看多少次，都還是覺得它既熟悉又古怪：一個男人，或是男人的鬼魂——他的身體是液態的，呈彎弧狀，凸顯出橢圓形的頭部，雙手捂住耳朵，嘴巴張開。是孟克的〈吶喊〉。

他沒有看我，我很慶幸。我不想再看到那雙黑眼睛。光是想到我就口乾舌燥。

我把鞋帶鬆開時，看到穿綠外套的男人由後方靠近我。他經過我之前，先拔下耳機、捲起耳機線，再把它塞進外套右側口袋，手機則放進左側口袋。我從他的倒影看出他在看我。他接近時加快了腳步，準備直接從我旁邊走過去。

我迅速起身跨向右邊，直接擋住他的去路，右肩撞到他的左手臂底下。他踉蹌了一下，我扶住他，穩住他的身體避免摔倒。他瞪大眼，極爲驚訝與尷尬地看著我。

「噢，天啊，抱歉，老兄。都是這該死的鞋帶。你沒事吧？」我說。

「沒關係。」他喃喃道，然後徑直走出大門。就是他沒錯，事務所的保全主管——吉爾。即使近在咫尺的人相撞而發出噪音，那個穿黑大衣的刺青男仍然沒有抬起頭。

我跟著吉爾走出大門，看到克莉絲汀靠在一根石柱上，高跟鞋輕點石頭，一手橫在胸前，眼睛望著車流。

吉爾由她身旁經過，半跑下石階。

我把他的手機塞進外套口袋，過去找克莉絲汀。

# 25

「我知道這是怎麼一回事了。」克莉絲汀點著頭說。

她仍然不看我。一陣風颳起吹拂她的外套翻領，她抱著自己的身體，眨眼抵禦寒意，緊綳著下巴以免牙齒打顫。我想她一定是太氣辛頓的私人助理了，所以連大衣都沒拿就跑出辦公室。她眼中泛淚，我好奇這是因爲沿著曼哈頓的人造峽谷吹送的東風，還是因爲我們一度擁有又失去的生活。看著她，聞著她，聽著她的聲音，知道這當下我們不是一對——感覺就像在哀悼。

在這一刻，我有強烈的衝動想要利用大衛，藉此拯救她。我忍住了，那是虛幻的希望，也是卑鄙的想法。只要我採取正確的行動，我能夠救他們兩個。

她的語氣沒有憤怒，嗓音很輕柔。「這不像你，但我想你的內心深處在嫉妒，艾迪。你認爲既然現在我有事業可追求了，我可能就不想要你，或是不需要你了。你不必這麼想。」

「這事與我們無關。妳的事務所裡有壞事發生了，我不能在這裡討論。幫我個忙：不要回去上班。去接艾米，找地方躲個兩天。」

「少說蠢話了，你說的可是哈蘭與辛頓耶。」

最不適合進行這場對話的地點莫過於這裡了。我不知道周圍有什麼人在偷聽，我不能冒險告訴她更多。她轉身面向我，我能看出她眼神中帶著逐漸加深的失望。不管我們過去幾週累積了多少進展，她都認爲我的愚行把那些全抵銷了。

「我請求妳相信我。我今晚會解釋一切。」

「不，這事現在就在這裡解決。把客戶還給傑瑞．辛頓，我們再來談。」她說。

「我不能。相信我，這……」我沒把話說完，因爲她將手探入皮包，拿出一枚戒指。是她的婚戒。我每天都戴著我的婚戒，從來不取下來。而她從很久以前就不再戴她的婚戒了。

「那天晚上你離開以後，我戴上這個，戴了幾分鐘。我想知道感覺怎麼樣。」

我什麼也沒說，只是努力克制自己不把她擁入懷裡。

「感覺很好，你知道嗎？就像我們剛結婚的時候。我不再戴它是因爲它會害我想起所有不愉快的回憶。現在我可以戴上它，心想未來也許有什麼——有什麼好事，對我們和艾米來說都是。我把它放在包包，隨身攜帶。我不想要又被迫把它放回抽屜，艾迪。把客戶還給事務所，拜託你。爲了我們。」她說，將身體撐離石柱，走向街道。

我呼喚她，但她不理我，只是伸出手叫計程車。一輛計程車停下，她上車離開。

鈴聲響起。

我查看我的手機，但我沒收到任何訊息、簡訊、電子郵件。

我一邊走一邊掃視人群，轉身背對街道，然後小心地檢查我從吉爾身上摸來的手機。這是一支拋棄式手機，廉價諾基亞，沒有全球衛星定位，無法追蹤。

但有一封新簡訊。

我按下「開啓訊息」。

**我們在外面**。

訊息旁邊沒有姓名，只有手機號碼。不過這是對話串裡的第二封簡訊。第一封簡訊是三分鐘前傳送的。

一句直述句。簡單的四個字，讓我的脊椎感到一陣震顫，感覺像有個冰塊卡在我的脖子。

我用力握緊手機，幾乎把螢幕捏碎。

**殺了妻子。**

# 26

克莉絲汀的計程車已經消失在車陣中。穿綠外套的傢伙不知去向。我轉過身跑回法院裡，從等待接受安檢的隊伍間擠過去。長椅上已經沒人了，穿黑色長大衣的男人已經離開。

我用顫抖的手指拿戴爾給我的手機撥號給克莉絲汀。如果我用自己的手機，她一定不會接。

電話鈴響，無人接聽。我讓它響。

我開始在地板上來回踱步。

響第二聲。我衝向詢問處隔壁走廊的那一排公用電話。

**噢，天啊，克莉絲汀，接聽該死的電話。**

響第三聲。血液湧向我的臉，我感覺胸腔充氣，使我的襯衫繃緊，但我喘不過氣。我像溺水一樣拚命吸氣，一拳用力搥向牆壁。

語音信箱。

我掛掉電話，重新撥號。

「克莉絲汀．懷特。」她說。她沒提過她改回娘家的姓了。

「是我，不要掛斷。妳有危險。妳在哪裡？」

「什麼？艾迪？」她聽出我的語氣很迫切，音調尖銳，在顫抖的呼吸間硬把話說出來。

「妳在哪裡？」

「我在計程車上，在中央街。出了什麼事？是艾米嗎？」

我聽到她的語氣初次顯露恐懼的顫音；她講話速度很快，她知道我是認眞的。

「不，是妳。叫計程車司機切換車道，做出像要在沃克街右轉的樣子。叫他看看有沒有車跟著你們換車道。馬上。」

「你嚇到我了。如果這是某種——」

「快點！」

「好吧。」她說。我聽到她向計程車司機下達指令，聽不太清楚他說了什麼，但她用強硬的口吻重複了一遍指令。

「你收到死亡威脅了嗎？我有權利知道，而且爲什麼五分鐘前你不告訴我？」

「克莉絲汀，不要問，現在不要。我晚點會解釋。你們換車道了嗎？」

「是啊，我們移到外側車道了。所以我到底要找什——等一下。」她說。

司機咕噥了什麼，克莉絲汀回答他。我聽不清楚。

然後我聽到司機說：「藍色轎車，在三輛車後面。」

「叫他回到原本的車道，假裝妳改變心意，還是要回辦公室。」

她給出指示。

「現在是什麼狀況？」她問。

「那輛轎車跟著你們嗎？」

那頭傳來輪胎磨擦柏油路的隆隆聲，以及遙遠的一聲喇叭聲。

又是司機：「果然，女士。我們有個跟屁蟲。」

「我的天啊，這是怎麼回事？你做了什麼？」

「我晚點再解釋。妳現在有危險了，那輛車上的人要傷害妳，妳懂嗎？現在，完全照我說的話做。」

她在哭。司機試著安撫她。

「我要報警。」她說，嗓音流露恐懼。

「不，不要——」

通話中斷了。

# 27

我重新撥號，但直接進入語音信箱。我再打。沒用。

我頭暈目眩。該怎麼辦才好？她離得太遠，我來不及趕過去。我再次撥號。

「艾迪，我在另一條線路跟警方通話。我們要停在路邊等巡邏車。」

「不！不要停在路邊，一旦計程車停下來，妳就死定了，妳聽到了嗎？叫司機繼續開。妳現在在哪裡？」

「在沃克街上。等一下……」我聽到她跟司機說話。

「他要我等警察。」

「幫我開擴音。」

我聽到廣播和司機講到一半的話。

「嘿，如果你停車，那輛轎車上的人會下車，在警察趕到前把你和我老婆都殺了。你想活命嗎？照我說的話做。」

「好吧，老天，我該怎麼辦？」司機說。

「你叫什麼名字？」

「阿赫美德。」

「好，阿赫美德，你現在應該快開到和巴士特街的交叉口了。到那裡之後左轉，接著全速前進。」

「快要到了。」他說。

「撐住。」我說。

我不知道克莉絲汀是不是根本沒聽到，她什麼也沒說。

「深呼吸，就快到了，你可以做到的。跟我說話，告訴我你在哪裡。」

「我們正要經過超市。路上挺塞的，我們快要停下來了。」

她的衣服沙沙作響，我猜她正扭回身去查看後方。

「面向前方，親愛的。我不希望他們一個緊張就直接在車陣裡攻擊妳。」

「等一下……」一聲悶響。「他們就在我們後面，現在還是紅燈。天啊……」

「不要慌。」我說。

「他們下車了！」克莉絲汀大叫。

「趴下！」我叫道。

我聽到引擎怒吼聲，阿赫美德說：「那些傢伙有槍。」

「我們在動了。我們在動了，謝天謝地。」克莉絲汀說。

「繼續趴著。阿赫美德，你準備好了嗎？」

「噢，該死，等一下。巴士特街是單行道，我不能左轉。」他說。

「正是因爲如此你才要左轉。全速前進，一路按喇叭，這是你唯一的機會。」

我聽到震天價響的引擎聲。克莉絲汀嗚咽了一聲。我能做的只是聽著她帶有水聲的沉重呼吸，並且祈禱。計程車在不斷加速和煞車，低沉的引擎聲伴隨著輪胎磨擦聲和重重按喇叭的聲音。阿赫美德在迎面而來的車流間穿梭。

「他們沒有跟著轉彎。」阿赫美德說。

玻璃破裂，金屬斷折。克莉絲汀尖叫。「碰」的一聲巨響。喇叭聲不再一下一下地響，而是化作緩慢的一個長音。

# 28

我的手機靜靜躺在我手裡，沉默無聲。我檢查了一下，確認線路是暢通的，然後我盯著螢幕，希望它響起來。我打給她——沒有人接。

我又撥號，接到她的語音信箱。掛斷，再撥。沒回應。再撥。

我彷彿由深水處往上浮，血流在血管裡奔騰的聲響，被法院大廳的噪音所取代。我進入恐慌模式時，會自動把這些聲音都隔絕在外。我聽到行李掃描器輕柔的嗶嗶聲，橡膠鞋底與鋪著強化橡膠磚的地板磨擦的唧唧聲，電梯的「叮」，大廳另一側咖啡販賣機啓動時的電流聲，證人緊張的閒聊聲，以及他們律師的假笑聲，全都被公共廣播系統宣布事項時間歇造成的雜亂靜電噪聲給蓋過去。

我的手機盯著我，堅忍地保持沉默。我經過那一排公用電話，查看整個大廳，還是沒看到穿黑大衣的男人或吉爾。我雙腿交叉，用左肩靠住牆，再次檢查我的手機。什麼都沒有。我把手機稍微舉高，讓路人認爲我在察看訊息，實際上我是在讓餘光發揮作用。沒有人特別醒目，但那不表示附近沒有任何人在監視我。

我在聽見鈴聲之前已經先感覺到了。

「克莉絲汀？」我說。

奔跑，喘息。她幾乎沒辦法說話，奮力奔跑。

「我沒事。我沒看到他們。司機沒事。我要怎麼辦？」

「妳還在巴士特街上嗎？」

「對。」

「原路折返，經過車禍地點，過馬路，然後跳上離妳最近的計程車。不要回頭看，趕快跑就對了。」

腳步咚咚響。喉嚨裡有輕微顫動聲。

「我過馬路了。我看到有輛計程車在等。」

「別繼續跑，把鞋穿上，坐上車。他們會試著攔截你們，他們會開到運河街，左轉，然後從喜士打街去巴士特街堵你們。但因爲車禍的關係，他們沒辦法走巴士特街了。坐上計程車，叫司機開到曼哈頓大橋。」

沒回應。

車門開了，克莉絲汀上車，對司機下指令。

「我上車了，我們在開了。」

我垂下頭抵著涼涼的牆壁。感覺很好，讓我整個人緩和下來。我讓克莉絲汀喘口氣。等她緩過氣來，她喊了我一聲。

「你故意要司機撞車。」她說。

「對。我知道他們不會跟著你們轉彎。我猜他們會想繞一圈，在喜士打街攔截你們。現在他們沒辦法了，因爲你們的事故，巴士特街會回堵。阿赫美德還好吧？」

「嗯，我想是。我們撞上另一輛計程車，速度不快，大家都沒事，但兩輛車都毀了。他們會傷害他嗎？」

「不會，現在有太多目擊者了。這裡可是紐約，車禍現場大概已經聚集了二十個人。」

我查看從吉爾那裡拿來的手機，發現它自動上鎖了。它要求我輸入四位數密碼。我把手機放進口袋，吸氣，閉上眼睛。她告訴我沒看見那輛轎車，她成功了。

「我得去接艾米。」她說，然後崩潰痛哭。

「聽我說。打給妳姊姊，讓她立刻去學校接艾米。在紅鉤區找一間汽車旅館，要離高速公路近一點。」

「我得打回辦公室，告訴他們我今天不會回去。」

「不，妳不能。聽我說，這聽起來有點瘋狂……」

# 29

我全都告訴她了。我告訴她有她簽名的股份合約。她隱約記得代替班．哈蘭見證那份合約，哈蘭告訴她他家裡有急事——跟他女兒有關——希望克莉絲汀見證簽名。當時她完全沒把這事放在心上。我告訴她戴爾和專案小組的事。我簡單說明事務所、他們的歷史、他們的財務狀況，然後是大衛。我沒告訴她有很多對大衛不利的證據，因為沒有必要。我告訴她我相信他是清白的，這就夠了。

我說完以後，可以聽到她把眼淚吞下肚，喉嚨發出緊張的振動聲。她對著手機輕聲細語，以免被計程車司機聽到對話內容。

「今天在法院有個男人跟蹤我，他名叫吉爾，是事務所的保全主管。我摸走他的手機，手機上有一封簡訊，命令他殺了妳。妳的兩個老闆很害怕，他們不希望我擔任大衛．柴爾德的律師。我猜他們認為如果把妳殺了，我就沒辦法繼續接這個案子了。用這種手段除掉競爭對手未免太極端了。」

她吐氣，緊繃的肌肉使她的呼吸聲帶有顫抖的氣音。

「他們為了讓你不碰這案子，寧可殺了我？」

「這個人可以傷害他們。他們想要掌握控制大衛的能力，確保他不會跟警方談條件，用打垮事務所來換取減刑。」我說。

「他有事務所的什麼把柄？」

「其中一個幫事務所洗錢的人法魯克，在開曼群島被警方逮捕了。事務所最近一直在解雇幫他們洗錢的人；他們找到一種更安全的洗錢途徑。事務所在線人能夠作證之前把他殺了。一支聯邦專案小組發現事務所在用大衛．柴爾德的防駭安全系統來洗錢。他們只要按個鈕，就有幾百萬的錢從客戶的帳戶裡消失，在幾百間銀行的幾千個帳戶間流通，最後乾乾淨淨地落入一個安全帳戶。」

「這都怪我。他告訴我他們已經做過盡職調查了。」克莉絲汀說。

「我沒有怪妳的意思。我是說，妳的老闆是個傑出的傳奇人物，他把一份文件擺在妳面前，告訴妳它沒有問題——唔，任何人都會接受的。這不是妳的錯，這是班．哈蘭和傑瑞．辛頓的錯。我們只是得面對問題。」

「我做了什麼好事啊？抱歉，我會去找聯邦調查局，我會作證。」

「不，讓我來處理。妳帶著艾米避風頭，讓我來搞定這件事。我覺得有辦法弄到戴爾要的資訊。大衛說他或許能追蹤移動錢的演算法。我不知道。如果他不能，我得重新計畫。」

「如果你相信他是清白的，你就不能讓他認罪，不能爲了我這麼做。艾迪，答應我你不會這麼做。」

「我答應妳。我需要時間思考。」

「我的手機快沒電了。」她說。

「聽著，妳不能回去上班。我知道那表示哈蘭和辛頓會認定妳知道什麼，但那不重要了，他們已經下了格殺令。」

「那你要做什麼呢？」

我頭往前垂，盯著我的鞋子，好像我要從地上撈起這個想法。

「我要盡我所能幫助大衛。我要試著幫他弄到戴爾要的東西，然後我要跟聯邦調查局談判，讓妳跟他都無罪。」

「但那是謀殺案，如果他們認爲他槍殺了他女朋友，就不能放他走。」

我摩挲下巴說：「我覺得可能還有轉圜的餘地，不過妳是我的優先考量。」

「我不能讓一個無辜的人因爲我而坐牢。你的良心過得去嗎？」她問。

在這當下我沒有答案，但我知道最後也許會面臨這個抉擇。我父親是個組頭，也是個騙子，但他從沒騙過正人君子的錢，被他騙的人都是活該，他也不會接受沒有本錢輸的人下注。當我父親把一流的詐騙技巧全都傳授給我時，他也教誨我絕對不可以把這些技巧用來傷害他所謂的「小蝦米」。

*因為啊，兒子，我們就是小蝦米。*

我曾經是個騙子，使用我父親的技巧，遵循他的原則，從最惡劣的保險公司、毒販、我能找到最下流的垃圾身上騙取大把錢財。那時我晚上睡得像嬰兒一樣熟。直到我當了律師，我才開始有睡眠障礙。界線永遠不明確——而我因爲試著不去理會界線問題，付出慘痛代價。我曾發誓再也不要重蹈覆轍了。如今波波和我聯手詐騙市立律師基金，這有助於讓我繼續撐下去，並且讓那個專業抓耙子活下去。市政府付得起這筆錢，而我們不拿這筆錢就撐不下去。

「如果事務所意圖殺掉我，那他們會怎麼對付你？」她問。

「我能照顧自己，妳是知道的。」

「我會把艾米帶到安全的地方，然後從汽車旅館打電話給你。我得掛電話，快沒電了。你要小心，艾迪。」她說完便掛掉電話。

戴爾給我的手機在震動。是他傳來的簡訊：

柴爾德一案的證據清單已準備好，可至地檢署領取。

我頗爲確定對大衛不利的證據只會增加，而戴爾希望我盡快看到。他不希望我爲大衛力辯，他要我相信他有罪。無論清單的內容是什麼，都不是好消息。

# 30

柴爾德快速穿越大廳。他的金髮私人助理荷莉幾乎要用跑的才跟得上他，在柴爾德從容不迫邁著大步時，她的短腿在旁邊像是一團模糊的影子。她穿著牛仔褲和毛衣，一手拿著手機，另一手拿著iPad，兩部裝置每隔幾秒就因收到各種新訊息而發出通知音效。柴爾德右邊是傑瑞・辛頓。這大塊頭一邊走路，一邊把手按在委託人的肩頭。他看到我的時候簡直難掩輕蔑。我挺好奇他是什麼時候發現進醫院的人是波波而不是大衛的，也許是他到了以後才發現的。

我站到他們面前，發現柴爾德露出幾乎未加掩飾的安心表情。

「謝你再多遍也不夠。」大衛對我說。

「不用客氣。」辛頓說。

我皺起臉，表示「傑瑞，不會吧？」。大衛捂著嘴，把神經質的咯咯笑聲憋回去，這是保釋後的喜悅。不過即使柴爾德顯得如釋重負，我還是從他的笑容看出隱藏的恐懼。

「所以今天下午要做什麼？」大衛問。

「我們開始預審，這是我們測試檢方案件的第一個機會。」

「我以為我們說好要放棄預審聽證會？這個案子必須在審判時才能打贏。即使因為某種奇蹟，你在預審時證明檢方沒有足夠的證據，檢察官還是可以把案子交由大陪審團來起訴。」辛頓說。

就本質上來說，遇到重罪案件，檢方是有兩次優勢的。如果他們在預審聽證會時，沒能向法官證明他們有可成立的理由提出告訴，他們還是能把同一個案子交給大陪審團：大陪審團由三十個公民組成，他們能決定是否有足夠的證據起訴被告——他們只聽檢方的說法，不聽辯方律師的說法，因此一百次中有九十九次，檢方都能獲得起訴的結果。

「讓我來擔心大陪審團吧。一次先打好一場仗。現在我們要從攻擊檢方的案子開始。如果大衛像他說的一樣是無辜的，他會想要奮戰到底。」我說。

「艾迪說的沒錯，」大衛說，「媒體遲早會聽到風聲，而我要他們知道我在每一個可能的階段都會奮戰。」

「當然，」辛頓說，「只是，我得告訴你，大衛，對你不利的證據非常充分。」

「我們不要爭這個了，傑瑞。合群一點。」我說。

辛頓只是對我短促地點了一下頭。大衛再度微笑，和我握手。他放開我的手時，把我藉機塞給他的名片握在掌心，然後把手插進褲子口袋。我在名片上寫了如何與蜥蜴碰頭的說明。如果柴爾德遵守他那一方的條件，他會跟辛頓說他要去某間旅館，但他會改變方向，在第五街下計程車，坐上藍色廂型車——開車的是蜥蜴。晚點我會去荷莉的公寓跟他們會合。

「預審四點開始。我三點回來這裡跟你見面。」我對大衛說，然後看著他和荷莉走出法院坐上計程車。傑瑞．辛頓也望著他。

「你沒有去醫院，弗林。」辛頓說。

「你走了之後我才發現弄錯人了，否則我會告訴你的。抱歉，我不知道你的手機號碼。」

他退後一步，上下打量我。

「我們應該是同一個團隊，我們都想爲大衛爭取到最好的結果，不是嗎？」

我點點頭，好奇幾分鐘前他們見面時，大衛對他說了什麼。不管是什麼，我都仍然是共同律師。

「我不希望你出席預審，」辛頓說，「我認為你需要重新考慮這項安排。你完全不知道你在跟誰過不去。上一個妨礙我的人被燒得很慘。」

我只能想像線人法魯克那淋滿強酸的屍體。

「也許你該打給你老婆，聽聽她的建議，趁你還有機會時走開。」他的臉頰掠過微微的痙攣。當他再度開口時，臉上浮現頗為明顯的愉悅，於是我知道傑瑞·辛頓不需要為自己的行為找理由，而且他也不是單純不在乎違法傷人。辛頓對他的工作樂在其中，他很享受威脅我，他很享受偷走大筆金錢，他很享受幹掉擋他財路的人。

「我要回辦公室去了。我相信我們晚點不會再見面，所以請替我帶個口信給你老婆。告訴她計程車資不能報公帳。」

辛頓和大部分大塊頭男人一樣，有很厚的下巴。在耳朵前一公分處，是顳顎關節。朝那個甜蜜點快速揮出一拳，能夠把哪怕是最厚重的下巴像玻璃一樣打碎。在我想著這件事的同時，一輛黑色賓士停在路邊，把沒再多說什麼的辛頓載走。

消除大衛和克莉絲汀受到威脅的唯一方法，就是讓檢方控告大衛的案子不成立。定罪威脅對大衛造成很大的壓力，而我介入他的案子使他們兩人都有生命危險。如果對大衛不利的證據被排除，他就不再處於出賣事務所的壓力下。大部分的處分或是認罪協議都是在預審前發生，正是因為如此，傑瑞想要跳過這個程序，消滅他進行協議的動機。

我走回安檢門內，把我從吉爾身上摸來的手機放進信封，留在安檢櫃檯。我走出大樓，傳了封簡訊給雷斯特·戴爾，要他來領手機。法院外的街道上人潮洶湧，畢竟這是中午時分的曼哈頓。我融入快速移動的大量人群中。

# 31

我在一間小餐館點了杯咖啡，然後坐到後側靠近窗戶的桌位。有鑑於我繞了好幾個彎，要徒步跟著我是很困難的。即使如此，我還是每過一會兒就察看窗外，確定沒有哪雙眼睛在盯著我。建築上方的天空呈現煤渣磚的顏色，看起來要下雨了。我的咖啡又燙又濃。

我用戴爾給我的手機撥號給他本人，他連聲哈囉都沒說。

「不到二十分鐘前，我看到傑瑞．辛頓送你的委託人坐上計程車。我以爲我們有共識，我以爲我們都講清楚了：給我認罪、演算法，還有柴爾德針對事務所的證詞，我們就撤銷你老婆的罪名。」

「我跟你說了，我會弄到你要的東西，而不必讓大衛冒險。你拿到手機了嗎？」

「拿到了。你從哪弄來的？」

「從吉爾身上拿來的，上面有一封簡訊命令他殺了我老婆。」

「天啊，她沒事吧？她在哪裡？」

「她很安全，暫時。那支手機可以讓你接近辛頓——我猜簡訊是他傳的。那是謀殺未遂罪名，就在那裡。」

「我馬上就讓我的科技專家分析它。這倒有意思，事務所竟不擇手段要把你踢出這個案子。我們很接近了。不過你可別誤會——我並沒有興趣用謀殺未遂給辛頓定罪，那可以留給聯邦調查局去辦。我的職責是重創事務所的客戶——毒品大亨、軍火交易商、恐怖分子。要達到這目的，我需要追蹤錢流。」

「我會盡我所能去做，但我要克莉絲汀和大衛作爲回報。」

他嘆氣。

「你有沒有眞正失去過什麼人？」他問。

我想到我的父母。他們死時還頗爲年輕，絕對還不到壽命的盡頭。

「那就像個洞，艾迪。你不能找回失去的東西——但你可以試著用別的東西塡滿它，用新的東西。你可以試著把狀況修正。事務所奪走了我的蘇菲，而我需要把事情修正。我可以做到。可是想想這個案子中另外那個被害者吧。他們發現克萊拉．瑞斯倒在大衛的公寓裡，後腦杓有兩個彈匣的子彈。如果我爲了得到我想要的而讓他逃過謀殺罪名，我只是在挖另一個洞。我不會走上那條路，我不能。你也不該走上那條路。你先前收到我的簡訊了——檢察官準備了額外的證據要在預審時用。你先讀了再告訴我大衛．柴爾德是清白的。」

我看穿了戴爾在玩什麼把戲，這把戲我很熟悉。美國的司法系統每天都在玩這個——因爲有時候，你在犯罪事件中的清白根本不重要；唯一聰明的做法是認罪協商，換取較輕的刑期。

「你要我讀新的證據，然後告訴大衛，即使他是清白的，他也絕對會被定罪，而他唯一的選擇就是認罪協商換取減刑。」

「賓果。」戴爾說。

這種事一直在發生，我自己也做過。無辜的人經常不願意冒打輸官司、被判十五到二十年的風險，寧可認罪協商，關個兩年就出來。這是數學——不是司法正義，但這就是現實。

「我會去看，但不確定能說服大衛。我需要槍擊殘跡專家在預審作證，那會有幫助。」

「怎麼會？這個階段，專家報告不是才剛交上去嗎？我是說，我不懂這怎麼會有幫助。」

他說的對。在預審時，除非有該死的好理由，否則專家不必在宣誓後提供證詞。他們的報告會直接放到法官面前，不用進行交互詰問。

「這是爲了柴爾德，作用是進行『遊說』。現在最有力的證據之一，就是他皮膚和衣服上的槍擊殘跡。只是將報告交上去，對柴爾德沒有眞正的影響。但如果專家上證人席，我又無法反駁他的證詞，那麼柴爾德會陷得更深，壓力也會更大。」

「我懂你的意思了，我會打給檢察官。這個孩子必須明白，認罪協商是他唯一的機會。你也是一樣。你該吃點東西，今天會很漫長。我聽說那家店的藍莓鬆餅很不錯。」

我還來不及回應，通話就中斷了。街上沒有停著車輛，人行道上也沒有長得像戴爾的人。該死，他有兩下子。我不得不屈服於中情局探員只在希望被人看見時才會被人看見的想法。女服務生問我還要不要點別的，我點了藍莓鬆餅。

我對戴爾說服檢察官找來他們的槍擊殘跡專家寄予重望。如果我連交互詰問那傢伙的機會都沒有，我根本別想贏得預審。但是此刻，我一個可以拿來質疑證人的問題都想不到。我會想到的。如果大衛是清白的，我需要當作證明的彈藥遲早會來到我手中。

我在等待餐點的同時，打開戴爾的檔案複本開始瀏覽。第一批文件是股份移轉合約，全都由哈蘭與辛頓的員工見證。我算了算，有超過四十份合約，包括克莉絲汀的那一份。

這些文件後面是一份打字的公司名稱清單，一頁有三十個名稱，總共有十八頁。對我來說沒有一個公司名稱似曾相識。清單以字母排序，我往後翻，尋找克莉絲汀見證合約上的公司名稱。這是他們從法魯克那裡取得的資訊。戴爾在總部的團隊一定會監看這些公司的帳號，所以他們才會發現新的洗錢系統。

剩下的文件就只有哈蘭與辛頓保全小組的照片了。我的目光在先前看過的吉爾照片上逗留了一會兒。

那張照片後面還有四張，事務所的保全小組，以及五個男人的團體照。其中兩人穿黑西裝、白襯衫、深色領帶，髮型符合商務人士的形象；另外兩人穿著便服：普通襯衫，下襬塞進牛仔褲。

沒有看到脖子上有〈吶喊〉刺青的黑大衣男。

我撥了個電話，終於在被轉接好幾回後，接通到下城醫院急診室的一位護理師。波波已經從手術室出來了——不過狀況仍然很危急。當鬆餅送上桌時，我已經沒了胃口，但我還是吃了一口。雷斯特·戴爾說對了一件事——這鬆餅眞的讚。

我坐了一會兒，思考來龍去脈。餐館角落有兩部電腦，螢幕閃爍著「請投幣」字樣。我端起咖啡挪到其中一部電腦前，在膝蓋旁的投幣孔投了兩美元的零錢。螢幕畫面變了，我點出Google首頁，輸入「伯納德·朗希默」，並按下搜尋。

一開始，搜尋結果充斥著一個略有差異的姓名拼法，是另一個人的資料。我進入選項設定搜尋姓名拼法完全相同的資料，得到六千筆結果——全是德文網頁。爲了縮小範圍，我把「大衛·柴爾德」和「伯納德·朗希默」連在一起搜尋，按下確認鍵。

最先出現的是一個科技類部落格的文章，兩個名字都包含在內。文章內容關於網路公司，尤其是爲什麼有些社群媒體平台一炮而紅，有些則以失敗告終。我本身並沒有在關注這類事情——我沒有使用任何社群媒體——但我知道它的運作方式。文章有一小段探討了名叫「威福」的社交媒體平台，並拿它和瑞樂作比較。根據這篇文章，威福是伯納德·朗希默的創作結晶。它比瑞樂晚了兩週上線，一年後就倒閉了。作者認爲瑞樂對使用者更友善，沒有威福那麼複雜，而且搶得先機。這些因素都導致了朗希默的計畫失敗。我往下捲動網站瀏覽了另外六頁，但全都是用德文寫的，而且跟古老家族的族譜有關。

網路上查不到任何朗希默與大衛之間有不合的事，我查到的資訊也未指出朗希默可能對任何人構成威脅。我想如果大衛認爲是朗希默陷害他的，他應該是想錯了。這傢伙看起來很普通。

我花了一點時間登入電子郵件信箱，沒有什麼緊急的事，於是我登出，收拾我的檔案，買單，然後朝門口走去。

這時，我聽到我的個人手機鈴聲響起，希望是克莉絲汀打來的。這通來電沒有顯示號碼。

「喂。」我說。

「麻煩告訴我你在做什麼。」電話另一頭的聲音說。男性，三十出頭，也許帶著一點中西部口音。

「你是哪位？」我說。

「伯納德．朗希默。」

# 32

我還顧餐館內，沒有人在注意我。我判定街上比較安全，所以走出餐館往市中心前進。

「你是怎麼知道這個號碼的？」我問。

「所以你確實在調查我。」他咬著牙把話啐出來。

「我沒這麼說。」

「你有，別想要我，弗林先生。我知道你搜尋我，我想知道爲什麼。」

我無法理解僅憑我在網咖裡搜尋他一次，他怎麼就能這麼快追蹤到我。然後我想起我有開啓電子郵件，也許他是藉著那個管道找到我的。糊弄這個傢伙沒有好處，所以我沒兜圈子，直接開門見山。

「我想見面。」我說。

通話背景中有個女性的嗓音，她在對朗希默大叫：「掛掉，不准打電話。」我聽到麥克風傳來刺耳的聲音，還有模糊的男聲。朗希默用手蓋住電話，說了什麼不想讓我聽到的話。也許那個聲音是他女朋友，不過她的措詞很奇怪，這讓我耿耿於懷。

他再度說話時，嗓音很清楚，而且仍然怒氣沖沖。

「然後我們要討論什麼？你的事務所帳戶裡還剩多少錢嗎？你透支了？也許談談你對平裝本犯罪小說的熱愛，或是你總是在泰德小館吃早餐？我可以繼續說下去……」

「你動作很快，朗希默先生，眞的很快。要是你發布威福的速度能快一點，你現在可能就很有錢了。可惜大衛．柴爾德比你更快。」

「原來這事跟大衛有關。我會保持聯絡。」他說，然後掛斷電話。

我難以置信地盯著手機。伯納德．朗希默剛剛變成了很有趣的人。

克莉絲汀的姊姊卡梅兒去學校接了艾米，然後到紅鉤區一間緊鄰二四五號公路的民宿與她會合。艾米嚇壞了，她不說話，而且一刻都不願意鬆開克莉絲汀。約半年以前，她被俄羅斯黑幫綁架，雖然她身體沒有受傷，卻仍然留下了後遺症。她的復元情況穩定但緩慢，這一切對她來說都太難以承受了。克莉絲汀在電話中哭泣。我強壓下想去找她們、把她們都摟在懷裡的衝動。無論要付出什麼代價，我都得把她們弄出紐約——去某個安全的地方，遙遠的地方，沒人會去找她們的地方。

「艾迪，我好害怕。」克莉絲汀說。

「我會處理的，我會確保妳們都平安無事。我愛妳。」

她嘆氣，我聽出她的語氣投入了更多感情。「我……別讓任何人傷害你。」她說，然後掛了電話。

我走進弗利廣場，朝霍根路一號的地檢署而去。那棟大樓戒備森嚴，我在那裡不會有立即的危險。

我搭電梯來到地檢署的接待區。接待員是個老先生，名叫赫伯．戈德曼。赫伯在他任內已經見過十二個地方檢察官來來去去了。他一頭鋼灰色的頭髮環繞著布滿老人斑的臉，看起來幾乎和這棟建築一樣歷史悠久。

「你是來自首的嗎，艾迪？」赫伯說。

「我投降，赫伯。我承認我犯了擔任辯護律師的罪。我該在這裡等待眼罩和射擊隊嗎？」

「你可以坐在那張有汗漬的沙發上，等我去找管他是哪個答應和你談話的笨蛋。你要找的是誰？」

「茱莉．羅培茲。」

赫伯微翻了個白眼，拿起電話撥打內線。

「他來了。」他說。

他放下話筒後，要我先坐下，對方很快就能見我了。

現在將近下午一點半，再過兩個半小時預審聽證會就要開始了。

我幾乎還來不及坐下，地方檢察官麥可．瑞德就把門踢開，說了句「弗林，跟我來」，然後轉身踏著重重的腳步回到空曠的辦公室。

赫伯咯咯笑，確認瑞德消失在門內之後，把兩手合在一起，發出「呼咻」的聲音，假裝用光劍刺我。這位地方檢察官因爲姓氏跟《星際大戰》的角色雷同，受了不少揶揄。不過，現在包括赫伯在內，已經沒有人敢當著他的面這麼做了。

外側辦公室裡坐著五十個本市頂尖的助理檢察官。這是個開放式空間，沒有隔板，助理檢察官四人一組坐在一起，面向彼此。瑞德鼓勵他的下屬在辦公室討論案子，互相演練開場陳詞和結案陳詞，並給予彼此回饋和批評，從中學習改進。瑞德規定每週有兩小時的強制性辯護訓練，把他預算的百分之五左右花在聘請講師上。效果立竿見影，定罪率有所提升。他是眞正的法庭學生，像野火一樣從助理檢察官一路高升。當瑞德以勢如破竹的姿態贏得第一場謀殺案審判，他的同事們便不再偷放《星際大戰》的玩具在他的抽屜了。

我們經過蜜莉安．蘇利文的桌子，它位於瑞德隔壁的角落辦公室裡，不過她不在。我看到她的窗子上標示著「資深助理檢察官」。上一回的選舉她和瑞德是競爭對手，而她以些微差距敗選了。通常在這種時候，落選的人會離開檢察單位，但蜜莉安沒有。我聽說瑞德說服她留下，告訴她四年後自己離開時會提名她；他已經計畫要選州長了。

我跟著他進入辦公室，然後把門帶上。瑞德看起來像熟齡男模。他的體脂肪比大部分職業健美選手還低，而且雖然他的肌肉量比不上他們，他還是頗爲線條分明。他的袖子捲起，最上面一顆釦子解開，繫著淺藍色領帶，再加上充滿光澤的黑髮——看起來好像隨時準備好爲形象照擺姿勢。

「坐下。」他說，從辦公桌旁的小冰箱裡拿出一瓶柳橙汁給自己倒了一杯。這間辦公室可沒有波本酒。他沒有請我喝任何東西。

他坐下來，快速翻看面前的一份檔案。辦公室其中一面牆上有個大螢幕電視，他身後的書架上堆滿關於法庭表現的書、辯護技巧的教學光碟，以及皮革裝訂的法律書。他面前有一台筆電和一台桌機，到處都沒有照片；瑞德的另一半是工作。

他目光不離文件，說：「所以，誰是你在司法系統的人脈？」

我不發一語。

「你一定打通不少關節，或是遞交了很多牛皮紙信封，才能接到像大衛・柴爾德這樣的客戶。我只是好奇你是怎麼跟這麼高層的人士搭上線的？靠勒索？」

我嘆氣。

「只是好奇像你這麼不入流的律師是怎麼抓到柴爾德這種大魚的？」這時他才終於願意抬起頭看著我。

「你明知道這是機密。負責這案子的助理檢察官不是茱莉嗎？我爲什麼是跟你談？」

他的嘴角抽動了一下，就算是微笑了。他拿起杯子喝了一大口，把柳橙汁喝光，在杯壁上留下厚厚一層果粒。

「我也想請你喝點東西，不過我沒有伏特加可以幫你加在柳橙汁裡。」

瑞德工於心計，隨時隨地。法庭內外都知道我曾經中斷執業一年，而且酗酒酗得很厲害。我兩、三個月前重返律師職位時，沒有人覺得應該提起這件事。這是私事，而大部分律師，即使是檢察官，並不會對我心懷忌恨。去他的，很多律師都到戒酒無名會走過一遭。不，瑞德不是因爲我酗酒的歷史而跟我過不去，他純粹是因爲我是個有能力的辯護律師而討厭我。在他看來，我就是個敗類。

「我現在沒喝那麼多了。不管怎麼說，現在時間都早了點。我是來領柴爾德案的證據清單的，不是來互酸的。我沒有冒犯的意思。」

「我沒有受到冒犯。尊夫人還好嗎？我聽說她在眞正的律師事務所工作，這是好事。至少家裡有人在好好賺錢。噢，等一下，你們已經分居了。抱歉，我忘了。」

我加重力道握緊木頭扶手，製造出微微的碎裂聲。我不需要這個。即使沒有瑞德對我冷嘲熱諷、試著激怒我，我都已經太接近崩潰邊緣了。

我什麼也沒說，只是歪著頭露出微笑。他臉上短暫地閃過一抹冷笑，又瞬間消失。

他闔起面前的檔案，向後靠向椅背。「你要的證據清單就在這裡。今天下午還有別的東西送到我的辦公室。」

「你男朋友送的花嗎？」我說。

他點點頭，彷彿要接受挑戰。我不在乎他是不是有男朋友，但瑞德是那種恐同的老古板，這種幼稚的玩笑對他來說是莫大的羞辱。

他後面有另一張辦公桌，上頭文件堆積如山，其中一疊文件頂端放著一只厚厚的文件袋。他一把抓起它，打開，拿出裡頭的紙張，然後把文件袋隨手往後一扔。

「這是大衛．柴爾德認罪協商聲請書的草稿。」他把文件舉在面前揮動。

我沒回應。

「更精確地說，弗林，這是聯邦認罪協商聲請書。只要你的委託人承認冷血地槍殺他二十九歲的女朋友，並完全配合聯邦執法單位，就能獲判五年刑期。」

「我沒看到什麼聲請書。」我說。

「我知道，」瑞德說，「你也不會看到。」

他把文件對摺，然後沿著摺線撕開，再對摺，再撕，讓碎片飄落桌面，兩手放在桃花心木桌子上。

「毀損聯邦文件是違法行為，你在法學院應該有學到才對，不過我猜你忙著在體育館做仰臥起坐。」

「它要有人簽名之後才會成為正式的聯邦文件。我們並不打算提供協商的機會。我帶你進來就是為了親自告訴你：我不知道你認識誰，或你的委託人認識誰，但我這裡受到高層很大的壓力，要確保這份聲請書能獲得簽署。我剛讀完這件謀殺案的檔案，我極少見到這麼罪證確鑿的案子。你的委託人百分之百有罪，我可不會被收買。就算要賭上我的前程，我都不會容許這個案子走認罪協商的路。」

「這不是你的案子，羅培茲是登記在案的助理檢察官。」

「事情有了變化，艾迪。羅培茲現在是次席檢察官。我要親自接這個案子。不論你的委託人多有錢，不論他想動用多少聯邦調查局的人脈，我都要親自送他進監獄，為殺死那女孩坐一輩子牢。」

「他告訴我他是清白的，其實我開始相信他了。如果你得親自上船來坐鎮，這案子一定眞的很不穩當。」

「他們都說自己是清白的。讀了檔案你就會知道這傢伙有罪。」

「聽起來是虛張聲勢。總是有條件可談的。你認爲五年太輕了，但如果我的委託人想用認罪換取十年，你會迫不及待地撲上去。」

「艾迪，你贏不了這個案子。如果你的委託人想服刑二十年，我還會考慮看看。在我看來，你的委託人會被定罪是天注定。」

「你在說什麼啊？」

「這是神明的旨意。你想想看，你的委託人竟然在跑路時被另一輛車撞到？然後還有逮捕他的警官——運氣可眞好。」

「瓊斯警官？」

「是啊。他有十五年的老資歷了，不過沒什麼豐功偉業。他絕對考不上警佐。他已經決定今年要辭職，在私人保全公司找工作，到伊拉克去替一間石油公司保護工程師。結果他在紐約市警局上班的最後一天，就逮捕了你的委託人，成就他職業生涯中最大的功勞——雖然他把你的委託人帶回局裡的當下還沒有意識到。」

「我不相信命運這種事。」我說。

「我相信。」瑞德說。「今天下午我將會把你委託人的命運寫死。」

「你要先傳喚誰？調查員警？」

他眼神一暗。

「我要傳喚槍擊殘跡專家作為第一個證人。我可以直接呈交他的報告，但我要法官聽取這項證據，因為它是無可閃躲的。我要用一個證人就解決掉你的案子。」

他說話的時候，手指輕輕拂過下巴。

他剛才對我撒謊。我頗為確定，不論戴爾是怎麼跟地方檢察官交涉的，他都成功說服他傳喚槍擊殘跡專家，不過不是出於瑞德剛才講給我聽的理由。地方檢察官在意的重點不是結果，而是你用這些結果建立的公共關係。誠然，他改善了數字，但誰都能玩數字遊戲。他夠聰明，知道他需要一樁引人注目的謀殺案，來把他的臉放上全國新聞。柴爾德案使他的夢想成真。如果他在預審一開始，就把無可爭辯的專家證據放在全世界的媒體面前，接下來的州長選舉他就穩操勝券了。他不打算把報告交給法官，而是要在鎂光燈前好好表演一番。

「我要痛宰你的委託人，而且我要他知道。」

有人敲門。蜜莉安・蘇利文走進瑞德的辦公室，手裡拿著套有透明塑膠套的男性西裝。這是剛從乾洗店取回來的，專為鎂光燈而準備的西裝。蜜莉安穿著套裝，把我上次見到她的長髮剪短了。

她將西裝放在電視前的椅子上，一句話都沒說就離開。

「如果你不介意的話，我二十分鐘後還要開記者會。」瑞德說。

我從他那裡拿走檔案複本，走出去後把門帶上。

我在蜜莉安敞開的辦公室門前停下腳步。

「妳現在還負責拿乾洗衣服？」我問。

她搖搖頭，摘下眼鏡，揉了揉鼻樑頂端被壓紅的凹痕。蜜莉安是個四十歲、有魅力的法庭狠角色，在處理案件時態度冷血而疏離，使她擁有比多數對手更強的優勢。

「艾迪，不要。」

「我不是來幸災樂禍的，蜜莉安。妳應該在那間辦公室裡，擔任地方檢察官。妳比他優秀。妳根本不應該讓他這樣對妳，太噁心了。」

「你沒跟瑞德打過對台吧？」

「是沒有。」

「提防他。他原本可以炒我魷魚，但他沒有。他要我留下來，好爲了我跟他競爭地方檢察官的職位羞辱我。他報復心很強，很會算計，還會耍小手段。仔細想想，他跟你有點像。」

「我受寵若驚呢。」

「別。」她說，然後傾向前來小聲說：「我忍受他的欺壓，是因爲我在記錄一切：日記、照片、影片。我在準備一件世界級的性別歧視案件。」

「妳需要律師嗎？」

「怎麼，你有認識不錯的律師嗎？」

她舉起手機對準乾洗店收據，拍照，然後眨眨眼睛。

「小心點，瑞德不會遵守遊戲規則。他整個職業生涯只輸了兩場官司，而且都是很多年前的事了，那時候他還在摸索基本狀況。我在爲他玩膩小遊戲的那天做準備。他想逼我主動求去，我偏不。我在等他，當他判定炒我魷魚更輕鬆愉快時，我已經有足夠證據跟他算總帳，如果我不告他騷擾的話。你瞧，我想要擊敗瑞德唯一的方法就是讓他以爲他贏了。祝你好運，艾迪。今天下午一定要狠踹他的屁股。」

「我會的。」我說。

當我在接待櫃檯與赫伯揮手道別時，我已經後悔向蜜莉安撒謊了——事實上，我根本不可能打贏這場官司。

# 33

響第三聲時，戴爾接起我的電話。我坐在計程車上，在城市裡繞遠路，確保沒有人跟蹤我，然後才前往荷莉的公寓。

「地方檢察官不接受認罪協商，甚至不讓我看一眼那份該死的聲請書。在你問之前，不，我不認爲他說要讓柴爾德坐更久的牢是虛張聲勢。他何必？瑞德是個野心勃勃的王八蛋，而這案子會成爲全球的頭條新聞。這是瑞德飛黃騰達的入場券，他想在鎂光燈前好好表演一番。」

沉默。

「你還在嗎？」

「我在。不用擔心瑞德，我都處理好了。你只要替我弄到認罪書就好。」

「我不能，時間不夠。預審聽證會再兩個鐘頭就要開始了。一旦聽證會開始，地方檢察官就不會接受協商。在有媒體監督的情況下，如果地方檢察官走協商，看起來會像是他寬待富豪、苛待窮人。瑞德需要拿柴爾德來樹立典範。」

「你是白癡嗎？我都說我處理好了。你拿到認罪書時再打給我。只要我們得到兩個合夥人和錢，謀殺罪就判五年。」

他掛掉電話。

荷莉的公寓在一棟高檔大樓裡，位置就在中央公園十一號後面，也就是柴爾德的住處及凶案地點。我翻閱瑞德給我的起訴檔案，二十分鐘後把它闔起來。我們離荷莉的公寓還有三個街區。

我讀了槍擊殘跡專家亨利．波特博士的鑑識報告，也重讀了檔案中的所有文件——犯罪現場報告、證人陳述、犯罪現場照片，還有電腦資料列印。每一項證據看起來都沒有瑕疵。

而且它們都毫無疑義地證明，大衛．柴爾德是殺人犯。

# 34

有一份證人陳述是來自福特車的駕駛約翰．伍卓，他在十字路口撞上柴爾德，並在對方副駕駛座的腳踏墊上看到槍，他退開，報警。還有一份陳述是來自犯罪現場調查員魯迪．諾伯，以及他對凶案現場的調查。根據魯迪的說法，被害者背部中了兩槍，這兩槍使她喪失行動能力。她面朝下往前摔。打破柴爾德的公寓窗戶並驚動他鄰居葛許包姆的那一槍，很可能是在被害者摔倒的時候對她發射的。犯罪現場調查員猜想那一槍貫穿她的身體、打破窗戶，然後子彈飛越陽台射向遙遠的藍天，始終沒有被發現。有鑑於被害者頭部受的重創以及底下的地板受到的損害，諾伯表示，彈匣中剩下的子彈都射進了她的腦袋，接著凶手重新填彈，再次對著她的後腦杓射光第二個彈匣的子彈。不過大部分的子彈不再擊中骨頭或血肉，而是直接射進地板。根據嫌犯與死者的關係以及她的死亡狀況研判，魯迪．諾伯提出一項理論：這場過度殺戮是很典型的發狂配偶或伴侶所犯下的罪，以這個案子而言，指的就是大衛．柴爾德。諾伯的報告後頭附上公寓的等比例圖，顫抖的線條畫出一個小小的人形，代表在廚房發現的被害者屍體。

凶案組警探安迪．摩根做了好幾份陳述，大部分都在闡明案發後的整個證物監管鏈。他從中央公園十一號取走閉路電視影片複本，以及從運輸部取得馬路監視器畫面。警探的主要陳述揭露了克萊拉．瑞斯陳屍處的戶主柴爾德，在大樓保全人員發現屍體後幾分鐘，就牽涉到一起車禍事故中。

他繼續說道，他下令給柴爾德及他的衣物做槍擊殘跡測試，測試員是獨立槍擊殘跡專家，以確保從柴爾德的皮膚及衣物取得的樣本不可能受到汙染。結果證明，摩根選擇的專家頗爲耐人尋味。

亨利．波特博士曾受雇於公家鑑識部門，不過現在他是獨立的專家。波特博士在證人席上可說是難以動搖——他是眞正的狠角色。波特過去提出的證詞，還從來沒被挑戰成功過。在辯護律師的圈子裡，他是很有名的銅牆鐵壁式專家證人。所以當警方嗅出這是一樁引人注目的槍擊案——絕對會登上頭條——他們便尋求地方檢察官的意見，並找來理論上應該獨立作業的波特博士來爲他們的案子撐腰。

波特的報告證實，在柴爾德的臉上、手上、手臂上和上半身，有大範圍高濃度的槍擊殘留物質。當某人扣下扳機，撞針和底火相觸時製造的小小爆炸，會送出一小團圍繞武器和子彈的氣體。這團氣體內包含細微的顆粒，例如彈片，有些顆粒會因爲高溫而熔合在一起。這就是槍擊殘留物質。這物質有一部分可能附著於被害者、武器，或射擊者身上。專家要找的是鉛、鋇和銻，或是這三種元素燃燒後的組合，這是由爆炸而來的；或是子彈的碎片，有時候甚至是槍本身的碎片。就波特看來，這麼大量的槍擊殘留物質，符合柴爾德多次開槍的假設。報告後附了圖表，顯示出在每個樣本中找到的物質濃度。從大衛皮膚和衣服上取得的樣本看起來近似於由凶槍上採得的樣本結果，但圖表稍微有些不同：槍擊殘留物質的濃度沒那麼高。當你考慮到那物質脫離槍口後會大幅度擴散，就不難理解爲什麼會有這種結果了。然而，差異處還不僅於此。槍擊殘留物質的關鍵指標之一——鉛沉澱物，在槍上有找到，但在大衛的樣本中完全沒發現。此外，在大衛的樣本中發現的其中一些非槍擊殘留物質，也跟槍的結果不同。再次重申，這不算什麼大事。主要的問題在於，如果大衛說的是眞話，他身上根本就不該有任何槍擊殘留物質。

波特也提供了一項理論，說在大衛的樣本中發現燒過的橡膠與尼龍的大型顆粒，可能表示他戴了手套。這個理論有某部分讓我覺得不舒服。感覺像是檢方叫波特把這句話寫進報告，好讓他們用大衛戴了手套的事實，來爲從大衛車上取得的槍上沒有指紋一事自圓其說。

我想起摩根警探前前後後問過柴爾德不下六遍，問他是否持有槍枝、開過槍，或是在別人開槍時待在附近。柴爾德說他從未持有槍，從未握過槍，也沒在別人開槍時待在附近。波特的槍擊殘跡報告似乎證明他在說謊。

柴爾德接受訊問時的回答，再加上波特的報告，差不多已將他定罪。再把這件事搭配監視器影片，也就是柴爾德在葛許包姆聽到槍聲、看到窗戶往外爆開之前不久，他曾經進入又離開公寓——唔，接下來似乎沒什麼好說的了。

我想著波特的報告。大衛身上與凶槍上的槍擊殘跡測試結果有細微差異，這件事激起我的好奇。破案的關鍵往往就在小細節上，在最些微的不一致處。我只是必須弄個水落石出。

# 35

蜥蜴打開荷莉的公寓門，將一把貝瑞塔戳到我面前。

「老天，你如果不小心一點，哪天就會失手殺人了。」我說。

「蜥蜴活在希望中。」蜥蜴說。

他垂下持槍的手，朝我伸出另一隻手。這傢伙握手的力道可比氣壓沖床。自從我上次見到他以來，他又有了新的刺青。他的素色黑T恤領口幽幽地探出一截酒瓶綠的蛇尾，一路往上延伸到下巴。他喜歡爬蟲類，而且出於某種原因，他總是用第三人稱指稱自己。沒人知道為什麼，也沒人有膽問他。蜥蜴的鬍子剃得乾乾淨淨，深色頭髮剃成平頭，體脂肪為零的健美身材，全身流露出「嚴肅」兩個字。他是退伍軍人，曾在阿富汗和伊拉克服役，回國後仍持續作戰，只是現在「帽子」吉米會付他優渥的酬勞。

「甩掉跟屁蟲有沒有遇到問題？」我問。

「沒有。計程車開進小巷，他們鑽出來，彎進下一條巷子，然後上了我的廂型車。計程車停著不動，擋住視線也擋住跟蹤他們的車。我們乾乾淨淨地離開。」

他跨出公寓，檢視走廊，我則從他身旁擠過。我一跨過門檻，就有一股強烈的化學氣味迎面襲來。荷莉跪在木地板上，瘋狂地刷洗一塊頑垢。她頭上方的流理台上擺著一瓶兩加侖的漂白水，還有一個拖把用的水桶放在老舊棕色皮椅旁。

她抬起頭，我看到她的臉因為奮力刷洗而發紅。

「他有一點潔癖。」她說，兩手一攤。我猜她的新客人有點難相處。

這地方的租金大概不便宜，空間也不算大。右側有個小廚房，左側則是電視、沙發和皮椅。在客廳後方有一張方型的小餐桌，桌旁圍繞著四張椅子。兩扇門各自通往浴室和唯一的臥室。

柴爾德在餐桌邊敲擊筆電鍵盤。他甚至沒有對我的出現做出任何表示。我走向他，注意到地上擱著六個購物袋，全都來自同一間體育用品店，袋子裡裝滿新衣服。

我正準備向大衛打招呼，又停下腳步。倒退。拎起一個購物袋看著他。

他穿著一件綠色連帽運動衫，尺寸看起來能塞進兩個他。灰色運動褲鬆鬆地掛在他細瘦的腿上，底下穿著紅色運動鞋。袋子裡裝著更多相同的綠上衣、灰長褲以及兩雙紅色耐吉鞋。

我望著荷莉，她用白眼回應我。

這跟警察在陳述中形容的服裝完全相同，那份陳述簡要地說明了大衛公寓大樓的監視器影片內容——這是大衛被酒醉駕駛撞上時穿的衣服；而此刻，坐在桌邊的他也穿著同樣的衣服。

「我可以在一秒之間做出商業決策，但我早上能耗費一個小時選擇要吃哪個牌子的穀片。說到日常生活，我不喜歡做……決定。」大衛說，目光仍然未脫離電腦螢幕。「我喜歡這套衣服，買了好幾件，然後早晨就輕鬆多了。我不必費時選擇，只要按照正確的順序把衣服穿上就好。」

我點點頭，不太能理解什麼才是正確的順序。

大衛的筆電發出通知音，又一聲。音效接二連三地出現，大衛開始在觸控板上又點又滑。

「我設定了針對我名字發出的電子郵件通知。看起來我玩完了。」他說。

他起身，找到電視遙控器，打開電視，轉到CNN頻道。螢幕上是他的照片，在某個不知名的頒獎典禮紅毯上拍的，下方的字卡寫道：「瑞樂的創始人兼總裁——大衛．柴爾德——被控一級謀殺。」

音量標示出現在螢幕上，隨著格數增加，主播的聲音也變得震耳欲聾。

「……地方檢察官麥可．瑞德表示，大衛．艾略特．柴爾德遭到逮捕，並被控以一級謀殺罪名。官方已正式公布被害者是現年二十九歲的克萊拉．瑞斯。消息指出克萊拉．瑞斯是現年二十二歲的大衛．柴爾德之未婚妻，柴爾德即是當紅社交媒體平台瑞樂的創始人，身價超過十億。目前尚未釋出更多資訊，我們將盡快爲您追蹤這則報導的後續發展。您可以在接下來的一小時關注本台財經分析師的報告，針對此消息於股市有何變化。各位觀眾可能預料得到，這對瑞樂來說不是好事。另一則新聞，紐約港警隊在東河發現一具身分不明的男屍，該名男性年近七十……」

大衛關掉電源，手臂往後拉，準備把遙控器砸向牆壁。

他阻止自己，撐著額頭站了一會兒，然後把遙控器放在沙發上。他回到餐桌邊的座位，試著在世界與事業都崩塌的同時，把注意力集中在螢幕上。荷莉站在他身後，一手按在他肩上。他沒有畏縮，沒有聳肩把它甩掉，只是點點頭，於是她鬆開手走回廚房。我第一次見到大衛時，就被警告不要離他太近。戴爾告訴我大衛對別人觸碰他嚴重反感。

他對荷莉倒是不排斥，我感覺他們的關係比我原本以爲的更親密。

「在牢房裡，我問你誰有可能陷害你。你講了一個名字——伯納德．朗希默。告訴我他的事。」我說。

「他是惡魔。朗希默大概是唯一一個在科技界享譽天才盛名，圈外人卻對他幾乎一無所知的人。」大衛說，目光由螢幕移開望著我。

「他十四歲就駭進中國國安部，給中國的每個特務都寄了一張電子聖誕卡。他從未被起訴，中國那裡把整件事掩蓋起來。他們不想備感羞辱地承認一個孩子在臥室裡破解他們的系統。中情局、聯邦調查局，甚至是特勤局都試著召募這傢伙，但他拒絕所有單位，跑去華爾街工作，在城市裡，在資訊流通速度非常重要的地方。朗希默可說是創造了電腦系統的革命。」

「而你是怎麼認識他的呢？」

他抹去嘴邊悔恨的笑容。

「在瑞樂發布後不到一個月，朗希默推出他自己的社交媒體平台——威福。老實告訴你，它就跟瑞樂一樣好，甚至更好一點——但我們是當月熱銷商品，威福慘輸。我聽說朗希默虧了一大筆錢，而且把錯怪罪於我。」

「威福收掉了，幾個星期後，他想把瑞樂買下。一開始他藏身在一群贊助商後頭，後來他公開表態。我回絕所有提案。當我不再接他電話後，朗希默出現在我的公寓。」

「我讓他上樓。我很好奇，想見見他；那傢伙是個傳奇。他三十幾歲，留著時髦的落腮鬍，穿著貼身的亞曼尼西裝，拿著外帶中國菜和一個公事包站在我家門口。我們稍微聊了一下——我們在業界共同認識的人、我們喜歡誰、我們討厭誰；他不喜歡任何人。我沒吃東西，他也一樣。然後他站起來，把公事包留在桌上，說他期望在二十四小時內聽到答覆。」

「公事包裡有多少錢？」我問。

「沒有錢。那裡頭是一份合夥契約書。我把瑞樂賣給他，他就讓我入夥參與他的事業。如果我簽名，我將分到一大塊數位世界，我會比現在更有錢。但我想要自己的公司。我不善於跟別人合作。我發飆了。朗希默以為他能收買任何人啊。所以我等他把車停在我的大樓外，從陽台丟下契約書。我記得他抬頭看我。我看不見他的臉，距離太遠了。那些紙張像五彩碎紙一樣落在他周圍，他在瑞樂上傳了封訊息給我，內容是：『我會毀了你。』」

我把椅子稍微推離桌子，扠起手臂。

「你認爲是這傢伙陷害你的？」

「他有那個錢，也有那個勢力。他做過類似的事——把非法兒童色情照傳到知名部落客的電腦裡，因爲他們發表了批評威福的文章，或是試著揭發他見不得人的一面。而且他沒被抓——那些部落客進了監獄。有些人在推特和瑞樂上被酸民攻擊得太厲害，甚至自殺了。你在網路上查朗希默，只查得到他允許存在的資料。我知道我在崛起的過程中傷到了很多人——我並不得意，但他們都獲得了補償。只有朗希默一個人恨我恨到足以做出這種事。」

我告訴大衛我在網路上搜尋朗希默，幾分鐘後就接到他的電話。

「那篇文章大概是他貼的假文章，用意是監視想查他的人。文章本身很可能植入了追蹤病毒，讓他能駭進你用的電腦。當你檢查你的電子郵件時，他就能查出你的身分，掌握你的銀行紀錄，一切的一切。你如果聰明的話，最好把電子信箱的密碼和銀行帳戶都換掉。」

「你想他會跟我見面嗎？」我問。

「我不知道。我只知道你應該小心點。對了，我自己也在寫一些追蹤程式。我想我找到辦法追蹤那個演算法了。」

他從筆電上拔出一個隨身碟，「這個程式可以追蹤事務所的每一分錢，速度就像演算法移動錢時一樣快。它甚至能告訴我們當循環結束時，所有的錢會落入哪一個帳號。只有一個問題——我們不能用。」

# 36

「從我們到這裡以後，他就一直在搞那玩意兒。」蜥蜴說。我轉頭看到那個大傢伙在檢查窗戶。

荷莉站起身，擦擦額頭上的汗，問我要不要喝咖啡。

我要。

「我們爲什麼不能用？」我問。

大衛噘著嘴，把隨身碟放在桌上。他低下頭，越過設計師款眼鏡上緣望著我。

「你用計成爲我的律師代表，是想讓我認罪，好替你老婆解套，對吧？」柴爾德說。

自從他出獄以後，他的思路就比較清晰了。他的嗓音不再帶著驚慌，人也看起來比較平靜有自信。我一直在等他投下這顆炸彈，等著辯論我爲了成爲他的律師使用了不夠道德的手段。他沒有大小聲、冷笑，或甚至帶有一絲惱怒。他像是問了個中性的問題，好像他只是就事論事地把話放在桌面上，就像他把隨身碟放在桌面上——*喏，在這裡*。

「我一意識到你是清白的，我就和盤托出了。我不需要告訴你任何事的，大衛。事實上，我仍然不太敢相信我向你透露了任何一部分。我通常不會對人這麼坦率。」

我變換雙腳重心，突然感到不自在。所以我拖來一張椅子坐下。那個隨身碟就在我伸手可及處。

「我已經盡可能對每個人誠實了。別忘了，全是因爲我和波波，你才會坐在這裡，而不是躺在停屍間。」

他點點頭，眼光移向隨身碟。他摸了一下掛在脖子上的耳機耳墊，然後摩擦指尖。筆電旁有一包抗菌濕紙巾，他抽了兩張，仔細地擦拭手指。

「我不知道能不能信任你。」他說。

「也許不能，但想殺你的人不是我。」

他重重嘆了口氣，搖搖頭。

「但你騙了我。」他說。

「的確，而且如果我沒騙你，你現在不會還活著。我要我太太洗清罪名，但她剛遭受攻擊，現在我更擔心她能不能活下去。他們拿她當目標是因爲不想要我當你的律師，那樣他們才能掌控局勢，確保你不會爲了減刑而轉爲汙點證人指控他們。」

「我的天啊，你太太，她沒事吧？」

「她目前很安全。」

我面前出現一只白色咖啡杯，熱氣從漆黑的液體飄起。

「要加糖或奶嗎？」荷莉問。

「不用，謝謝。」我說。

她看著大衛，他搖搖頭。他們有足夠的默契，她根本不必開口問他要什麼。他們不需要言語就彼此了解。

這咖啡味道很好，很香醇，含有足以喚醒一整排海軍陸戰隊員的咖啡因。大衛拿起一罐能量氣泡飲重新注滿他的玻璃杯。那液體看起來幾乎像毒藥，螢光藍的，接觸到杯底的冰塊時，就像科學實驗一樣嘶嘶作響。我隔著老遠就聞到甜味。他一口喝掉半杯，咂咂嘴唇，然後傾向前。

「我……呃，我很掙扎。」他的嗓音背叛了他因我出現而豎起的防禦牆。「我不知道能夠信任誰。我需要幫助。我想說的是，我想信任你，但我做不到。我怎麼知道你不是只想利用我來救你太太？」

我想了一下，嘆口氣。在這當下，我除了源源本本的實話之外，想不出還有什麼更適合對他說的話。

「兩年前我遇上一件事。」我開口，大衛扠起手臂，歪著頭。他很好奇，但也在防備著。

「我替一個男人打官司，他被控綁架一個年輕女人漢娜．塔布羅斯基未遂。我幫他勝訴了。在陪審團做出『無罪』的決定之前，我發現我的委託人確實試圖綁架那女孩。在我對被害者做交互詰問時，我看到我的委託人臉上顯露憎恨與興奮，當時我就知道這傢伙有罪。聽那十七歲女孩哭著作證，讓我的委託人感到無比愉快，看著她崩潰像是令他某部分活起來，他一直隱藏的一部分。他在我面前無所遁形。但我善盡我的職責，讓他無罪釋放。後來我發現同一個女孩被綁在他的床上，她被毆打還有……唔，你不會想知道他對她做了什麼。等警察趕到時，我幾乎要殺了那個男人。我打他的臉打到手骨折。

「我對不起那女孩。我並不欠她什麼，關心她也不是我的工作，我的工作是在證人席上摧毀她。」

柴爾德的手臂垂落身側，他搖搖頭。

「我向我自己承諾，絕對不會重蹈覆轍。不論如何，我會用我的方式玩司法遊戲。我不可能讓你爲了你沒做的事而坐牢，就像我不可能讓那傢伙再度脫逃。在我眼裡，這兩者同樣天理不容。」

「但你無法決定案子會怎麼發展。」大衛說。

我再喝了一口咖啡，把杯子放回桌上，說：「詩人羅伯特．佛洛斯特曾說，陪審團就是挑十二個人來決定哪一方的律師比較強。我相信這說法有幾分眞實。檢方的證據很有力，我不會向你承諾我能讓你獲判無罪，但我可以嘗試，而且我會比這座城市裡任何一個律師都更鍥而不捨。」

「宣判無罪的機會有多大？」

到這一刻爲止，我都算是雄辯滔滔。「一旦你走進法庭，就是賭城時間了。任何事都可能發生，但我不會施展奇蹟。」

「你的意思是說我要靠奇蹟才能贏？」

我停頓了一下，注意到他目光中的期待。他的嘴巴張開，身體傾向前來聽我的回答。

「對你不利的證據多不勝數。他們在你車上找到凶器，你身上又沾滿槍擊殘跡。你對警方說你從未開過槍，那你要如何解釋當你被逮捕時，身上滿是槍擊殘跡的事實？還有，監視器畫面顯示，在謀殺案那段時間，除了你之外沒人進出你的公寓。我沒有殺手鐧可用，大衛。試圖說服法官你的案子罪證不足、甚至達不到審判標準，機會非常渺茫。就算我們眞的說服法官，地方檢察官還有另一個機會，可以請求大陪審團起訴。」

他的肩膀垮了下來，目光似乎消失在空無中，彷彿失明。

我騙了他，說機會渺茫。從我看到的證據來看，根本是該死的近乎不可能。但我經歷過惡劣的狀況，事情總是有另一個角度，我只是得把它找出來。

「太可惜了，對我們兩個來說都是。」大衛說。

「什麼意思？」

他拿起隨身碟，舉在眼前細看。

「我相信你說的每個字，真的相信。但整件事牽涉的風險太高了。別人看我時，只看見我對他們有什麼好處。克萊拉是唯一不在乎我錢的人。不管是誰殺了她，我希望看到那人被關起來，我願意付錢請你做這件事。但我只能告訴你，人不是我殺的，而我需要你爲我辯護。」

他把隨身碟交給我。

「這個隨身碟裡有軟體，聯邦調查局可以進入哈蘭與辛頓的主機，用這個來追蹤錢流。」這小小的黑色裝置大概兩、三公分長。那麼多資訊可以儲存在這麼不起眼的小東西裡，仍令我嘖嘖稱奇。

「這隨身碟就給你了。如果聯邦調查局把這隨身碟插進連接哈蘭與辛頓系統的電腦，電腦會要求密碼來啓動追蹤。只要我的罪名被撤銷，我就會把密碼給他們。」

「聯邦調查局就是這麼提議的，一個方式——」

「不，並不是。他們要我爲克萊拉之死認罪，我不能那麼做，我不願那麼做。你幫我洗刷罪名，我就把事務所交給你。」

# 37

這是大衛出的招。他已經在腦中演練這劇本好一會兒了。

「把它賣給聯邦調查局，我要他們撤銷所有告訴，還我一個清白，這是我的底線。即使我完全不用坐牢，我也不會認罪。認罪不是我的選項之一，我沒殺人。如果我認罪，我會失去瑞樂。我在小小的大學宿舍裡，在電腦前一坐就是四、五十個鐘頭，夢想著有一天我可以辦到。我十六歲就中風了你知道嗎？爲了讓瑞樂上線，我連續寫了七十三個小時的程式。前一分鐘我還火力全開地敲鍵盤，下一分鐘——我在醫院醒來，感覺不到右腿的存在。急救人員把我送進醫院時，我的口袋裡裝著全部積蓄——二十三美元七十八分，還有我無力償還的四萬美元貸款。三天後，我在病床上發布瑞樂。又過了兩週，我健健康康地走出醫院，瑞樂已有九十萬用戶，是史上成長最快的社交媒體。我賭上了一切，我的健康、我的錢、我的理智。我的付出有了回報。我……我不能失去這些。」

他摘下眼鏡放在桌上，從口袋裡的眼鏡盒掏出一塊絲布，開始擦拭鏡片。快速而近乎狂熱地擦著。

「問題在於證據說你殺了克萊拉。要是有時間的話，我可以做些努力，但我太太沒有那麼多時間，大衛。幫幫我，我保證我也會幫你。」

「只要這案子進入審判，我就會身敗名裂。我需要現在就搞定這件事。談條件吧。」

「相信我，我跟你一樣想速戰速決。但萬一我做不到呢？要談條件——你知道，這座城市是不會放過殺人犯的，即使那個殺人犯幫忙聯邦調查局破獲美國史上最大規模的洗錢活動。他們認爲你有罪，而且他們有證據能證明。我不能拿讓你無罪開釋當條件。」

「那就在預審聽證會上證明我是清白的。」

我長嘆一聲，揉著太陽穴。

「預審在兩個小時後。檢方只需要證明有理由成立指控你的案件就夠了，而我們幾乎得證明你是無辜的才有用。而且不會有陪審團，全憑一個法官決定。」

柴爾德摺起絲布，小心翼翼地放回眼鏡盒，再把盒蓋啪地蓋上。

「沒有什麼是不可能的。我是清白的，我們只需要展現出來。」

「事情沒那麼簡單。」疼痛從我的眼後擴散到頭部，鑽進我的頸部肌肉。

「可是就是那麼簡單啊。」

我感覺對大衛來說，事情黑白分明，乾淨或骯髒，有罪或無罪，都清清楚楚；他的意識中根本沒有灰色線條。他的思路非常直觀，就像石頭一樣固定，或是像綠色連帽衫、灰色運動褲和紅色耐吉鞋一樣固定。

「你不相信我是清白的，對不對？」

對律師來說，這永遠是最好回答的問題，答案是律師相信什麼並不重要——我們的工作不是相信任何人，我們只需要代表客戶發言，並且說服陪審團相信客戶。大衛需要的不只是這老套的回答——他需要信任我——所以我說了他想聽的話。

「我不認爲你是個殺手，大衛。」我說。

我的直覺告訴我他是無辜的，但我的頭腦很難忽視那些證據。

他看起來很困惑。

「既然你不認為我是個殺手，就在法庭上證明。你說我們在預審開始前只有兩小時，那你現在不是應該研究法條或什麼的嗎？」大衛說。我剛才說的話他半點都沒聽進去。即使如此，我仍佩服他，他對自己的清白抱持強大的信念，使我保有開放心態。

「不，我不需要進行任何法律方面的研究，我只需要重新讀一遍所有資料，看看光碟，找個方法切入。」

「切入什麼？」

「證明你是被陷害的方法。」我說。

# 38

荷莉把第一片光碟放進播放器。我站著，蜥蜴單膝跪坐，大衛坐在扶手椅上。他傾向前，兩手以塔式手勢抵在嘴前，看著影片載入時螢幕上旋轉的光碟圖案。

螢幕被中央公園十一號的大廳畫面填滿——這棟大樓裡住的曼哈頓富豪人數超越其他任何大樓。鋪著蜜桃色大理石地板的大廳裡，有巨大的盆栽以及小型樹木。監視器一定是裝在接待櫃檯的上方。螢幕一角寫著「一號攝影機」，不過沒看見日期或時間戳記。

一名身穿綠色連帽運動衫、灰色鬆垮長褲和紅色運動鞋的瘦削少年進入大廳，運動衫的帽子是放下的，那人是大衛。他跟一個年輕金髮女子牽著手，那女人穿著藍色牛仔褲、深藍色短外套和白色上衣——克萊拉。我把面向電視的臉轉過來瞥了大衛一眼，他前傾得太厲害，幾乎沒坐在椅子上。藉著電漿螢幕閃爍的光線，我看到他的臉頰上有一滴淚水。這是克萊拉遇害前最後的影像。

小情侶悠哉地經過櫃檯，攝影機的畫面變了。現在我們看著電梯裡的監視畫面。門開了，克萊拉和大衛走進電梯。大衛從連帽衫的口袋拿出一個電子感應卡，在電梯的面板上刷了一下，接著他選了一個樓層，轉身擁抱克萊拉。我瞥向荷莉——她目光移向地板，然後再回到螢幕上，當她看見影片時，她用手摀住張開的嘴。

我重新看向電視，看到克萊拉．瑞斯在電梯角落，眼睛盯著地面。大衛靠近她，她舉起一手。他停住動作。她看起來很彆扭，很不開心，甚至有一點害怕。門開了以後，她率先走出去。我注意到這段影片有日期和時間戳記：三月十四日，晚上七點四十五分。

畫面再度切換，這次我們看的是五十三號攝影機的影像，畫面中有兩扇門，彼此相隔十五公尺。克萊拉先走出電梯，大衛跟在後頭，這次他的帽兜是拉起來的。他擁住她，兩人一起走向他的公寓。兩間公寓旁各有一面立鏡、雨傘架和小桌子。他在其中一扇門再度刷了感應卡，然後拿鑰匙開門。

我按下暫停，倒回去看。前一分鐘他們還在擁抱，下一分鐘她卻不要他靠近。我說：「大衛，那是怎麼回事？克萊拉在電梯裡看起來很不自在。你們吵架了嗎？」

「天啊，沒有，她有幽閉恐懼症。克萊拉只要跟別人一起搭電梯就會很難受，即使是跟我。她在強迫自己這麼做，想要克服恐懼。」

大衛開始無法控制地捂著臉啜泣。他轉身走到廚房，往臉上潑水。

地方檢察官會把這段電梯影像包裝成大衛和克萊拉之間的爭吵，看起來絕對有可信度。檢方剛剛取得他們要的動機了。

螢幕轉黑，然後是模糊畫面，接著同一個影像出現，這次是空蕩蕩的梯廳。拉上帽兜、肩上掛著運動包的大衛走出公寓，把門關上。他猶豫了一下，轉身面向門。他像是忘了什麼，然後他在連帽衫的肚子口袋裡撈找，拿出一個 iPod 或是手機，上頭垂下一對入耳式耳機，他將耳機塞進耳朵，去按電梯。此時距他和克萊拉進公寓過了大約十六、十七分鐘，攝影機上的時鐘顯示八點零二分。他等了一會兒，走進電梯。光碟裡沒有收錄下樓的過程。最後的畫面是仍然戴著帽兜的大衛走出電梯，離開大樓。光碟最後出現一組警方的序號，以及物證目錄的出處：RM#1-RM#5。

負責匯編影片的警察說，他看了大衛公寓外梯廳的監視畫面。大衛出門後就沒人再進去過，也沒人出來。下一個進入公寓的活人是大樓保全警衛，他在廚房地板上發現死去的克萊拉．瑞斯，公寓裡沒有其他人。事情很簡單——如果那位警察說的沒錯，大衛走後就沒人靠近過他家，那麼他是唯一一個可能殺害克萊拉的人。

不是個好的開始。

光碟片退出來時發出嗡嗡聲。我把下一片光碟遞給荷莉，她開始播放。大衛仍在小廚房裡，倚在流理台上。

「大衛，你得看看這個。」我說。

他的臉仍滿是濕濕的淚水。他吸了吸鼻子，用濕紙巾擤鼻涕。他轉向電視。

我望回螢幕，看到曼哈頓一處繁忙的十字路口，紐約運輸部的交通監視器上有時間戳記，晚上八點十八分。在大衛離開公寓的影像與這部攝影機照到他之間，過了大約十二分鐘。

「再說一次你開的是什麼車？」我問大衛。

「布加迪威龍。」他說。

我看到那輛要價一百三十萬美元的顯眼跑車在紅燈前減速。布加迪是面向攝影機的。一輛輛車經過路口開往中央公園，在螢幕上由左往右開。然後它們停下來，幾名行人從大衛的車子前面過馬路。等最後一名行人過完馬路，又過了十秒，我才看到大衛的車起步。他的車速很快，以這輛制動馬力上千的超跑來說，只要輕輕碰一下油門，車子就衝出去了。布加迪快速前進，而不知怎麼地，一輛與大衛方向相反的福特在最後一刻偏過去擋住布加迪的去路。撞擊力道之大，我看到福特的後懸吊系統從地上彈起來，後車輪懸空，底盤都撞彎了。福特的散熱器幾乎是立刻就冒出蒸氣。兩輛車都靜止不動。福特車的駕駛先下車。警方的陳述中說這個傢伙約翰．伍卓後來被控酒後駕車以及輕率駕駛。他看起來腳步不太穩，穿著一件白襯衫，下襬有一半紮進牛仔褲裡。他繞過車子時，我看得出他有嚴重的跛腳。

不對，不是嚴重——而是很特殊。

他的右腿往前甩，腳晃啊晃。膝蓋和腳踝的關節處看起來好像都是以線相連的。然後他猛地伸出左腿往前跨步，重複這兩個動作來走路。

有兩件事卡在我腦袋裡。

他有可能是在車禍時右膝和腳踝受了重傷，我不能忽略這種可能性。但在我腦海深處，我知道這傢伙的跛腳是舊傷了，而且我好像看過這樣的跛腳方式。

他走到布加迪的副駕駛座窗邊時，鏡頭拉近。他傾向前，彷彿要跟大衛說話，空無一物的手張開來按在車頂。當他把頭從車窗收回來時，鏡頭幾乎完全框住他的臉。一排過大的閃耀白牙爲了他的特寫而發光。

我當下就知道大衛是被誣陷犯下謀殺案的了。這場車禍不是意外，這輛福特皮卡車的駕駛是我多年前曾合作的對象，他的眞名不是約翰．伍卓，而且我記得他是怎麼跛腳的。

以及他怎麼會有一口新的牙齒。

特寫鏡頭過後，皮卡車駕駛似乎退之不迭地離開副駕駛座窗戶，從口袋掏出手機，報警。兩輛車都留在原處，直到警察在兩分鐘後抵達。一名巡警靠近大衛，叫他下車，然後停下來看著布加迪車內，像是注意到什麼東西。警察兩手空空地繞過車頭，打開副駕駛座車門探身進去。當他再度站直身體，他用指尖捏著一把儒格槍的槍托。他與伍卓說了幾句話，給我的委託人搜身以及上銬。第二輛巡邏車到場，把皮卡車駕駛載走。大衛被命令坐在第一輛巡邏車後座，不久之後這輛車也離開現場。

我暫停影片，倒帶，看皮卡車駕駛和警察走向大衛的車。皮卡車駕駛的雙手始終沒有伸進布加迪過，而警察沒有穿外套，他把頭伸進副駕駛座時，我能看到他的兩隻手都是空的。一秒鐘後他的雙手重新出現，已經捏著凶器。

大衛搶先說出我的疑問。

「我想不透那把槍是怎麼進到我車裡的。」他說。

「有沒有可能是某個人放的？」

「我很懷疑。我的車有最先進的安全系統，再說，我把我的包包放在副駕駛座上。如果副駕駛座的地上有把槍，我應該會注意到才對。」

我點點頭。如果我是對的，那麼這把槍一定是有人刻意放在大衛車上的。看起來警察跟皮卡車駕駛都沒辦法做這件事。說到底，他們是怎麼把槍從大衛的公寓弄到車上的？

「這場車禍是設計好的。那個駕駛名叫派瑞．雷克，他是個肇事駕駛。」我說。

「他是個什麼？」大衛問。

「他專門製造車禍。」我說。

我跟派瑞合作過兩、三個月，那好像是上輩子的事了。派瑞以前是賽車手，是很優秀的納斯卡賽車選手，只可惜他的古柯鹼毒癮讓他喪失出賽資格，之後一次酒駕成為壓垮他職業生涯的最後一根稻草。不過有派瑞這身本領的人總是能找到工作。由於他有毒癮，他經常做一些酬勞很高的非法工作。他替一群在大西洋城外活動的幫派開了兩年的車，負責帶他們逃離現場；又擔任某個高級皮條客的私人司機，那皮條客旗下的女郎都在上東區做生意；最後他替我當肇事駕駛。派瑞製造車禍，用假的個人受傷案件來詐騙保險公司。他也賺了不少錢。後來他睡錯女人——那女人有個佔有欲強又有神經病的老公，他害派瑞跛腿，也讓牙醫有不少活要幹。

「大衛，基本情況是這樣：有人雇用派瑞吞下足以超過標準值的酒，然後在那一天的那一個時間點，在那個路口撞上你的車——好讓警察能找到槍。」

大衛什麼也沒說。他呆滯地瞪著電視，嘴巴張開。

「我是這麼想的，不過我覺得沒什麼道理。反正別人一發現克萊拉的屍體，警察就會找上你，又何必多此一舉製造假車禍呢？」我說。

「你說的對，這沒道理。」大衛說。

我摩挲下巴，在指間轉筆。

「荷莉，我可以借用妳的臥室嗎？我需要獨處一下思考這件事。」我說。

「當然好。」她說，「只是別花太久時間，我們只剩一小時就要出庭了。」

我再度打量大衛的服裝，檢查了一下購物袋。

「大衛，你需要一套西裝。」

# 39

要設計一場車禍，需要具備高度的謹慎、技巧和計畫。在我行騙生涯中，我會爲車禍花一個星期偵察路線，其中數小時記錄號誌燈變換的時間，測量路口之間的距離，觀察不同時間點的車流量。我在目標日常行走的路線上找到中意的地點後，會再花兩個星期跟蹤目標。我喜歡在白天撞他們，通常是他們去上班的路上，那是最容易預測的路線，最不可能改變的路線，也是車禍能造成最大不便的路線。不過有另外一種專業人士，像是派瑞．雷克和亞瑟．波多斯克——他們憑感覺行事。那種人可遇不可求。如果你想找一個專業車手布置車禍，以假亂眞，候選人名單可是很短的，要在紐約找人名單就更短了，而我認識名單上的每一個人。這場車禍是刻意布的局，但我還是想不通爲什麼要大費周章。

何必這麼麻煩？爲什麼要選在警方甚至還不知道大衛的女友被謀殺的那個時間點？

我女兒送我的筆，側邊刻著「爸」，它透過我的手指輕聲細語，以永不休止的連續動作滑過每根手指，繞過拇指，再轉回來。

這有助於我思考。

我把檢方的檔案整個攤放在床上：證人陳述、犯罪現場照片、波特博士的槍擊殘跡報告、車禍照片——派瑞全毀的福特以及大衛的布加迪，後者的前輪幾乎整個被扯掉，安全氣囊疲軟地由控制面板垂下來，像是被戳破的卡通鬼魂。我甚至把保全警衛的紀錄影本、指紋分析報告和大衛的逮捕紀錄都攤開來，其中指紋分析的結果顯示手槍上沒有指紋。每一項證據，每一個文件，都分開來，整齊地擺在床單上。

我繞著床走，手上轉著筆，感覺接近了某樣東西。這件事有某個部分兜不起來。它就在我眼前，我卻看不見。

蜥蜴沒敲門就打開臥室的門，說：「如果我們要及時趕到法院，五分鐘後就要出發了。」

他穿上一件短版皮夾克時，注意到那些檔案——分門別類在床上整齊地排成好幾排。

「有什麼發現嗎？」他問。

「還沒有，但我很接近了。如果你讓我一個人思考會更好。」

他咯咯笑，從夾克口袋取出一雙開車用的皮手套，開始往手上戴。

「唔，你把東西全都攤開來是對的，這能幫助釐清頭腦。蜥蜴喜歡這樣對待他的武器——把它們拆開，一塊一塊地攤開來放，好像解體一樣。清潔它們，讓它們發亮，然後重新組裝……嘿，你盯著看什麼呢？」

我的眼神一定有點瘋狂。我在看蜥蜴的手套。這手套，還有他剛才說的話——賦予我一個靈感。

我高喊：「大衛，立刻把你的筆電拿過來。」

我要找的東西，出現在網路搜尋結果的第六頁。在一份不知名的法國鑑識科學期刊上稍微提到。不知道大衛用的是哪個搜尋引擎，總之它爲我提供那個網頁還不錯的翻譯結果。那篇文章必須付費才能閱讀，我在一分鐘內下載並翻譯完成。文章是在去年由國際刑警組織主辦的一場鑑識會議上發表的。

眞的有。眞的可能。

眞的太棒了。

「大衛，不管是誰陷害你，那人真是個聰明的王八蛋。要不是蜥蜴讓我靈機一動，我絕對不會去找這個。」

「蜥蜴讓你靈機一動？」蜥蜴說。

我的目光由全毀的布加迪照片移向蜥蜴戴著手套的手。

「你很有誘發思考的潛力，但我需要你幫個小忙。我需要借一下你的手套。」

# 第二部　一報還一報

# 40 槍擊前二十七小時

蜥蜴費了很多心思和計畫來讓我們回到法院內。我們分成兩輛車開過去。我坐在一輛大一號的轎車後座，開車的人是法蘭奇，他是「帽子」吉米的另一個夥伴，當蜥蜴需要後援時會找他合作。裹著皮革的方向盤根本看不見，完全被法蘭奇長滿老繭的大手給包住了。那雙手可以把欠吉米錢的硬漢揍到吐出鈔票。

我們從法院門口開過去，從人行道沿著台階一路到大門口，滿滿都是人，那場面簡直就像是媒體大會，甚至會讓人誤以爲總統要來了。只要有人拿著點三八手槍在人群中等待，大衛肯定連第一級台階都沒機會踩上去。在人堆中我看到兩個穿西裝的人，而那高級的小圈子中央站著高頭大馬的傑瑞·辛頓，他在法院門外等著護送委託人通過全世界的媒體。

「不出所料，人擠人。」我說。

我們繞回去，在到法院前兩個街區處靠邊停車。我等著蜥蜴的廂型車出現在後照鏡裡，一邊想著人行道到法院大門之間那將近四十公尺的人潮。事務所可能派了幾名槍手埋伏在那些人裡？先前我已把事務所保全小組的照片交給蜥蜴研究，我也仔細看過他們的臉——大衛也是。只要看見任何一人，我們就逃命。一輛藍色的福特 Transit 廂型車出現在我們的後照鏡裡，放慢速度。法蘭奇開上馬路，廂型車跟在我們後面。

轎車停在路邊，就在整排車頂有衛星的轉播車後面。我下了車，收著檔案的筆電包掛在肩上。爲了以防萬一，我要空出雙手。

我發現傑瑞．辛頓正在擋開一小群記者，他們認出他是大衛的律師，正飢渴地包圍他。他看到我，走下台階，從電視台工作人員間擠過去。了解內情的記者們感覺到即將有新聞畫面了——他們跟著辛頓走下台階，朝著人行道而來。

他點點頭跟我打招呼。

廂型車開過來停在轎車後頭。辛頓走到我身旁，記者和攝影機緊跟著他。他的聲音顫抖，強壓下憤怒。

「大衛在哪裡？他根本沒去旅館。」他說。

「我們把他弄進去以後再來談吧。他要來了。」我回答。

法蘭奇下了轎車，打開後座車門。傑瑞伸長脖子越過我的肩膀，看到一雙紅色耐吉鞋踏上人行道，以及一個蒙著白床單的駝背人形，那人幾乎可說是跌下車並跑向我們。

傑瑞抓住床單，摸索著摟住委託人，然後引導他走向現在有如爆炸般的攝影機、閃光燈和人聲之海。我沒管記者，而是審視著閒雜人等。沒看見任何事務所保全小組的成員。有少數民眾加入了記者群，他們並不真的知道這是什麼狀況，只是被熱烈的氣氛沖昏頭，一心想要看一眼床單底下的被告。傑瑞像推土機一樣穿過記者，他把右手伸向前，有如七〇年代的美式足球後衛，而我在媒體徹底包圍傑瑞和他的委託人前一刻緩緩退開。

我再度掃視整個區域——沒有看到潛在的槍手。我朝法蘭奇點點頭，他正站在車頂上遠眺觀望。

廂型車的後門打開，我看到一個瘦瘦的年輕人穿著不合身的西裝。他關上車門，開始快步走向法院大門。我跟他一起走，看到荷莉跟上，把車鑰匙拋給法蘭奇，然後邁開步子奔跑。

這個時候，我聽到槍聲。

# 41

「走！」我大叫，大衛轉身背對槍聲來源，荷莉抓住他的手臂，兩人一起衝向門口。他們的道路是暢通的。

我迅速轉身，看到好幾個身軀沿著台階滾下來，那些人都手忙腳亂地想離開，想在陷入火線之前遠離戰場。有個穿著淡黃褐色大衣的魁梧男人一邊繼續對麥克風說話，一邊用肩膀把我頂開，我得從兩個女主播中間硬擠過去才能看清狀況。

傑瑞．辛頓仰躺在混凝土地上。他用手撫摸自己的肚子、胸部、腿，確認沒被流彈傷到。蜥蜴一把扯下蒙在頭上的白床單，順手把用過的炮竹一起丟掉。傑瑞還沒來得及好好看他一眼，蜥蜴已經跑了。法蘭奇手握拳頭在頭頂畫圈。他要去停車，然後再回來。擁擠的記者緩過氣來，拿穩攝影機，尖叫聲轉為播報聲。

我爬上大階梯頂端時，看到大衛和荷莉已經安全進入法院，過了安檢門。

荷莉牽著大衛的手。

我一邊道歉一邊穿梭於聚集在大門外的記者中。一隻手抓住我的手臂，我轉頭看。喉嚨上有〈吶喊〉刺青的男人抓住我。我無法動彈。困住我的不是他的手，是他的眼睛。他的瞳孔和虹膜不是深褐色的，而是黑的。全黑。他的兩個眼睛各像是放在一碟牛奶中的渾圓黑瑪瑙珍珠。在那張臉底下，是他喉嚨上尖叫的蒼白男人。

他鬆開手，舉起雙手，兩掌攤開，我聞到他身上的菸味。雖然他的皮膚很黑，手掌卻是純白的。我注意到他的手指和手腕上有更多液體滴下或噴濺般的白色。那些呈現白色的皮膚很光滑：他的掌心和手指都沒有皺紋或線條。一切都被燙得乾乾淨淨，變得平坦而沒有記號。他摸過的東西連指紋都不會留下。

這男人如此特殊，如此吸睛，我一時間沒看見他的拇指和食指之間捏著一樣東西。

「叫你的客戶閉緊嘴巴，混蛋。」那男人用濃濃的西班牙腔說。

他退後，將右手拇指與食指分開。

我聽到薄玻璃的碎裂聲。他從人群間推擠而過，小跑步下了階梯。一陣嘶嘶聲響起，我低頭，發現一些玻璃碎片，不超過一個湯匙的量，碎片周圍有一灘琥珀色液體，一邊冒泡一邊侵蝕混凝土地面。

他剛才拿著一小瓶強酸。我打了個冷顫，掃視台階。他已經不見了。

# 42

諾克斯法官的法庭迅速地被餘悸猶存的媒體記者填滿。我稍微放慢腳步，確保大衛和荷莉緊跟在我身後。我已經決定不告訴大衛收到警告的事；他現在只是勉強撐著不崩潰的狀態。我在辯方席的桌上把文件攤開，坐在右邊的座位，大衛坐在我左邊，留給傑瑞角落的位子。

在我們身後三十公尺處的法庭後門打開，檢方抵達了。一群助理檢察官拖著裝有證物的箱子以及資料夾進入法庭，瑞德走在最後面。地方檢察官瑞德用拇指在他的iPhone上打字。

他經過我的時候，彎下腰來說：「我剛在瑞樂上貼了這個。」

紐約地檢署的官方帳號頁面有一篇新貼文：

我們即將在大衛．柴爾德案的預審聽證會上提出的證據將震驚全國。敬請注意我們從聽證會上發布的即時消息。#為克萊拉伸張正義

「這事會搞得人盡皆知、亂七八糟。」瑞德的語氣難掩興奮。

我看到地方檢察官的瑞樂貼文底下有個寫著「R」的方框，方框底下有個數字，那個數字每半秒就往上衝一些——二百五十七、五百八十三、一千零九。這是這篇貼文被轉貼到其他瑞樂、臉書和推特的次數。

「人盡皆知、亂七八糟。」他慢吞吞地重複。

他大步走回助理檢察官身邊，朝坐在旁聽席前排的幾個比較有影響力的電視主播揮手打招呼。

「他可以這麼做嗎？」大衛問。

「是可以啦。他並沒有洩露任何案件的細節，只是在吸引媒體注意。你是一條大魚——他要在公眾面前宰殺。這種案件可以開啓他的政治生涯。如果他想當市長或州長，他需要在電視上爭取露臉的機會。我想他對自己利用瑞樂來摧毀你很得意吧，他可能覺得這很諷刺。你得面對現實：你是他的午餐券。這事與克萊拉無關，是他的個人秀，我實在覺得很噁心。」

傑瑞．辛頓沒說半個字就在辯方席的桌子末端坐下來。我沒有聽見他過來，以一個大塊頭而言，他腳步很輕。用一瓶強酸作爲警告，傑瑞做得出來。他是從小巷子裡一路打拚上來，直到進入董事會的人。這是戴爾告訴我的。我考慮伸長手臂揪住傑瑞的絲質領帶，拿他的頭撞兩下桃花心木桌面，最後還是作罷，因爲這時候諾克斯法官進入法庭，坐上法官席，宣布開庭。

現在已經沒有退路了。要上場了。在這裡發生的事將拯救大衛或將他定罪，將拯救克莉絲汀或將她定罪，將改變我人生的樣貌。檢方有六個證人——他們全都準備好提供證詞，讓大衛．柴爾德斬釘截鐵地被定罪。證人說謊時，要瓦解他們會容易得多。就我的判斷，或許除了兩個人以外，其餘的檢方證人說的都是實話——那些實話累積起來就等於大衛有罪。我得把他們每個人說的實話帶開，以創造我自己的事實，讓諾克斯看見事情的全貌。

問題在於，這時候我還不知道事情的全貌是什麼。我還看不出整件事的眞相。

我告訴自己它會出現的，給它點時間。

亨利．波特博士是第一個大人物。槍擊殘跡專家。我看到他坐在瑞德後方四排之外。這個男人五十幾歲，打扮得很清爽，灰色西裝褲、白襯衫、藍色西裝外套，搭上一條淺黃色領帶。

出於某種原因，他跟其他同齡的武器專家一樣，蓄著有點花白的小鬍子，那或許是跟鑑識專家證書一起發到他們手裡的。

他看到我盯著他，便用食指和拇指調整了一下眼鏡，然後把注意力轉向瑞德。

地方檢察官站起來，準備向諾克斯法官提出開場陳詞。法官正在整理他自己的檔案，準備聽取證據。

這時候我心想，不知道瑞德或波特對我準備好對付他們的武器有沒有任何了解。我希望沒有。地方檢察官察看向旁聽席，確認他的第一個證人準備好了，他們對彼此豎起拇指。我跟自己打賭：一小時內，瑞德會把拇指戳進屁眼裡坐著，苦苦思索到底是哪裡出了差錯。而有同樣高的機率是我坐在那裡，苦苦思索我怎麼會搞砸得這麼徹底。兩種機率太接近了，難分輸贏。

諾克斯法官向瑞德示意自己準備好了。地方檢察官不慌不忙，先喝了一口水，快速掃視旁聽席確保現場很安靜，所有目光都在他身上——他的觀眾準備好了。

電視攝影機開始運轉，這個案子將該死地在全國幾乎每個新聞頻道做現場直播。瑞德最後說的話在我腦中迴盪。

**人盡皆知、亂七八糟。**

媽的，眞希望我有刮鬍子。

# 43

「法官大人，我是麥可・瑞德，代表公訴方的地方檢察官。次席檢察官是羅培茲小姐。被告律師代表爲弗林先生和辛頓先生。」

他繞過檢方席桌子，站到法庭中央的位置。我猜他已經算計好法庭裡的哪個位置能獲得最佳的拍攝角度。

「法官大人，我會盡量精簡我的開場陳詞。」瑞德邊說邊扣起外套。

他知道諾克斯法官不喜歡落落長的開場陳詞，他喜歡直接看證據。瑞德先聲明這一點，這樣諾克斯法官會給他一點上鏡頭的時間，不會打斷他。當律師要學習的第一件事，就是找出每個法官的偏好有多麼重要。有的喜歡長篇大論；有的喜歡嚴格依照法條來論辯，盡量減少提及事實；有的喜歡用最不複雜、最快的方式結案——不管過程是否公平。諾克斯法官屬於後者，地方檢察官顯然有乖乖做功課。

「我們將傳喚幾位證人到法庭，他們能證明當被害者克萊拉・瑞斯被槍擊身亡時，被告是唯一跟她一起在公寓裡的人。我們有監視器影片，它清楚地顯示被告和被害者進入他的公寓。幾分鐘後，被告的鄰居葛許包姆先生聽到最初幾聲槍響，前往陽台查看，目睹一發子彈射破被告的公寓窗戶。那是從公寓內發射的子彈。接著會顯示被告離開公寓。接獲葛許包姆先生通報的警衛理查・佛瑞斯特將作證，他和其他大樓警衛前往查看，在被告空無一人的公寓裡發現克萊拉・瑞斯的屍體。監視畫面將清楚顯示，在葛許包姆先生通知警衛，到發現被告公寓內的屍體，這期間重要而混亂的幾分鐘時間，被告是離開公寓的唯一一個人。事情很簡單——兩個人走進空無一人的公寓，只有一個人活著走出來。我們知道屋子裡沒有別人，也沒有別人進去過。大衛・柴爾德離家出門，幾分鐘後，他女朋友的屍體就被人發現了。簡而言之，他是唯一可能殺害她的人。」

他停頓了一下，兀自點點頭，讓法官跟上他的陳述。

「法醫的報告對被害者遭到謀殺的手段提出了證明。法官大人，這是此案最令人震驚的部分。」

又一次停頓，累積法庭內的緊張氣氛。這傢伙眞厲害。

「被害者克萊拉・瑞斯的後腦杓中了十二槍，凶器是一種極易藏匿的小型手槍——儒格槍。十二槍。她的頭部中了第一槍後便已明顯死亡，但殺她的人，也就是被告，對著她後腦杓射光了幾乎一整個彈匣的子彈，退出空彈匣，重新裝彈，舉起武器，再對她的頭開了七槍。」

「此樁謀殺案中涉及的過度殺戮，顯然表示這是出於盲目的憤怒而犯下的罪行。這不是受雇用的殺手所爲，而是極爲暴力、充滿報復意味的謀殺——我們可以說明這顯然是由被藐視而極爲不滿的情人所爲。被害者的情人——即是被告大衛・柴爾德。」

「最終，他犯下這起令人髮指的罪行時所施展的暴力，再加上一點壞運氣，無可避免地導致凶手是被告的事實被揭露出來。被告離開公寓大樓後不久，便在距離他的公寓不到八百公尺處，與另一輛車發生事故。這另一輛車的駕駛是約翰・伍卓先生。伍卓先生的酒測值超出標準好幾倍，他承認是他造成了車禍，迎面撞上被告的跑車。」

「當伍卓先生在意外發生後走向被告的車輛時，他注意到車內有一把手槍，毫無遮蔽地擺在那兒。他報警尋求協助，菲爾・瓊斯警官趕至現場。瓊斯警官在被告車內發現一把儒格手槍。」

「我們的槍擊殘跡鑑識專家波特博士，獨立測試了這個武器。被告接受採樣以檢測槍擊殘跡，而波特博士獨立的科學分析發現及證實，被告可謂渾身沾滿了槍擊殘留物質。被告接受調查警官摩根警探的訊問時，否認曾經擁有槍枝、觸摸槍枝、擊發槍枝，或甚至是在槍枝擊發時待在同一個空間。根據科學證據，被告顯然是在說謊。」

爲了強調這說法與無可爭辯的鑑識證據之間有多麼明顯的矛盾，瑞德舉起雙手，閉上眼睛，做了個鬼臉，彷彿在說：「我知道，這傢伙說謊說到屁股都掉下來了。」

「所以，我總結一下：此案不僅有足夠成立的理由，被告更是唯一可能犯下這樁罪行的人。再者，根據鑑識證據，被告向警方說謊。對，我們說他說謊，因爲老實說——鑑識學是**不可能說謊的**。」

「以上是我對檢方證據的簡短概述。」他說。

他望向攝影機，其實他不該這麼做。我猜他就是忍不住。

「弗林先生，你要簡短地做個開場嗎？」

我對諾克斯法官的觀感變好了一點，他知道瑞德在爲攝影機表演，而他希望至少給我個快速反擊的機會。

「不用，謝謝您，法官大人。我們就開始吧。」

「很好。瑞德先生，你的第一位證人？」

「我們傳喚亨利．波特博士到——」

「等一下，他不是專家證人嗎？如果是的話，你不必在預審階段傳喚他，我可以直接讀他的報告。」

「法官大人，就這個案子，我們覺得讓所有人聽聽波特博士的看法是有好處的。他可以爲庭上概述他的發現，而且我確定他能夠回答弗林先生可能提出的任何疑問。」

又是爲了作秀。法官知道瑞德傳喚波特是爲了讓媒體可以馬上掌握這項滴水不漏的證據。諾克斯法官閱讀報告長達十分鐘的影片可不是觀眾愛看的節目。

「如果一定要的話，你就傳喚他吧。」法官說。

證人已經站起身，朝證人席走去，他的報告夾在右手臂下。他經過我時，我聞到擦槍油和廉價的鬍後水氣味。他看起來自信滿滿，無所畏懼。在訴訟程序如此初期的階段，辯方根本不可能來得及找到自己的專家來反駁檢方證人的發現。那是專家證人最大的恐懼——來頭更大的另一個專家說他們錯了。除去這個選項，他們便沒什麼好怕的。而波特當證人的紀錄很穩當——過去他從未在任何案件中被挑戰成功。

我告訴自己凡事總有第一回。

波特宣誓之後坐下來。

「波特博士，能否請你簡述一下你專精的領域？」瑞德說。

「好的。我是受過訓練的彈道及槍擊殘跡回復鑑識專家。我先前受雇於國家鑑識實驗室，參與過數千次證據檢測。我曾在兩百零三場審判中作證。」

他看起來很放鬆，很自在，畢竟他的工作就是擔任專家證人。而且波特很行，眞的很行。我毫不懷疑他會提起確切的出庭次數，因爲那樣一來他就立刻顯得頭腦清楚、發言精確且經驗豐富。同時，我也頗爲確定他提起經手過的案件數目是爲了嚇唬我；在那麼多案件中，他一律是擔任檢方的證人，而且每一件案子的結果都是定罪。

「波特博士，什麼是槍擊殘跡？」瑞德說。

「當射擊者拉動裝有子彈的槍枝扳機時，撞針被外力推向底火，因而點燃子彈內的發射火藥，接著便非常快速地製造出大量氣體。這氣體會以大約每秒三百公尺的速度把子彈從槍管發射出去。底火和發射火藥內的爆炸將氣體和物質碎片送入空氣中，有些碎片會因高溫而結合在一起。這些碎片包含撞針、發射火藥、底火以及子彈的微粒。所有這些物質都會快速沉澱在它們被製造的環境裡。因此通常槍擊的殘留物質會落在射擊者的皮膚和衣物上。」

「博士，你是否針對被告的皮膚和衣物採得的樣本進行檢測？」

「是的。紐約市警局的警官們從被告的雙手、上衣和臉上蒐集了樣本，接著我檢測這些樣本，看看它們是否包含在槍擊殘留物質中常會發現的物質。」

「而你發現什麼？」

「我在所有樣本中都找到高濃度的鋇和銻沉澱物。其中有些物質是熔合在一起的，大部分是鋇。這樣的物質組合已經由科學證明，並被廣泛認爲是槍擊殘留物質。」

「你所說的『高濃度的沉澱物』，是什麼意思？」瑞德說。

「唔，如果射擊者擊發武器一次，我能在他的皮膚以及（或）衣物上找到槍擊殘留物質。如果擊發的次數不止一次，就會有超過一次的爆炸，所發現的量和密度也會增加。」

「以本案來說，波特博士，你對在被告身上找到高濃度的槍擊殘留物質，會做出什麼相關的結論？」

「有鑑於槍擊殘留物質分布範圍很廣，濃度又很高，我頗爲確定地認爲，柴爾德先生曾經非常靠近一把擊發多次的槍枝，而且是在採取樣本前兩、三小時內曝露在這種物質之下。」

「法官大人，能否請您稍等我一下，讓我檢查筆記？」瑞德問。

「當然。」諾克斯說。

他低頭看著他的黃色橫線筆記本，快速翻了兩頁。實際上他只是爲了製造效果而停頓，好讓最後一句回答滲入法官的腦袋——以及在家收看轉播的觀眾腦袋中。

他抬起頭，把注意力放回證人身上。

「法官大人，謝謝您。好了，波特博士，我的筆記說被告柴爾德告訴警方，他從未開過槍，也從未待在有人開槍的空間裡。根據你的檢測結果，你認爲這是可能的嗎？」

「不認爲。」

「只是我們都聽過一些案例表示，槍擊殘留物質這類微物跡證有可能由一處轉移到另一處，由一人轉移到另一人。在這個案件中，這是可能的嗎？」

「槍擊殘留物質的確可能遭到轉移。槍擊殘留物質的粒子可能由一個人的衣物或皮膚轉移到別的區域。在這個案子中並沒有出現類似情形。我在所有樣本中，包括來自被告的手上、衣物上和臉上，所發現的殘留物質數量之多，排除了轉移的可能性。」

「爲什麼呢？」

「因爲若是如此，被告等於要用槍擊殘留物質來淋浴。以我的經驗來看，在被告身上發現的槍擊殘留物質數量之多、濃度之高，是不可能來自二度轉移的。就是不可能。本案中確鑿的證據證明，他曾經很靠近一把被多次擊發的槍枝。」

瑞德再次停頓，讓答案滲入鏡頭。他不會再問更多問題了。瑞德已經打出了全壘打，並且斬斷最有可能被攻擊的路徑。我悄聲對大衛說：「打開你的手機，關靜音。」他在桌子底下操作，以免被法官看見，而我匆匆寫了張紙條遞給大衛。

他滿懷期待地看著我。

「先不要做，等我的信號。」我說。

「換你問證人了。」瑞德說，幾乎像在下戰帖：**儘管耍陰招吧，我受得住。**

波特看起來一點都不擔心。就他所知，這只是例行的測試，例行的案子，得出例行的結果。他的經驗夠豐富，知道辯護律師一貫切入的角度——所有老套的主張。正常來說，攻擊這類證據的標準方式是攻擊證物監管鏈。波特在實驗室工作，證物不是他蒐集的，他不知道哪些樣本是眞的，哪些不是眞的，哪些有被汙染，哪些有被精確地保存。當辯護律師無法跟科學爭辯的時候，他們就主張科學不重要，因爲專家根本就是拿被汙染的材料來檢測。

波特扠起手臂。那些招數他都聽過了，聽過太多遍了。他已準備好應付任何事。

可惜不包括這個。

# 44

「別跟這個傢伙玩釣魚遊戲，」辛頓說，「他很危險——等我們找到專家再說。留到審判再來對付他。」

我第一次看到辛頓顯得緊張。他的上唇有汗，手中的筆在顫抖。他一心只想離開這鬼地方，帶著大衛一起走。事務所沒辦法在法院裡殺他，要除掉大衛需要等他離開這棟安全的建築，脆弱地待在街頭。

我沒理辛頓，空著手站起來，望著諾克斯法官。他看起來很不爽，他在等著我跟證人進行一場長而枯燥的爭辯，最後不會有任何結論。

但我腦中有清楚的目的地。

「波特博士，你一開始的陳述表示，你曾在兩百多個案件中作證，是嗎？」

「連同這一次是兩百零四件。」

「感謝提醒。在這兩百零四次出席中，你有幾次是擔任被告的專家證人？」

任何號稱獨立的專家可能都會有點畏縮，波特卻不。他只是若無其事地回答。

「一次也沒有。」他說。

「一次也沒有？」

「是的。」

「抱歉，也許是我不懂。只是你在證詞中表示，你是『獨立』的專家。」我說。

「我是。被告律師或檢方都可以聘用我。我的職責是向法庭提供誠實的見解，哪一方開支票付我酬勞並不重要。」

他把門打開一條縫，恰好足以讓我進去。

「所以，爲了能提出誠實而專業的見解，你必須忽略支票上的簽名，完全根據你發現的證據來提出意見，是嗎？」

「是的。」

「純粹舉例，如果檢方要求你提出的意見，並非基於事實或你自己發現的證據，你會怎麼做？」

「我很懷疑任何一位檢察官會要求專家證人做這種事，不過在此聲明，若是沒有證據支持，我是不會做出任何正式的意見陳述。」

「所以你的意見只會源自事實和證據？」

「當然。」

「所以如果與已知的事實相左，你便不能基於推測而提出意見，對嗎？」

「對。」他說，嘆了口氣。

我能聽見瑞德在對他的助理檢察官們悄聲說話，告訴他們我沒什麼突破性的問題可提出。

我拿起波特的報告，翻到最後，那裡列出在大衛臉上、手上和衣服上採得的樣本中，各種微粒和物質的分析。這是原始的科學資料，波特正是根據這個提出證據。

「博士，在你的測試結果中，你發現很多不同的微粒？」

「是的，爆炸發生時，因槍枝擊發而被送入空氣的微小物質，會先跟其他微粒混合，再落在皮膚上，所以有時候那些物質會夾帶其他碎屑，例如灰塵微粒。」

「槍擊殘留物質的主要三個指標，是鉛、鋇和銻的微粒？」

「對。」

「鋇和銻微粒很可能是因底火和發射火藥點燃而噴散出來的？」

「一般來說是的。」

「鉛微粒很可能來自子彈本身或金屬彈殼？」

「是的。」

「你的檢測結果中沒有發現任何鉛？」

「這並非沒有前例。有些製造商的子彈就是比較堅固耐用。在科學上，高濃度的鋇和銻已經是公認的槍擊殘留物質特徵了。」

「除了高濃度的鋇和銻之外，你的結果還顯示有高密度的尼龍？」

「是的，射擊者可能戴著這種材質做的手套。落在手套上的槍擊殘留物質，其溫度可能熱到足以燒穿尼龍、接觸到皮膚。」波特說，他這句話快要說完時，聲音變得比較小。他對這句陳述並不是很有把握，而我已經猜到，他在彙編報告時，檢方曾經逼著要他解釋爲什麼在樣本中會找到那麼多尼龍和橡膠。當辯方指出槍上沒有指紋時，地方檢察官可以據此輕鬆地反駁；瑞德很容易就倚賴波特提出射擊者可能戴了手套的說法。

我停頓，佯裝困惑地看著法官。大衛把蜥蜴的手套遞給我，先前我把它藏在辯方席的桌子下面。我放下波特的報告，舉起手套。

「我有點弄糊塗了。這些不是尼龍手套，但如果射擊者戴著手套，像這種可以包住整隻手的款式，想必你不會從手上取得的樣本中找到那麼多槍擊殘留物質？」我問。

「我了解你的意思，不過那些物質可能在手套被脫下時又飄回空氣中，再落到手上。」

「波特博士，你是騙子嗎？」

盯著筆記的諾克斯法官抬起頭，好讓辯方律師看到他憂慮的表情。那表情告訴我，我站在薄冰上，最好能夠提出有力的說法。

「我宣誓過了，弗林先生。」波特回答。

「這我知道，只是在你的直接證詞中，你特別排除了那些物質經由二度轉移沾到被告的衣物和手上的可能性，對嗎？」

他向法官點點頭，讓法官知道一切都很好。

「唔，我想嚴格說來，被告脫下手套時那些物質落在他的手上，是可以算二度轉移，但有些人可能會說那仍然算原始證據，因爲物質只是在原始來源附近移動而已。」

「主辦這項調查的警探是摩根警探，波特博士，你現在是說他是騙子嗎？」

「當然不是。」

「只不過摩根警探看了一連串的私人保全監視器和街道攝影機畫面，從柴爾德離開公寓那一刻起至他出車禍，全程跟拍他。摩根警探的陳述中並沒有提到大衛．柴爾德曾丟掉一雙手套。他的車上、公寓裡，或身上都沒有發現手套，而顯然他並沒有把手套丟掉，因爲攝影機會拍到。所以，如果你說射擊者可能戴了手套，那手套到哪去了？」

「這我沒辦法回答。」

我舉起波特的報告。

「在你的測試結果中，除了鋇、銻和尼龍，你還找到熔解的橡膠、皮革和塑膠，對嗎？」

「對。」

「事實上，採自被告皮膚和衣物的所有樣本裡，都有高濃度的尼龍、橡膠、皮革和塑膠，對嗎？」

「對，可以這麼說。」

「你曾經看過類似的結果嗎？」

「不，我不能說我看過，不過武器擊發時所處的環境個個不同。我不能總是預測到會發現什麼物質。」

「有鑑於你是根據證據而提出發現，又考慮到警方沒有找到任何手套，你想那麼多的尼龍、橡膠、皮革和塑膠沉澱物是哪裡來的？」

「恐怕我無法做出這種推測。」

「那是因爲你缺乏證據證明被告可能在哪裡接觸到這些物質？」

他停頓了一下，考慮我說的話。他細瘦的手指撫過下巴，顯然對我的問題抱有疑心。

「對的。我沒有任何證據能引導我分辨這些物質究竟來自何處。」

波特疑神疑鬼是對的。在這一刻，他的整個證詞都像擱在刀鋒上一樣不確定。

# 45

「波特博士，請看一下這些照片。」我把街道監視器的截取畫面遞給他，照片中是大衛的布加迪和福特皮卡車相撞的畫面。

「你能否確認，你有沒有看過這些照片？」

他看著法官，說：「法官大人，我從未看過這些照片。」

「檢方和辯方一致同意，這輛布加迪是柴爾德先生的車。你在這些照片中看到它了嗎？」我問。

「是的。」

「你看得出來，這輛車的前端受到嚴重損害，因爲被迎面撞上，對嗎？」

「我不是汽車專家，不過我同意。」

「所以，看到這些照片以後，你是否希望收回你稍早的證詞？」

「抱歉，什麼？我不懂。」波特說。地方檢察官知道我在醞釀出其不意的一拳，但他不知道我準備打在哪裡。我能聽到瑞德在跟羅培茲交頭接耳——她也不知道我葫蘆裡賣什麼藥。就算他們想通了，也不重要。重點是在這當下，波特仍毫無防備。

「博士，你應該知道專家證人有責任提供無偏頗的專業意見。」

「我知道我的義務何在，但我不懂你現在要求我收回哪一部分證詞。」

「你作證說大衛．柴爾德的槍擊殘跡測試結果是陽性的，因此他若非曾擊發一把槍數次，就是在一把槍被擊發數次時身處於近處。我容許你有最後一次機會收回那項證詞，博士。」

「不，我看不出有什麼理由要收回那項證詞。」

我停頓，點點頭。望著法官。

「請看三號照片，波特博士。」

他翻動整疊照片，直到找到三號那張。那是毀損的布加迪特寫。他剛剛才看過這張照片，不過他又看了一眼，才等我提問。

「不久前你無法解釋柴爾德先生手上、手臂上、衣服上，和臉上爲什麼有尼龍、塑膠、皮革和橡膠微粒沉澱物。現在你可以解釋了嗎？」

他再看一眼照片。

「不能。」

我嘆口氣，好像必須很費力地說服波特承認，而事實上我並沒有提供他足夠的線索來回答問題。

「波特博士，我們已經確立了這輛車遭到重擊——三號照片是對這輛車的特寫。你可以由車內看見，有不下三個……」

他在椅子上稍微往下滑，閉上眼睛。我把他堵在牆角，把他的證詞刻在石板上，只要他稍微偏離證詞一吋，他的證據高塔就會崩塌，他也知道。然而他別無選擇。

他看出來了。

我的恍然大悟來自於蜥蜴說他會把武器拆開來，零散地放置成有如解體的樣子。我突然想到槍擊殘跡是一種爆炸解體後留下的物質，而我確定大衛那天是有經歷過一場爆炸。小型爆炸，但規模比子彈擊發來得大。

「安全氣囊。」波特說。

我聽到瑞德在我身後激動地低語。我轉身看到一名助理檢察官走出法庭，邊走邊打開手機電源。他很年輕，二十幾歲，穿著灰西裝、棕色皮鞋，棕髮底下蓄著深色鬍鬚。我把注意力轉回波特身上。

「對，安全氣囊。安全氣囊在撞擊時被觸發，會在幾毫秒的時間內從儀表板內爆出並充氣，不是嗎？」我問。

「是的。」波特說。

「製造這股爆炸力的是小型底火，它會留下鋇和銻的殘跡，對不對？」

「我不確定確切的成分……」

我已經開始朝他走去。我手裡拿著一份影本，內容是那篇法文鑑識論文，講的是槍擊殘留物質與安全氣囊觸發後，在車輛中找到的微量物質之間的相似性。

「博士，這是去年發表的一篇科學論文，詳細說明了安全氣囊觸發後殘留物質的鑑識分析，以及它與槍擊殘留物質的相似性。請翻到第四頁，你可以自己讀一下結果。」

書記官拿了一份論文影本給法官。我在瑞德的桌上也放了一份影本，他沒有拿起來，只是瞪著我。

波特一邊讀一邊啃咬嘴唇。我給了他足足三分鐘把整篇文章讀完。當我看到諾克斯法官也在讀的時候，心臟雀躍了一下。他感興趣。我必須保持住這狀況。

「是的，我看得出鑑識結果呈現出安全氣囊觸發後殘留微粒的標準特徵。但這不表示我的結果就沒有揭露槍擊殘跡的存在。」

波特仍抓著他的意見不放，想要反抗。正是我預期在過去兩百零三次出庭時都大獲成功的專家會有的反應。

「你確定？」我說。

「我對我的結果有信心。」

「爲了釋出安全氣囊，爆炸突破了方向盤蓋和儀表板，尼龍材質的安全氣囊本身，再加上儀表板的橡膠、皮革及塑膠微粒，完全可能如這項研究所發現的，在熱氣中熔合、釋放、沉澱在皮膚上？」

「也許吧？」

「也許吧？可能性很高，不是嗎？」

「是的。」他輕聲說。

「這份關於安全氣囊觸發後殘留物質的鑑識論文表示，幾乎在每一次分析中都找到非常類似的物質。你接受這個說法嗎？」

「我不得不接受。」

「你接受這份論文中指出的典型安全氣囊沉澱物質，幾乎和你在分析被告身上採得的樣本時找到的物質一樣嗎？」

我的問題還沒問完，波特已經開始搖頭；他不會不戰而降。

「幾乎一樣，而且有些沉澱物質，例如尼龍和橡膠，確實可能來自爆開的安全氣囊，但那不會改變任何事。在被告身上找到的鋇和銻是典型的槍擊殘跡。我的意見仍然是我在那些樣本中發現了槍擊殘留物質。」

他環顧法庭，幾乎鬆了口氣。他喝了一口水，讓水在嘴巴裡涮了一下才吞下去。他看起來像個職業拳擊手，剛接下了對手最強的一擊，然後又揮著拳回到場中。但此時他還不知道，自己已經離倒在地上被讀秒的結果不遠了。

「波特博士，我們稍早曾確立槍擊殘留物質的鐵三角是鉛、鋇和銻，你還記得嗎？」

「記得。」

「你說某些製造商的子彈特別堅固，所以可能不會在槍擊殘留物質中留下鉛的跡證。你仍然抱持此意見嗎？」

「是的。」

「你測試了從被告身上取得的樣本，同時你也測試了從槍上取得的樣本？」

他慢慢閉上眼睛。他的進度跑得比我快好幾步。他盲目地點點頭。

「這是表示肯定的意思？」我問。

「是的。」他輕聲說，眼睛仍閉著，這樣就不會看見運貨列車撞上他的那一刻。

「博士，你針對從被告車上取得的武器所做的分析，發現了鋇、銻以及鉛的跡證。」

他睜開眼睛，說：「是的。」

「沒有尼龍？」

「沒有。」

「沒有橡膠？」

「沒有。」

「沒有皮革？」

「沒有。」

「你對手槍物質的檢測結果，以及在被告身上找的物質，有很大的差異？」

「是的，有一些差異。」

「爲了對你公平一點，波特博士，地檢署並沒有告知你，被告在被逮捕之前剛經歷了一場車禍，並且當時安全氣囊有被觸發，是不是這樣？」

他知道我在丟一根骨頭給他，而他用雙手來接住。

「是的，弗林先生。如果我沒有重要的環境事實來加入分析中，我沒辦法做出準確的比較測試。」

「所以，要是檢方提供你這項重要資訊，你的意見會有所不同嗎？」

即使波特還沒把瑞德丟到公車底下，我已經能感覺到地方檢察官的目光集中在我後腦杓；那股恥辱幾乎是有形的。

「我的意見會非常不同。」波特說。

「一把槍在發射時留下的鉛殘留物，不可能只留在槍上，卻一點都沒有沾到射擊者的手上或衣服上，對嗎？」

我忍不住看向地方檢察官，看到他用念力希望波特博士想出辦法，變出某張了不起的科學王牌，孤注一擲地挽救自己的證詞。專家沉默了一段時間，他幾乎帶著歉意望著瑞德。我敢發誓我看到波特聳肩。

「根據我現在知道的事，我會說那個可能性很低。」

「根據你的測試結果，以及你現在對安全氣囊與你的樣本結果之間普遍而重大的差異了解，很可能在槍上找到的物質是槍擊殘留物質，而被告身上找到的物質來自安全氣囊？」

他都快溺水了，我還在他的腿上綁水泥。他抓抓頭，保持沉默一會兒。

我緩慢、甚至是輕柔地說：「博士，容我提醒你先前的回答？你對庭上表示你的意見源自擺在你面前的事實與證據。請將這句話記在心裡。現在，我再問一遍，根據你現在知道的事實與證據，你在被告身上找到的物質很可能是安全氣囊爆炸的殘留物，而不是槍擊殘跡？」

「是的，現在我掌握了完整的事實，我同意這個說法。」波特說。

「博士，先前你宣誓後做出的證詞表示被告曾多次發射一把槍。現在你甚至無法確定他開過一槍，對不對？」

沉默。空氣中沒有一絲呼吸聲，所有人屏息等待答案。

波特咬牙說：「對，我現在無法確定。」

我一百八十度轉身，對柴爾德說：「發出去。」

大衛在辯方席桌子底下操作他的智慧型手機。唯一的聲響是我的鞋跟踩在地板上製造出來的聲音。然後瑞德的椅子尖銳地刮過地磚，他站起身說：「檢方不進行再次直接訊問。」

「瑞德先生，今天還有別的證人嗎？」諾克斯法官問。

「請等我一下，法官大人。」瑞德坐回座位翻動他的檔案，他在拖時間。

大衛舉起他的手機給我看螢幕。以一個被控一級謀殺的孩子來說，他看起來超級得意。我接過手機走向檢方。法官正低著頭在看筆記。我不發一語，只是伸出手讓瑞德能看見螢幕。

那是大衛的瑞樂帳號頁面。有一則新貼文經由瑞樂轉貼到所有其他社交媒體。螢幕底下的點閱次數在即時更新——速度不停加快，已經有數千之譜。當瑞德讀到文章時，點閱次數已達到兩萬一千次。這篇文章很簡單，是大衛以個人名義在對追蹤者發言：

我是清白的。地方檢察官的證人剛被打爆了。檢方的案子正在瓦解。

地方檢察官糗大了。

真是搞得人盡皆知、亂七八糟。

# 46

剛才瑞德派去跑腿的助理檢察官此時回到法庭，他走在中央走道上時，對他的上司比了個大拇指。

瑞德的表情恢復了幾分堅定。他的下巴繃緊、眼神發亮，毫無疑問是因爲助理檢察官回來而準備採取的某些舉措。

他忍不住洋洋得意的衝動。

「認罪換二十年？」他問。

「撤銷告訴，放他自由。」

「我正希望你這麼說。你對付波特有兩下子，只可惜是白忙一場。」瑞德說。他下一句話是對庭上說的。

「法官大人，發生了一件事，我們希望到您的辦公室裡私下談。」

「瑞德先生，我已經錯過了高爾夫，約好的晚餐也快遲到了，所以你最好盡快說完。」諾克斯說，懶洋洋地坐在椅子上。

瑞德和帶著文件回到法庭的助理檢察官站在諾克斯桌子右邊的椅子後頭。辛頓和我站在左邊。不用期待瑞德會囂張地坐下來，他可是對遇上的法官都瞭若指掌。

瑞德從助理檢察官手中接過文件，遞給法官。他對諾克斯法官發言時，語氣嚴肅而尊敬。

「法官大人，我必須讓您知道，我們有意提出聲請，請求您迴避這個案件。我們握有司法偏頗的證據，您不能繼續主持這場聽證會。」

乍然的憤怒使諾克斯的嘴唇扭曲了一下，將嘴巴拉成咆哮的形狀，然後他又閉緊嘴巴，硬是吞下想咬掉瑞德一塊肉的衝動。他讀著文件，眼珠瞪得老大，血液湧向臉頰，皮膚顏色只能形容爲夕陽般的惱火。

「你是怎麼拿到這項資訊的？」諾克斯法官問，他把文件翻過來，面朝下擺在桌子上。

瑞德先是看了看他的助理檢察官，然後佯裝無辜地兩手一攤。

「法官大人，這是爲了您好。您應該鬆手讓另一位法官來聽這場預審。並沒有人說您在案子開始前就知道這項資訊了。事實上，我們也是剛剛才發現。如果您現在就自願退出，我們可能替您避免了一些尷尬的場面。」

法官搖搖頭，現在嘴巴因詫異而再次張大。最後他轉向我，說：「弗林先生，你對此事有何想法？」

「我完全不知道現在是什麼狀況，我跟您一樣意外，法官大人。我能否看看這份文——」

「不能。」諾克斯一手重重地按在紙上。「你不需要看，不過我會告訴你內容。這是我的投資經紀人寫的聲明。我在不同的投資組合中擁有股票和股份，而我太太負責跟經紀人接洽，管理這些事務。這是她的地盤，我只負責簽支票。看起來我在你的委託人公司瑞樂的母公司有一小筆投資。在案件開始前我完全不知道有這筆投資，這我可以向你保證。」

混帳王八蛋。

地方檢察官知道波特被駁倒，讓檢方的案子染上汙點。事實上，這等於拿他們的案子去砸磚牆，而瑞德想要抽掉這項證據。如果諾克斯法官主動迴避，這件案子就得重頭來過。這次波特會爲我的質問做好萬全準備，或是更有可能的是，瑞德根本不會傳喚他爲證人，而會把案子建立在其餘的證據上。對瑞德來說是全新的開始，這次他不會犯錯。

「唔，法官大人，既然您對此事毫不知情，我看不出您怎麼可能有所偏頗……」我說。

「噢，我看得出來。」諾克斯法官瞪了瑞德一眼，充分傳達法官對地方檢察官的每一分輕蔑。要是證據對檢方有利，他們才不會要求法官主動迴避。我懷疑早在案子開始之前，瑞德就已經知道法官投資的事，所以萬一災難發生，他還有聲請迴避這個備案可用，好讓他把黑板擦乾淨，重新來過。派助理檢察官離開法庭去拿諾克斯的投資名單只是在作秀，預審開始前他就掌握這項資訊了。

「恕我直言，法官大人，辯方不反對您繼續主持這場聽證會。」

「這個嘛，那當然了。」瑞德說，「辯方不會反對，因爲隨著這場訴訟進行，瑞樂的股價每秒都在下跌。如果被告能有一位聽審的法官，該法官駁回告訴能獲得財務方面的利益，因爲他可以挽救股價和自己的投資報酬率，唔，誰會不想要這樣的法官呢？事實上，法官大人，如果您繼續受理這案子，媒體聽到風聲，預審將形同鬧劇，您的職業生涯也會嚴重受損。」

「你好大的膽子，敢拿我的職業生涯和專業判斷來對我說教，還有少用媒體來威脅我，瑞德先生。你只差一點點就要看見牢房裡面長什麼樣子了。事實是，儘管弗林先生的反應很善解人意，我仍別無選擇，只能主動迴避。抱歉，各位男士。我會聯絡高等法院法官，明天早上把這案子轉給新的法官。恐怕預審聽證會必須重頭來過了。」

這是正確的決定，背後有各種正確的理由，但我還是很不是滋味。我以爲在波特身上拿下的分數可以給大衛一場讓人同情的聽證會，這是要打垮檢方案子一連串的重拳中的第一擊。波特和安全氣囊是我目前爲止唯一的重拳，現在它沒了。媒體知道並不重要，新的法官完全不會把它列入考慮，除非瑞德再次傳喚波特作證——而他絕不可能做這件事。

沒人說話。我們魚貫走出諾克斯的辦公室，我看到瑞德在走廊上等我。

「你瞧，弗林，我是打不倒的。你**沒辦法**打倒我。我明天會把你炸得體無完膚，而你一點辦法也沒有。有必要的話，我會繼續把每一個該死的法官踢出這個案子，直到我找到願意給我正確結果的人選。我還有一些後援。我們明天下午要召集大陪審團，所以即使你贏了明天的預審，我還是可以去找大陪審團，而他們**會**起訴柴爾德。你什麼都沒有。你想談條件的時候，歡迎來找我。」

我讓瑞德離開，傑瑞．辛頓跟在他後面。辛頓完全不想靠近我。辛頓的大手落在瑞德肩膀上，他給了地方檢察官一張名片，他們邊說邊走，超出了我的聽力範圍。傑瑞在買保險，在布線，那麼假使我去找地方檢察官談條件，他會第一個知道。他很可能正在向瑞德解釋，自己才是眞正登記的律師，任何協商都必須透過他來進行。辛頓不想要協商，他只想從地方檢察官身上獲得預警，這樣他才能確保，在大衛決定埋了事務所來換取謀殺克萊拉之罪從輕發落時，先下手爲強殺了他。我趁機混在人群中甩掉傑瑞，一把抓住大衛，走向通往牢房的法庭側門。

有一件事一直在撓抓我的腦海深處。瑞德是怎麼拿到諾克斯法官的把柄的？即使他在聽證會之前已經擁有這項資訊，那也不是容易取得的東西。有人在幫瑞德。人脈很廣的人。

# 47

事實證明，要不被人看見地離開法院，比起進去要容易多了。一名叫湯米・畢格斯的法院警衛帶我們搭安全電梯到一樓，那部電梯是用來將被拘留者從牢房送到法庭的。我不嫌麻煩地盡量多認識警衛、書記官、祕書、後勤部門職員、警察和獄警，這麼做有幾個理由——當你無聊地踢著鞋跟、等待叫到你的委託人的案子時，跟他們變熟通常滿有意思的。認識這些好人的額外福利是，你會發現其實司法系統是靠他們在運作。活兒都是他們幹的。所謂的司法行政，只不過是從一袋混蛋中抓出一把像樣的法官，再加上大批優秀的後勤職員。

我們在陰暗的走廊等待，湯米則負責確認此處安全無人。他傾過身，往鋼門後偷看。我好奇他是不是通過很多扇門時都要側著走。湯米曾經參加全球健美比賽，他是單親爸爸，也是我所認識最好的獄警之一。我的朋友巴瑞以前是警察，去世前幾年都待在舊錢伯斯街法院工作，負責把囚犯從廂型車送到牢房；就是巴瑞介紹我認識湯米的。

湯米招手要我們進入卸貨區，這是送貨來的人使用的停車場——食物、辦公室用品，以及因爲一些亂七八糟的理由惹到紐約市警局，結果坐在運囚車後座進到這裡的市民。他走向一扇行人專用門，也就是一塊活動鋼板上開出的洞。湯米檢查門旁一排螢幕中的監視器畫面，確認外面沒有記者在等待。

「去吧，外面沒人。」湯米說。

「謝了，湯哥。我欠你一個人情。」我說。

我經過他身邊時，他拍拍我的肩膀。我們一行人走到街上，直接鑽進另一輛深色轎車，這輛車是很深的午夜藍色；之前那輛車不能再用，風險太高。我連車門都還沒來得及關，法蘭奇已經踩下油門。

我們出來了。謝天謝地，大衛和所有人都完好無缺。現在我有一點時間可以思考了，但我沒有在腦中瀏覽瑞德的招數，或思考對大衛不利的證據，我的心思反而飄向了克莉絲汀。我輸給瑞德的每一分，都讓暗殺克莉絲汀和大衛成爲更受事務所青睞的選項。他們現在應該被逼急了，會冒更大的風險來確保大衛不能亂講話。

我好想抱著她，想到我都能感覺手臂發疼。艾米不需要這個，她已經受過太多罪了。我得把她們送到遙遠且安全的地方。

「我們該如何應付檢方這一步棋？」大衛問，「我們應該可以把法官弄回來吧？」

「我不認爲可以。我認爲地方檢察官爭取到機會，在新的聽證會上從零開始。而且他在召集大陪審團作爲後援。這傢伙是個認眞的選手。」

「你能打敗他嗎？」大衛問。

「希望我們不必知道答案。」我說。

# 48

我們出門的時候，荷莉一定沒把公寓的暖氣關掉。她一開門，我就感覺自己彷彿被工業用烤漆燈給正面迎擊一般。我檢查窗戶，看到蜥蜴和法蘭奇分頭步行離開，掩飾我們剛才兜圈的路徑，確保沒有人跟蹤我們。我老婆顫抖的嗓音在我記憶中迴盪——今天稍早她在計程車上時，我跟她交談，她的喉嚨含著恐懼。還有艾米的哭聲。我對她的哭聲很熟悉——跟我自己的一樣。而我完全無能爲力。

荷莉在我們身後把門鎖上，找出另一把鑰匙鎖上輔助鎖，再掛上兩道門鍊。大衛過來試轉門把三次，確認門已經鎖上了。他輕點門鍊，感到滿意，於是脫下背包、拉開拉鍊，把他的筆電放到小小的餐桌上。

「坐下，大衛。我得弄清楚這個隨身碟裡究竟有什麼。你要我在明天的預審聽證會上施展奇蹟——但我並不像你一樣有把握。一定有別的辦法能爲你和克莉絲汀解套。如果我有更多談判的籌碼，我有可能談成一筆交易。」

「我已經告訴你了，這軟體能進入事務所的系統。它能追蹤及監看錢流。聯邦調查局的人只需要把它連進事務所的數位網絡。」

他那張光滑如蜜桃的臉龐毫不退縮，眼神自然地移動，沒有刻意盯住我的眼睛；不過即使會動，也不減半分的堅定。他說的是實話。荷莉給了他另一罐他最愛的冰涼能量飲料，他拉開拉環，給自己倒了一杯。荷莉倒了一杯咖啡壺裡的飲料給我，現在那壺咖啡已經煮得走樣，又苦又燙，正是我喜歡的狀態。我向她道謝。她繃著嘴向我報以微笑，目光仍逗留在大衛身上。

「這軟體是你今天下午寫的嗎？」

「不是，我原本就有了。在事務所的安全系統正式啓用前，我們必須測試演算法，確定它能用。這個軟體可以追蹤現金的流向，因此我們知道演算法眞的在運作。由於牽涉的金額太龐大了，這是最高層級的安全工作，所以一旦編碼完成，我是唯一被允許進入這演算法的人。」

「是傑瑞．辛頓要求你設計這個的嗎？」

「對。他希望有一個備援的安全系統，萬一事務所的顧客帳戶資料庫被駭，就能由這個安全系統來接管。只要偵測到確實的威脅，我在公司安裝的系統就會開始執行一系列的檢查，每秒幾千次的運算。如果系統判定有威脅存在，安全演算法就會啓動，而錢會在外面跑一段時間，最後回到某個安全的帳戶裡。班．哈蘭名下有幾百個靜止戶——散布在曼哈頓的五間銀行中。演算法會隨機選擇其中一個帳戶，當作所有錢的最終目的地。」

「等那些錢找到回家的路，也已經被洗乾淨了。」我說。

「老實說，在我創造這個演算法的時候，完全沒想到這一層。」柴爾德面不改色地說。

這裡該用的字眼是「建構」。奧比是個會計，曾經替我的好麻吉「帽子」吉米工作，他以前就會使出類似的手法，稱之爲「地下三十洗錢法」。他會把存款拆成不超過一萬美金的小額——這樣銀行就不必遵守《銀行保密法》寫報告，也不用向金融安全專案小組通報有可疑活動了。

「只有你能進入這個演算法？我是指在事務所以外的人。」

「是啊，事務所堅持要這麼做，我也贊成。我動了一點專屬於我的手腳，因此除了我之外，沒人能碰觸這個程式的核心內容。像這樣的演算法，已經不是市面上任何標準安全科技所能比擬的，它必須受到保護，那表示只能有一個人登入。這系統當初就設計成能自行運作，不需要更新或是維護。事務所可以使用它，但只有我可以打開引擎蓋，接觸到讓程式實際運作的程式碼。不過我只能在他們的辦公室登入，在他們知情的狀況下。」

「事務所也知道這一切，所以你才成爲暗殺目標。聯邦調查局是怎麼弄到這資訊的？」

「我不知道。」他聳聳肩說。

「在什麼條件下這個演算法會啓動？」

「威脅或指令。」

「所以說，事務所的某人可以按個鈕就啓動它？」

「對啊。這功能是必要的，否則沒有人能阻止實質的搶劫事件。是這樣的，在受到威脅的情況下，轉移或凍結資產以避免它們被偷走是完全合法的。如果事務所把這當成洗錢的新手法，他們用的是我的系統，所以你太太做了什麼並不重要，只要操作系統的人不是她，她就沒做錯任何事。」

「但她見證了授權股份收購的文件，而股份收購有效地掩蓋了洗錢的事實。」

我的咖啡降到完美的溫度，我喝了一大口，靠向椅背。大衛突然注意到他的杯子外凝結的水珠滴到桌子上了，他從口袋掏出一塊手帕，把桌子擦乾，然後把飲料放在手帕上。

「所以說，你可以進入演算法，查出錢去了哪裡？」

「不行，沒辦法在這裡作業，一定要用他們的伺服器才行。」

我們絕對不可能進入哈蘭與辛頓還活著出來，太冒險了。

我把頭髮往後撥，兩手手指交扣抱在頸後。我的頭痛每分鐘都變得更嚴重，打從我離開法院以來，壓力又開始累積。

「妳有止痛藥嗎？」

「有。」荷莉說，開始在櫥櫃裡翻找。

「我需要這個，大衛。我太太有危險，事務所今天企圖殺了她，只爲了讓我放棄你的案子。我不希望她受到傷害，也絕對不希望她最後得去坐牢，只因爲她被老闆拐騙，簽下不該簽的文件。」

「我很同情你太太，也不希望任何人傷害她。不過如果針對我的指控撤銷了，事務所就不用擔心我會跟聯邦調查局談條件，你太太受到的威脅也就消失了。」

他的眼珠快速轉動，我幾乎能藉由他脖子上的血管看到他的脈搏敲打出電音舞曲的節奏。他吸了吸鼻子，抽出另一條手帕來擤鼻涕。

他不該爲克莉絲汀而成爲犧牲品。當然，如果可以的話，我願意代替她坐牢。她信任她的老闆，因而陷入難纏的大麻煩。如果有選擇的話，瑞德絕對不會撤銷對大衛的告訴，不過我在想，如果我能把完整的錢流紀錄舉在戴爾面前搖晃，他是不是能從瑞德身上挖出點甜頭？並且買到克莉絲汀的豁免權？我必須這麼相信，在這當下我看不出任何別的辦法。

「幫我弄到資料，大衛，我會確保罪名不成立。不是聯邦調查局撤銷告訴，就是我在法庭上打敗他們。不論如何，我保證讓你不會被判謀殺罪。」

在這當下，我很懷疑我要怎麼兌現承諾。這個階段的我甚至擬不出計畫來攻擊檢方的證據。大衛重重地靠向椅背，看看荷莉，看看螢幕，再看著我。

「我同意，但我已經告訴你了，我沒辦法從這裡登入系統。一定要透過事務所的伺服器，而我要在他們的大樓內，並且知道他們的無線網路密碼，才能使用他們的伺服器。他們主機的存取點在會議室裡。他們所有的電腦，包括主機在內，都是用安全的無線網路在運作。如果我能用他們的無線網路從遠端駭進主機，就能拿到資料。但我們不能去他們的辦公室，進去就出不來了。」

哈蘭與辛頓位在曼哈頓歷史最久的其中一棟摩天大樓內，佔據八個樓層。我們一旦進去，很可能就再也沒人會看見我們了。除非有什麼辦法能確保事務所的保全小組不會輕舉妄動。

「我想我認識一個人可以幫忙。」我說。

我憑記憶撥號，然後等待。有道女聲接聽，那嗓音聽起來就像絲綢拂過光滑的鵝卵石。

「喂？」

「是我，我有個工作機會。」

「喲，你好啊，蜜糖。很開心接到你的電話，但我以爲你已經金盆洗手了，變成大律師什麼的。還在道上混哪？」

「我一直都在，小布。我一直都在。」小布以前是妓女，現在是很活躍的騙子，我跟她已經是老交情了。我想到一個主意，能夠進去事務所再出來。

「我說，那個以前老是把廂型車停在妳公寓外頭的傢伙，妳跟他還是處於友好關係嗎？」

「我一向跟那種人保持友好關係。」

「太好了，我需要他的人、他的設備，還有他的廂型車。也需要妳。」

「聽起來好刺激喔。我能分到多少？」

「先說是幫我個忙吧，不過我一定會再補償妳。我得先說，這很危險。」

她停頓了一下，呼吸快而期待。

「不危險老娘還不幹呢。」她說。

# 49 槍擊前二十五小時

荷莉開的車比我的公事包還小，是一輛小型本田，散發化妝品和口香糖的氣味。蜥蜴跟在我們後頭，大衛壓低身體坐在蜥蜴那輛全新的黑色Transit副駕駛座。我們在碼頭邊停車，等著小布出現。雲層破壞了滿月的完美。時間已過了七點，我先前在九十八街用公用電話打給傑瑞．辛頓，告訴他七點半的時候我會帶著檔案和委託人去他們辦公室，開一場戰略會議。

我們等候的同時，我在心裡重新想了一遍對大衛不利的證據，很懷疑明天早上我到底該怎麼挑戰它。我藉由打給克莉絲汀來把這些念頭撇到一邊。她說她和艾米都很好，她們叫了披薩，一步都沒離開旅館。我聽得出她在胡謅。即使電視音量開得很大來掩蓋，我還是聽見背景中有艾米微弱的哭聲。我體內逐漸升高的怒氣讓我不斷咬牙切齒。最後，克莉絲汀鬆口了。

「艾迪，她當然嚇壞了，我也是。」她的嗓音帶著淚意，喉嚨發出沙啞的聲音。

「我會搞定這件事。我會確保警察不會去找妳。」

「那事務所呢？」她問。

「聯邦調查局會擊垮他們。我可以出一份力，但我必須確認妳已經先遠離危險了。我需要妳告訴我一件事，這會有幫助。哈蘭與辛頓今天的無線網路密碼是什麼？」

「要幹嘛？」

「我需要知道。我告訴妳了，我會把事情搞定，所以我需要密碼。」

「你不會做什麼違法的事吧，艾迪？」

「別問妳不想知道答案的問題。密碼。」

「是『chimera87』，但他們大概已經改掉了。」

我暗自罵了句髒話。

「柴爾德說只要他距離夠近，應該可以駭進去。你們都是怎麼收到密碼的？電子郵件？」

「他們會傳簡訊。聽著，你不需要這麼做，艾迪。是我自己捅出的婁子。我應該直接跟聯邦調查局談，然後束手就擒。」

「不，別那麼做。我可以搞定……」

「有些事情你是搞不定的……」

「例如我們的婚姻嗎？妳想講的就是這個，對不對？」

沉默。

「不是，對不起，我不是那個意思。艾米很想你，我……我很想你。」

一時間，我們誰也說不出話，只是聽著彼此的呼吸聲。

「別讓你自己送命。如果我不在了……艾米至少需要一個家長。」她說。

「我不會有事的，不過如果真的有什麼變化，妳別去找聯邦調查局，帶著艾米逃跑吧。」

我們後方車輛的車頭燈亮起，我看得出那是一輛廂型車，所以我下車等小布。布．強森是我認識最強悍的女人，也是數一數二聰明的，天生的騙子。從我的位置看不見廂型車上的標誌，光線太暗了，於是我走過去，在通往三十九號碼頭的車道中央與他們會合。

廂型車慢慢停了下來，副駕駛座車門打開，跨出一雙長得嚇人、白皙而健美的腿。她關上廂型車門，小心翼翼地邁開細跟鞋以免扭傷腳踝，朝我走過來。

我剛認識小布時，還在從事詐騙事業。她跟我合作了幾個案子，大部分都是輕鬆的活兒，布置假車禍什麼的。小布有種獨特的姿態，好像她是電影明星，她幾乎會發光。她穿著一件像消防車一樣鮮豔的紅上衣，下襬及腰，底下是黑色窄裙。她漂染過的金髮剪得短短的，用半罐髮膠維持著不自然的角度。太陽早就下山了，但小布總是戴著墨鏡，在那兩片橢圓形寬鏡片後頭，是一雙可以把神父迷得掉下高樓的眼睛。

她把腰一扭，說：「夠好嗎？」

一時之間，我沒弄懂她在問什麼，然後我看到她手裡那張薄薄的卡式通行證。我接過來仔細看。不用懷疑，看起來很像真的。

「一小時內做出來的，算不錯了。是哪個藝術家？」

「皇后區的小個子，自稱小喬。」小布說。

「跟他說我喜歡他的作品。以後我可能還會需要他的服務。」

蜥蜴和廂型車駕駛握手，那是個大塊頭，穿著藍毛衣、皮夾克、破牛仔褲，戴著棒球帽，相貌英俊。她介紹說他叫羅傑，我們握手，然後他就回到廂型車上。

「羅傑和我只是朋友，暫時是。」小布帶著微笑說。

「他行嗎？」我問。

「絕對沒問題。這對他來說跟平常的工作夜沒什麼不同。我倒是比較擔心糖果屋兄妹。」

小布目光瞥向荷莉和大衛。

「他們就交給我吧。」我說。

他們兩人看起來都緊張得要命。大衛盯著河水，一臉茫然；荷莉腳動來動去，兩手插在口袋裡。當我走向他們，兩人都猛然立正站好。

「荷莉，妳不需要參與這件事。」我說。

「他說的對。」大衛說。

「不，我是他的私人助理，如果我不出現，他們會起疑的。」

雖然荷莉的焦慮很明顯，但她也夠堅定，那不只是源於忠誠。大衛坐在電腦前或出席公司會議時很自在，但我感覺，一旦進入現實世界，他需要一個嚮導，而荷莉就是那個嚮導。他有她這個助理眞是太幸運了。

「好吧，你們都知道計畫。大衛，傑瑞．辛頓需要把你給埋了。事實上，只要有半點機會，他們會把我們全都宰掉。這是一場詐騙行動，這將確保他們今晚無法在不牽連事務所的情況下對我們下手。雖然他們很想弄死我們，但動機純粹只是保護他們自己，所以只要他們認爲除掉我們會留下與他們有關的線索，就不會冒險出手。這場騙局能保護我們，但唯有我們全都這麼相信，計畫才會成功。你們必須演活自己的角色。如果你們看起來很緊張，如果你們看起來像要走進一棟充滿想殺你們的人的建築——你們猜怎麼樣？一切都完了。大衛，我們要去你的律師辦公室討論你的辯護策略，只是這樣而已。」

他們點點頭。

他們懂是懂，但我沒有把握他們能撐住。

「只要讓小布來主導就好了。不要跟保全人員說話，交給我和小布。大衛，等你拿到你要的東西，你就說你累了——說你在預審前需要睡眠。那是暗號，我們會把話題結束，立刻閃人。」

「萬一被他們識破呢？萬一他們要殺我呢？」大衛問。

「不會的。」我說。

大衛、荷莉和我坐進她的車，小布、羅傑和蜥蜴上了羅傑的廂型車。

我們出發了，我和大衛複習幾句密語，他能藉此讓我知道他的進度，還有一句密語是讓我知道他穿幫了。

# 50

我們開往哈蘭與辛頓所在的萊特納大樓時，惡名昭彰的曼哈頓交通已經不再那麼繁忙。大衛縮著身子坐在荷莉車後座，我試著不去想這場騙局。除了我父親之外，小布大概是我遇過最高竿的騙子。我們初相遇時，小布是高級娼妓，她本來就在尋求轉職，希望能像她原本一樣，施展幾個小技巧就能賺到每小時五百美元的高收入，而我很快就讓她知道，她可以運用她的戲劇天分來發揮強大的效果。

在任何一場騙局中，你都需要一個說客。我進行過的保險詐騙多數都需要一個人來和保險調查員打交道，而不知出於什麼詭異的理由，保險調查員清一色都是男人。所以，以我布置的車禍來說，我們有假的原告、假的傷勢、假的醫院，通常小布會坐鎮假醫院的櫃檯，拚命給調查員灌迷湯，直到他們相信她很誠實——她是終極的說客。

我的心思飄到明天早上的預審聽證會。我祈禱如果今晚順利，明天我就不用上法庭了，不過我內心隱約知道，我沒辦法替大衛談成協議，必須做好最壞的打算。我從未贏過一場預審聽證會，也不認識任何十年內有贏過的人。預審聽證會基本上就是例行公事，只要檢方能拿出哪怕是一絲對被告不利的明確證據，他們就贏了。

我若想贏得預審，必須要證明大衛是無辜的。

「我在想明天的聽證會，」我說，「我們需要另一個嫌犯。」

「我不知道有誰可能考慮傷害克萊拉，她……」我用遮陽板上的鏡子察看後座，看到大衛滿臉淚痕。

「抱歉，我不該提起你的傷心事，先忘了它吧，讓我來操心就好。你只要專注在我們現在要做的事上。」

他拿出一包抗菌濕紙巾擦了擦臉，響亮地擤鼻涕。像克萊拉這種美女，怎麼會跟小大衛在一起？然後我不再犯傻——**所以，克萊拉，妳一開始怎麼會被億萬富翁大衛·柴爾德吸引？**

「她年紀比你大，對吧？」

「是啊，不過那不重要。她超漂亮的，也很聰明。她有顆善良的心，弗林先生。她……啊，她是我遇過最美好的事。我們在一起的這六個月是我人生中最快樂的時光。」

我用眼角餘光瞄到荷莉的手握緊方向盤。

「你跟克萊拉是怎麼認識的？」我問。

「瑞樂。她是我的追蹤者之一，我們在瑞樂之約上見面。」

「我完全聽不懂。」我說。

「你有用瑞樂嗎？」大衛問。

「沒有，而且我女兒年紀還太小，不適合用社交媒體。我知道基本概念，就這樣而已。」

「是這樣的——你開一個帳號，然後在你的瑞樂頁面上張貼照片、部落格和最新消息。瑞樂頁面就像你的專屬網頁——而瑞樂的演算法會把你的最新消息傳送給它認爲會對你貼文有興趣的人，並且連結到你其他的社交媒體平台，例如推特和臉書。你所有貼文只要用瑞樂帳號發布一次就夠了。最大的賣點是：瑞樂是唯一一個鼓勵面對面互動的社交媒體平台——我們把這種互動稱爲瑞樂之約。所以如果你在酒吧裡上傳了一張照片，只要你想參與瑞樂之約，瑞樂就會通知你所在區域的其他用戶，告訴他們你在做什麼，邀請他們找你說話。所以瑞樂在大學生之間才會一炮而紅——你知道瑞樂上線的第一個月，有多少人自發性參加瑞樂派對嗎？八千個。瑞樂是唯一貨眞價實的社交媒體。」

「好吧，我懂了。所以你是怎麼認識克萊拉的？」

他摩擦雙手，垂下頭，過了一會兒才回答。

「我不常出門，通常都窩在家裡，不然就是去朋友家參加派對。唔，那天晚上，在『閣樓』有一場盛大的瑞樂派對。你知道閣樓吧——那是市區一間很大的夜店酒吧。酒吧裡幾乎所有人都在瑞樂上貼文，網路上熱鬧到險些癱瘓。電視新聞台攝影機去那裡報導，所以我和另外兩個董事會的傢伙就去了派對現場，讓我們能在重要新聞時段露露臉。」

他回想當時，露出了親暱的笑容，然後她已死的現實重新在他的臉上蔓延，扼殺了他的笑容。

「她跟朋友約好吃晚餐，對方卻放她鴿子，所以她就去了派對，被某個新聞頻道採訪。她那麼漂亮，似乎是他們明顯目標，而且她講起瑞樂充滿熱情，我都想見見她、當面向她道謝了。所以我們見面，聊天，離開一起去喝咖啡。我不怎麼喜歡人多的地方。就這樣。」

車子軋過一個水溝蓋，感覺我們好像剛衝破一道防撞護欄。

「那跟我說說她的事吧。」我說。

「她是在維吉尼亞州出生的，專攻語言，在國外待了一段時間做自由譯者。我不記得她會說幾種語言了，也許七、八種。她爲了工作跑遍世界各地，覺得厭倦了，就回到美國來。她父母搬去佛羅里達州了，回老家也沒什麼意義，所以她來紐約，想在聯合國擔任翻譯。我認識她的時候，她才剛回國兩、三週。感覺就像命中注定一樣，因爲她之前在國外，紐約誰也不認識，而我想其實我也差不多。我們算是在人群中找到了彼此。」

「她在聯合國找到工作了嗎？」

「沒有，她提出了申請。這陣子她都在當服務生。」

「她有沒有什麼陰魂不散的前男友，某個懷恨在心的人？」

「沒有，我根本想不出任何不喜歡她的人。她認識的人並不多。」

荷莉插話。「我從八年級就認識大衛了，他不會介意我這麼說，但他在學校或大學都沒什麼交往的經驗。當瑞樂紅起來的時候，大衛享受了一段愉快的時光，但沒跟任何人認眞。我說的對嗎？」

大衛點點頭並露出微笑。

「一向都是我在照顧他。我們是朋友，當我被人解雇時，他伸出援手。他也陪我走過幾次分手。我必須說，克萊拉跟大衛創辦瑞樂後所認識的大部分女孩都不同。她們大都看上大衛的地位和錢，而他也沒有對任何一個女孩認眞。克萊拉不一樣，她很……我不知道……眞誠吧。我指的是她對大衛的感情，以及不關心他的錢這兩方面。你還記得你買了一條蒂芬妮項鍊送她的事嗎？」

大衛的表情先是微笑，然後瞇眼。我能看出來，這回憶對他來說一開始是暖心，再來又令他心痛，讓他回想起曾經在他身邊的人——以及她被奪走、未完成的人生。我想到戴爾，一時間我彷彿更了解他了。他因爲證據而堅信大衛是凶手，他要大衛付出代價。一條生命，如此暴力而突然地消逝了，必須要得到制衡。

大衛說不出話來，荷莉自己接話，但她語氣很輕柔，好像她的話有殺傷力。

「他們當時交往滿一個月，大衛給克萊拉的驚喜是要價十萬美元的蒂芬妮項鍊。她叫他別做這麼荒謬的事。那個星期六，他們把項鍊退掉，然後去逛布魯克林區的二手商店。她挑了一條她喜歡的小項鍊，大衛買下來。花了四十美元。」

我們繞過另一個人孔蓋，我的脊椎開始對荷莉選的車款表達抗議。我又想起朗希默。

「你認爲朗希默可能一手策劃陷害你嗎？他安全地躲在鍵盤後頭時可能冷酷無情，但他有膽子扣扳機嗎？」

「我不知道。」大衛說。

我回想走廊的監視畫面。在大衛之後就沒有人離開公寓，而警方發現公寓裡沒有別人。一切都指向他。如果朗希默殺了克萊拉，或甚至雇用別人來開槍，那凶手事後難道直接跳窗離開嗎？我在想這些事的時候，我們漸漸接近萊特納大樓。此時我想起我的好友福特法官曾經說過的話——有時候你爲了找到解釋，已經把手伸到太遠的地方，反而忽略了就放在口袋裡的答案。雖然我逼波特做出有關槍擊殘跡的證詞，大衛仍然可能在射殺克萊拉時戴了手套，之後再從破掉的窗戶把手套丟掉，因此手上只留有安全氣囊爆炸的殘留物質。波特沒有想到這個可能，但我敢打賭瑞德遲早會想到的。

我想打給我的導師，但哈利法官會說我瘋了——他會說不管我怎麼想，或我相信什麼，證據都指向一個結論。

我不想進行那場對話，也許我擔心哈利會說服我他是對的。

荷莉把車停在萊特納大樓外，我的手機響了起來，未顯示號碼。

「艾迪．弗林。」我說。

「弗林先生，你爲什麼想跟我見面？」是伯納德．朗希默。我認得他的聲音，些微的農村口音被哈佛畢業生的語氣給硬壓下去。我下了車，站在人行道上。

「我想談一談。眞奇妙，我剛好想到你呢。我開始懷疑你到底會不會再打給我。」

「這就奇怪了，我還以爲大衛的法律困境已經夠你煩惱的，不過你似乎處理得很不錯。我在新聞上看到大衛的瑞樂貼文了，那是你的主意？」

「我們何不見個面，你可以盡量聊瑞樂的事。」

「可是我們已經在聊了啊，你爲什麼非要見面？」

我想要看著這王八蛋的眼睛，問他是不是他陷害大衛的。要在電話裡分辨眞相太難了。

「不會花多少時間。」我說。

「這對大衛有幫助嗎？」

**除非我認為你在撒謊**，我心想。

「我很懷疑，不過也很難說。」

「既然如此，我就跟你見個面。今天晚上？」

「好極了。錢伯斯街上的泰德小館，十點。」

「我會到的。不過你今晚自己小心點，萊特納大樓裡有很多鯊魚在游泳呢。」

電話掛斷了。我盯著我的手機。朗希默在追蹤我的手機，他顯然喜歡嚇唬人，玩點小小的權力遊戲。我仍然有戴爾給我的手機，現在也只能湊合著用了。我把自己的手機關機，丟在人行道上，抬起鞋跟，準備把它踩爛，但在最後一刻停住，撿起來收進口袋。既然已經關機了，就無法追蹤訊號，也許它還能發揮更好的用處。

# 51

萊特納大樓的自動旋轉門將我們全都塞進它三格中的一格，我們慢慢繞著旋轉門進入大廳。宏偉的入口由鋼鐵、花崗岩和大理石裝潢得極具品味，六公尺外有一座接待櫃檯，它位於右側，在我們與電梯之間。

有四個人坐鎮櫃檯。這個時段，一般大樓裡有一個接待員就算你走運了；你絕對不需要四個。

第一個男人又高又魁梧，穿著俐落的黑西裝，翻領上別有寫著「瑟吉」的名牌。他有一撮淡金色頭髮，我認出他是照片中的保全小組成員。他後方有個令人生畏的中年婦女，她的草莓金髮剪成西瓜皮，正用吸管嗖嗖地吸著冰咖啡。櫃檯左邊有兩個男人，穿著黑外套，三十歲出頭，短髮，很可能有武器——也是哈蘭與辛頓的保全人員，我認出他們同樣被歸在戴爾的檔案裡。事務所正處於封鎖狀態，我毫不懷疑這些傢伙已經準備好，等我們一進電梯就殺了我們。

我率先走向接待櫃檯，大衛和荷莉跟在後面，小布和羅傑殿後。蜥蜴待在廂型車上，他是後援，會透過我的手機監聽即時狀況。我先撥了電話給他，再把開著擴音的電話鎖屏，放進我的西裝胸前口袋裡。

「艾迪．弗林和大衛．柴爾德來找傑瑞．辛頓。」我對瑟吉說。

「這兩位男士是哈蘭與辛頓的保全人員，他們會陪同你們。」他說。

保全小組打量著我，下巴緊繃，兩手交扣擱在身前。其中一人看起來像薩摩亞人，深色頭髮向後紮成很緊的辮子；另一個是白人，個子比較矮，看起來卻更爲凶狠。

「先等一下。」我說。

我轉頭看著小布，說：「費德斯坦小姐，妳要拍個定場鏡頭嗎？」

「謝謝你，弗林先生。」小布說著，從大衛和我身邊走過去，羅傑跟著她。羅傑從袋子裡取出一台大型電視攝影機，把麥克風遞給小布，並在攝影機上按了個鈕，將接待櫃檯照個通亮。我不必回頭也知道，保全小組的小腦袋瓜裡齒輪正在努力運作。

小布拉平上衣，對羅傑喃喃說了什麼，然後便開始對著攝影機說話。

「今晚，億萬富翁大衛·柴爾德與他的法律團隊將展開商討，爲明天的聽證會做準備。柴爾德的情人克萊拉·瑞斯於上週末在他的公寓裡被殘忍地槍殺，紐約市警局相信他們握有對柴爾德不利的充足證據。在本節目《六十分鐘》中，我們將帶各位觀眾深入探討這樁耐人尋味的案件。我們獲得獨家授權，能夠參與大衛·柴爾德與他的專家法律團隊之間的私人會談，他們正迫切地設法建立抗辯策略，來面對這項許多人認爲是罪證確鑿的案件。」

她停頓了一下。羅傑先確保把保全小組都拍進去，然後才關掉光束。

「好極了，已經上傳了。他們會馬上開始剪接——不需要重拍；妳要變成大紅人啦，拉娜。」羅傑說。小布嫣然一笑。

「這是在搞什麼東西？」薩摩亞人問。

「電視，」我說，「CBS台。你有看《六十分鐘》嗎？」

「沒有。」他說，「這裡禁止攝影，弗林先生。」

「是喔？那好吧，我們只好去我的辦公室了。記得幫我跟傑瑞打聲招呼。」

我轉身，開始緩慢地朝出口移動，荷莉、柴爾德、小布和羅傑都跟著我走。

「等一下。」薩摩亞人說，拿起手機撥號。

我們停步。我盯著地板，大衛站在我旁邊，我幾乎能感覺到他身體的顫抖，正透過地板的振動傳到我的腳底。我伸出手臂穩住他。荷莉的眼睛瞪得很大，手指不斷地沿著她的包包滑動，發出沙沙聲。我清了清喉嚨吸引她注意，做了個安撫的手勢，她停止躁動。

我知道那個薩摩亞人眼光不會離開我身上，他的大嘴裡有塊口香糖在動，我隔著三公尺都能聽到他的呼吸聲。他本來很可能已經做好心理準備，隨時要開槍打死幾個人，現在卻得重新思考，因爲那些人帶了電視台的人同行。他的電話接通了，我聽到他低聲咕噥，對象大概是傑瑞．辛頓本人。

我聽到薩摩亞人說：「《六十分鐘》。」他聽了一會兒後回覆道：「因爲那輛該死的廂型車側面有寫。」

這是眞的。羅傑是替CBS工作的資深攝影師，隨時都可以把這輛廂型車開去用。他跟小布長期建立的生意關係對他有好處，因爲羅傑偶爾能搶先目擊熱騰騰的新聞故事。不管小布還涉入哪些勾當，至少她對勒索小有研究，會拿政客希望不要曝光的那種照片來交易。對一個夢想有朝一日可以站在鏡頭前方的攝影師而言，小布是個強大的資產。電視台製作人學會讓羅傑使用廂型車並且擁有一些操作空間——這麼做總是會有回報。

CBS的公司車已證明它是終極的說客。我父親曾告訴我，詐騙的核心在人的眼睛裡。**人們相信眼睛能看到的東西。只要你掌控了他們的視覺，就等於掌控了他們的心智。**

「你們可以上去了。」薩摩亞人說。

大衛迅速地點點頭，緊抓著筆電包跟我走。我隱隱露出的微笑似乎讓他冷靜了一些。

我們經過保全小組時，薩摩亞人說：「你們要花多久都沒關係，我們會在這裡等你們。」

# 52

如果說萊特納大樓的大廳讓人眼睛一亮，哈蘭與辛頓的辦公室可謂更加豪華，樓下的入口相較之下像是油膩的肋排館後門。

金光閃閃。

所有東西差不多都裹上了某種金箔。金色的燈罩，玻璃牆上的金色字母，咖啡桌上的大碗裡放著免費的金筆，那碗看起來嬌貴到我幾乎不敢朝它呼氣。事務所的接待區擺著精雕細琢的古董家具，咖啡桌看起來像是從維也納歌劇院裡搬過來的。從接待區可以一路望進會議室，隔間的玻璃牆很清澈，讓人感覺眼前是一整層寬敞的開放辦公空間。這地方仍然熱鬧得很，許多律師在辦公室裡穿梭，看起來正為了現金的周轉率在奔忙。

我朝小布微微點頭，於是她伸手從包包裡取出手機，設下倒數三十秒的定時器。這動作也是給羅傑的暗號：他打開攝影機，開始拍攝辦公室的全景。

「大衛、弗林先生。」低沉而富有權威感的嗓音說。是傑瑞・辛頓。他從一間小辦公室出來，大步迎向我們，早早就伸長手等著跟我們打招呼。三個應該是他員工的穿西裝年輕人從他身後走出來，在他和大衛握手時留在後頭。

「你應該提早說一聲，讓我們知道會有攝影師。」傑瑞臉上的微笑幾乎掩飾不了他的嫌惡。「我相信弗林先生是為你好，但是讓電視台人員出席你的機密律師會議，有點搞錯方向了吧。」

「事實上，這是我的主意。」大衛說，即使我能聽出他的語氣有些緊張，但他還是設法扭過脖子，在說話時面向傑瑞。

「我認爲這是個好主意，但是時間和地點……」傑瑞開口。

「我們必須在媒體上先發制人，」我說，「消息已經曝光了，還不如由我們來帶風向。那我們就能控制局勢了。」

「我們是獨家報導，所以我們能接受一點編輯上的建議。」小布說，並且朝辛頓伸出手。

「拉娜．費德斯坦。」她說。

「傑瑞．辛頓。叫我傑瑞就好。我好像沒在《六十分鐘》上看過妳呢，拉娜。」

「請稱呼我費德斯坦小姐。」小布摘下墨鏡，用那雙不可思議的眼睛全力攻擊辛頓。小布的綠色祕密武器中放射出某種電流或是光線，她似乎能用那雙眼睛吸住男人，就像燈泡吸引飛蛾。他們需要它，卻也知道它燙到無法觸摸。

「好的，費德斯坦小姐。」他說。

他握著小布的手，時間比必要的還要久一、兩秒，不過他無法迎視她的目光同樣長的時間；沒人辦得到。

小布的手機響了。計時器歸零，她切掉鈴聲，假裝接電話。「史考特，你收到畫面了嗎？」她問。

「史考特．佩利——製作人。」我說，「這位羅傑可以用無線網路把影片上傳到他們的剪輯軟體。他們正在跟電視台的剪接師處理大廳裡拍的鏡頭。」

辛頓點點頭，嘴唇在牙齒上動了動，像是要去掉某種怪味道。他回頭看著另一個男人，那人站在通往內側辦公室的走道上。不論辛頓用眼神傳達了什麼，總之那人邁開步子回到會議室後方的一大堆辦公室裡。他們現在絕對不能輕舉妄動，因爲柴爾德和我所在的位置都被錄成影片了，而他們無法掌控影片的流向。

「你帶了完整的檔案來？」他問。

我把檢方的檔案交給他，讓他拿去影印。

他把檔案交給一個同事，對方迅速離開去影印。我們跟著辛頓穿過一條鑲著玻璃格板的走道。

我們暫時安全無虞，直到我們必須離開爲止。不過我不想把太多籌碼賭在運氣上，我跟柴爾德說我們不會在這間辦公室待超過一小時。如果在時限內他駭不進演算法，無論如何我們都得撤退。

# 53

傑瑞．辛頓帶我們進入一間會議室，裡頭有張深色波紋板岩材質的長桌，桌面還點綴著零星螢光綠的點狀花紋。我事先已經指點過大衛座位安排的竅門了，他要等辛頓先坐下，再坐到辛頓對面，而且大衛要盡可能背對著牆壁或窗戶。

羅傑拍攝會議室全景，小布稍微介紹了一下在場的所有人士。她解釋道，雖然大衛．柴爾德想要完全向觀眾開放，電視台並不想做出任何可能影響審判的事，因此這場機密會議將不會錄下聲音。

「謝謝。」辛頓說。

大衛從他的皮革包裡取出時尚的銀色筆電，啓動電源，又開了一罐能量飲料，隔著桌子傾向小布。她靠過來，兩人竊竊私語，小布一邊閱讀著大衛電腦螢幕上的內容。

「費德斯坦小姐在幫我看明天要向媒體發布的個人聲明。」大衛說道，回應辛頓詢問的眼神。

「我想說你在看檢方檔案、跟上進度的時候，我可以把這聲明修一修。」

「當然。」辛頓說。

大衛在筆電上打字，背對著一面俯瞰曼哈頓的大窗戶。辛頓和他的好夥伴們坐在桌子對面。大衛可以用他的筆電做事，而不被任何一個律師看到。我在座位上扭回身去欣賞夜景。大衛後方是柯賓大樓，它是紐約其中一座古老的辦公大樓，自從哈蘭與辛頓買下萊特納大樓，它就一直苦於尋找租客。柯賓大樓每一層樓都至少有一扇窗戶上貼著「出租」告示。時局艱難，即使是房東也不例外。

辛頓的員工帶著我的檢方檔案原件和五份複本回來了。他給了傑瑞和大衛各一份，其他三份則攤放於坐在辛頓旁邊的其他同事之間。

「給我幾分鐘看一下。」辛頓說。

我也加入了閱讀行列。羅傑繼續拍攝會議室周圍，小布和大衛繼續低聲交談，荷莉偶爾打個岔。

「別人指控你犯下你沒犯的罪時，還眞難想出該說什麼才好。」這是暗號——克莉絲汀告訴我們的網路密碼已經失效了，大衛必須設法駭進系統。

傑瑞慢條斯理，一一瀏覽每一頁，他的粗手指輕輕翻頁，態度近乎恭敬。其他同事用快得多的速度翻頁，並且在印有「哈蘭與辛頓」字樣的黃色便條紙上草草記筆記。

我不需要重讀檔案內容，我在計程車上第一次讀的時候就已經記在腦子裡了。

十分鐘後，辛頓翻過最後一頁，說：「我們來看光碟片吧？」

「好啊。」我把第一片光碟遞給他。他把光碟送入電視側邊，然後拿起一支細細的遙控器。電視打開時，燈光自動轉暗。

「我應該找個公關公司來幫我打草稿的。」大衛懊惱地說——這是第二個暗號。他發現要駭進他們的系統很困難，他大概需要用完預設的一小時。

螢幕被中央公園十一號的大廳塡滿。我看著大衛和克萊拉手牽著手走進電梯，大衛刷了感應卡，選擇樓層，克萊拉在電梯裡露出害怕的反應，大衛說那是幽閉恐懼症。攝影機切換到通往大衛和葛許包姆豪華公寓的梯廳。鏡頭上的時間戳記顯示七點四十六分時，公寓大門在大衛和克萊拉進門後關上。影片持續到八點零二分，大衛拿著運動包離開公寓。

影片播放時辛頓在寫筆記，記下時間戳記和攝影機編號。

我翻檔案，找到大衛那棟樓的保全紀錄。葛許包姆的緊急求救電話是八點零二分打到保全那裡的，他們一定是剛好錯過坐電梯下樓的大衛。保全小組於八點零六分抵達葛許包姆家大門，並且向控制中心回報。

十六分鐘對於謀殺他的女朋友來說綽綽有餘。

辛頓一邊查看筆記，一邊把影片倒帶，看大衛從公寓出來的畫面。他重新倒帶，再看一遍，這次沒有對照筆記。

我看到傑瑞迅速瞥了大衛一眼，然後又盯著他的客戶漠然等待電梯的畫面。當然，我知道傑瑞在想什麼——大部分律師在謀殺案官司中代表某人時，都會有同樣的想法：是他幹的嗎？

也許辛頓認爲大衛走出公寓時，看起來實在太冷靜了。他沒有慌慌張張地掏口袋，腳掌不安分地想要離開原地。他沒有顯露緊張和焦慮。辛頓在問自己，大衛有沒有能耐殺了女朋友還掩飾得這麼好。我不認爲他有這能耐，我認爲大衛是那種點一杯拿鐵都戰戰兢兢的人，如果這孩子剛剛冷血地殺了一個人，他一定會恨不得破門而出，而假如電梯不是剛好等著他進去，他會衝下樓梯，或乾脆跳窗逃跑。然而，影片中的大衛戴著兜帽，出門後把門帶上，停住，轉身，朝門跨出一步，像是忘了帶什麼東西，然後又退開來，戴上耳機，才若無其事地轉身，按電梯鈕。這是我第二次看這段影片，我現在想知道大衛爲什麼遲疑，又爲什麼轉身面向公寓，最後才改變心意去搭電梯。

大衛沒在看螢幕，他的注意力集中在筆電上。

我非得問他不可。

「大衛，你離開公寓，在走廊上等電梯時，是不是聽見什麼聲音？也許是槍聲？」

「沒有，是的話我會記得。」他說。

傑瑞用鋼筆輕點他的嘴唇——他放下筆，確保它與便條紙保持平行，然後將雙手指尖貼合聳起。他在評估大衛——衡量可能性。他可能殺了她嗎？

不過辛頓對大衛是否有罪感到好奇，倒是讓我靈光一現——事務所跟克萊拉之死沒有瓜葛，或者就算有關，辛頓也不知情。這樁謀殺案，以及大衛．柴爾德被逮捕，將事務所丟進了壓力鍋——不，他們不會刻意讓自己蒙受這樣的折磨。

「我覺得我們可以來看紙本檔案了。」辛頓終於說。

「好啊，」我說，「大衛，你可以嗎？」

「你們先談，讓我把這個弄完，我們再全部討論一遍。」

另一項訊息——他仍然進不去那系統。

# 54

「我認為除了保全監視器畫面把大衛定位成最後一個待在公寓裡的人之外，我們最大的問題是大衛車上的槍。」辛頓說。

「我贊同。」我說。

「所以我們明天期望能達到什麼目標？有了這項證據，預審聽證會根本沒指望。我覺得應該放棄聽證會，準備好迎接審判。」

「不。」

辛頓過了一秒才意識到我在唱反調。他靠向椅背，扠起雙臂，用鼻子哼了一聲。

「弗林，明天沒什麼可以爭取的，我們不能說證據不足以羈押大衛，因為事實上那些證據要給他定罪都綽綽有餘。」

「大衛希望明天就撤銷告訴。」我說。

「我相信他是這麼希望，但你我都知道那是不可能的。」

大衛暫時抬起頭來看著我。我點點頭。

「我已經告訴大衛這機率很低了，不過他的指示就是如此，我們要一路奮戰到底。」

辛頓笑了，搖搖頭。「拜託，就算因為某種奇蹟你贏了預審，地方檢察官還是可以直接找大陪審團。我們這是在浪費時間，我們明明可以把握時間為審判做準備的。」

「我明天想要勝訴。」大衛說。

這句話中止了爭論。辛頓擺擺手，點頭說道：「當然，如果你想奮戰，我們就奮戰，不過可以著力的點不多就是了。」

我看了下手錶，發現我們設定的一小時時限只剩下不到二十分鐘了。

傑瑞播放車禍影片，但我不需要看第二次。我反而仔細觀察辛頓和他的同事們，因此我頗爲確定他們不認識派瑞．雷克。我確信這個專業車手受雇撞上大衛，並且向警方報上假名，根據紐約市警局的資料——派瑞是約翰．伍卓。這做法很合理，派瑞有一長串的危險駕駛前科，而我猜約翰．伍卓的紀錄很乾淨。

「再等我一下，我快弄好了。」大衛說。

我用右手食指輕點左手背。他要求更多時間，而我暗示他還有五分鐘。

我們沉默地坐著，感覺像有十分鐘之久，不過其實只過了大概三十秒。辛頓不甘心只是坐在那兒，他想要把他的權威加諸於這個案件。

「大衛，我知道你是清白的，也知道這位弗林先生有滿腔熱血和才華。但他也是個——請原諒我這麼說——沒有名氣的刑事律師，看到有機會參與這種重要審判就撲了上來。我無意冒犯。」他瞟了我一眼，表示他說的每個字都是爲了盡可能冒犯我。

「不會。」我說。

「我想那把槍大概就是凶器，而它是在你的車上找到的。」

「我說過了，我從沒看過它……」

「拜託，大衛，它是在你旁邊被發現的。」辛頓說。

「你不相信我。」大衛說。

「這不是我相不相信你的問題，大衛，證據明擺在那裡。我們必須——」

辛頓的話斷在一半。我過了幾秒才意識到，他並不是爲了搜索安撫客戶的正確用語而停頓，而是愣怔地盯著大衛。我起身繞過桌子，邊走邊拿起遙控器，按下「退出」鍵，並等著光碟片出來，但其實我是想看看辛頓在盯著什麼。

他的視線集中在大衛身上，大衛旁若無人地低著頭，在筆電上瘋狂打字。

這時我看到了。

傑瑞·辛頓不是在看大衛，而是在看大衛的後方。他正盯著大衛的電腦螢幕映在窗戶上的倒影。

我比辛頓距離遠，角度也比較偏，但是連我都能從映影看出大衛的電腦上在搞什麼名堂。筆電用分割畫面顯示兩個頁面。一邊是哈蘭與辛頓的登入畫面，商標底下有個白色大方框要求輸入密碼。

另一邊是看起來像密碼的東西。大衛正用極快的速度創造出鮮綠色的符號和數字，然後反白得出的序列，剪下貼到另一個視窗的密碼框裡。我看到哈蘭與辛頓的頁面跳出「登入失敗」的字樣，於是大衛重新打了另一串序列。

一股電流沿著我的脊椎往上竄。

光碟片退出來，掉在酒紅色的厚地毯上。我已經在朝大衛移動。我猛力把筆電蓋上，差點夾到他的手指。

「公關工作做得夠多了。傑瑞說的對，如果我們不能洗清你的罪名，那麼這些，」我手比向小布和羅傑，「都沒有半點用處。」

我突然發難，再加上筆電闔起時的清脆聲響，讓室內陷入一片死寂，好像所有人都屏住呼吸，讓回音有空間落腳。

辛頓輕敲板岩桌面，尾戒製造出重複的輕鑿聲。他的目光似乎落在很遠的地方，越過街道直達柯賓大樓，再超越屋頂、飛過中央公園的樹木。他轉頭，猛地用冰冷的眼神盯著我。

他的嗓音變了，原本低沉且帶有侵略性的長音，現在轉爲冷漠而疏離的語氣。

「你太太今天下午去法院找你談話，之後就沒有回來。」

他從外套取出手機，打了幾個字，按下送出，再度瞪著我。

「如果她生病了，應該請病假，至少也該來個電話。你不介意告訴我她在哪裡吧？」

# 55

「我今天下午跟她短暫地碰過面，她說要去別的地方。我們已經不在一起了，所以我不知道她去了哪裡。對了，你的合夥人呢？我還以爲班．哈蘭也會來。」我說。

「班在度假，我倒是比較擔心你太太。也許她生病了，也許你說了什麼讓她沮喪的話。」他說。

「我不認爲。我們一起喝了杯咖啡，一切都很好。大衛，我們兩個去喝杯咖啡吧，喝完你可以順便載我一程。」我說。這是脫逃的信號。

羅傑打開攝影機，小布把手伸進包包。我不知道她在裡面裝了什麼，也許是槍，也許是刀。小布可以自立自強，只要是比口紅大的東西，都能成爲她的致命武器。

荷莉站起身，動作有點太快，不過也沒差，我們已經穿幫了。

走廊傳來腳步聲，很迅速，很重，至少有兩個人。

會議室的門打開，吉爾站在門口。他仍然穿著格紋襯衫，不過換掉了綠外套。他正在講手機。金頭髮的瑟吉站在他身邊。

「叫布朗德和費索上樓來，他們沒接我電話。」吉爾說。

我猜想吉爾是打到接待櫃檯，因爲聯絡不上大廳那個薩摩亞人和他的朋友。

辛頓的員工們一臉困惑，他們完全搞不清楚局面怎麼會急轉直下。

「我們的影片全都上傳到電視台了。」羅傑說。

吉爾和瑟吉互看一眼，態度遲疑。

「這位是吉爾先生。」辛頓說，電視螢幕的強光照亮他額上的汗水。「吉爾先生和他的部屬負責事務所的保全工作，我想你不會介意他們陪你回旅館吧，大衛。不怕一萬只怕萬一。」

我感覺指尖摳進掌心。我的腿張開站穩，已經準備好如果吉爾先生敢動手，我就要把他的頭從肩膀上扭下來。要是他們認為大衛駭進了事務所的系統，我們誰也別想活著離開這棟建築。傑瑞．辛頓看起來被逼到了牆角——規則改變了。

空調發出低沉的電子嗡鳴聲。

大衛把筆電當作盾牌一樣抱在胸前，但這動作只是讓人更容易注意到他的慌亂。大衛好像把他的胸腔充當幫浦，在給那該死的東西充氣，他已經瀕臨又一次恐慌症發作的邊緣了。

我沒有動。我在等吉爾從背後掏出一把槍。

「吉爾先生，麻煩你替我拿來那部攝影機好嗎？我想檢查一下。」辛頓說。

吉爾朝他身旁的男人點點頭，自己不動如山。他有掌握整個空間的良好視野，而且他背對著牆，所有潛在的目標與威脅都在他前方，他不想放棄這有利的位置。大廳那個金髮男瑟吉走向前，繞過辛頓背後，朝羅傑和攝影機前進。在他抵達羅傑那裡之前，必須先經過小布。

瑟吉大概有一九三公分，超過一百一十公斤的噸位把他的ＸＸＬ號西裝外套撐到了極限，而他的目光定定地集中在羅傑身上。他走近，伸出右手張開手掌隔擋小布，防止她阻攔。她的體型只有他的一半，他甚至沒看她一眼。

我幾乎為那傢伙感到難過。

小布若無其事地高高抬起右膝，然後把鉛筆般的細鞋跟跺下來，像液壓機一樣踩在瑟吉的左腳上。至少有五公分的鞋跟消失在他的腳掌與腳踝交會處的軟肉裡。他沒有慘叫，他來不及慘叫。他張開嘴巴，眼睛向上翻，當他倒在地上時，已經昏了過去。

吉爾沒有上前。

他的右手臂動了，手往上抬到與腰部齊高時，我看到他的手肘伸向後方。他要拿槍。

此時，會議室的門被猛力打開，吉爾停止動作，每個人都將頭轉向房間後側，看著那個手持克拉克手槍的高大黑人。

# 56

「蜥蜴有一點抱歉。」蜥蜴說。

「這是誰？」辛頓站起來問。

「這是蜥蜴，他是我朋友。他負責我的個人安全。」我回答。

「大廳那兩個人不想讓我上來，我們談了一下，他們不聽。警察在路上了，是你的接待員報的警，接著她又打給急救人員。那個大個子薩摩亞人看起來不太好，他明天醒來後可能會發現自己變矮了一點。」

辛頓踉蹌後退，把椅子撞倒了。吉爾伸手扶著他肩膀，目光始終盯著蜥蜴。蜥蜴的眼神也鎖定了吉爾。我見過這種場面。不知怎麼地，任何一個空間裡最凶狠的兩個人似乎總是能發現彼此，他們本能地知道誰是最大的威脅，而直到其中一人掛點之前，誰也不會退縮。

我不用看錶也知道，我們已經在這棟樓裡待了七十分鐘。我事先告訴蜥蜴，如果過了一小時我們還沒出去，他就要來找我們。

沒人動。

我聽到確切的警笛聲。那聲音輕柔而遙遠，但有股緊迫感。

「我們該走了，艾迪。你還有那件事要辦。」蜥蜴說。

「他說的對，我還有事。我想我可以代表大衛發言：你被炒魷魚了。」

辛頓開口時，所有精於練習的圓滑都被憤怒給沖走了。「那剛好，反正我們也不替告密者辯護，那是多此一舉，因爲他們通常會害自己送命。」

「我們何不走樓梯？電梯要等很久。」蜥蜴說。

我們迅速魚貫而出，小布和羅傑走在前面，再來是荷莉和大衛，最後是我。蜥蜴的目光在吉爾身上多停留了一秒，然後送他一個飛吻。

吉爾眨眨眼睛。

我們兩階併作一階地連下三層樓。

「這裡。」蜥蜴說。

我們跟著他穿過旋轉門，進入一座陰暗辦公室的接待處，這裡被電梯內部的燈光打亮——一把刀卡住電梯門使它保持開啓。

當電梯降至一樓的途中，沒人能夠說出半個字——我們都在努力緩過氣，讓腎上腺素降下來——除了小布和蜥蜴之外，他們的呼吸聲並不沉重，正盯著倒數樓層的數字顯示面板。到了大廳，那個女接待員看到我們，發現蜥蜴時尖叫一聲，躲在櫃檯後頭。

我們走出去時，我看到那兩個保全人員緊緊靠著彼此倒在門邊，他們的自動化武器被卸下，毫無作用地躺在身前。其中一個警衛面朝下動也不動；薩摩亞人坐在地上，背倚著牆。他小心翼翼地觸摸自己的小腿，呼吸很淺，不規律地吸氣，手愈靠近腳踝呼吸就愈發急促。他的腳看起來扭向錯的方向了。旋轉門放我們到街道上時，薩摩亞人的慘叫聲蓋過了仍然很遠的警笛聲。

我坐進荷莉車子的駕駛座，發動引擎。

「不要動，等一下。」大衛說。

我扭回頭看他，看到他把筆電舉在面前。

密碼視窗已經消失了，現在只剩下事務所的頁面。在哈蘭與辛頓的商標底下，寫著——

「您已成功登入」

# 57

「等等、等等……現在走的話，我會失去訊號。」

紐約市警局的應變車隊大概在五個街區外，每過一秒，它們兩聲調的警笛聲便會更尖銳、更威猛一點。

我發動引擎，等了一下讓發動機降回怠速，再輕踩油門。如果我踩得太大力，會讓引擎運轉得過於劇烈——我只需要它保持暖機，不要太緊繃，準備好隨時起步。

「噢，天啊，他們來了。」荷莉說。

她把頭靠進座位，身體往下滑，直到視線與副駕駛的車窗底部齊高。吉爾和另外兩個男人在大廳裡，跪在薩摩亞人身旁。

蜥蜴也沒有出發，他在等著跟我的車。他把身體探出廂型車的車窗外，對我用力比大拇指。羅傑坐在廂型車駕駛座，也在催油門。

「大衛。」我說。

手指敲打鍵盤的空洞塑膠音變得愈發激動。

「我在下載了。百分之三十……百分之四十一……再等一下。」

「大衛，我們得離開這裡。」

沒有回應。

警笛聲很近了。

吉爾進入旋轉門，右手伸到背後。

我朝蜥蜴點頭，踩下本田的油門，開到馬路上。廂型車V8引擎低沉粗濁的聲響緊跟在後。我打方向燈，轉彎，以最快的速度往市中心更深處開。

「不，我就快完成了，等一下！」

「你拿到了嗎？」我看著後照鏡問。

「我拿到了。」他說，從筆電上拔下隨身碟。

我們開上澤西街，以瘋狂的路線在郊區亂繞。三十分鐘後，我停車，等蜥蜴、小布和羅傑跟上。

「你想地方檢察官會爲了交換這個，讓我無罪釋放嗎？」大衛問，手裡舉著隨身碟。

「我會盡力爭取。你今晚冒了生命危險，我不會忘記的。聯邦調查局會向瑞德施壓來得到這個資料。這是我們的所有，我只希望他們該死地想得到它。」

我們一邊聽著咻咻喘息的引擎聲，一邊讓這想法四處飄浮。

「你想他們能說服他嗎？」大衛問。

「我不知道，但我眞的希望可以。」

我說謊了，我確實知道。不論戴爾在紐約的人面有多廣，都沒辦法說服地方檢察官撤銷對大衛的告訴，門都沒有。他們要的是完整的自白以及服刑，除此之外是無法滿足瑞德的。我也許是不想告訴大衛眞相，或者就是說不出口。不管是哪個，我都沒再說什麼。我們已經放手一搏了，這場騙局燒掉了我們和事務所之間的虛與委蛇，現在是公然開戰的狀態。我已經警告過蜥蜴，要留意脖子上有〈吶喊〉刺青的男人。當羅傑開著CBS廂型車出現在我的後照鏡裡，我讓他超車，然後跟上去。

我一邊在街道上穿梭，讓廂型車保持在我大燈照射的範圍內，一邊想著克莉絲汀。現在我已經很接近把她弄出這團混亂了，她和艾米只要再堅持一下子就好。

天空暗了下來，掛著一輪滿月，它明亮而微帶紅色。我想像當警方抵達事務所，傑瑞會息事寧人，也許告訴他們薩摩亞人是摔下了樓梯。我知道傑瑞．辛頓不會希望警方詳細調查他或他的保全小組。蜥蜴痛揍他手下的事，他不會大肆抱怨。

辛頓會用他自己的方式來處理。現在他知道我們的目標是他的洗錢計畫，他會竭盡全力把我們都殺了。他必須小心才行，不能讓線索追溯到他或事務所上頭，他有勢在必行的壓力。

「錢會落在哪裡？」我問。

「大通銀行，明天下午四點零五分。我這裡有帳號。」

不知道錢入帳時傑瑞會怎麼做。我知道如果我是他，我會怎麼做。要是傑瑞夠聰明，他會把錢留在那裡，收拾好他之前已經暗槓的現金，搭私人飛機去某個沒有引渡條例的國家。

在可以拿到錢之前，戴爾需要帳戶細節以及所有證據來搭倒事務所。他最大的心願就是沒收那些非法資金，沒收的金額代表戴爾眞正的光榮。

「那裡面有多少錢？」

「足以讓川普心悸，將近八開頭。」大衛說。

「八百萬？」荷莉問。

「不，是八十億。」大衛說。

# 58

我們事先說好了去完哈蘭與辛頓後的下一個目的地。蜥蜴會去羅傑家開他的廂型車，留下小布和羅傑把CBS的廂型車藏進車庫裡。蜥蜴會開著他自己的車回他家，與荷莉、大衛和我會合。蜥蜴說他家是最安全的地方。結果證明，那裡也不是多安全，不過原因主要是屋子裡的野生動物，而不是事務所。

我在皇后區一棟郊區式住宅外找空位停車，蜥蜴的廂型車隨後停在我旁邊。我們一停車，我就打給蜥蜴的夥伴法蘭奇，他的手下在盯著克莉絲汀和艾米藏身的旅館。到目前為止她們都很安全，也沒有出現可疑的人物。沒看到脖子上有刺青的男人。

蜥蜴家看起來更像爬蟲館，而不是皇后區沉寂一隅的住家。

「不要去院子，連門都不要打開。」大家魚貫進入大門時，蜥蜴緩慢地告誡所有人。我想起來，蜥蜴把他最珍視且嚴重違法的寶貝養在後院裡，那是一對科摩多龍，他叫牠們伯特與恩尼。除了私人護衛、暗殺以及偶爾運送一些敏感物品之外，蜥蜴在義大利黑幫中主要扮演的角色是審訊者。如果他們需要讓某人開口，就會把那人帶來這裡。通常只消看一眼伯特與恩尼就足夠了。但大部分的人並沒有醒悟到，這間屋子裡最危險的動物其實是蜥蜴本人。

荷莉只吃了一點點東西，就去蜥蜴的客房睡覺了。蜥蜴站在廚房裡，把一大塊將近十公斤重的帶骨豬五花剁成三十公分長的條狀。處理完後，他走到後院去，由外側把門鎖上。

餵食時間到了。

大衛完全沒碰他面前的餐盤。雖然他把筆電放在廚房的桌子上，卻還沒有打開它。他一邊啜飲另一罐能量飲料，一邊盯著蜥蜴放在烤麵包機旁邊的一缸狼蛛。我突然間又餓又想吐。蜥蜴留了個潛艇堡給我，我拆開包裝紙，切成兩半，然後各放在不同的盤子上。

「你今天晚上又救了我一命。」大衛說。

我搖搖頭。

「是小布和蜥蜴救了我們所有人，我只希望這是值得的。」

他用手指在桌面上敲了三下，調整了一下蜥蜴準備的潛艇堡和酸黃瓜，把盤子轉了四十五度。他好整以暇地擺弄盤子，確保它與他的筆電和桌子邊緣都距離相等。等他滿意了，他拿起一片酸黃瓜端詳，然後迅速放回盤中，急慌慌地去拿抗菌濕紙巾。

「我打算信任你。」大衛把隨身碟遞給我。「來，」他說，「去談個條件吧。我知道機會不高，但你太太沒有理由面臨危險。你改變不了已經發生的事，我能。我知道你會盡力而為，但明天你是贏不了的，我現在明白了。不過說實話，你太太沒有必要受苦。來吧，拿去。」

他在餐巾紙上寫下密碼。我用那張餐巾紙把隨身碟包起來，伸手按在大衛肩上。他似乎有點畏縮，於是我給他空間。我沒有把他的態度視為高高在上。

「謝謝你，但除非你跟克莉絲汀都能脫罪，否則我不會把這個給他們。」我說。

他點點頭。「艾迪，我知道你會用盡一切努力。我今天差點死了兩次，多虧有你我才能站在這裡，我不會忘了這一點。」

我用戴爾給我的手機撥號。

「我拿到你要的東西了。」

「認罪書？」

「不是，但我拿到的東西幾乎和它一樣好。我手上有演算法的追蹤紀錄，可取得錢流和最終存入的帳號資訊。明天下午四點後錢會入帳，而且我知道它會去哪。這是你要的，對吧？」

「半小時後到瑞吉酒店跟我見面。」

「不。」

沉默。

「艾迪，你想幹嘛？勒索嗎？」

「隨你怎麼說。我有你迫切需要的東西，我要你拿一些東西來交換。」

「你要錢？」

「我要四樣東西。先準備一架加滿油的私人噴射機在泰特伯勒機場待命，一名飛行員，十萬美元不連號、沒動過手腳的現鈔。有了這些我就會把隨身碟給你。你要讓地方檢察官撤銷對大衛．柴爾德的所有告訴，還要給我太太豁免同意書。我太太和女兒要飛離這個鬼地方，接到她們飛機安全落地的通知後，我會給你演算法追蹤紀錄的密碼。」

雖然他蓋住麥克風，我還是能判斷他在跟房間裡的另一個人說話，轉達資訊。

「我答應你的條件，我需要兩小時。」他說。

我掛掉電話，轉頭看著大衛說：「談成了。我勉強有時間先去見朗希默，再趕到機場。」

「我很意外他答應見你。」

「這絕對很有趣。也許他跟克萊拉之死毫無干係，只是想幸災樂禍。但也可能就是他搞的鬼，而他想知道我們對他的布局摸透了幾成。無論是哪種情況，等我們見了面就會知道了。」

# 59

十點零三分，我開車經過泰德小館。那間店很小，是我最愛吃早餐的地方。正面的玻璃牆顯示那裡很適合觀察人群。有兩個男人穿著反光外套，大概是來吃遲來晚餐的馬路工；有個穿著假皮草的老太太，她是常客；還有個穿黑色連帽衫的年輕男子，他面前的桌上擺著打開的蘋果筆電。他是整間店最年輕的人，外貌符合大衛向我描述的，而且他坐得離門口很近。我願意打賭：他是朗希默。

我繞著街區開，把車停在離餐館有一段距離的同一條街上。在這個時間，街上仍然有不少人在遊蕩。我開啓我的手機電源，鎖上荷莉的車，試著招計程車。我在人行道等車的時候，用我的手機選取轉接來電的服務，然後輸入戴爾給我的手機的號碼。餐館離我大約有一百公尺。我能看到店內燈光流瀉到人行道上，但店裡的人看不見我。一輛計程車停下來，我坐進後座。

「朋友，要去哪？」

「抱歉，我忘了拿錢包，我得回公寓去。」我說，下車回到街上。

司機搖搖頭。我關上車門，看著黃色計程車遠離餐館，朝著河的方向開，而我的手機塞在後座。

我回到本田上等待。

到目前爲止，我跟朗希默有限的交手經驗都是由他主導，他握有對我的控制權以及資訊。我需要逆轉情勢。

我一開始預估的時間是五分鐘。我毫不懷疑，一旦我打開手機電源，就會有某種程式向朗希默示警。他現在很可能坐在泰德小館盯著螢幕，猜不透我爲什麼朝著餐館的反方向走。

過了四分鐘，手機響了，是轉接來電。我留在計程車上的手機設爲靜音，它把來電轉給我手裡的電話。我接聽。

「我在等你……」朗希默說。

「抱歉，我臨時有事，趕不過去了。我們可以另約時間嗎？」我說。

「不行。」朗希默說完掛掉電話。

我發動引擎。朗希默走出餐館，肩上掛著筆電包。他過馬路到我這一側，然後豎起拇指叫計程車。不久之後，他上了一輛黃色計程車。我等了幾秒，然後開上馬路跟著他。

沒過多久，那輛計程車就把他放在第五大道。我停好車，迅速下車，當他付完車資、走向俯瞰公園的一棟公寓大樓時，我離他大約六公尺。我看著他進入大樓，沒再跟過去，等了兩、三分鐘，才繼續走向前。大門口站著一個穿著全套制服的門房，他大概希望別人稱呼他爲「居住空間守門員」，他上下打量我。

「嗨，我是曼哈頓計程車行的司機，我剛讓朗希默先生在這裡下車。是這樣，我在後座發現一支手機。我在上工之前清理過車子，並沒有看到任何手機，所以我想這是他的東西。能不能麻煩你讓我上去，我好給他看看？」

我並沒有預期會被放行，雖然我覺得我挺有說服力的。我手裡拿著手機，一副疲倦厭世的模樣。

「我打給他問問看，你在這裡等。」門房說。

保全櫃檯旁那兩張棕色皮沙發看起來眞的很舒適，我坐進面向電梯的那一張，這個位子聽不到門房與朗希默的對話。

如果他有我想的一半聰明，就會想通這是怎麼回事。

「朗希默先生會直接下來找你。」門房說。

果不其然，我屁股還沒坐熱，電梯門就開了，我看見離開泰德小館的那個男人。淡淡的鬍髭，眼周暗沉，身材很瘦，穿了一身黑。他嘴唇周圍微微的顫抖以及睜大眼睛的瞪視，在在洩露緊張又憤怒的情緒。

他衝出電梯時，手已經向前伸出。我起身跟他握手，感覺他把我往大門拉。我由著他。我曾經被丟出許多間酒吧，這種感覺有種詭異的似曾相識。

「我們去外面談。」他說。「朗希默先生，一切都還好嗎？」門房問。

「沒事。」他說。

出了大樓、站在人行道上，他鬆開我的手。

「你不該來這裡。我照你要求的在餐館裡等。你對付門房挺有一套的，我的手機沒掉，你心裡很清楚。我猜在計程車後座逛曼哈頓的是你的手機吧。聰明。」

「我想我讓門房傳的口信應該可以給你點暗示。你不太懂得待客之道啊，我還期待可以在你的公寓裡欣賞夜景呢。」

「你要幹嘛？」

這就是我來的目的。我想在丟出那個問題前，先打亂他的陣腳。我想起他第一次打給我時，背景中有個女性嗓音叫他掛掉電話。她的用語很奇怪：「掛掉，不准打電話。」

「你確定你跟我說話之前，不用先得到女朋友的批准？」我說。

「什麼？」

「你今天打到餐館找我的時候，我聽到一個女的叫你掛電話，不准打電話。很高興知道你家是誰當家做主。」我說。

這是一種廉價的挑釁法：利用他的憤怒。我預期他會爆發，會失言，也許，只是也許，他會洩露在平靜狀態下不會洩露的資訊。

朗希默沒有爆發，也沒有情緒失控。情況恰好相反。

他踉蹌後退，邊退邊搖頭。我從他的表情看出他很害怕。不是我期望的反應，但我決定利用這狀況。

「星期六晚上八點左右，你人在哪裡？」

他沒有吐露隻字片語，只是審視我一會兒，給自己一點時間讓狠勁重新流入他的血液。

「我在謀殺大衛的女朋友。這是你要我說的話嗎？」

他挑了一下右眉，雙手插進口袋。

「你人在哪裡？」

「我在家，一個人。現在把你的賤屁股從我眼前移開，不然我要打給我的律師了。」

他沒有動，我也沒有。接著他退後，眼睛仍盯著我。

「我很重視隱私，弗林先生。你走吧。」

「只可惜你不把別人的隱私放在眼裡。」我說，然後我拿出手機，迅速給朗希默拍了一張照。他考慮來搶我的手機，想想決定算了，便回到大樓裡。門房被吼了幾句，還被用手指著。

我非常確定他有所隱瞞，至於他隱瞞的事是否與克萊拉之死，或是大衛有關，我就說不準了。不論是什麼，都跟我在電話裡聽到的女聲脫不了關係。我聽到她的聲音這件事把他嚇壞了，而我猜不透原因。

我迅速轉身，意識到我得在午夜前抵達機場。就在我轉身時，眼角餘光注意到什麼。有人動也不動地站在馬路對面的公園裡。是有〈吶喊〉刺青的男人。我在他的瞪視下僵立不動，開始在心中計算——荷莉的車停在十五公尺外，那男人離我大約二十三公尺、與車子相隔十五公尺，而且是在馬路另一側。大街上穩定的車流意謂他必須閃過移動中的車輛才能到我這裡。

我判斷自己可以趕到車上，發動，逃走，但時間很緊迫。如果我趕到車邊時他已經離得太近，我只得打開後車廂，並期盼荷莉有準備稱手的撬棒。

車鑰匙在我手中叮鈴作響，胸腔內湧上的恐懼扼住我的呼吸，我感覺雙腿發癢，急著想逃離這裡。

就在我拔腿衝刺的前一秒，對街的男人露出微笑，點起一根菸，轉身背向我，悠哉地朝公園走去。

我趁他改變心意前用盡全力奔跑，上了車，讓輪胎在柏油路上用力旋轉。

# 60

泰特伯勒機場跑道上吹颳的強風，讓本田小車搖搖晃晃，我沿著產業大道往北開，前往國土安全部的機庫。聯邦調查局和另外幾個聯邦機關需要搭飛機時，這裡都會爲他們提供服務。泰特伯勒位於曼哈頓東北約十六公里處，隸屬於紐澤西州的博根郡。這裡有一大堆私人包機公司，運送貨物也運送人。我曾經在附近的穆納奇跟女生約會，我們沿著產業大道開，然後坐在我那輛破舊的雪佛蘭Tahoe車頂，共享一手啤酒，看一架架飛機隆隆地飛過頭頂。

我在開車的時候，試著不要讓思緒繞著克莉絲汀打轉。我在腦中重播與朗希默的對話——他對大衛毫無感情，甚至還很討厭他，但這足以使他殺了克萊拉來陷害大衛嗎？我打心底知道大衛沒有殺人，但我懷疑我到底是被大衛騙了，還是我欺騙了自己，執意相信他是清白的。

不論如何，我都得在事務所派出的刺青男把一盆強酸倒在克莉絲汀、大衛或我頭上之前，阻止這一切。

本田重重地軋過一道我沒看見的減速帶，我的頭撞上天花板，令我飆了一句髒話。

我試著放鬆下來，不再想大衛和朗希默，心思便直朝克莉絲汀奔去，重播著不到半小時之前我們的通話內容。

克莉絲汀並不想離開紐約，她想留下來強悍地面對一切。她是挺強悍的，不過是律師常見的那種強悍：挺身對抗渺茫的勝訴機率，勇於承擔風險。現在情況不同，我告訴她這麼做並不安全，如果她不帶著艾米坐上那架該死的飛機，我會把她硬塞進去，並且綁在座位上。

罪惡感。

我怪罪班．哈蘭與傑瑞．辛頓貪得無饜，怪罪他們懦弱地利用事務所的資淺員工來爲他們的騙局當代罪羔羊。

我也怪我自己。

艾米出生後，克莉絲汀希望在艾米進入青春期之前都陪在她身邊。我想這跟克莉絲汀的成長過程有關。她母親的工作時間很長，童年大部分的時光都是與奶媽和保姆一起度過，鮮少有什麼機會與父母相處，甚至是週末。

罪惡感。

克莉絲汀去哈蘭與辛頓上班的唯一原因，就是我養不起我的家庭。克莉絲汀通過律師資格考以後，在幾間頂尖的事務所上過班，這份履歷爲她帶來許多就業機會。聖誕節前夕，克莉絲汀開始到哈蘭與辛頓工作，起初是兼職，後來時數變長，到了今年一月底，她每週要上六十個小時的班。她不想做這份工作，她想陪艾米，卻因爲我沒辦法賺夠多的錢，剝奪了她們兩人的相處時間。

天空飄起細雨，我在細細的大燈光束中費力看著前方不遠的路面。我把鼻尖貼在擋風玻璃前，注意減速帶，這麼開了十分鐘後，我看到右前方一架小飛機的尾燈，以及位於飛機上方的機庫信標燈。我彎進那塊空地，朝機庫的方向開。

當我逐漸接近，我看到戴爾的車停在機庫敞開的門外。

克莉絲汀、她姊姊以及艾米很快就會到了。

我把本田停好，拉起西裝外套的翻領，下車跑向機庫的門。踏進屋內時，我全身都已經濕透了。頭頂橘黃色的燈光給人一種有溫度的錯覺，事實上機庫裡冷得像肉品冷凍櫃。我看到戴爾、甘迺迪和另外幾個穿西裝的探員站在小飛機旁，斐拉和溫斯坦也在其中。溫斯坦仍然捧著包紮起來的手指。

我走向他們，戴爾舉起手讓甘迺迪噤聲。他們兩個都穿著長大衣、戴手套。

「我就知道你靠得住，艾迪。」戴爾對我點點頭，露出微笑。

「甘迺迪知道我使命必達。」我說。

「感謝老天。」甘迺迪的語氣讓我明白，他打從一開始就反對整個計畫。甘迺迪不是和我稱兄道弟的關係，我懷疑他是看不慣戴爾的做法。甘迺迪也有家庭。

一個科技人員翻開放在黑色卡車引擎蓋上的筆電，戴爾伸出手討隨身碟。我看到機庫更裡面有另一輛黑色休旅車，不過我沒有多想。

「我們想要確定你沒有設局騙我們，艾迪。如果你不介意的話，我們想先看一看隨身碟上是哪一類資料。」戴爾說。

「你們沒辦法讀，要有密碼才行。」我將隨身碟遞過去。

科技人員把隨身碟插進筆電，我聽到那機器活了過來，發出呼嚕聲，開始讀取隨身碟，檢查檔案並執行警報系統。

科技人員豎起拇指。

「這裡面的資料很多呀。」戴爾說。

「東西在裡面。讓我看錢。」我說。

一名探員取出一個大運動袋，拉開拉鍊，一綑綑百元大鈔——每一綑有二十五張。我把錢全都倒在混凝土澆灌的地板上，然後丟開運動袋。我一疊一疊地翻鈔票，確認裡面沒有追蹤器或追跡墨水炸彈之類的裝置，同時也確認每張鈔票上都印著班傑明．富蘭克林的肖像。我檢查完一綑就把它整齊地疊在一旁，開始蓋起一座小型錢塔。它們看起來一樣，摸起來一樣，重量也一樣。

「要是我在這些鈔票上發現任何追蹤墨水……」

「它們沒問題。」戴爾說。

我滿意地站起來。敲打在機庫鋁質屋頂上的雨聲變大了。即使在這噪音中，我仍聽見一輛車靠近，在寬厚的雨滴簾幕中反射車頭燈的亮光。車子停在機庫外面。是卡梅兒的凌志，克莉絲汀和艾米在車上。

「你的乘客嗎？」戴爾問。

「是她們沒錯。」

「那麼人都到齊了。麻煩給我密碼，艾迪。」

「先給我同意書。」

甘迺迪走向前，取出兩個信封，一個放在卡車引擎蓋上，另一個交給戴爾。

第一個信封內有一份克莉絲汀的豁免同意書——甘迺迪和地方檢察官瑞德都簽了名，證實不會因爲克莉絲汀．弗林受雇於哈蘭與辛頓，而依照州法或聯邦法對她提出刑事訴訟。

但是有一個條件。

總是有一個條件。

她必須在後續審判中作證指控班傑明．K．哈蘭以及傑瑞．辛頓，才能獲得豁免。

我把文件塞回信封，收進外套裡。戴爾學我的動作，也把第二個信封收進他的外套裡。

「我需要看看大衛的同意書。」我說，伸出手。

「我們不知道你的隨身碟上究竟有什麼。東西沒問題，他就能得到應有的回報。」戴爾說完，朝敞開的門走去，並示意我跟上。斐拉抓起一把雨傘，跟在戴爾身邊，試著打開雨傘時皺起了臉，把雨傘換到左手。他的右手臂一定仍因手指虎而痠痛不已。

我走到機庫的門口與他們會合，強風把雨水颳到我們臉上。雨似乎讓我脖子熱辣辣的疼痛緩和了一些。我讓雨水打在臉上——把它吸進肺裡。

「我們講好了，先給我同意書。」我說。

「你要把我的飛機開去哪裡？」戴爾問。

「你不需要知道。」

「她至少必須告訴飛行員，他會需要用無線電通報目的地，你還不如現在就告訴我。」

「等飛機起飛，我會告訴你的。」我說。

「我想也沒差吧。」他回答，嗅了嗅空氣，讓目光停留在黑暗的天空中。「有暴風雨要來了。」他說。

# 61

噴射機的門開著，架在機門下方的短階梯呼喚著我。我哪裡也不去，我必須留下來完成協議，並確保到了早上大衛受到的控訴便會被撤銷。

我痛恨說再見。

克莉絲汀的頭髮散發菸味。她在艾米出生前戒了菸，但我一直都知道，她偶爾會偷偷享受一根鴻運牌香菸配葡萄酒。我抱緊她，我們都摟著艾米，三人在雨中相擁。我鬆開手，溫柔地捧著她的臉吻她。她的嘴唇冰涼而甜美，我在她舌頭上嚐到菸味。這是我們好幾個月來第一次接吻。不知怎麼地，感覺幾乎像我們的初吻——我興奮又害怕，但這一次也有愛和遺憾。她退開來，看著地面，然後蹲在艾米旁邊。

「甜心，我們得出發了。」她說。

艾米的牛仔外套上別了一堆胸章，展示出我沒聽過的各種搖滾樂團標誌，它們正在機庫的燈光輝映下閃閃發亮。我蹲下來，把我的小女兒擁入懷中。我可以感覺到她在簌簌發抖。我看著卡梅兒，她像是高一點、老一點的克莉絲汀。她一向就不喜歡我。

「我愛妳，小ㄚ頭。妳要照顧好媽咪。妳們要去很遠的地方——很安全的地方。我很快就會去找妳們。」

艾米親吻我的額頭，用她十歲小孩的全部力量緊抱我一下，牽起媽媽的手，兩人朝飛機走去。我把錢交給卡梅兒。「我會確保她們安全無虞。」她說。

克莉絲汀鑽進機艙之前，再度回頭看著我。她眼中流下汩汩的淚水。她把眼淚抹掉，嘴唇無聲地動著。「我愛你。」在嘈雜的飛機引擎聲中，我聽不見她的聲音，也許知道我聽不見，讓她更容易說出口。

我用同樣的話回應。她揮揮手，上了飛機。

飛機門關上，我聽見噴射引擎啓動，然後音調改變，飛機轉彎朝著跑道滑行。

「密碼？」戴爾說。

我沒答腔——只是用意念希望飛機起飛，把克莉絲汀和艾米帶到很遠的地方，遠離事務所，遠離戴爾和甘迺迪。

遠離我。

斐拉有點吃力地把雨傘換到左手，然後遞給他老闆一支無線電。

「等著。」戴爾說，「沒有我的指令，飛行員不會起飛。密碼，艾迪，否則飛機永遠不會離開地面。」

「我們說好了？」我說。

戴爾點點頭。

膽汁湧上我的喉嚨，我把用藍色墨水寫著密碼的餐巾紙交給戴爾。戴爾把它遞給斐拉，斐拉收傘，將密碼拿給等待的科技人員。

我沒有看戴爾，抬起手阻止他繼續說話，並且朝飛機的方向走去。我聽到他用無線電向飛行員喃喃說了什麼。雨勢轉小，雲層散了一些，噴射機沿著跑道加速，升上風雲詭譎的天空。

我在原地站了一會兒。她們安全了，沒有人能動她們一根汗毛，至少暫時是。隨著飛機愈來愈高，我肩胛處的刺痛感轉為悶痛。

「目的地？」戴爾問線路另一端的飛行員。

「讓我替你省點事吧。」我說，「他們現在朝著錯誤的方向飛。克莉絲汀暫時不會告訴飛行員降落地點。等她說出來的時候，你不會有時間做任何安排。飛機一落地，就會有人把我的家人帶到安全的地方，祕密地點。你所做的只是讓她們在面對事務所提前取得優勢，直到你扳倒哈蘭與辛頓之前，她們都不算眞正脫離險境。」

他點點頭，我們走回機庫。科技人員動作很快，不出幾秒，我就看到他臉上展露微笑。那輛Taurus車燦亮的引擎蓋映出他的倒影，倒影中他的牙齒閃閃發亮。他把草莓口香糖吹出一個泡泡直到破掉，然後對戴爾悄聲說了什麼。

「謝謝。」戴爾說。

「大衛的同意書，我需要它。」我說。

他把信封遞給我。我一接過來就知道有問題，因爲重量，因爲手感。甘迺迪看到我臉色變了，我肚子裡的怒火以及沸騰的恐懼一定讓我的臉失去血色。

「艾迪，怎麼了？」甘迺迪問。

我把信封遞給他。他打開來，裡頭什麼也沒有。甘迺迪把信封撕了，正準備向戴爾發難，這叛徒卻先開口。

「如果你想替大衛．柴爾德躲掉終身監禁的命運，你得先跟他談。」戴爾說。

那輛黑色Taurus的後車門打開，地方檢察官瑞德跨出車子。他把灰色條紋西裝外套扣好，然後調整了一下領帶，手上拿著一只大牛皮紙信封，上頭寫著「證物——大衛．柴爾德」。他把信封遞給我。

他開口時，很費力地不顯露出勝利者的口吻。

「你知道嗎，艾迪，我挺失望的。我原本以為我騙不到一個騙子。」

我扯開信封，看到裡面是五頁打了密密麻麻文字的紙。

這不是認罪協議聲請書。我略讀文件，腹部反胃的感覺漸漸轉為痙攣，從腹部往上擴散，緊緊扼住我的喉嚨。

當下我就明白了兩件事。

我讓我對克莉絲汀的擔憂傷害了大衛，我根本不該還沒看到同意書就交出密碼。最後一擊讓我知道，無論我明天——或是幾個月後的最終審判——做什麼，都無關緊要。瑞德給我的文件將確保大衛．柴爾德的謀殺罪名被定罪。

# 62
## 槍擊前二十小時

瑞德給我的文件是一份彈道報告。它證實在被害者身上找到的子彈，是由大衛車上查獲的那把手槍發射的，絕對沒有任何疑慮。我早就預期會看到這樣的報告，但不是這時候，不應該這麼快。而我一個字都無法反駁這項證據。地方檢察官等於把凶器放進大衛的車上，因爲它與公寓中女友的屍體彈道吻合。這樣的場景一描繪出來，就沒有回頭的餘地了。

遊戲結束。

「你利用我。」我說，手指蜷成拳頭。我的腿分開站成格鬥的姿勢，心跳節奏配合充滿我血液——再灌入我肌肉的腎上腺素。

「還有你太太。」戴爾說，「既然現在我們逮到那兩名合夥人了，我們不再在乎她。她可以走人，也不會面臨任何指控，因爲已經沒有用處了。」

「不是他幹的，瑞德。我們談好條件了——隨身碟換豁免同意書。」

「你跟我並沒有談好條件。」瑞德說，「你試著跟戴爾探員談條件，但針對柴爾德一案，他並沒有公權力。我告訴過你了，我們不會談讓殺人犯自由的協議。在我的辦公室別想。我能開出的最優渥條件是二十年——如果他肯認罪的話。否則，我們法庭見。」

他大搖大擺地朝休旅車走去，我本想追上去，又克制住自己。如果我追上去，肯定會把他打暈，並因傷害罪而在牢籠裡過夜，這樣無助於我爲大衛辯護。

「這是個惡作劇，對吧？」甘迺迪說。

「你是大男孩了，比爾。你該表現得成熟一點了。」戴爾說。

甘迺迪下巴一抬，大步走向戴爾，戴爾用炯炯的目光迎接他。

「小子，你想揍我嗎？動手啊。我會狠踹你屁股，再沒收你的警徽。」戴爾說。

甘迺迪搖搖頭，轉向我，說：「艾迪，我跟你保證，這事我完全不知情。」他是眞心的。他看起來比昨天還要憔悴、凌亂，頭髮被雨淋濕，襯衫也是，而我感覺他全靠憤怒才能站著不倒下去。甘迺迪是個很正直的人——他絕不可能知道我會被擺一道，而且這讓他痛苦難耐。

戴爾走向前，激他動手。甘迺迪退開來，坐進他自己的深色轎車，然後迅速將車開走了。

戴爾和他的手下紛紛坐上車，駛出機庫，彈道報告在我手裡變成一個紙團。

我恰恰做了我向自己保證不會做的事。我爲了我的妻子犧牲了一個無辜的人。這個人冒生命危險來幫助克莉絲汀，還雇了一架直升機去維吉尼亞州接剛下飛機的克莉絲汀——而我辜負了他，深深辜負了他。

我打給克莉絲汀，但她一定在起飛時把手機關機了。屋頂上的雨聲有如敲打錫鼓。機庫裡只剩我一人，因而它成了回聲室，迴盪著我的呼吸聲，以及鞋尖輕點混凝土地面的聲響。

思考。

戴爾已經不需要我了。密碼、導向合夥人的證據，以及錢，他通通拿到了。他明天就會擊垮事務所——只要錢一入帳。他會帶一組人馬在他們的辦公室外守候，然後在第一分錢掉進事務所的帳戶時，分秒不差地衝進去。他現在無法爲我提供助力。

瑞德想要萬眾矚目的謀殺案，他要爲自己建立名聲。他希望他的名聲能夠承載他政治野心的重量，帶他到遠超過地方檢察官的位子——躍升爲市長或州長。

現在只剩下一件事可做。在法庭上決一死戰。

我聽到似乎由很遠的地方傳來鈴聲，好像它在水底。我從口袋取出手機，那鈴聲在機庫裡的回音幾乎震得我耳聾。它絕對把我震出腦袋了。

「艾迪，我是比爾。」甘迺迪探員說。他從未在跟我對話時用他的名字自稱。

「戴爾這麼做是不對的，我並沒有參與其中。如果我們不能光明磊落地行事，世界上還有什麼希望？對不起，艾迪，我希望你知道我很抱歉。我也想讓你知道我現在要去哪。」

「我在聽。」

「聯邦廣場。我打算檢查每一份警方與檢方的檔案，確保你明天上陣時有充足的準備。這大概沒辦法幫到你的委託人什麼，不過我想幫忙。」

「他是被陷害的。」

「我知道你這麼認爲。該死，搞不好你是對的。不過，聽著，我能幫你弄到的東西——留著審判時再用。法官絕不可能因爲缺乏證據而撤銷此案，即使你在預審時變出某種胡迪尼戲法，我聽說瑞德已經列好明天下午的大陪審團名單，他們絕對能起訴你的委託人，因爲你根本無力反駁。」

「讓我來操心大陪審團的事吧——也許有個辦法，但我還不確定。重點是我現在要開始幹活兒，而我需要你替我做另一件事，我是說如果你眞心想幫我的話。」

「當然，你說吧。」

「我需要知道關於被害者的一切資訊，不論你能查到什麼，我來者不拒。除了在電梯裡可能是也可能不是吵架的事件之外，檢方還沒能提出這樁謀殺案的確切動機，而我可不想明天被將一軍。如果我是對的，柴爾德是被陷害的。」

「好，我可以調查她的背景，我會盡快回覆你。你還需要什麼嗎？」

「我還想問你一件事。有人跟蹤我，是個西班牙裔男人，喉嚨上有刺青——圖案是孟克的〈吶喊〉。他用一小瓶強酸警告我，要大衛閉緊嘴巴。我猜他是個打手，暗中替哈蘭與辛頓辦事。你知道他嗎？」

「我只知道事務所的保全小組。戴爾說他已經與你分享吉爾和他手下的資訊。我沒在事務所附近見過任何符合你形容的人，我會再查一查。如果你再見到他，就打給我。」

「謝了，如果我看見他，我會打給你。」

甘迺迪的嗓音轉爲沉重而緩慢。

「對不起，艾迪，是我把你扯進來的。我上個月才加入這個專案小組，他們毫無進展，就找我來檢查一遍證據，看看他們是不是漏了什麼。雖然戴爾剛才那麼說，但如果無法逮到哈蘭與辛頓，我們是打算控告他們旗下員工的。應該說我們已經準備好要出手了。結果上週末，天上掉下來柴爾德這個禮物。戴爾想要柴爾德認罪協商，但我們必須讓他跟事務所切割，替他找個新律師。他問我有沒有認識什麼人，願意爲了豐厚的報酬而搞定這件事。我提議找你。他說他聽過你的名字，然後抽出克莉絲汀的檔案。他對每個事務所員工都做了深度的背景調查。你是這份工作的完美人選。艾迪，我很抱歉。」

「我知道你沒有設局陷害我。你現在可以幫我。盡可能多拿一些檔案，一小時後在我的辦公室跟我會合。我需要開始計畫明天在聽證會上要說什麼了。」

我的思緒亂了。電話兩端一逕沉默著。

「你知道嗎，這事兒你可能搞錯了。我知道你認爲柴爾德不是壞人，但公寓大樓的保全監視畫面拍到他是最後一個離開公寓的人，而幾分鐘後，就有人發現他女朋友的屍體。她死於多重槍傷，凶器就在你委託人的車上。這些事實讓他成爲殺手的最佳人選。你確定這件事你選對邊了嗎？」

「我是個辯護律師，甘迺迪。我沒有選對邊的問題——我只有委託人。」

這是甘迺迪預料中的回答。所有執法機關對律師都有同樣的想法：他們怎麼能在明知放了罪犯自由的情況下，還睡得著覺？但當你讓無辜的人進監獄，就更難睡得著覺了。唔，我受夠噩夢了。

「別擔心，我知道這次我是對的，我能感覺到。一小時後在我辦公室見。」

「好吧，不過讓我先檢查一下，確定那裡是安全的。你這一小時要做什麼？」甘迺迪問。

我仔細想了一下。回去蜥蜴家沒有任何用處，再說，我有個主意。

「我要毀掉瑞德的後援。」我說。

「什麼？大陪審團嗎？你要怎麼做？」

「我要去拿我的祕密武器，就算案子走到大陪審團那裡，我們也有機會搞破壞。」

「你要怎麼辦到？」

「我要幫柴爾德再聘一位律師。」

# 63

位於五十六街的芬尼根酒館看起來更像盲人專用的廉價旅館，而不是酒吧。門上的標示牌寫著：「我們永不打烊」。

我坐在酒吧外荷莉的本田駕駛座上，店內的燈光照耀著犯罪現場調查員諾伯製作的新彈道報告。他根據被害者身上發現的子彈上獨特的記號和條紋，證實那些子彈只可能是由大衛車上那把槍發射的。對檢方來說就像一記灌籃。這報告只有一點讓我感到困擾；諾伯檢驗凶器時，發現槍柄有微量泥土，有些泥土還跑進彈匣接縫空隙中，而彈匣可是卡進槍柄裡的。我告訴自己晚點再來思考這件事，它可能沒有任何意義，不過這類小細節仍然會令我耿耿於懷。我下了車，走向芬尼根酒館。

酒館的窗戶由內側貼了膠帶，才進大門就有第二道門，它總是緊閉著，並且被一片綠色厚布簾遮住，那布簾散發腐敗的啤酒味和菸味。感覺就像這裡的客人都是吸血鬼，不管任何時刻，只要有自然光照進酒吧，所有顧客都會起火燃燒。它以粗野著稱，店主派迪．喬容許三教九流的顧客上門。十年前，在酒館一角看到一幫機車族，另一角看到五十八樂團的團員，血幫在打撞球，第十六分局凶案組一半的警察在吧檯喝地獄龍舌蘭，都不是什麼新鮮事。

「庫奇今天晚上有來嗎？」我問。

在吧檯低頭忙碌的派迪．喬抬起頭，我一時間無法將他的臉盡收眼底，因為他的頭似乎跟銀背猩猩一樣大。一把鋼絲刷般的鬍鬚掛在他T恤前，鬍鬚末端達到他的肚子，剛好與我的視線齊平。我從吧檯邊退後一步，這才比較能清楚地看見他英俊的藍眼睛和一排鑲過的牙齒，看過去像是漆黑洞穴般的口腔裡疊放著一排金條。

「他在老位子。很高興見到你，艾迪。你要來杯可樂什麼的嗎？」

我酗酒的那段日子，派迪確保我完好無缺地離開酒吧回到家——所以他知道我戒酒了，或該說努力在戒。

「謝了，不用。我也很高興見到你，老兄。」

他舉起巨大的拳頭和我碰拳。我乖乖順從。感覺就像棉花糖短暫地與大鐵球相碰。

我轉身離開吧檯，經過故障的點唱機，爬上一小段階梯，來到酒館最左邊的大包廂。庫奇被三個喝醉的律師眾星拱月，正在大發議論。

「就像我總是在說的，你們絕對不能讓委託人上證人席，那是自殺行爲。」庫奇說。「就拿傑瑞·史朋斯來說好了，他是我見過他媽最好的審判律師。史朋斯見鬼地執業五十年，從來沒輸過一件案子，而他只讓委託人上證人席一、兩次。」

與庫奇同桌的男律師，其中兩人與他年齡相仿，第三人是個金髮的年輕律師，他正聚精會神地聽著庫奇的每個字。我留在原地，讓庫奇把話說完。他有點耳背，講話控制不了音量，嗓門大到幾乎在街上都聽得到。庫奇有戴助聽器，如果他沒聽到你說了什麼，偶爾會戳他的助聽器來示意，例如當你提醒他這一次輪到他請喝酒的時候。

「史朋斯常說，你透過交互詰問來講述委託人的故事。攻擊檢方的論證，攻擊、攻擊、攻擊。但你要仔細挑選戰役……」

那兩個中年律師早就聽過這一套了——這是庫奇最愛的話題——因此他們開始聊自己的。

庫奇不以爲忤，把注意力轉向年輕律師。

「刑法就是戰爭，小夥子。可是不要跟體制對抗，要跟證據對抗，就好像……他叫什麼來著……歐文·卡納雷克。他會為了擲銅板的結果爭到底。小夥子，你聽過他的名號嗎？」

年輕人搖搖頭。

「他是洛杉磯出身的辯護律師，替殺人魔查爾斯·曼森辯護，還差點讓他脫身呢。但歐文玩得太過火了，他對所有話都提出反對。他不停地反對反對反對，在直接訊問時反對，在開場陳詞時反對——無所不反。他絕對把法官給惹毛了。在曼森案審判期間，他因為藐視法庭而入獄兩次。他就是好鬥成性。有一回，檢察官傳喚證人，要求他陳述姓名以供記錄。親愛的歐文一下子就站起來：『反對，法官大人。這回答是傳聞證據。證人對他名字的認知，僅是來自他母親的片面之詞！』」

年輕律師禮貌地笑了一下，然後盯著他的啤酒。

我走到燈光下，對庫奇點點頭。

「噢，小夥子，真正的高手來了。這位是艾迪·弗林。如果你在法庭上見到他，要好好看著他，跟他學習。他是下一個傑瑞·史朋斯。」庫奇說。

我跟其他律師互相打招呼，他們跟庫奇握手，告辭離開。年輕律師把他的美樂啤酒喝完，感謝庫奇給他的建議，然後走了。換我坐下來。

「好孩子，律師資格考拿了最高分，在法學院也是班上第一名，真正的明日之星。真可惜他對怎麼當律師一竅不通，不過他會學習的。就像你一樣，艾迪。」

「我在他那個年紀時，你也慷慨地給我建議。我很感激，幫助很大。」

他不以為然地揮揮手。

「我懂什麼？」他說。

「那個，我需要你幫忙，庫奇。」

「啥？我沒聽見。」他說，身體傾向我，戳了戳助聽器。

我小聲說：「明天到法院幫我一下，我就給你一萬元。」

「一萬？明天？什麼案子啊？」這下他倒是耳聰目明了。

「謀殺案，明天是預審。你坐次席。」

他舉起雙手，望著天花板上的尼古丁汙漬，嘟囔了一句什麼，然後把注意力轉回我身上，等著聽更多細節。

雖然他年事已高，這位七十歲律師的敏銳與敬業仍然不輸我認識的任何律師。庫奇對他的委託人真心感興趣，會設法了解他們、他們的家人、他們的保釋代理人、他們的孩子和寵物。他靠重複服務一大群客戶餬口，這群客戶大部分有親戚關係，專長是低水準的組織犯罪和倉庫搶劫。我已經將近一年沒見到庫奇了，他在這段期間老了好多。現在他喉嚨周圍的皮鬆垮地垂著，襯衫看起來大了一號，頭髮幾乎全白了。他最後幾撮染過的髮絲像是褪色的記憶，在白色髮根的蔓延下迅速化爲烏有。

「所以？快點，你要給我細節啊。你不告訴我案子的任何資訊，我要怎麼準備？你要我負責一半的證人，還是怎樣？講啊，你要我做什麼？」

剛才跟庫奇同桌的其中一個律師，在玻璃杯裡留下一指高的威士忌，融化的冰塊把它稀釋了。我盯著那深琥珀色的液體，盯了長長的一秒。我不該喝，我告訴自己，同時我已經拿起杯子吞下那該死的東西。

「聽著，你不用擔心。」我說。

「拜託，艾迪，這不公平。你找我一定有原因，所以你要我明天怎麼做？」

「在預審中嗎？什麼也不做。」

「啥？」

「我希望你在預審中什麼也不做，我需要你來對付大陪審團。」我說，難以克制住微笑。

「等一下，我在大陪審團面前什麼也做不了，我又不能交互詰問……你明明知道。我去了也根本是白去。你記得索爾．瓦起勒法官在上訴法院說過什麼嗎？」

這是庫奇最愛的台詞之一。我能背出來，但我讓他講。

「他說：『檢察官能夠說服大陪審團起訴火腿三明治。』你的委託人在浪費錢，我在那裡幫不上忙。」

「我沒有要求你對大陪審團說任何話，你只要露面就行了。」

庫奇靠向假皮座椅，張開嘴巴仔細思考。

過了一會兒，他坐直身體，用粗粗的手指指著我。

「你不要我在預審時做任何事，但你需要我在場，對吧？然後你要我帶著驚喜去見大陪審團？」

「你說對了。」

他搖搖頭，笑了。「艾迪，你真是個變態的天才，你知道嗎？」

# 64

我覺得我好像在一輛玩具車裡躲避暴風雨。大雨重擊車頂，再沿著擋風玻璃傾瀉而下。我告訴自己我不能打給柴爾德，因爲在震耳欲聾的雨聲中，我根本聽不見他說話。他剛才有打給我，但我沒接。我還無法面對這番對話，除非我有答案可以回應他——除非我找到出路。

我再次試撥克莉絲汀的手機，語音信箱。我瀏覽我的已撥電話清單，點了醫院的號碼。這次我頗爲迅速地就接通了波波病房的護理師。他已恢復意識，願意配合，不過現在全身充滿嗎啡，所以他們不讓我跟他說話，也不讓警方跟他說話。我請護理師轉告波波我打過電話，還有我很感謝他爲大衛做的事。護理師說她會轉達。我掛掉電話，把注意力轉回西四十六街。

街上沒有半個人，大雨讓行人都待在屋子裡。我已經在這裡停了將近二十分鐘，沒看到任何人經過我的辦公室。有幾輛車快速駛過，看起來（至少對我來說）不像在偵察地形。我自己來回開了兩、三次，只是爲了看看有沒有人坐在車上，等著我回到辦公室。在我看來，這條街是安全的。我不是監視專家，而我已無奈地決定要等甘迺迪。就我所知，傑瑞．辛頓可能已經讓他半數的保全小組進入我的辦公室，迫不及待地舉著槍在黑暗中等我回來。

我遲到了，甘迺迪卻尚未出現。我正準備打給他時，看到一輛深色轎車從我旁邊開過去，停在前方五十公尺處，就在我那棟樓的門口。

我等待著，看到比爾．甘迺迪高瘦的身影下車，右手臂下夾著一個藍色塑膠資料夾。本田的喇叭聲像是生病的驢子在叫，它足以令甘迺迪回頭。我閃了閃大燈，下了車，用鑰匙遙控鎖車。等我過去找他時，已經渾身濕透，藏在外套裡的檔案也好不到哪裡去。雨實在太大了，我們沒辦法停下來說話，只能直接跑向我那棟樓的大門口。

今天清晨以後我就沒回過辦公室了，而以正常進出大門的人流來說，我在門上布置一貫的預防措施毫無意義。現在沒有硬幣和牙籤讓我知道樓上是否有不速之客在等我了。我們進去時發出很大的噪音，而且因爲太急著擺脫暴雨，我關門關得太猛，如果樓上有人，一定聽到我們進門了。

我們抖了抖衣服，我抹掉臉上的雨水，把頭髮往後撥，它們黏在我額頭上。在寒冷的大廳裡，我們呼的氣結成霧，腳下已經蓄了一灘雨水。我用眼神示意去我的辦公室。甘迺迪點點頭，把塑膠資料夾交給我，拔出配槍，小心翼翼地爬上樓梯。我隔著一段距離跟著他。

我的辦公室裡亮著一盞檯燈。

甘迺迪手掌張開伸出來，要我待在樓梯頂端。他踮著腳優雅而安靜地跳向門，雙手持槍做好射擊準備。我跟過去，與他各在門的一邊就定位。甘迺迪搖搖頭，用嘴形說我應該待著別動。他用流暢的動作單手壓下門把，然後用膝蓋把門整個打開，衝進房間，手槍舉在面前。

# 65

雨水沿著我的背往下淌，我更用力地把身體貼向牆面。

我什麼也沒聽見。

寂靜無聲。

「甘迺迪？」我說。

「安全。」他說。

我吁出一口氣，走進辦公室把燈打開。我今天早上一定忘了關檯燈，這不像我，我一直都很謹慎。要不是戴爾捧著現金要我當柴爾德的律師，我本來打算這個月用信用卡來刷電費。我們抖掉衣服上更多的雨水，然後我脫下外套，坐下來讀甘迺迪給我的資料夾裡面的內容。

甘迺迪帶來的文件並沒有太多我沒讀過的東西。只有另外幾頁證據清單，以及大衛公寓比較清楚大張的平面圖。

「你仍然認爲你的委託人是清白的嗎？」甘迺迪問。

我點點頭。

「我不喜歡戴爾那邊的事態發展，所以我會盡力而爲，但我得知道你爲什麼對柴爾德這麼有信心。」他說。

「我知道事情看起來如何，但我曾直視他的雙眼，他不是那種人。事情表面上對大衛不利，是因爲有人刻意爲之。不管是誰陷害他，都要他爲克萊拉之死被定罪。對了，你還沒給我看你查到的被害者資料。」

聯邦調查局探員把兩手插進口袋，再抽出來，然後攤開空無一物的掌心。

「什麼都沒有？」我問。

「沒有報稅紀錄，沒有社會安全碼，沒有在本州的醫療紀錄。也沒有牙醫紀錄。沒有出生紀錄，沒有用她的名字登記的手機。我手上僅有的證件是駕照、借書證和提款卡，都是大約六個月前核發給克萊拉．瑞斯的。」

「你遇過這種情況嗎？」

「沒有。仔細想想，我通常至少能有一筆收穫，哪怕只是出生證明。她的手機是昂貴的拋棄式手機，她的皮包裡有現金——沒有信用卡，只有支票帳戶。顯然警方派了一輛車去大衛提供的克萊拉住處。我知道她剛搬去和大衛同居，但她的公寓家徒四壁。沒有家具，沒有信件，連電視都沒有。那個地方沒有半張紙。噢，還有那氣味，顯然在謀殺案前兩、三天，那整個地方已經用蒸氣清理過，還用化學藥劑處理。她告訴公寓管理員她要搬去和大衛住，但管理員說他並沒有清理公寓。有人做了這件事，做得很徹底。警方在那公寓裡連一根毛髮都沒找到。」

「幾乎就像她整個人被抹消了似的。」我說。

甘迺迪邊點頭邊說：「我必須承認，這讓我大惑不解。地方檢察官把此案定調爲情緒激昂下的瘋狂犯罪，但我感覺不像。我倒覺得克萊拉．瑞斯在逃避什麼事或什麼人，而遇到你的委託人對她來說像中了頭彩。這無法證明任何事，不過值得列入考量，艾迪。我只是不知道這些線索能對你有多大的幫助。」

「如果我是對的，這都是布局。」我說。

他把笑意憋回去。「唔，如果他被設計了，那麼這是我見過最高明的陷阱。你的委託人說他在八點零二分離開公寓，出門前還跟克萊拉吻別。根據他的說法，他走的時候她還活得好好的。然而葛許包姆聽到槍聲、走到陽台，看到流彈使窗戶向外爆開，於是打給保全──紀錄上他去電的時間是八點零二分。監視攝影機的畫面並沒有拍到任何人接近公寓，直到四分鐘後保全警衛抵達。公寓裡唯一的人就是我們死去的被害者。如果凶手另有其人，唔，他們一定是飛走了。是柴爾德殺了她，艾迪，你爲什麼看不透？你委託人的辯詞是什麼？若非他在說謊，就是克萊拉．瑞斯朝自己的後腦杓開了十二槍。我不認爲她辦得到，也沒有別人辦得到，因爲那裡沒有別人了。葛許包姆沒看到任何人逃到他的陽台上，那段時間也沒人離開他的公寓──從監視畫面能看到他家前門。如果這還不夠，凶器就在他的車上。面對現實吧，這個男人殺了她。你得停止只看見你想看見的，該看看赤裸裸的事實了。」

甘迺迪說的某句話觸動我心，但我不確定是哪句。感覺就像發牌員讓我看了整副撲克牌一眼，而他在洗牌時，讓某一張牌停留在他手上久了一微秒的時間。發牌員會讓我看他想要我記住的那張牌──事實上，那是我唯一能看見的牌。其他牌只會是模糊的影子。我在腦中重複甘迺迪剛才說的話，尋找我的牌。

我找到了。

「你說我看見我『想』看見的，而我想要他是無辜的。」我說。

「我不是有意要如此直白，但你有必要聽實話。」他回答。

「但你說對了，那就是關鍵。」

事實非常簡單，它是任何詐騙的基礎，那就是人們會相信自己眼睛所看見的。

甘迺迪伸了個懶腰，他膝蓋上的檔案因此滑到地上。我站起來活動脖子，然後繞過我的桌子，讓腳的血液循環恢復正常。

「我需要你再幫一個忙，而且我要搭便車。」我說。

「去哪裡？」甘迺迪問，一邊看錶。

快要凌晨一點了。

「那可能有點困難。」

「中央公園西大道。我得看一下犯罪現場。」

「那棟大樓是二十四小時開放，我們可以進去。我們要搞清楚某件事。如果這事如我預想的一樣，我會需要你調查克萊拉之死的另一個嫌犯。一個叫伯納德·朗希默的人。」

「沒聽過。」

「他在隱藏什麼事。大衛和朗希默有過節，我今天和他談過話，而他——」我的話突然堵在喉嚨裡。我站在窗邊，隔著百葉簾俯視街道。一輛藍色福特停在我辦公室三十公尺外，駕駛座車窗一定是開的，我能看到縷縷煙霧輕輕飄到車頂之上。

「我們有同伴了。」我說。

「誰？」甘迺迪問。

「我從這裡看不見。」我說。我檯燈的燈光映照在窗戶上，遮蔽了我看駕駛的視線。

我聽到甘迺迪從座位上起身，要過來查看。我回頭，發現他注意到檯燈映在玻璃上的反光，他朝辦公桌走了兩步，打算關掉檯燈好讓我們能看得更清楚。

我腦海深處有個東西在擴大。不是理論，不是想法，它埋得更深。一種不安，現在正爆發成驚慌。

「不要動，等一下！」我說。

甘迺迪停止動作，手懸在辦公桌上方。

「昨天戴爾說要付我錢之前，我在擔心要怎麼繳電費。」

他看起來一頭霧水。

「你不懂嗎？我相當確信我沒有讓檯燈開著，有人來過了。」

# 66

甘迺迪慢慢撥開散落在我桌面上的文件，好把檯燈的電線看清楚。他把電源線從桌上拎起來，再小心翼翼地放回去。這動作足以讓我看出有人對開關動過手腳了——開關底下有條紅色電線，直接通往我桌上新鑽出的一個洞。

甘迺迪和我互看一眼。我們都無法呼吸，臉上滲出汗珠。

當電源線擱在桌上，開關朝著上方時，那條電線是看不見的。我桌上的洞直徑只有兩公釐，正好足以容納電線。甘迺迪把我的辦公椅推到一邊，跪在地上，從口袋取出一支小手電筒。他扭轉身體，背朝下滑進我桌子底下，就像修車師傅滑入車底。

「艾迪，過來看一下。老天爺，動作慢一點，別碰到任何東西。」

我小心翼翼地躺在他旁邊，看向桌底，那裡用膠帶貼了六個兩公升裝的可樂塑膠瓶，位置很深，因此就算我坐在辦公椅上，膝蓋也不會碰到它們。紅色電線穿過洞以後，依序黏在每一個瓶底。每個瓶子都裝滿霧狀的液體，底部還貼著鋁箔紙之類的東西。

「不論你做什麼，千萬不要碰檯燈。我們要非常緩慢地站起來，拿上你的檔案，然後閃人。」

我們確實這麼做了。甘迺迪關上我辦公室的門以後，吁出一口氣，把額頭上的一層汗水抹到頭髮上。

「那是個強酸炸彈。瓶子裡裝的是鹽酸。他在檯燈開關上設了絆線，如果我們關掉檯燈，電力會送進紅色電線，加熱每個瓶子底部的鋁箔紙。五秒到十秒後，那張桌子會跑到天花板上，而你的整個辦公室都會下起強酸雨。你有看過別人把蘇打粉丟進一瓶可樂裡嗎？它會衝到十五公尺高的半空。那些瓶子裡的強酸會呈現過熱狀態，威力更強大。」

「是那傢伙，我告訴你的那個。」

「我知道。你一提到他，我就對他有懷疑，現在可以證實就是他了。我們得除掉他。」他邊說邊用手機撥號。

他在等對方接聽時，說：「就官方立場而言，我不該在這裡。也許我可以找斐拉和溫斯坦，他們會爲我冒險。車上的那個人在等你關掉檯燈，他在等著聽你的尖叫聲。」

我們坐在我那棟樓的漆黑大廳裡。甘迺迪一手拿著他的克拉克，另一手拿著手機。他在等斐拉他們就定位的通知。

「喉嚨有刺青的人是誰？」我問。

「我查過了，沒人知道他的眞名，別人都叫他葛利托——西班牙文的『尖叫』。他是爲羅沙販毒集團效命的審訊者及殺手：那是墨西哥規模數一數二的販毒集團。他們在跟其他販毒集團開戰，但他們成功守住白線——也就是從博卡德爾里奧穿過墨西哥一路通往提華納的運毒路線。葛利托是南美洲最令人畏懼的人物之一。在墨西哥的毒品戰爭裡，這些人需要建立名聲。他們用凶殘與恐懼來揚名立萬。葛利托喜歡用強酸，而且從不塞住被害者的嘴巴——他喜歡聽他們尖叫。強酸炸彈是他的慣用手法。」

「我不喜歡這些事，甘迺迪。」

「販毒集團跟哈蘭與辛頓有很大筆的金錢往來。我猜他們是來協助事務所解決一些小麻煩的。」

「愈來愈有趣了。」我說。

「艾迪，我完全不知道販毒集團會直接參與這件事。所有媒體都在報這新聞，應該足以讓他們離得遠遠的才對。」

「想用刀攻擊大衛，卻被波波壞了好事的那傢伙，他是墨西哥人。還有戴爾的線人法魯克不也是被強酸殺死的嗎？」

甘迺迪望著地面，說：「有點牽強，不過說得通。這傢伙在保護事務所。」

他的手機震動起來，他接聽，告訴對方做好準備。

「我們準備好了。斐拉和溫斯坦開車經過了，是他沒錯，不過他讓某個人蹲在副駕駛座，很可能是個槍手。我的屬下在街上一百公尺外的停車場，他要跑的時候，他們會擋住他。你待在這裡。」甘迺迪說。

他舉起克拉克，推開大門，衝向左側，挺著槍大吼，要葛利托下車。

我立刻就聽到發動引擎的聲音，然後是槍聲。不同的兩組槍聲。甘迺迪的克拉克發出尖銳的槍響，另外還有一把獵槍低沉地回應。我從大門邊窺探。甘迺迪緊貼在他的車後，葛利托則將車開出來準備從甘迺迪的車旁開過去。我看到葛利托的副駕車窗玻璃下降，他想停下來，順路解決掉甘迺迪。

我拉開我的信箱，取出一組手指虎，然後衝向街道。葛利托的深色轎車與甘迺迪的車齊平，我看到葛利托手裡有一把鋸短槍管的獵槍從副駕駛座伸出來，那把獵槍靠在某個躲在前座的人頭頂。我用盡全力扔出手指虎。我離車子只有六公尺，要擊中目標很容易。手指虎打到擋風玻璃彈開，留下長長的裂痕。

葛利托踩油門，車子加速從甘迺迪旁邊經過，而我已經邁開雙腿跑上台階躲回我的大門後。我跑進樓房，用力關上門，但還沒關緊，它就啪的一聲往後彈，打在我的額頭上，把我撞倒在地。門後鑲嵌的鋼板擋住獵槍子彈的位置凹陷變形了。我拉開大門，看到甘迺迪站在馬路中央，朝加速離開的車尾開火擊爆後車窗，但轎車只是開得更快，衝向斐拉駕駛的休旅車。他們剛才在幾間餐廳共用的停車場等待，現在橫在狹窄的單行道上。轎車開上人行道，準備從他們旁邊溜過去。

我邁開步子趕上甘迺迪，一起沿著街道狂奔。

「他跑不掉的。」甘迺迪說。

轎車從左邊的休旅車和右邊的黑色護欄之間切過時，時度肯定有八十公里，把聯邦調查局車子的前保險桿都撞掉了。轎車右側火花四濺，副駕車門脫框砸在人行道上。

休旅車倒車準備追捕獵物，甘迺迪和我趕上它，跳進後座。甘迺迪大吼：「上上上！」

斐拉踩油門，我前面的溫斯坦舉著槍探出副駕車窗。

轎車幾乎已開到與第八大道的交叉口了。他沒有減速，反而繼續加速，我看到葛利托傾向右側，斜向副駕駛座。

就在他開進十字路口前，一具人體從副駕駛座那側摔出來。它撞到路邊停著的車輛再往回彈，朝休旅車滾過來。西四十六街的這一段很窄，兩邊都停著車，要繼續追逐的唯一方式就是輾過從葛利托車上丟出來的那個人。

斐拉猛踩煞車，我的頭撞上前座。我們跳下車，目送葛利托揚長而去。斐拉用無線電聯絡，但我們都知道那是白費工夫。我們追丟他了。

馬路上的人停了下來。甘迺迪站在人旁邊，我走過去。從人體癱軟滾過馬路的狀態可以判斷，那人已經死透了。

甘迺迪站在亂七八糟的屍體旁。綠色鋪棉外套，淺沙色頭髮，我跟聯邦探員一起盯著這死人。是吉爾，哈蘭與辛頓的保全主管。

他的衣服被扯破了，大概是因爲從移動中的車輛掉出來。但那不是他的死因。他的右手沒有皮膚，我能看到一塊塊白色的骨頭和肌腱，卻沒有肉。他的喉嚨沒了，大部分的下顎也沒了。

甘迺迪說話時，仍然氣喘吁吁。

「他被刑求，然後被迫喝下腐蝕他手的強酸。我們可以確定一件事——不論葛利托想知道什麼，吉爾都告訴他了。」

他轉頭看著溫斯坦說：「向總部回報，我們也需要拆彈小組去處理辦公室。我晚點回來，我得載艾迪一程。」

# 67

甘迺迪把車停在大衛的公寓大樓外。他已聯絡過戴爾，告訴他葛利托和吉爾的事，省略了他在幫我的部分，只說我在桌子底下發現炸彈時，他剛好來找我。根據戴爾所言，羅沙販毒集團是事務所目前爲止最大的客戶。帳戶裡那八十億，有將近六十億都屬於販毒集團。他們想確保那筆錢安全無虞，所以出手警告辛頓如果錢不見了他會有什麼下場。這沒有動搖戴爾的計畫，他只是叫甘迺迪要當心一點。

我們跨下甘迺迪的車，進入大衛的世界。

中央公園十一號的大廳，像是百萬富翁春夢中的場景。大理石地板、古董家具，接待櫃檯左邊有個鑲著橡木板的私人圖書室，各種奇花異草散發著同樣異乎尋常的香氣，背景音樂是古典樂——蕭邦。接待員一週賺得的小費，大概比我的年薪還高。她個子高挑，金髮，溫煦的臉龐擁有像加了蜂蜜的牛奶一樣的膚色。她的指甲豔紅得不可思議，與在她臉上的一對紅唇搭配成套，它們就像停在黃金海岸沙灘上的兩輛法拉利。

接待櫃檯左側的電梯由四名保全警衛看守。他們全都長得很像，我彷彿在監視畫面中早已見過他們。每個人都重達一百到一百一十公斤，而且體脂很低。他們曬得很黑，肩膀像兩顆籃球，沒有脖子。頭髮剃得很短，淺藍色的制服熨得很平整，腰間佩有克拉克、無線電和手機。我猜他們原本是警察或是軍人，他們看起來全都像是可以手扠著腰，以護衛石像之姿站上一整天。

我不理會右側的警衛投向我的目光，把注意力轉回接待員身上。

「嗨，我是跟聯邦調查局特別探員比爾．甘迺迪一起來的。我們需要看一下犯罪現場。」

「現在調查未免太晚了，我們接到警方的指示，不讓任何人靠近那一層樓。甘迺迪探員，你有證件和搜索令嗎？」接待員說。

他還來不及回應，我就插手了。我不想露出馬腳，讓她發現我們其實跟警方不是站在同一邊。

「我們不認為我們需要搜索令，女士。那間公寓仍然是犯罪現場。」

她考慮了足足一秒，然後緩慢搖頭。此時，電梯裡走出一個西班牙裔男子，他穿著灰西裝以及與保全警衛相同的淺藍色襯衫。他走到櫃檯裡面，接待員告訴他現在的狀況。

「兩位先生，我們可以看一下證件嗎？」穿西裝的男人說。

甘迺迪亮出證件，我把兩手插進口袋。

「我叫艾力克斯．馬德拉諾，是這裡的保全主管。」男人邊說邊仔細看甘迺迪的警徽和證件。

「你是柴爾德先生的律師嗎？」他問我。

他的問法讓我覺得，假如我敢騙他，他馬上就會識破。

「我代表柴爾德先生沒錯。」我說。

「我會親自帶二位上樓。柴爾德先生在這裡備受景仰，只要我們能幫上任何忙，都請儘管開口。」

肌肉和鬚後水組成的銅牆鐵壁分開來，甘迺迪和我跟著馬德拉諾走向電梯。他從腰間的鑰匙圈上挑出一塊光滑的塑膠，在控制面板上的感應器前面揮了一下，控制面板瞬間亮了起來，馬德拉諾把電梯叫來。門開了，我們踏入有檸檬香的電梯裡。四面牆都鑲著鏡子，地板鋪瓷磚，天花板是晶亮的橡木板。馬德拉諾再次在感應器前刷了一下卡，接著選擇樓層。

「如果有自己的感應卡，是不是能夠去任何一層樓？」我問。

「的確。我們是良好的社區，鼓勵敦親睦鄰，所以會舉辦不同樓層間的聚會、社交活動。當然，三十五樓還有健身房，它的樓上是水療池，地下室有酒窖。」

電梯裡播放著跟大廳一樣的交響樂，我猜整棟樓都在放送。

我們抵達大衛的樓層，電梯發出悅耳的音效，我查看了一下監視攝影機，它藏在電梯東北角的頂端。

電梯門打開。

音樂持續著。

我們發現自己站在長方形的平台上，它比電梯井稍寬，約十五公尺寬。東北角的那扇門是葛許包姆家，西北角的門則通往大衛的公寓，電梯右側還有一扇門，無疑是通往樓梯。兩間公寓的門邊各有一張古董桌，桌上的銀盒裡有手帕、一盆新鮮水果，以及一瓶名牌護手霜。一座雨傘架插著幾把雨傘，傘面上有「中央公園十一號」的標誌，兩張桌子旁還各有一面鑲著漂亮桃花心木框的全身鏡。我感覺這裡的住戶在離開他們的樓層之前，會把握機會再一次檢視自己的外觀，然後才公開亮相。

馬德拉諾走向西北角的門，那扇門被藍白相間的警方犯罪現場封鎖帶擋住；他再次從長褲口袋取出鑰匙圈。

「這是柴爾德先生的公寓。」他說，同時在五、六十把鑰匙中尋找正確的一把。甘迺迪從外套口袋掏出一把橡膠手套，遞給我和馬德拉諾各一雙。甘迺迪和馬德拉諾都毫無困難地戴上了手套，我則覺得拿著檔案的同時做這件事很有難度。

最後馬德拉諾找到對的鑰匙，插進鎖孔，把門打開。這間公寓完全符合我對曼哈頓菁英的設想。開放式空間，白色和米色的家具與偏灰色調的厚地毯搭配得宜。這搞不好是迪奧的設計；克莉絲汀一看就會知道。客廳區是超大的開放空間，幾張六公尺長的沙發像蛇一樣擺在房間中央。室內瀰漫著一股陳腐、不太好聞的金屬味，那氣味縈繞不去，幾乎像在提醒著這些牆壁之間曾發生過暴力的死亡事件。即使風從破掉的窗戶灌進公寓，也驅不散那股氣味。我在客廳區的一端看到白色地磚的起點，便朝著它延伸的方向走。凶案現場在廚房，有一塊地磚破了，現在地上有一塊凹陷，破碎的地磚積在凹陷處，沾滿巧克力般的暗紅色汙漬。槍擊產生的血液噴濺痕跡由汙漬中心向外擴散。血似乎會在特定物體表面逗留——永遠無法完全清除乾淨。

在破掉的地磚下方大約四十公分處，我清清楚楚看到了一滴血。

直到犯罪現場解除封鎖前，沒有人可以做清潔工作。正常來說，警方會封鎖現場幾天甚至幾週，取決於他們的調查進度。當犯罪事件發生在被告的家裡時，警方通常會封鎖現場更長的時間，這樣一來被告就不能用這個地址申請保釋，進而提高保釋的難度，因爲被告不但要付錢給保釋代理人，如果親戚不願或不能收留他們，還得花錢找地方住。

大多數時候，這一招很管用，被告會直接放棄申請保釋。

我蹲下來仔細看那小小的血滴。這滴血看起來直徑大約兩、三公釐，顏色很深，形狀完整。就我看來，自從離開克萊拉的身體後，它沒有被人踩過、抹開，或以任何方式擾動過。

我往後站，不疾不徐地檢視整個現場，確保廚房裡其他地方都沒有別的血跡。確實沒有。在發現屍體位置前方約兩公尺外的窗戶玻璃，有個被子彈射穿爆裂開的大洞，風從那個洞裡吹進來。在撞擊之下，安全玻璃炸開來，細小的碎片由陽台往陳屍的位置飛散。碎片在延伸到有血跡的破地磚前就停止了，大部分玻璃落在陽台上。我穿過玻璃上的破洞站在陽台上。我很慶幸我穿著大衣，我把領子合攏。大雨已止息，但陽台仍因爲淋了雨的破玻璃而相當濕滑。我查看上下兩方，任何人都不可能爬進這間公寓，或是從上方垂降到陽台。樓上的陽台太高了，磚牆表面還因糊了灰泥而非常平滑，不管是手或腳都沒有著力點。在我下方，中央公園周圍點綴的路燈在樹木掩映下透出微光。我們離得好近，我都能聞到青草味了。街道這一側與公園之間隔著兩線道馬路，我卻感覺伸出手就能摸到公園內屹立的橡樹樹葉。陽台俯瞰著一塊僻靜的草坪，它比小聯盟的球場面積略小一點，一排高樹籬把它和公園裡的步道隔開來。草坪右側角落有一棵橡樹，樹幹周圍散布著一堆空啤酒罐。你花了三千萬買下公園景觀房，得到的卻是青少年和酒鬼。

甘迺迪和我各花了五分鐘，分頭檢查公寓裡的每個房間，搜尋血跡。什麼也沒找到。

我從帶來的檔案裡取出法醫報告，翻到屍體示意圖。多數法醫報告裡都會有事先印好的標準女性軀體圖，法醫會標上槍傷的位置，側面圖上則標記子彈穿入身體的角度。除了頭部的槍傷以外，克萊拉的背部也中了兩槍。第一顆子彈嵌在她的脊椎裡，大概立刻就使她喪失行動能力了。第二個射入傷口離脊椎很近，但這枚子彈穿透她的身體，由胸廓下緣射出。她的胸腔偏左側標記出射出傷口。

我把圖交給甘迺迪。

他再次仔細研究報告，然後望向現場。

「子彈的軌跡微微往下。」他說。

但我完全沒在聽他說話，我望著掛在廚房牆上一幅裱了框的建築平面圖。藍色的底紙上用白色線條描畫，左下角有個簽名；先不管簽名，這張圖看起來很眼熟。我翻著檢方的檔案，直到找到一幅犯罪現場的素描，它標記出被害者屍體在公寓裡的位置。

馬德拉諾仍在大門邊等待。我招手要他過來。

「這是我所想的東西嗎？」我問。

「對，這是一幅克勞迪奧的作品。大樓裡每一間公寓都有這麼一幅。樓主跟克勞迪奧是好朋友，一九八一年大樓翻修時，是他負責設計的。每位住戶入住時都會獲得一幅裱框藍圖。」

「不，我對設計師不感興趣，這是公寓的精確平面圖嗎？」

「是的。住戶不被允許改變結構。」

我呼喚甘迺迪，他進入廚房區，站到我們旁邊，然後他意識到自己很累，便拉了張高腳椅坐上去。已經凌晨兩點了，他看起來筋疲力盡。

「馬德拉諾，如果我成功說服甘迺迪找一個探員，在兩、三小時內帶著照相機和一瓶發光胺上來測血跡，你能確保他們可以進來嗎？」

「我再一個小時就該換班了，我……你應該知道紐約市警局嚴詞告誡我們不能讓任何人上來吧？」

甘迺迪正準備說話，我拉拉他的外套要他安靜，我要誘使馬德拉諾多說一點。

「我認爲這對我的委託人可能眞的很有幫助。你說大衛在這棟樓名聲很好？」

「是啊，可以這麼說。我有一個主管叫柯里，大概一年前，他的六歲小孩得了一種罕見的白血病。保險不給付這種疾病的治療。大樓管委會讓柯里在大廳張貼募款海報並放置募款箱，他需要籌出四十萬的醫療費。一週後，他募到兩萬五千元；這棟樓的住戶很有錢，而且頗爲慷慨。總之，當時柴爾德先生去外地出差了一陣子，當他回來看到海報時，他聯絡管委會，與柯里碰面——問他需要多少錢，還有那孩子需要什麼樣的治療。柯里說治療可以延長他孩子的壽命——大概五年。不過也就這樣而已。」

馬德拉諾換了個站姿，抹抹嘴巴。

「唔，柴爾德先生上網研究了一下，找到一位專家。接下來一轉眼工夫，他已經把柯里全家人送去日內瓦，付了超過一百萬元來進行實驗性治療。六個星期前，柯里的孩子已宣告完全痊癒了。」

甘迺迪和我互看一眼。

「我想說的是，這麼做能幫到他嗎？」

「我認爲應該可以。」我說。

「只要這事不傳出去。」他說。

我微笑，轉頭看向甘迺迪。「好，這是你的屬下要找的東西。我們走之前先偷瞄一眼就好。」我說，並取下牆上那幅裱框的藍圖。

# 68

我們的調查尚未給出我正在尋找的答案，但我有信心，聯邦調查局的鑑識人員會讓我的理論顯得可信。此時我就只有一個理論而已，不過它說得通。

「你知道要叫鑑識組的人找什麼嗎？」我問。

「知道，包在我身上。」甘迺迪說。

「太好了。我需要你再幫個忙。」

「你好像對於要我幫忙樂此不疲。」甘迺迪說，不過他沒有緊咬不放。我知道我逼他逼得有點緊，但我想這是他欠我的。他的眼袋好像愈來愈大、愈來愈黑了，但他的態度頗爲警醒。他開始懷疑柴爾德是否眞的有罪，想搞清楚再查下去會有什麼結果。

「紐約市警局裡有沒有人能幫你個大忙，而且不會跑去向瑞德通風報信？」

「我是認識一個人，不過爲什麼要從紐約市警局找人？」他問。

我把檔案中的一頁遞給甘迺迪。

「我需要這輛車的追蹤紀錄。聯邦調查局無法登入那個系統，對吧？」

「對，我們不能。不過這麼一想，我不知道我認識的那個人能不能登入那個系統。但我可以試試。」他說。

「這很重要，我開始拼湊出眞相了。我全靠你了。大概再七個多小時預審就要開始，而我們還有最後一個東西要檢查。」

「什麼東西？」

「處理犯罪現場警察的監視器畫面。」

「去我的辦公室吧，你們可以在那裡看。」馬德拉諾說。

我們離開大衛的公寓。甘迺迪按了按鈕叫電梯來，然後站在後方，等著馬德拉諾鎖門。我看著裝在電梯組上方的閉路電視攝影機，然後稍微後退，停住。

「你在做什麼？」甘迺迪問。

「監視器畫面拍到大衛最後一次離開公寓後，有稍微遲疑了一下。他本來要走了，又在這裡停頓，然後轉回身面向門。」

我審視著那扇門，但馬德拉諾龐大的身軀擋住我的視線，我看不出什麼名堂。我蹲下來檢查地毯，也許大衛弄掉什麼東西，它滾到桌子底下了，但我什麼也沒看見。

「你在找什麼嗎？」馬德拉諾問。

「不算是。大衛剛走出公寓的時候，曾經停下來轉身。今天我在看影片時看到的。我以爲他可能掉了什麼東西，或是……我不知道。」

「如果他掉了東西，大概被清潔員撿起來了。我們可以看影片確認。」馬德拉諾說。

「影片中看不到，被大衛擋住了。」我說，指著攝影機。

「唔，我們可以看另外那部攝影機。」馬德拉諾說。

「什麼攝影機？」

「對準樓梯間的隱藏式攝影機。」馬德拉諾說，指著西側牆面上的通風口。

# 69

馬德拉諾的辦公室位於大樓地下室，看起來更像電視台的主控室。一面牆上有十五個平面螢幕，各自秀出大樓保全系統的各個即時畫面。這個房間再往裡走是警衛們的更衣室，螢幕後方則有六張桌子，每張桌子上都有電腦和電話。

「所以，當大衛的鄰居葛許包姆先生打緊急求救電話，那通電話是接到這個房間裡的某個人，對吧？」

「對。」馬德拉諾說。

「保全系統記錄了通話的日期和時間？」

「對，還有處理警方警報的保全人員。」馬德拉諾說。

「你的意思是？」甘迺迪問。

「當有住戶撥打緊急求救電話給我們，我們的系統會向九一一傳送簡訊，告訴他們我們接到電話。除非在五分鐘之內，我們的接線員聯絡九一一，跟他們說一切正常，否則紐約市警局會派巡邏車來確認狀況。這算是一種自動保險機制。我們這棟大樓裡有二十位左右曼哈頓的大富豪，如果有一夥人想搶劫我們，他們會做的第一件事就是癱瘓保全控制室。所以如果某個住戶或是工作人員設法撥打緊急求救電話，即使我們可能失去能力，九一一那邊還是會知道有緊急狀況發生。只要我們不阻止他們，警察就會趕過來。」

「這些我並不知道。我這裡只有一筆紀錄，說發現屍體時警衛通知了九一一。甘迺迪，你想你能幫我弄到那封簡訊的紀錄嗎？」

「我會盡力而爲。」

「我能不能看看紐約市警局取證的那支監視器的完整影片？我想確定影片沒被剪接過。」我說。

馬德拉諾遣開坐在螢幕前的警衛，開始從硬碟叫出影片。不久後，我們正前方的螢幕就變成空白，接著畫面出現，幾名警衛在敲葛許包姆家的門，然後開門進去。

「等一下，我來倒帶。」馬德拉諾說。

「不，沒關係，就接著放吧。」我說。

一名警衛從柴爾德的公寓裡走出來，打了通電話。有幾分鐘時間什麼事也沒發生，因此馬德拉諾拉動時間軸，直到第一組警察抵達。馬德拉諾出現在畫面中，他讓那兩個警察進入柴爾德的公寓。他快轉影片，我們看著馬德拉諾以快動作在走廊上來回踱步，直到警探抵達，後面跟著一組穿白色連身服來處理證物的犯罪現場調查人員。我仔細看著每個人的動作，並要求馬德拉諾放慢速度，讓我能看清楚每個警察。有幾段時間螢幕上一個人也沒有，因此馬德拉諾可以繼續快轉影片，眞實時間的一分鐘只花不到三秒就在螢幕上播完。馬德拉諾快轉了二十分鐘後，我叫出來：「停。」

馬德拉諾立刻按下暫停。當下我就知道，隔天早上在法庭裡我有好牌可以打了。

「我在看什麼？」甘迺迪問。

「我不確定，」我說，「但我要查清楚。我需要看全天的監視畫面。可以複製一份給我嗎？」

保全主管摩挲下巴。「我想沒什麼不可以吧，警方也拿走一整天的影片。噢，你也要複製一份通風口攝影機的畫面嗎？」

「先讓我瞧一瞧。」我說。

「警方怎麼會沒有拿通風口攝影機的影片呢？」甘迺迪問。

馬德拉諾清了清喉嚨，看著鞋子，然後抬起頭回應甘迺迪。

「聽著，這棟樓住了很多有錢有名的人。我們監視一切，但在很多方面來說，我們視而不見，懂我的意思吧？狗仔隊一直想收買這棟樓裡的某個人，讓他們知道什麼時候有個妓女、毒販，或另一個名人造訪某間公寓。我們領取優渥薪水來保持沉默、眼睛別亂看。直到一年前，通風口裡還沒有攝影機。我們彷彿有個不成文的規定，公認樓梯不必受到監視，結果後來發生竊盜案，我們逮到了那個傢伙，爲了取折衷，我們在每層樓裝了隱藏式攝影機。警方沒有要求看這影片，我們也沒主動拿給他們看。只有這部攝影機會拍到通往樓梯的門。這是平衡措施，很多住戶不想活在監視器的目光下，這跟他們的生活方式有關。所以我們必須努力讓他們既有安全感又能低調。」

在選單中捲動並且輸入日期和時間來搜尋之後，影片出現在控制面板上方的螢幕中。那是以側面視角拍攝的。我們看到大衛和克萊拉進入公寓。馬德拉諾快轉，直到我們再度看到大衛，他揹著背包，戴著兜帽。馬德拉諾放慢速度，倒轉，播放。大衛沒弄掉任何東西，我能清楚地看到他的雙手。他轉身背對門，朝著電梯走，離開了畫面。

「停。」甘迺迪喊道，「你有沒有看到？」他問。

「沒有。」我說。

馬德拉諾倒帶，重播。

「就在那裡。」甘迺迪說。

「什麼？」我說。

「你可以放大嗎？」甘迺迪問。

「當然可以，哪裡？」馬德拉諾說。

聯邦探員指著走廊上的鏡子。馬德拉諾用鍵盤兩側的兩個大型旋鈕來聚焦在鏡子上頭。特寫畫面現在變得粒子很粗，不過大多了。

「再放一次。」甘迺迪說。

影片播放，我看到時忍不住倒抽一口氣。

「見鬼了。」馬德拉諾說。

我們三人沉默了一會兒，眼睛定定地盯著馬德拉諾凍結在螢幕上的影像。

「你確定警方沒看過這支影片嗎？」我問。

「確定，他們從主要攝影機上已經取得他們要的所有東西了。」馬德拉諾說。

「那你要把這個交給地方檢察官嗎？」甘迺迪問。

我考慮了一下，搖搖頭。我不希望預先提醒瑞德有這項證據。它無法證明大衛是清白的，但如果操作得當，可能爲他博得一線生機。

「不，這個最好在法庭上曝光。人盡皆知，亂七八糟。」我說。

# 70

大衛．柴爾德一定聽到我試著把本田停在蜥蜴家車道上的聲音了。他站在敞開的大門前，兩手插在口袋裡，右腿顫抖。

「我洗清罪名了嗎？」他說，我從狹窄的駕駛座爬出來。

「還沒有。」

我們隔著兩罐能量飲料和半壺咖啡對坐，我告訴他在機場發生的所有事。難怪大衛沒去睡覺，這飲料的味道像汽油和柳橙汁的混合物。我沒告訴他葛利托的事，他不需要更多壓力。

「認罪協商的條件是二十年徒刑──或是與他們打官司，冒險被判終身監禁。地方檢察官現在有彈道報告了，它能證明在你車上找到的槍，與擊發子彈射殺克萊拉的是同一把。我讀了彈道專家皮伯斯博士的報告，內容相當可靠。唯一引人注目的點是皮伯斯在凶器上找不到序號，但那不會對我們比較有利。」

他試著說話。我能看到驚慌在他腹部累積，讓每條肌腱都繃緊，把每條血管都拉長，扼住他的呼吸。他頹然垂下頭。

接著，他再次讓我相當意外。

「至少你太太沒有危險了，我是指法律方面。這整件事起碼有這一個好的結果。根據先前地方檢察官在法庭上的表現，我已經看出來了。我很清楚。他絕對不會跟我談條件的，我就是知道。」他說，雙手握拳敲在桌面。

他長嘆一聲，舒展手指。然後他的身體似乎放鬆了。幾乎就像看著某人鬆開一個壓緊的彈簧一樣。

「我很慶幸你的家人平安無事。」他說。他是眞心的。

「事務所對克莉絲汀的威脅有如芒刺在背，在這場官司落幕以前，威脅都不會消失。你有方法能傷害事務所，在這種威脅永久剷除之前，他們都不會停下來。你唯一的機會就是明天打贏官司，並且祈禱專案小組在事務所找上你之前先拿下他們。」

「但你的太太已經脫離危險了，她安全了，你可以直接走開。去陪你的家人吧，我……我能體諒。」

即使面臨終身監禁的可能，大衛還是在爲其他人著想。

「不。」

「爲什麼？」他問。

「因爲你需要幫忙，因爲我已經夠讓你失望了。我認爲你該叫地方檢察官下地獄。這不是好的法律建議，但說實話，我也不算什麼高明的律師。」

「是嗎，那你擅長哪方面？」大衛問。

「詐騙，設局，行騙。我幾乎已經搞懂你是怎麼被陷害的，但要證明又是另一回事。我們是有一項有潛力的新證據，不過我得運用得宜。」

我告訴他我在透風口的隱藏式攝影機看到的影片。

「我……我……不記得了。」

「我不認爲從你的角度能看到它。你一定是莫名感應到了，因爲你轉過身，停下動作。」

「當時我不知道那是什麼。克萊拉在試著幫助我調整那方面的性格，強迫症。我猜有的時候確實有效。」

「我們現在需要的是其餘的故事。除非我們能解釋布局，否則這件事不會成功。」

我去過大衛的公寓一趟後，開始建立一套理論——有關於他是怎麼被陷害的。但仍然有太多不確定之處以及沒有答案的疑問。我沒掌握到全貌，還沒有。我也不覺得告訴他我認爲一切是怎麼發展的有任何意義。首先，整件事太複雜、太冒險——能成功算是奇蹟。目前爲止我們找到一個對方的失誤，我肯定還有別的。

我給大衛看我用手機拍的照片。

「你跟朗希默見到面了嗎？」他問。

「他看起來對你很不爽。」大衛說。

「是啊，事有蹊蹺。他有女朋友嗎？」

「我不知道，大概有吧。」

「我無法排除他的嫌疑，但目前我還摸不透他扮演什麼角色。」

我的腦袋突然掠過一陣劇痛，讓我看不見東西。我已經超過二十四小時沒睡覺了，而且看來今晚我也不會獲得有品質的睡眠。我閉起一眼忍住疼痛，坐直身體，把蜥蜴咖啡杯裡殘餘的咖啡喝完，那個杯子上寫著「蜥蜴都是裸體辦事」。時間已近凌晨三點，天空正準備由煙黑色轉爲預示早晨的顏色。

「他是唯一有錢又有權勢做這件事的人。」大衛說。

「可是爲什麼？商業戰是一回事，謀殺又是截然不同的事。你認爲他眞有這麼冷血嗎？他會爲了陷害你而殺死一個無辜的女孩？」

大衛摩挲下巴，然後又覺得這是個餿主意，迅速抽了三張濕紙巾開始清潔手指。

我試著打到克莉絲汀的手機，這大概已經是第二十次了，還是沒回應。我告訴自己她們沒事，她們是飛往荒野，飛往什麼都沒有的地方，所以沒有訊號也是可能發生的。

「那明天會怎麼樣？」大衛問。

我把檔案收好，站起身，準備去蜥蜴的沙發上，至少試著睡一下。

「我們要戰鬥。目前我們的籌碼還不足以勝利，希望甘迺迪會挺身而出。事實上，我確信他會的。我把他留在你的公寓大樓了——他在過濾影片，試著釐清幾件事。他也在試著找到某些能幫助我們的資訊。那不容易取得，不過他會辦到。」

「所以他是有決心的類型。」

「我不會這麼形容，他比較像是頑固的混蛋。」

柴爾德上下打量我，搖搖頭。

「我知道你會盡力而爲，但怎麼看這場聽證會都對我不利。陷害我的人會確保這一點。」

我把檔案放在茶几上，重新坐下來，揉了揉太陽穴。

「大衛，總是會有機會的。」我說。

「因爲我說的是實話？」

「不，因爲你的律師是我，而我不認爲你殺了任何人。我確定這是事實，但眞相是不夠的。這件事與眞相無關，任何審判都與眞相無關，而是關於什麼能證明、什麼不能證明。這是一場遊戲，明天我們志在必勝。」

大衛站起來伸出手，對他來說是很勇敢的動作。我跟他握手。

我在蜥蜴的沙發上躺好，卻睡不著。我把這一天下來發生的所有事回想一遍——爬梳克萊拉謀殺案的布局可能以哪些不同方式鋪展。我打給甘迺迪。

「你還醒著嗎？」我問。

「我醒著。我在等別人向我回報。我想我可以弄到你需要的所有東西。」

「好極了。介意我跟你說一件事嗎？」

「說吧。」

「車禍，大衛的車是被刻意撞上的。無論是誰策劃這場車禍，都知道安全氣囊的殘留物質很容易被誤判成槍擊殘留物質。」

「有道理。」甘迺迪說。

「那你可以查一下嗎？」

「查什麼？」

我嘆氣。「我先前得直接向大學購買網路上的論文，也許陷害大衛的人也是從同一個來源取得資訊的。」

「好，我會查一查。你也讓我查另一個人有沒有涉入謀殺案，他叫什麼來著？」

我告訴甘迺迪我對伯納德．朗希默所知的一切。

「我從沒聽過這號人物，不過……」他停頓。

「什麼？」

「你說朗希默把兒童色情照片傳到對他不友善的部落客電腦裡，藉此除掉他們？」

「是啊，他很病態。」我說。

「這也許沒什麼，也許有什麼。我看過去年戴爾和那個線人法魯克面談的影片，他們多半都在談事務所、談它的歷史、班．哈蘭被傑瑞．辛頓帶壞了什麼的。不過在某個時間點，戴爾向法魯克提出他作證的交換條件。法魯克說除非他能獲得豁免權，否則他要抗辯到底。」

「意思是……」

「意思是法魯克聲稱他從沒看過那些非法照片，他說他是被陷害的。」

「幫我查一下朗希默，看看你還能挖出什麼。」我說。

甘迺迪把呵欠憋回去，說：「還有什麼嗎？」

「你早上七點可不可以打電話叫我起床？」

# 第三部　封面故事

# 71 槍擊前十六小時

凌晨四點零五分，我被電話吵醒。

我才睡不到一個小時。我把上半身從沙發上抬撐起來，雙腿甩向地板，打翻了一杯水，千鈞一髮地抓住我的手機，才沒讓它掉到地上那灘液體中。

「喂？我是艾迪．弗林。」

來電者已經掛斷了。是克莉絲汀。我回撥——語音信箱。

接下來半個鐘頭，我一直按重撥——都沒有接通。我知道她應該已經到了維吉尼亞州，在一個人煙稀少的區域，離最近的城鎮有八十公里。我罵自己沒有跟她一起去，想像她們抱在一起的模樣。克莉絲汀和卡梅兒會爲艾米裝出勇敢的表情——那能讓克莉絲汀保持警醒與專注。

我又睡不著了，腦袋裡奔竄著各種可能性。屋子很安靜，萬籟俱寂。我面前放著一杯冷咖啡和大衛的檔案。我放下手機，打開文件，重新讀一遍。

沒過幾個鐘頭，我們上路了。

「荷莉，如果這件事結束後我們都還活著，我希望妳替我做一件事。」我說。

「什麼事？」

「我要妳把這輛車開去廢五金回收場，把它壓扁。」

我坐在本田副駕駛座，雙腿被擠壓到我覺得我的腳可能得截肢。

我用後照鏡看到蜥蜴的廂型車緊跟在後。我們先開車亂繞了一個小時，然後才大膽地開向法院，以確保沒有人跟蹤。荷莉找到一座立體停車場，開到最上層。蜥蜴也跟過來。

我們下了車，搭電梯到一樓。戴起兜帽的大衛頗爲低調，那鬆垮的兜帽把他的臉藏得很好，他把西裝穿在寬鬆的衣服裡面。

「所以我們要怎麼進到法院？」荷莉問。

「我說過了，有個朋友要載我們一程。」我說。

昨夜把整座城市泡濕的大雨總算罷手了。金屬灰的天空隱然要透出陽光，像是火柴慢慢燒透火硝紙。

我們離法院六個街區遠時，我走進一間便利商店。蜥蜴叫大衛和荷莉跟著我，他們才進入這狹小的店面。店面的一半是熟食區，店主雷尼．齊格勒在門邊堆放了報紙、巧克力棒、用鋁箔紙包好的早餐三明治以及雜誌。過去三十年來，雷尼都負責送報紙給本地的法院。五年前預算刪減，取消了雷尼的訂單，直到一位新的高等法院法官上任——哈利．福特。哈利對加了很多墨西哥辣椒、熱騰騰的紐約客牛排三明治情有獨鍾，尤其是在孤軍奮戰了一夜之後。哈利上任沒多久，送早報的業務就恢復了——價格翻倍，內含一份免費三明治。

「今天早晨眞是爛啊，對吧，艾迪？哈利法官還好吧。他不是爲了上星期那件事才派你來的吧？我已經告訴他了，他想要三明治熱一點，就得用微波爐。」他說。

「跟那個無關。老實告訴你吧，我需要搭便車去法院。」

「有人打斷你的腿了嗎？從這裡過去才……」

我張開嘴巴，雷尼的句子戛然而止。他看看腳邊每份報紙頭版照片上的大衛，再看看我身後拉開兜帽的年輕人。

雷尼的廂型車停在店鋪後門外，蜥蜴和我幫忙把貨物裝上車。我們搬完以後，大衛和荷莉跳上車，坐在整疊的報紙上。我坐在輪拱處，蜥蜴則和雷尼坐前座。報紙的油墨味、三明治的肉味混雜著車上殘留的汽油與機油味。

沒有人交談。大衛摩擦雙手，然後又摳著指甲。

「不會有事的，大衛。」荷莉說。

大衛勉強勾起嘴角回應她的安慰。案件內容在我的腦子裡兜轉，我努力理出個頭緒。雷尼跟蜥蜴聊不太起來；蜥蜴忙著掃視車流與人行道——隨時提防任何潛在的威脅。爲了緩和尷尬的靜默，雷尼打開收音機。時間剛過八點，整點新聞以大衛的案件揭開序幕。他不想聽，但他也不想冒犯雷尼，所以他用兜帽蓋住耳朵，並且把耳機插進iPod。

「播報另一則新聞，港警已確認昨天由東河撈起的男屍身分。死者是班傑明·哈蘭，現年六十八歲……」

「嘿，雷尼，開大聲一點。」我說，冰冷的感覺由我的脊椎往四處蔓延。

「……是曼哈頓聲望卓著的律師事務所哈蘭與辛頓的合夥人。據信死者可能於週末在河灣駕駛帆船時發生意外。船隻尚未尋獲，死者二十三歲的女兒莎曼珊·哈蘭依舊下落不明。」

蜥蜴在座位上回身來看著我，等著看我作何反應。

荷莉告訴大衛我們剛才從廣播聽到什麼。

「這是什麼意思？現在是什麼狀況？」他問。

我搖搖頭，試著找出合理的解釋。

「唔，正當哈蘭與辛頓將要因美國史上最大規模的洗錢案而垮台，我不認爲班．哈蘭是出了意外。不是葛利托就是傑瑞．辛頓把他做掉了。哈蘭是兩名合夥人中賦予事務所正統性的人；當然，他是拿了傑瑞洗過的錢，但這事是傑瑞策劃的，他在利用哈蘭。現在一切都將攤在陽光下，傑瑞害怕了。他在消滅證人、清除障礙，準備等錢一入帳就捲款逃跑。遊戲已進入尾聲，這種非法活動不可能永遠持續下去。不久之後，大家都會被逮捕。傑瑞現在被逼急了，事務所要垮了，他們想躲起來。在他們逃亡之前，會更加鐵了心要除掉你。我們一定要撤銷你的告訴，讓你能去避風頭。你在這座城市待愈久，就愈危險。」

# 72

地下室的電梯把我們帶到市立法院大樓的十二號法庭。我剛剛從公布欄得知大衛的案子被排在那裡舉行。

這間法庭不大，座位頂多能容納一百個人。當我們到那裡時，已經座無虛席，被電視台記者、報社記者，或部落客佔滿。他們原本都在聊天，直到我們走進去。感覺就像我踩到某種靜音鍵，因爲人群發出的噪音立刻就停了，並且隨著我帶領大衛走向被告席，旋風般的提問也吹了過來。我們事先已討論過，他不該發表任何談話。

荷莉和蜥蜴跟過來，坐在我們身後保留給被告律師的座位。我把案件檔案放在桌上，審視整個法庭，大衛則在適應環境。檢方的桌子是空的，瑞德想要來個戲劇化的入場。書記官派蒂坐在高高在上的法官席前方。除了派蒂、法庭警衛，以及紐約半數的媒體，法庭內沒有別人。

至少我這麼以爲。

庫奇從派蒂的桌子底下冒出來，站起身，拉了拉褲頭，然後回頭指著派蒂桌子底下的電腦，悄聲吩咐什麼。派蒂點點頭。

庫奇從口袋拿出一張紙條，取出眼鏡盒裡的眼鏡戴上，開始唸紙條上的字；而派蒂則在電腦上打字。

派蒂微笑，朝庫奇點點頭。他對她眨眨眼睛，一手按在她肩膀上，然後湊到她耳邊說了句悄悄話。她笑了。他看到我在被告席，便繞過書記官的長椅、經過檢方席，坐到我右邊。

「都安排好了？」我問。

他豎起大拇指。

「大衛，我要向你介紹庫奇，他是你的辯護律師團隊的最新成員。」

大衛站起身，誠懇地與庫奇握手。於此同時，大衛忍不住打量他的新律師。庫奇的領帶寬到不可能是一九七四年後製造的，襯衫領子微微發黃，西裝倒是挺合身，應該是近十年買的。

「謝謝你幫我。」大衛說。

「我很榮幸。」庫奇說。

「艾迪，可以跟你講兩句話嗎？」庫奇問。

「好啊。」我說。

我們晃到證人席，那裡不會被人聽見。

「你今天贏不了預審的。」庫奇說。

「我並不指望能贏。我是有準備一些彈藥，但它可能是雙面刃……」我停止說話。庫奇在搖頭，他指的並不是證據。

「你知道我們的新法官是誰了，對吧？」我說。

他點點頭。

「不會是羅林斯吧。」我說。

他的臉皺起來，再次點頭，臉上帶著歉意。我執業的第一年全心關注的一件事，就是摸清每個法官的脾性。有的法官對特定類型的犯罪判得特別重；有的法官不能接受自我防衛的案子；有的法官遇到毀損罪就特別亢奮，也有特別興趣缺缺的；有的法官完全聽不進辯護律師說出來的任何一個字。

其中最糟的就是羅林斯法官，他剛當上法官不久，而且還不曾讓一個被告用低於五位數的保釋金交保過。他上任這兩個月以來，沒有駁回過一件檢方的案子，而且不幸被他審理案件的被告，有九成都被判了最重的刑罰。

他正在建立令人畏懼的名聲，消息在辯護律師之間傳得很快。這幾週下來的結果，正是這位新法官所期望的。認罪協議是家常便飯。沒有人對告訴提出異議。每一個被告都認罪，而法官手頭的案子已經看起來很少了。上星期他每天下午都很早就下班回家，因爲他已達成當天的目標案件數量。

我得想出辦法來應付羅林斯，如果我辦不到，這案子還沒開始就已經結束了。

「我馬上回來。庫奇，如果法官出現，就來叫我。」我說。

我解開外套釦子，從內側口袋取出手機，邊撥號邊往法庭外走。

她們幾小時前就應該落地了。大衛曾試著聯絡直升機包機公司，他們應該要在克莉絲汀、艾米和卡梅兒下飛機時去接她們的，但辦公室一直沒人接電話。我抬起頭，掃視走廊。沒有人往我這裡看。我一拳搥向牆壁，壓低音量不斷罵髒話。我有一種下墜的感覺，五臟六腑都衝向喉嚨，還有股巨大的衝動想要攀住什麼東西，以遏止世界繼續翻轉。我一手撐著門穩住身體，吸氣，吐氣。大衛需要我有個清醒的腦袋。

我告訴自己她們沒事。我唯一能做的就是祈禱她們在路上遇到什麼障礙——沒有訊號，或是她們把手機弄丟了？想到這裡，我的喉嚨緊縮，我用力閉上眼睛想要把這些念頭驅開。

有人輕點我的肩膀。

我有點吃驚地轉頭。

雷斯特．戴爾把一支手機遞向我，面無表情地說：「有人打電話找你。你有大麻煩了。」

# 73

我看出戴爾的眼角有一絲詭魅的笑意。

我接聽電話。

「艾迪。」克莉絲汀說。感覺好像我被連上電網一整夜，而聽到她的聲音就像拔掉插頭、切斷電路，讓我身上每一條肌肉都放鬆了。

安心的感覺足足維持了兩秒。

「老天，這是怎麼回事？我被逮捕了。」克莉絲汀說。

「什麼？」

「他們從雷莫的小機場就開始跟著我們。幾小時前，兩個聯邦探員把我們抓起來。直升機將我們載到格雷斯岬，他們一定有監控它。他們在路上等我們，差點把我們逼得開出高速公路。眞是爛透了。我以爲我們已經談好條件了。」

「等一下，妳們還好嗎？艾米沒事吧？」

「她被嚇壞了，我也是。他們抓我時，把她留在卡梅兒身邊。我現在在運囚車上，正在前往某個地方，我不知道是哪裡，這裡沒辦法從窗戶看到外面，但我想我們是去——」

通話中斷了。我轉身背對戴爾，把手機換到左手，然後說：「等我一下，別掛斷，克莉絲，告訴我……」

我以腳跟爲軸心轉身，肘擊戴爾的臉，順勢轉了一圈，緊接著用右直拳把他打倒在地。他還來不及反應，我已經撲到他身上，用膝蓋牢牢壓住他的肩膀。我彎下腰去，手指用力摳住他的臉。他挺起身子亂踢，但被我壓制住。

「你這王八蛋。你叫人去抓我太太。我女兒在車上，她有可能被害死。我們談好——」

戴爾的膝蓋用力撞向我的背。他扣住我的手腕，一腿跨上我的肩膀，然後用力推。我扭過身試著抓住戴爾的腳踝，兩手迅速往後方抓去。

不過比起抓住他的腳踝，我有更好的主意。

我讓他把我推開，以一個年齡幾乎是我兩倍的人而言，戴爾的速度讓我驚訝，他在瞬間便翻身壓在我身上。

他快速朝我的腎臟狠擊兩拳，然後我聽到警衛暴喝一聲，戴爾的重量便離開我的胸膛。

「雷斯特．戴爾，聯邦專案小組指揮官。」他拿出警徽，把證件伸出去給警衛看。我抬起頭，看到大湯米。

「這個人襲擊了正在執行勤務的聯邦執法人員，你看到了，馬上逮捕他。」戴爾上氣不接下氣地說。

我伸展一下背部，慢慢站起身，看著大湯米的肚子。他的頭比我高出好幾十公分。我頭暈目眩，於是半坐半跌回地上。我坐在那兒，雙腿伸直，呼吸很用力。我抬起頭，感覺到一股火辣辣的刺痛，看到湯米朝我點了一下頭。

「我什麼都沒看見。」湯米說完便走開了。

戴爾眼見他離去，罵了一句髒話，然後坐到十二號法庭外的長椅上。

「你想怎樣？」我說。

他笑了，摸摸嘴唇，往地上啐出一點血。法庭的門開了，有個記者把頭伸出來。我帶著凶狠的表情揮手打發他。他又把門關上。

「你老婆的豁免條件是她在審判時作證指控傑瑞．辛頓和班．哈蘭。你可能還沒聽說，班．哈蘭已經死了。今天早上在東河被發現的。他買了豁免的門票。辛頓在清理門戶。今天早晨紐約市警局找辛頓問過話了，據我們所知哈蘭的船離岸的時間，那傢伙有不在場證明。不幸的是，辛頓只是我們獎品的一半。那筆錢今天下午四點會進入曼哈頓的一個帳戶，而且是班．哈蘭名下的帳戶。我不知道辛頓要怎麼拿到錢，但除非我們壓著他把錢提出來，或轉到他名下，否則我們拿他毫無辦法。也許他根本就沒打算動那筆錢，也許他在別處藏的錢已經夠多了。我想這就是爲什麼最終的帳戶總是班．哈蘭名下的帳戶吧，這是一種自動保險機制。如果事情出了錯，辛頓可以幹掉哈蘭，把所有洗錢的罪名都推到死人身上。我們眞的沒有任何證據能把那些錢跟傑瑞．辛頓扯上關係。所以我們別無選擇，只能從班．哈蘭陷害的員工身上下手。而你老婆就是其中一人。」

他咳了幾聲，又吐出一點口水，定了定神，然後傾向前。

「豁免協定已經隨著班．哈蘭死去了，但我要給克莉絲汀最後一次機會，一切都取決在你身上，艾迪。大衛．柴爾德騙了你，他涉入的程度比你以爲的更深。他設計那套演算法不是爲了防堵網路攻擊——而是爲了躲避聯邦調查局和財政部的耳目。這不是完美的證據，不過也許足以讓我們將他定罪。幫我弄到認罪協商，讓他作證是傑瑞．辛頓命令他設計程式來洗錢，作爲交換，他會因謀殺被判十年，運氣好的話也許五年就能出來了。這是你現在唯一的選擇，也是克莉絲汀唯一的選擇。你應該要讓這小子認罪才對，不是幫他脫罪。你搞我，我就搞你。」

「我給你的手機呢？你不能從吉爾的手機查出什麼東西，證明是傑瑞．辛頓派人暗殺克莉絲汀嗎？」

「你把手機交給我的一小時後，就有人從遠端銷毀所有資料了。我們甚至不確定這是怎麼辦到的。聯邦調查局的科技人員都摸不著腦袋。」

我想到朗希默。既然他能在一分鐘之內追蹤到我的手機，自然也能清除手機的記憶卡。

「有人在陷害大衛並幫助事務所。我愈想愈覺得這傢伙有問題。我不知道他跟事務所有什麼瓜葛，不過他是整件事的核心人物。他的名字是伯納德·朗希默。」

「伯納德·朗希默是什麼人啊？聽著，艾迪，別胡說八道了。大衛殺了他女朋友，傑瑞·辛頓主導事務所的洗錢勾當——就這麼簡單。別走岔路了，這是你最後的機會。」

歸根結柢，就是要二選一。

大衛還是克莉絲汀？

我無法兩個都救。如果我不接受這個交換條件，最有可能的結果是大衛和克莉絲汀都在監獄度過餘生。這交換條件是合理的，我所要做的只是說服我的委託人認罪。

我慢吞吞地站起來，撫平西裝，調整一下領帶。

「我不接受。我回來執業的時候就跟自己說，我會做正確的事。大衛·柴爾德沒有殺那女孩，而我會證明給大家看。」

「你什麼時候開始在乎事情的正確與否了？你是個辯護律師。我不在乎要不要起訴你老婆，或是其他職員——我要的是合夥人。我現在逮不了班·哈蘭了，所以我需要傑瑞·辛頓，整個任務才能成功。」

戴爾的手機響了。

他接聽，然後掛掉。

「傑瑞·辛頓剛進電梯，不能讓他看到我們在一起。想想你在做什麼，想想你老婆。」

視線模糊了，我抹了一下眼睛，清清喉嚨。

「這用不著你來說，戴爾。」

「別忘了讓她知道你的選擇。我的人把卡梅兒和艾米留在原處，她們現在置身事外。克莉絲汀則正往這裡來。最多一個小時，運囚車就會把她送進看守所。如果到時候我們還沒拿到認罪同意書，她將被控以洗錢、共謀、詐欺等等班·哈蘭落水之後就躲掉的所有罪名。別再胡搞瞎搞了，給我弄到認罪同意書。做好你該死的工作，好好照顧你老婆。」他說。接著便起身走回法庭內。

大湯米站在離我大約六公尺的距離外，他確定戴爾離開後才轉身走掉。現在走廊上空無一人。

我從外套口袋拿出戴爾藏在腳踝處的武器，檢查後確認第一發子彈已經上膛，然後把這把儒格LCP塞在褲子後口袋，跟著他走進法庭。

# 74

傑瑞．辛頓高大的身軀堵住門口。我背對著仍然空著的法官席，站在中央走道上，手插在口袋裡，等他。

傑瑞在同樣一批律師助手的簇擁下，大步朝我走來。他的臉因爲有一層汗水而發亮。他看起來就像穿著千元西裝的角鬥士。

他在旁聽席就座前，說：「希望我很快就能見到克莉絲汀，我相信我們有很多可以討論的事情。」

他坐下來，扠起手臂。我轉身走回被告席，血液在我耳內奔騰轟鳴。我眞想扭斷辛頓的脖子。

然而我只是坐下來，把案件檔案打開。

「大衛，戴爾向我提出條件。他說你被哈蘭和辛頓雇用時，是爲了特定目的而設計演算法：也就是以保全程序之名行洗錢之實。我知道事實不是如此。」

「我不知道事務所的錢來源有問題，整個設計都是基於那些錢是合法的前提來進行的。如果他們送進來的錢是黑錢，那麼保護那些錢的演算法確實也會把它們洗乾淨。但我眞的不知道。我向你發誓。我不會作證說我寫了一個洗錢程式——那不是我的本意。」

「戴爾說如果你承認謀殺罪，並且作證事務所要求你設計數位洗錢方法，就給你判十年。我必須告訴你，我們今天是有幾招可以用，但檢方的本錢很雄厚，而我們又遇上很糟糕的法官。」

我略過了克莉絲汀的部分，我不希望蒙蔽這孩子的判斷力。整體說來，這條件很划算。

「我沒殺任何人，我也從來沒有爲了犯罪而設計任何東西。我不幹。」

如果原本我還存有任何疑慮，現在也煙消雲散了。有罪之人是不會白白放過這大好交易的，他們會用雙手牢牢抓住。有時候，即使這是錯的，清白的人也會接受條件；接受審判並冒險被判十五年，或是認罪關三年，司法遊戲不適合無罪之人生存。我發現自己很崇拜大衛；無論如何，這孩子都很勇敢。

戴爾要讓殺死蘇菲的凶手伏法，這我毫不懷疑。有過那種創傷的人再也不會跟原本一樣了。他們要不就是像個刺蝟，要不就是像戴爾一樣，不希望任何人遭受同樣的痛苦。他不能讓另一個被害者躺在泥土中，而凶手卻逍遙法外。此外，戴爾知道柴爾德絕不會承認在設計演算法時有犯罪意圖——也許是因爲那是事實。戴爾不在乎——就他所知，柴爾德是個殺人犯，而且是他爲事務所提供了洗錢的工具。他想利用柴爾德，爲了達到目的，他得掌控柴爾德的人生。認罪協商能賦予戴爾他所需要的所有掌控權，藉此把大衛當作對付事務所的武器。爲了拿到他要的武器，他把我太太的命置於險境。

我得好好打這場仗，一件一件來。先幫大衛洗清罪名，再想辦法搞垮事務所，才能拯救克莉絲汀。

「我相信你，大衛。」我說。

法庭後側的門開了，距離我們大約三十公尺。我聽到另一組人馬走進來。

「我感覺原力受到擾動。」庫奇說。

瑞德走在一群助理檢察官後頭，他們拖著證物箱與資料夾進入法庭。瑞德看起來很堅定。

這次他手裡沒有手機，他已經玩夠媒體遊戲了。他需要對他有利的一項判決，然後他才會把勝利散布在所有頻道、報紙、部落格和雜誌上。

「我不認爲他會欣賞你的《星際大戰》玩笑。」我說。

「很好。」庫奇說。

庫奇站起來，朝地方檢察官伸出手。

「我們應該沒見過面。我是麥克斯．庫奇隆，叫我庫奇就好。」

「麥可．瑞德。」他說，與庫奇握手。

「喔，我知道你是誰，只是你沒戴頭盔我就沒認出來。」

# 75

羅林斯法官從辦公室走出來，整理了一下法官袍，然後就座，法庭內變得一片寂靜。沒有人宣布開庭。羅林斯告訴書記官，他進來的時候不要喊肅靜，因爲「我本人代表的權威自會創造靜默」。這故事流傳得很快，有一票比較資深的辯護律師故意在羅林斯進入法庭時繼續大聲交談，就只是爲了氣他。

不過他並不需要有人氣他，就已經比平常更不爽了。

「現在開始進行『柴爾德公訴案』。」他說，一邊審視法庭，享受大批媒體的關注。

他望向檢方席，點點頭。「瑞德地方檢察官，很榮幸在我的法庭上見到你。」

「我一向樂於站在正義的一方。」瑞德說。

我聽到有些記者發出反胃的聲音，接著緊張而含糊的笑聲傳遍整個室內。羅林斯徹底忽視這些雜音，把注意力轉向我。

他年近五十，不過看起來更老一點。在我看來，他也快棄守他的腰圍了。儘管有那麼多贅肉，他並沒有顯得慈眉善目——在他淺褐色的頭髮底下，是憤怒的臉孔。他的膚色像泡得很淡的茶，嘴唇肥厚而乾裂。羅林斯原本是稅務律師，後來申請法官職位。在他成爲法官之前，他跟刑事法庭最接近的時候，是他開車上班經過刑事法院大樓的那一刻。

「這位是……呃……」他把登記事項表舉在面前，彷彿它有毒。

「我姓弗林。」我說，謹慎地先起立才對他說話。

「弗林？我以爲登記的律師是哈蘭與辛頓。」

「我是登記的律師，而且次席律師也有所更動。現在出席的是庫奇隆先生。」我說。

庫奇站起來，面帶微笑鞠躬。

我從羅林斯不悅的表情看得出來，他在法庭上跟庫奇打過交道。

「唔，在我們開始之前，我要問被告是否願意放棄聽證會。這些勢必都只是形式，弗林先生。你的委託人一定了解，若不是有充分的證據，他也不會被警方逮捕和控告。」

「我們不認同，所以我們才會在這裡，法官大人。這就是爲什麼我們會有預審聽證會，是爲了讓被告能質疑薄弱而不充分的證據……」

「我知道刑事訴訟的程序，弗林先生，你不用替我上課。」他說。他的臉色已經變得像被陽光曬熟的水果。

「檢方將傳喚他們第一位證人。」

瑞德手拿起薄薄一疊文件，由檢方席站起來，把文件交給書記官。

「法官大人，我能不能做個簡短的開場陳詞，說明證據及協助庭上？」

「當然可以，瑞德先生。」

「謝謝您，法官大人。我將簡短而徹底地展示到目前爲止，我們爲此樁謀殺案所保存的相關證據。檢方堅定地相信這些證據，在鑑識方面能以間接方式有力地證明被告大衛．柴爾德先生有罪。」

瑞德話講得很慢，眼睛一直盯著法官的筆，看著它在法官的筆記本上滑行。羅林斯盡可能記下每個字。瑞德知道他的習慣，所以刻意調整說話速度，確保法官一字不漏地記下來。這同時表示記者以及他的任何一個助理都能逐字記下他的演說。他的站姿雙腳分得很開，兩手輕輕合起，說話時就能自然地搭配手勢。瑞德是個經驗豐富的訴訟律師，他完全知道怎麼在法庭上展現自己的自信與權威。

「法官大人，我們將傳喚數名證人，以證明此案有再充足不過的合理根據。此案的被害者遭到殺害時，大衛．柴爾德是唯一跟她在一起的人。現場沒有別人，除了被告之外，不可能還有別人犯下這項罪行。此項證據將由兩名證人作證。葛許包姆先生，他聽到槍聲，還有大樓保全人員理查．佛瑞斯特先生，他發現了屍體。」

「犯罪現場調查員魯迪．諾伯將說明死因，並揭示加諸被害者身上的暴力行爲，只能形容爲激情犯罪。這是情殺。」

「然後，關於被告落網這方面，伍卓先生將作證他發生一起車禍，肇事責任在他，事發時他的車撞上被告價值百萬的布加迪威龍。伍卓先生在超跑中看到武器，於是報警，而菲爾．瓊斯警官由被告車輛的腳踏墊上，查獲他所看見的武器——一把小型手槍。」

「法官大人，我們不久前收到彈道證據，證明在被告車上找到的武器確實就是本案凶器。我們的彈道專家皮伯斯先生將作證，由被害者身上取出的子彈刻痕，符合案發後幾分鐘被告持有的武器。我們保留權利，提交這份專家報告而不傳喚皮伯斯先生。」

地方檢察官從波特之恥中學到了教訓，這項證據將直接送到法官面前，不給我交互詰問皮伯斯的機會。羅林斯將對這項證據照單全收——大衛車上的槍是凶器，而我一個字都不能提出質疑。皮伯斯的報告內容有一點讓我耿耿於懷——即使用了冶金復原技術，他還是無法在凶器上找到序號。基本上，美國每一把槍上都有製造商的序號——就算用銼刀把序號刮掉，專家還是能把武器泡在一種強酸裡，讓他們能用顯微技術追蹤槍被刻上序號時留下的印記。皮伯斯說即使他們嘗試這個方法，還是找不回任何序號。

「最後，」瑞德繼續說，「摩根警探將針對被告公寓的監視器畫面作證，那些畫面將不留一絲疑慮地證實被告就是凶手。」

「除非還有別的事，檢方在此傳喚第一位——」

羅林斯把注意力轉向我，臉上帶著疑惑。

「弗林先生，我要再次請你考慮，基於檢方的開場陳詞，你的委託人是否希望放棄這場聽證會。法庭的時間很寶貴，我的時間也很寶貴。」

大衛的腿在桌底上下抖動，焦慮像是咖啡因在他體內奔竄。我望向庫奇，他在讀早報，完全沒聽進地方檢察官說的任何一個字。瑞德看起來像個勝利者。我突然很在意自己穿著跟昨天一樣的西裝和襯衫。我還是沒刮鬍子，神經衰弱，我老婆即將被控聯邦罪名，而且我穿著這身衣服睡覺。

這些事同時在我腦海中亂竄時，我說：「法官大人，我們要進行這場聽證會。」

羅林斯法官嘆口氣，搖搖頭。旁聽席響起喃喃的耳語聲，羅林斯讓騷動過去，沒有多加評論。他似乎對我太不爽了，根本沒注意到。

「我不太能接受，弗林先生，這個案子勢必要由陪審團定奪。」羅林斯說。

我有兩個選項：不要甩這個混蛋，執意繼續聽證會，或是向羅林斯傳達一個訊息，冒險讓大衛更屈於劣勢。安全的選項是不管他怎麼說，就讓第一個證人出場。

但我這個人最愛冒險了，如果此招奏效，我就有了對付羅林斯的手段。

「法官大人，我可以上前嗎？」

「不行。我不認爲有任何私下談話的必要。這是公開聽證會，如果你有話要說，就直接說出來。」

我早就料到他不會讓我私下談話，他對我能說的任何內容都不感興趣。那好吧，我心想。

「好的，法官大人。辯方想提出聲請，請您迴避此案。」

現在輪到瑞德詫異地吃吃笑。

羅林斯把筆放在桌上，扠起手臂，似乎把屁股稍稍抬離座位。

「律師，你要我迴避有什麼根據？」

「因爲偏見，法官大人。我的委託人無法從您手裡得到公正參與聽證會的機會。您聽了瑞德先生的說法，而由您的發言可以明顯看出，您對此案已有定見。您的立場偏向檢方。」

「立刻到我的辦公室來。」羅林斯說。

我起身時，感覺手機震動。我等羅林斯轉過身去，才檢查手機。是甘迺迪傳的簡訊。

**我有了一些有趣的發現。我很快就到。**

# 76

「我這輩子還沒受過這麼大的羞辱。」羅林斯邊說邊在他的桌子後頭來回踱步。「我應該判你藐視法庭。」他說。

瑞德搖搖頭。「法官大人，我能理解您一定很不悅，不過這麼做會不會稍嫌過頭了？那也可能助長弗林先生的說法。」

我把雙手從口袋裡抽出來，審視著瑞德。他盯上我了，我必須要再小心一些，他是個危險的對手。

羅林斯用食指輕敲桌面，努力控制住脾氣，他脖子上鼓起的血管撐開衣領。

「你竟敢在我的法庭上提出這樣的指控。這是尊重問題，弗林……」羅林斯不再用正式的稱呼叫我。

「你要立刻在公開法庭上收回這無禮的指控，並且向我個人道歉。如果你這麼做，我會考慮要不要向律師公會投訴。你明白嗎？」

「完全明白。您建議由哪位法官來取代您呢？」

「你說什麼？」

「唔，顯然如果您要向律師公會投訴我，在他們宣告結果之前，您是不能繼續主持我委託人的案子了，您必須迴避。所以，誰是您的替代人選？」

他及時管住自己的嘴巴。我看得出羅林斯在想他低估我了。他不是第一個，還差得遠呢。

「我不敢相信你膽大妄為到敢站在這裡——」

「法官大人，恕我直言，您在公開法庭上兩度要求我逼迫我的委託人放棄預審。您甚至說這案子應該交由陪審團定奪，而您根本還沒聽到任何證詞。您只聽了地方檢察官的開場陳詞。在我眼裡，您已經決定這個案子要偏向檢方的立場了。」

「我當然還沒決定。」

「不過您能理解我的印象從何而來。」

他走到桌子後方的椅子旁，小心翼翼地坐下來。他多出來的那層下巴在領子上抖動，手指交錯擱在肚子上。他考慮著自己的處境，怒氣逐漸消退了——取而代之的是疑慮。

「我的話完全是順口說出來的，弗林先生，僅此而已。我只是在考慮是不是能加快這場審判的進度。你的委託人有權接受快速的審判。」

我沒有回答，只是低著頭，牢牢盯住法官，他只跟我對到眼神一秒就閃開目光。

「說真的，你沒有理由說我偏頗。」羅林斯攤開掌心，手指張開。他是在問我，不是在告訴我。自從他冷靜下來後，他就在腦中重複播放自己提出放棄預審的要求——懷疑自己是不是越線了。

我不發一語，由他去煩惱。

羅林斯望著瑞德，鼓勵他幫個忙。瑞德不想蹚這渾水，以免顯得他是在挺他的好夥伴——法官。他故意翻看證據檔案，藉此迴避法官的目光。

「弗林先生，我並沒有對你的委託人懷有負面的偏見，你可以接受這一點嗎？」

我雙手扠腰，點點頭說：「法官大人，既然您這麼說，我就願意相信，但我也不能懈怠對委託人的義務。法官大人，這一次我就不堅持要您迴避了，不過我保留再次提出的權利，如果有必要的話。我相信不會有這個必要。」

法官從椅子站起來，點點頭，揮手要我們回到法庭。我們走出辦公室時，瑞德趁著背對法官的機會咬著牙搖搖頭。他知道羅林斯爲他帶來的優勢這下沒了。

我扳回了一城。羅林斯身爲新科法官，並不想做出關於迴避的裁決，他怕我會因爲他決定不迴避而提出上訴。一個嬰兒期的法官最不樂見的就是讓資深法官來檢視他的表現，而他才剛上任五分鐘而已。因此，現在羅林斯會確保我沒有機會再提出他有偏見的說法——方法是給我多留一點餘地，對辯方再友善一點。而瑞德也猜到我的心機。我忍不住想要挑釁瑞德。

「要搞偏見這一套，不是只有你會。」我說。

他只能勉強用假笑回應。

瑞德和我回到法庭，羅林斯跟在後頭，人群發出的噪音靜了下來。我在辯方席就定位，瑞德回到講台前。

「法官大人，我們現在傳喚檢方的第一位證人，葛許包姆先生。」

庫奇對我比大拇指。

好戲登場了。

# 77 槍擊前九小時

李歐波德·麥斯米倫·葛許包姆先生宣誓之後，用純正的自治市公園口音，向書記報上他的全名。他的嗓音從胸腔內刺耳地傳出，像是塗了太多潤滑油的舊引擎咻咻作響。他解開花呢外套的釦子坐下來。我猜他將近六十歲。他那頭灰白夾雜的假髮看起來好像已有超過二十年的歷史，紅棕色的小鬍子則讓那不貼合的假髮顯得更加荒謬。他似乎並不在意。銀行裡有三千萬，過去有四次離婚紀錄，旁聽席還坐著未來的「前」葛許包姆太太——曾榮爲《花花公子》當月玩伴女郎的淺金髮色美女，她來此是爲了給丈夫精神上的支持；擁有這些的李歐·葛許包姆有本錢在外表上稍微偷懶一點。

我能聽到瑞德的檔案翻頁聲音、葛許包姆雙腳焦慮地輕點地板的細微聲響、空調的嗡鳴，以及我手中把玩的筆發出了嗖嗖聲；這是暫時的寧靜，瑞德即將用檢方的說法填滿聽證會的空白頁面。

「葛許包姆先生，你的職業是什麼？」瑞德問。

他對此早有準備：葛許包姆轉過身，全神貫注地看著法官，然後回答問題。

「我是重要電影的導演。」

法官瞪大眼睛，平素垮著的臉露出一抹微笑。

「我看過你拍的電影嗎?」羅林斯法官問。

「很有可能,法官大人。」葛許包姆在椅子上稍微坐直了一點。「兩、三年前,我導了一部電影,片名是《小溪童子軍》。」

羅林斯把筆放下,靠向椅背。

「唔,葛許包姆先生,我得說那是我最喜歡的電影之一,了不起的美國故事。哎呀,哎呀。你可以繼續了,瑞德先生。」

瑞德藉由這令人作嘔的一招,讓葛許包姆變得算是刀槍不入。如果我對法官最愛的導演下手太重,我會死得很慘。

庫奇傾身過來,悄聲提出建議。「對葛許包姆手下留情。羅林斯是重度電影迷,他愛死這傢伙了。」

「別擔心,我會把他變成我們的人。」我說。

庫奇那一對粗野而有特色的眉毛往上挑,都快碰到他頭頂了。當檢方有個法官或陪審團喜歡的證人,你若攻擊他們勢必會損害自己的案子。你只有一個選擇——翻轉他們;法官喜歡、相信對方的證詞是吧,那好,你只要使那證詞對你有利,而不是對檢方有利就行了。訣竅就在悄悄翻轉證人,不讓檢察官或法官察覺。

「謝謝您,法官大人。」瑞德說,「現在我要討論三月十四日傍晚的事件。葛許包姆先生,那天晚上你在哪裡?」

「我在我位於中央公園西大道的公寓裡,在看毛片。」

「你的公寓在幾樓?」

「二十五樓,在中央公園十一號的塔樓。塔樓每一層樓只有兩戶公寓,較低樓層每層樓則有三戶。」

「毛片是什麼？」

「噢，抱歉。毛片是前一天拍攝完整理出來的影片。我們前一天在小巷子裡拍一場槍戰，我正在邊看影片邊做筆記，要給剪接師看。」

「有任何人跟你一起待在公寓嗎？」

「沒有，只有我一個人。」

「你是什麼時候開始看毛片的？」

「大約七點半，吃完晚餐就開始看了。」

「那天晚上有發生什麼異常的事嗎？」

「是的。將近八點的時候，我聽到一連串響亮的砰砰聲。聽起來像槍聲。一開始我不確定我聽到什麼，我們拍的影片裡有一些武器的音效。不過後來我把電視音量調小，仍聽到一連串爆裂聲。聲音很大，而且速度很快。」

「你聽到幾聲？」

「我不確定，聲音太快了。也許五聲？也許更多。」

「你聽到這些聲音後做了什麼？」

「唔，我還是不確定那是什麼聲音。公寓的隔音效果滿好的，所以我不認爲那聲音來自街上。我心想那只可能是從樓下傳上來的，便打開陽台的門，走出去查看。」

「你看到什麼？」

「我把身體探出陽台，預期看到一輛車逆火冒煙，或是有人在公園放煙火。當時已經快到聖派翠克節了，有人提早開始慶祝也不是什麼稀奇的事。你也知道愛爾蘭人就是那樣……」

「你有看到你說的東西嗎？」

「沒有，先生。我仔細看了一下，這時候就發生爆炸。玻璃噴得到處都是。是從隔壁公寓的窗戶飛出來的。我只看了一眼就跑回屋裡。」

「請繼續說。」

「唔，我被嚇得很厲害，不知道發生什麼事了。我以爲有人拿來福槍掃射大樓，或是隔壁公寓有人開槍。我抓起手機就直奔緊急避難室。」

「我試著打九一一，但裡面沒有訊號。我不想走出那個房間，擔心萬一有狀況會趕不回來關門，所以我用了避難室的電話直接打給樓下的保全，告訴他們發生什麼事。」

「你有把自己鎖在緊急避難室裡嗎？」

「沒有，我有輕微的幽閉恐懼症，除非眞的別無選擇，我才會關上那道門。」

「下一個問題非常重要，葛許包姆先生。在你看到窗戶爆開，到你打給保全，這中間隔了多少時間？」

他就像所有善良誠實的證人一樣，花了點工夫思考。

「我馬上就打給保全了。我是說，我很害怕。所以大概是，嗯，十秒之內吧，我就拿起電話了。」

瑞德用華麗的手勢從檔案中取出一份文件，連同影本走向法官。

「法官大人，進行到這裡，我們想要引用檢方證據ＴＭ１。之後摩根警探會正式認證這項證據。若辯方允許，現在或許是引用它的適當時機？」

「我們不反對。」我說。

羅林斯點頭同意，接過文件影本，並要求書記官登錄。

「葛許包姆先生，這是你們大樓的保全紀錄。它數位化記錄住戶撥打緊急電話的時間。如你所見，紀錄顯示三月十四日晚上二十點零二分，你的公寓撥出一通緊急電話。正確嗎？」

「是的。」

「你會在這頁底部看到，保全人員理查．佛瑞斯特到達你公寓門口時，曾用無線電聯絡保全中心。紀錄中那是二十點零六分的事。這符合你的記憶嗎？」

「我想是的。」

「保全小組如何進入你的公寓？」

「我可以用緊急避難室裡的控制面板開門讓他們進來。當我從我家門外的監視器看到他們時，我馬上就開門了。」

「接下來呢？」

「我告訴他們發生什麼事，其中一個警衛走到陽台上。然後我猜他們就發現她了。」

「除了你公寓的前門之外，還有別的路可以離開嗎？」

「沒有。」

「就你所知，柴爾德先生的公寓是否也是類似的格局？」

「我相信是的。我租下公寓時就知道，我不能更動建築結構。我想柴爾德先生也受到同樣的租約約束。所有住戶應該都受到相同的條件規範。所以，對，前門是唯一的出口。」

「有沒有可能藉由你的陽台離開柴爾德先生的公寓呢？」

瑞德在把所有未交代清楚的疑點都一網打盡——毫無懸念地證明在凶殺案發生的時間點，柴爾德人就在犯罪現場。

「除非沿著建築外牆往下爬，像蜘蛛人之類的。」

「你說你進到緊急避難室之後，沒有把門關上，因爲你有輕微的幽閉恐懼症。那你還是能看見你的陽台嗎？」

「是的。」

「所以，在聽到槍聲和保全小組抵達之間的時間裡，你有沒有看到任何人離開柴爾德先生的公寓，進到你的陽台？」

「沒有。我一直在留意陽台，擔心有人會跳過隔牆，試圖跑進我的公寓。如果有的話我就要把緊急避難室的門關上了。除非眞的必要，我不想把門關上。我在密閉空間會很不舒服，自從我在松林製片廠一條隧道裡連拍了六個星期的夜戲之後就這樣了。」

「我問完了。」瑞德說完回座。

我站起來，扣上西裝外套的釦子，對葛許包姆露出微笑。

我其實只有一個問題，一個簡單的問題。我要把一顆雪球往山坡上丟，期許這個問題開始沿著坡道滾下來，並且愈滾愈大，滾到底部時，它會像大鐵球粉碎小木屋一樣，擊垮瑞德的論據。

我清了清喉嚨，正準備開口，法庭後側的門突然砰地打開。兩個聯邦探員一左一右把我老婆夾在中間。

即使隔得這麼遠，我仍能看見她的淚水、顫抖的雙手，以及纖細手腕上燦亮的銀色手銬。

# 78

法庭後側有排固定在牆上的座位，保留給法警、執法人員和保釋代理人。其中一名探員用大衣蓋住克莉絲汀的手腕，引導她坐到那裡。他們就是要我看見手銬，之後便可以維持低調。

我在人群中看見戴爾那張有鬍子的笑臉。他眨眨眼睛。

壓力。戴爾最愛利用壓力了。他會運用所有優勢來迫使交易完成。我看到辛頓從旁聽席站起來走出法庭，他經過克莉絲汀時朝她點點頭。

我感覺有根冰冷的尖刺抵住我的背，寒意往上蔓延到脖子，幾乎就像我腰間的手槍在呼喚我。我的眼睛發熱，考慮著是否快速拔出武器、抓住克莉絲汀，然後拔腿逃跑。如果我們能離開法院，就能躲起來。但那不是克莉絲汀或艾米能過的生活。

「弗林先生？」

羅林斯在叫我。我轉頭面對證人——背對我的妻子，背對她發紅而充滿哀懇的眼睛，這時我脊椎裡冰冷的刺痛感融化了。

要救她只有一種方法。她的命運和大衛．柴爾德的命運息息相關，就像我和她的關係一樣密不可分。我不信任戴爾，但我由慘痛的方式學會信任我自己的直覺。當下我並不能說出個道理，我就是知道如此。爲這孩子脫罪——我只要做到這件事，克莉絲汀的困境自然能解套。

「抱歉，法官大人。」

不出我所料，羅林斯翻了個白眼。我相信他仍然認爲這場聽證是浪費時間。

「葛許包姆先生，你聽到槍聲，便走到陽台上查看，接著你看到隔壁公寓的玻璃爆開。所以，子彈穿透柴爾德先生的陽台窗戶之後，你就沒再聽到任何槍聲了？」

他垂下目光，眨了眨眼睛，開始搖頭。

「沒有，有的話我一定會聽到。窗戶爆開後就沒有槍聲了。」

「我問完了。」我說，瞟向瑞德。他的筆尖在紙頁上停住，然後望向助理們，兩手一攤，好像在說：就這樣？

我心頭一喜，瑞德沒有看出端倪，如果案件的其餘過程也照我期望的進行，李歐．葛許包姆將成爲對被告有利的主要證人。

「檢方要進行再次直接訊問嗎？」羅林斯問。瑞德搖搖頭。

「傳喚下一位證人吧。雙方律師，我們要加快進度。」羅林斯說。

「檢方傳喚理查．佛瑞斯特。」

瑞德說話時不忘狐疑地打量我，他開始想他是不是漏掉什麼了。

走道上傳來腳步聲，我根本沒聽到門打開。是甘迺迪來了，他手裡抱著一疊文件，差點跟下一位證人撞個滿懷，因爲他一心想讓我看看他發現了什麼。

四張紙，四份文件，各複印成五份，分別要給我、法官、檢方、證人，以及要歸檔作爲證據原件。

我讀著文件的同時，保全人員佛瑞斯特開始宣誓。

「這是什麼？」大衛問。

「雪球，」我說，「嚇死人的大雪球。」

# 79

甘迺迪告訴我，他有一個在專案小組裡的聯邦調查局好哥們打電話告訴他克莉絲汀的事。

「我很抱歉，艾迪，這樣不對。我哥們告訴我卡梅兒和艾米都很好，她們還在格雷斯岬。至少艾米是安全的。」他說。

「她還太小，不該經歷這一切。在她受到那麼多驚嚇後，又眼看著母親被帶走……」我咬緊牙關，沒再說下去。不論還會發生什麼事，戴爾都要為我妻女受的折磨付出代價。

瑞德花了五分鐘左右，引導保全人員說明大部分的證據。他們提到葛許包姆最初的緊急求救電話、回應時間、進入葛許包姆的公寓，以及爬過兩座陽台間的狹窄空隙。他是個優秀的證人，回應清楚明白，而我從幾項提問中得知，佛瑞斯特以前是警察。馬德拉諾告訴過我，佛瑞斯特是因為一個有虐待狂的警佐而離開警界的。他不太能適應那一類的權力制度，不過倒是在中央公園十一號的保全小組找到自在的環境和更好的薪水。佛瑞斯特高而精瘦，衣領硬挺，西裝外套胸前搭配紅手帕，是個讓人感到精確、誠實的證人。

「你進到柴爾德先生的陽台後，看到什麼？」瑞德問。

「我先看到陽台地板上的玻璃。接著拔出武器，蹲低身體，朝室內窺探。就是這時候，我看到一個年輕的金髮女性屍體，面朝下趴在廚房地上。我看得出她的頭部受到重創，而她極可能已經身亡。」

「接下來你怎麼做？」

「我越過陽台進入室內，盡量避免踩到玻璃，然後我用無線電通知主管，要他進入柴爾德先生的公寓，說明我們遇上一具屍體，而犯人可能還在現場。」

「在你通報之前，你的主管並沒有進入公寓？」

「沒有。一般來說，未經允許，我們不能進入住戶的住處，除非我們有證據顯示他們或其他人的安全受到威脅。我們不是警察。那棟樓住著許多很有影響力的人，他們比大部分人更注重隱私。」

「請接著說。」瑞德說。

「我的主管報了警，告知警方我們即將進入公寓進行緊急搜索。接線員准許他這麼做，於是他帶著應變小組走前門進入公寓。我們仔細搜索公寓，沒有發現別的人。結束搜索後不久，紐約市警終於抵達。然後我們清理現場，我向摩根警探提供證詞。」

「謝謝你。」瑞德說，拾起他放在講台上的文件。

「弗林先生，你有問題要問佛瑞斯特先生嗎？」羅林斯問。

「是的，法官大人。佛瑞斯特先生，你進入公寓並發現屍體，然後你說你用無線電請求支援，於是你的小組搜索整間公寓。正確嗎？」

「正確。」

「描述一下搜索公寓的情形。」

「我們搜查了廚房、客廳、視聽室、樓下浴室，啊——接著我們進行了臥室、浴室和書房的部分。」

「還有哪裡嗎？」

「沒有了，唔——也沒有別的地方可以搜了。除了被害者之外，公寓裡沒有人。」

我父親溫熱的氣息拂在我耳邊。**人們相信眼睛能看到的東西**。

下一個問題很冒險。我並不確定他的答案，這讓我說話時感覺嘴巴很乾。

「你們沒有搜緊急避難室？」

警告標誌浮現在他面前，就跟交通號誌一樣大，閃著紅色表示危險。他思索著答案。

「當保全小組抵達時，他們已經得知柴爾德先生離開公寓了——所以沒有必要搜索緊急避難室。他是唯一能夠進入緊急避難室的人，而他已經離開了。」

這回答夠好了，該往下一題移動。

「佛瑞斯特先生，你曾擔任警職，所以你應該受過槍枝方面的訓練，有一些相關經驗？」

「是的。」

「根據你受的訓練和經驗，使用手槍瞄準並射完整個彈匣，重新裝彈，再射完整個彈匣，這過程要花多長時間？」

他把腮幫子鼓出來，然後說：「我不確定，也許半分鐘左右？」

「半分鐘。你能做得再快一點嗎？有沒有可能在十五或二十秒內完成？」

「十五秒眞的非常快，也許二十秒可以。」

「二十秒，好。我看到你戴著手錶，佛瑞斯特先生。」

他有一點詫異，瞇起眼睛，扁了扁嘴。「是的，這是我太太送的結婚週年禮物。」

「你的手機在身上嗎？」

「是的，我關機了。」

「在法官大人的許可下，我希望你暫時開機。」

「法官大人，我反對，這與案件有何關聯？」瑞德說。

「我會很快，法官大人。這與案件確實有關，我馬上就要說到重點了。」

「再快一點，弗林先生。」羅林斯說。

我們等著佛瑞斯特打開手機。這段暫停讓我對接下來幾個問題產生疑慮，但我相信冒這個險很值得。

「在我們等待手機開機的同時，佛瑞斯特先生，你能告訴我現在幾點嗎？」

瑞德對著法官抬起雙手。羅林斯點點頭，看著我。我用力瞪他，下巴繃得緊緊的，接著微微搖頭，目光在羅林斯和瑞德之間躍動，好像我在等著法官聲援瑞德，然後我就可以跳出來聲稱他立場偏頗。

「瑞德先生，我們暫且相信弗林先生吧。」

「謝謝您，法官大人。佛瑞斯特先生，你的手錶顯示的時間是？」

「十一點零二分。」

「你可以替我說出你後方牆上的鐘顯示的時間嗎？」

他扭過身去，盯著看了一下，然後說：「十一點零五分。」

「而你的手機顯示的時間呢？」

他按了個鈕，嘆口氣，說：「十點五十九分。」

「所以光是在這個空間裡，三個不同的裝置就顯示了三個不同的時間。佛瑞斯特先生，中央公園十一號保全紀錄使用的系統，跟保全監視器是不同的系統，對不對？」

「是的，它們靠兩種不同的軟體運作，用的系統也不同。」

「佛瑞斯特先生，在這件謀殺案發生後，你並沒有在任何時候確認過保全監視系統的時間碼與保全紀錄的時間碼是同步的，對嗎？」

他噘起嘴巴，在椅子上挺起身子。

「對，我沒有。」

我從甘迺迪給我的那疊文件中拿起第一份，把影本發給羅林斯法官、瑞德，以及證人。

「佛瑞斯特先生，這是案發當天晚上九一一緊急報案電話紀錄的影本。我想你知道當有住戶撥打緊急電話時，會有一封簡訊自動傳送給九一一，記錄這通電話？」

「我知道。」他說。

「你可以唸出這份文件上顯示九一一是幾點幾分收到簡訊的嗎？」

他的眼中彷彿有火光，他唸道：「二十點零四分。」

「謝謝你。」我說。

我坐下來，瑞德立刻站起來。

我突然間意識到對大衛不利的證據是多麼有分量，而辯護的論據只像一層薄冰。我必須小心地、緩慢地踩過這層薄冰，否則大衛、克莉絲汀，和我都會掉進冰冷而黑暗的深淵。瑞德即將在冰上敲出一道巨大的裂縫。

「佛瑞斯特先生，如果時間戳記存在差異，被告有沒有可能在謀殺發生前已經離開公寓了？」

羅林斯法官熱切地點頭——他也在想同一件事。

證人搖頭。

「不，謀殺不可能是在被告離開公寓之後才發生的。公寓的入口和出口只有一個——前門。監視攝影機的影片顯示柴爾德先生和被害者進入公寓，之後柴爾德先生離開。我親自和葛許包姆先生談過，沒有人經由陽台進入他的公寓，而且案發現場在二十五樓高。我搜索公寓時，裡頭空無一人。我之所以說不可能，是因為被害者受的傷不可能是自己造成的，而且除了被告之外沒有任何人離開公寓。能夠殺害克萊拉・瑞斯的人只有一個，就是大衛・柴爾德。」

# 80

我身體裡每根末梢神經、每條肌肉、每盎司的血液都要我回頭去看克莉絲汀，但我知道如果我這麼做，我將冒著全盤皆輸的風險。戰場在這場審判中。

我要自己保持專注。

我悄聲對大衛說：「別擔心，我們很好。」我們一點都不好。

大衛把恐懼吞下去，輕拍我的手臂。他仍然對我有信心。

至少有人對我有信心。

「諾伯警官。」瑞德說。

這個削瘦的男人戴著眼鏡，穿牛仔褲、紅藍格紋襯衫，配上完全不搭的白色領帶。他大步上前坐進證人席，腳上穿著牛仔靴，令人難以理解的是，這靴子讓整套服裝變得合理。

魯迪．諾伯警官宣誓後，開始用領帶末端擦眼鏡。地方檢察官最初的幾個問題確立了諾伯是個經驗豐富的犯罪現場調查員，他檢驗了被害者以及犯罪現場，並且用照片記錄下調查結果。

「諾伯警官，根據你對犯罪現場的詳細檢驗，以及法醫的發現，你對謀殺發生的過程會做出什麼樣的結論？」瑞德問。

「根據被害者身上的傷口，以及嵌在被害者頭骨中與地板瓷磚下混凝土裡頭的子彈，被害者應該是在臉部朝地趴著的情況下，頭部遭受槍擊。這一點讓我推論她最初是被人由背後射擊。被害者的腰部有兩處子彈射入的傷口，其中一枚子彈卡在被害者的脊椎裡，另一枚是完全穿透傷。那是——」

「抱歉，我可以打個岔嗎？什麼是完全穿透傷？」羅林斯問。稅務律師沒什麼處理槍傷被害者的經驗。

「這個詞彙是形容一枚子彈進入被害者身體後，又穿透身體離開。」

「我懂了，請繼續。」羅林斯說。

「根據這項證據，我相信這穿透被害者背部的第二枚子彈，不但在胸部留下很大的穿出傷口，而且也繼續飛出去射穿窗戶。」

「你是怎麼做出它就是擊碎窗戶的子彈這項結論？」

「我們在犯罪現場發現一個空彈匣，在被告車上找到的凶器裡有另一個空彈匣。這種武器每個彈匣能裝七發子彈，廚房地板上找到十四個彈殼，在被害者及被害者頭部下方的地板中，總計找到十三枚子彈。有一發子彈不知去向。合理的推論是這發子彈穿透被害者、打破玻璃，之後便無法尋獲。」

「陽台窗戶外頭有什麼？」

「窗戶俯瞰中央公園。我們搜索了公園的部分區域，但無法找出擊發的子彈。」

「在法醫的報告中，她認爲卡在被害者脊椎裡的子彈可能立即殺死被害者，或至少也使她喪失行動能力。根據你的專業，你認爲在被害者已經遭受近乎致命的傷害後，頭部又受到射擊，有什麼合理的原因？」

「激動。在我看來，那些頭部射擊是過度殺戮。那不是任何專業殺手會做的事——這是憤怒驅使的殺人案。」

「你爲何如此肯定？」

「凶手重新裝彈，然後把整個彈匣射光。」

「關於在謀殺案中出現這種程度的暴力行爲，有沒有任何官方統計資料？」

「有。統計數據顯示，當謀殺發生在住家，而且被害者死後還遭受高程度的傷害，那麼有百分之九十四點八九的情況下，被害者是被配偶或伴侶殺害的。」

在此之後，瑞德坐下。輪到我問證人話了。

我默默地站著，等待正在做筆記的羅林斯抬起頭聽我提問。過了足足十秒，法官才把注意力轉到我身上，感覺像過了十分鐘。諾伯趁這段時間喝了口水，然後調整領帶、檢查眼鏡。我則有時間東想西想，擔心各種事。就在羅林斯法官用倨傲的眼神看我之前，庫奇站起來，一手按在我肩上，悄聲說：「甩掉雜念，艾迪。」

我的腦袋變清晰了，緩緩開口。

「警官，我想你應該檢測過凶器尋找指紋吧？」

「是的，我沒有找到任何指紋。」

「對，我讀了你的報告，你說凶器上只找到菲利普．瓊斯警官的指紋，也就是他從被告的車裡取出凶器的，對嗎？」

「對。」

「不過你在報告中還提出另一項觀察。你說取出空彈匣的時候，發現了少量的土？」

「是的，一點點泥土。這只是一項觀察。我檢驗武器時必須記錄所有的發現。」

該換下一題了，該是翻轉葛許包姆的時候了。

「諾伯警官，你剛才在法庭中聽到葛許包姆先生的證詞了，對嗎？」

「是的，我聽了葛許包姆先生的證詞。」

「那麼你爲什麼要說葛許包姆先生說謊呢？」

羅林斯法官臉一沉，往回翻看他的筆記。

「弗林先生，證人有說葛許包姆先生說謊嗎？我的筆記裡不是這麼寫的。」羅林斯說。

「法官大人，他的證詞有表達出這樣的意思。請容我進一步說明。」

「好吧，不過我的筆記很仔細，弗林先生。麻煩你說得明確一點。」

我點點頭，吸氣、吐氣，再次開口。

「諾伯警官，葛許包姆先生說他聽到槍聲後，走到陽台查看底下的街道，然後他看到被告的公寓窗戶爆開。他說在窗戶爆開之後，就沒再聽到任何槍聲了。你接受這是葛許包姆先生的證詞內容嗎？」

「我接受這些都是他說的話，而且我沒有說他說謊。」諾伯說，他兩手一攤，臉上帶著不屑的笑容。

「但你就是啊，諾伯警官。你說被害者最先中的兩槍在腰部——一槍穿出身體，一槍讓她喪失行動能力，甚至可能讓她死亡，然後她才頭部中彈。是這樣嗎？」

「是的。」

「可是根據你的證詞，你說穿透被害者並擊碎窗戶的那發子彈，很可能是被害者站在窗前時射中她的第一槍或第二槍——接下來被害者趴在地上時，後腦杓才被近距離射擊。但窗戶爆開之後，葛許包姆先生就沒聽到任何槍聲了。」

「我不能代表葛許包姆先生發言，我只能評估證據。」

「證據，是的。凶器有可能裝著滿滿七發子彈的彈匣，再加上已經上膛的一發子彈，是不是這樣？」

「是有可能。但我們在公寓裡並沒有找到第十五個彈殼。」

「你們也沒有找到穿透玻璃的那枚子彈？」

「對，還沒有。」

「所以凶手有可能撿起這枚子彈的彈殼，把它丟出窗外？」我問。

「我不能說這完全不可能。」

「你的意思是，『是的，弗林先生，這是可能的。』」我說。

我聽到羅林斯法官在吸牙齒，發出令人不舒服、濕答答的聲音。他搖搖頭，記下諾伯的回答。諾伯的反應就像剛被罰留校察看的三年級學童。

「是的。弗林先生。這……是……可能的。」

「我只剩幾個問題要問了。我要你解釋你爲什麼認爲穿透被害者的子彈也射破了窗戶。難道不可能是被害者趴在地上時，凶手朝她的腰部開槍嗎？」

我花了太長的時間，瑞德站起來了。他嗅出空氣裡的血腥味，急著想要控制傷害。

「法官大人，這是預審聽證會，不是紐倫堡大審。弗林先生在不必要地拖長時間。」

「法官大人，我很快就要收尾了。想必爲了維護司法正義，以及我的委託人接受公正聽證會的權利，我應該可以被允許多使用一點時間。」

「動作快一點。」羅林斯說。

「謝謝您，法官大人。」我把注意力切回諾伯身上。他面露微笑，趁這段時間想出一個答案了，而我祈禱他想到的是對的答案，是我在等待的答案。

「這發子彈穿透被害者的身體時，她不可能趴在地上，原因有兩個。第一，那樣我們應該會在被害者身體底下發現大量的血液和組織。第二，那樣我們應該會在地板裡找到子彈，或是發現子彈打在瓷磚上的彈射痕跡。」

血液湧入我的臉頰。瑞德看到了，整張臉都垮了下來。我根本還沒開口，他已經知道我爲他的證人設了一個陷阱，而諾伯剛才直接踩下去。

「法官大人，」我說，「我有一項反駁證據，想要在此提出來。」

# 81

法官閱讀我剛才遞給他的文件，群眾則竊竊私語，像是午夜的湖水泛出輕柔的漣漪。在人群的騷動之外，我還聽見大衛焦慮地上下擺動膝蓋、鞋跟規律地拍擊地面的聲響。荷莉伸出手按在他肩上，使那聲音停止。

法官把文件捏在食指和拇指之間，好像它有毒似的，嘆口氣將報告交還給我。「好吧，別忘了也給瑞德先生一份。」

庫奇把一份影本丟向瑞德，它飛過空中，準確地落在檢方的桌子上。

「下次用手交給他，庫奇隆先生。」羅林斯法官說。

我等了大約十五秒讓瑞德略讀報告。當他捏緊紙張的手抽搐了一下，不小心撕破頁角時，我就知道他已經讀完了。我把影本遞給證人。

「這份報告是由一位聯邦調查局外勤探員希歐．費倫茲所寫。報告中詳細說明針對大衛．柴爾德公寓中，緊急避難室地板的檢驗結果。報告最後，你能看到兩張用白紙列印出來的照片。」

「我看到了。」諾伯抿緊嘴唇說。

「第一張照片的註解是：『緊急避難室地板，用發光胺處理後之情形。』是說，發光胺是什麼？」

羅林斯法官揚起一眉——我感覺在他有限的經驗裡，犯罪現場的分析並不常出現。

「發光胺是一種化學藥劑，噴灑在物體表面再用螢光燈照射，可顯示血跡。」諾伯解釋。

「謝謝你。你沒有搜查緊急避難室嗎？」

「我並不知道有一間緊急避難室。」

我舉起那幅克勞迪奧的建築平面圖，它清清楚楚地標示出緊急避難室，這是我從大衛公寓牆上取下來的。

「這幅圖就掛在牆上，你沒注意到嗎？」

「沒有，我們不會去注意掛在牆上的東西。不管怎麼說，緊急避難室是供住戶使用的。我們由大樓的保全人員那裡得知，住戶柴爾德先生已經離開大樓了。」

「我們回到聯邦調查局的報告上，它指出在柴爾德先生公寓的緊急避難室地板上，發現了大量新鮮血跡，我們可以從照片中的紫色區塊看得出來，是嗎？」

「是的。」

「除此之外，第二張照片近距離拍攝出混凝土地板上有個凹痕，位置差不多就在血跡的中心點，而根據聯邦調查局的報告，這凹痕符合子彈打到地板再彈開的痕跡，是嗎？」

「是的。」

「根據費倫茲探員在地板受損的區域發現的染血纖維，與被害者當天穿的上衣類似？」

「根據這份報告，的確如此。我並沒有機會——」

「先等一下，」羅林斯法官說，「弗林先生，這一切代表什麼？」

「這代表被害者是在緊急避難室遭受背部槍擊的。她很可能在那裡死亡。這代表在她死亡後過了若干時間，屍體被拖到廚房，然後腦後被射了十二槍。諾伯先生，我說的對不對？」

他用力抿著嘴巴，嘴唇噘向鼻子。

「看起來可能性很高。」諾伯說。

「如果是這樣的話，考量到其他的射擊都很精準，凶手是刻意朝窗戶開槍的？」我問。

「有可能。」

「也許是爲了吸引葛許包姆先生的注意力，誘使他通知保全？」我說。

「反對，法官大人，這純屬臆測。」瑞德說。

隔了一秒，羅林斯法官說：「反對有效。」

我不以爲忤。這想法已經進入羅林斯腦海了。最後一個問題。

「你提出的結論是，被害者頭部中彈多次，是因爲攻擊她的人情緒極爲憤怒。不過其實還有另一種解釋：這樣的傷害手段會不會是刻意想要毀掉被害者的臉，使警方無法藉由她的五官或牙醫紀錄來確認她的身分？」

「我無法排除這種可能。」諾伯說，在椅子上換姿勢。

我花了點時間評估，思考我做得夠不夠。法官看起來完全被搞糊塗了。我決定見好就收。

「我問完了。」我說。瑞德不想再繼續問這個證人。

我想我還是把最有力的武器留給最後一個證人：安迪・摩根警探。

諾伯離開證人席時差點摔倒。他一秒都不想多待。

「各位，我建議我們短暫地休息一下。瑞德先生，你的下一個證人是誰？你可以在休庭期間先替他們做好準備。」

「法官大人，我們要傳喚與被告發生車禍的車輛駕駛，約翰・伍卓先生。」

**不，你別想，**我心想。

我站起來，尋找克莉絲汀，當我經過蜥蜴時，我把他的手機藏在掌心。

# 82

我的腸胃在沸騰。

我一邊掃視法庭內，一邊朝著門走；我加快腳步，轉走爲跑，頭部左右擺動，目光搜尋我的妻子。

沒有。

她不見了，跟她在一起的探員也是。克莉絲汀被帶走了。我用力推開門。走廊幾乎是空的，只有兩個人。我右邊的是派瑞．雷克，或以地方檢察官的紀錄來看他叫約翰．伍卓；左邊則是戴爾。我提醒自己我有任務在身。

派瑞．雷克靠在牆上，用拇指滑手機。他看到我朝他走去，訝異地張大嘴。

「艾迪……我……不知道這事跟你有關。抱歉，老兄。」

「伍卓先生，拿著這個。這支手機上有一些照片。手機響的時候你務必要接。」我說，把蜥蜴爲了做這件事而交給我的手機遞給他。我沒再多說什麼，轉身走向戴爾。

戴爾蹺著二郎腿靠牆坐在長椅上，他本來望著手機，現在抬起頭說：「艾迪，這是你自己的錯。我告訴過你該怎麼做了，你爲什麼就是不聽呢？」

「她在哪裡？如果她被逮捕了，她有權利打一通電話以及請律師。」

「那只適用於她被拘押在警局或是聯邦看守所的情況下。你自己是律師——應該很清楚才對。」

「你們必須盡快處理她，你們現在是違法監禁她。」

「你想告我嗎？最好想清楚。」他說完站起身，示意我跟著他。他走向俯瞰廣場的大窗戶，停在離窗戶幾十公分外，用手勢要我往外看。

我感覺手機震動，拿出來查看，發現克莉絲汀的號碼傳來一封簡訊。

**第三扇窗戶，靠近樓梯間那個。往街上看。**

我衝到窗邊，感覺心臟從十層樓高急速墜落。

在十層樓底下的人行道上，克莉絲汀抬頭盯著我。這是轉瞬即逝的一刻，我在瞬間有了可怕的頓悟，感覺像被榔頭狠敲。事務所的一名保全推著她坐進一輛黑色禮車。我用力敲玻璃，不顧走廊上的路人側目及發出驚呼，咬牙切齒地看到傑瑞．辛頓手裡拿著手機，大概是克莉絲汀的手機。他隨著她坐上車。他們加速駛進車流，從我的視線消失。

「你別想再打我，我已經受夠跟你瞎胡鬧了。你敢輕舉妄動，我就把你給宰了。這是你的錯。你只需要替我弄到認罪同意書，但你就是做不到，不是嗎？」戴爾說。

「你做了什麼？」我邊說邊搖頭。

「我什麼也沒做。我們放她走，有人把她接走。跟我無關。」

我的耳朵因血液而嗡鳴，雙手也在顫抖。我幻想我的雙手——圈住戴爾的喉嚨、用力掐緊他的脖子，感覺他的氣管塌陷，看著他眼睛的微血管爆裂。

他看了看錶。

「如果柴爾德的演算法是正確的，四小時後錢會落入曼哈頓中區的一個銀行帳戶。要是到時候我還沒拿到認罪同意書，我就不保證她能安全了。現下事務所想知道克莉絲汀對這些事了解多少，又告訴了什麼人。他們會把她帶回辦公室。他們要知道聯邦調查局掌握了哪些對他們不利的證據。他們已經知道有某種協議在進行了，畢竟有個聯邦探員當庭交給你一些文件。那還眞是愚蠢。」

他說的對。我沒想到如果事務所在看的話，會給他們什麼觀感。愚蠢的一步。我轉過頭，聽到派瑞接起我遞給他的手機，才沒過幾秒，他就跪倒在地。我能體會他的感受。

「你認爲她能堅持多久？一小時？五分鐘？五秒鐘？我猜在錢進入哈蘭的帳戶前，他們不會使出殺手鐧。我們會盯著點，確保她不會被傷得太嚴重。」

「我要給你最後一個機會，艾迪。我不要傳喚大衛．柴爾德，我要他受到協議的約束，受到我的掌控。地方檢察官提出什麼樣的條件都沒差，你們接受就對了。如果他按照我的意思作證，我還是可以替他減少個幾年刑期。」

「你的意思是你要他說謊。你要他假裝自己殺了他女朋友，還要作僞證說他設計製造了一個讓事務所能洗錢的系統。」

「你現在才想通嗎？我還以爲你很聰明。」

「他絕對不會承認犯下他沒做的謀殺案，至於那套系統，他是出於善意而建的。如果事務所拿它來做非法用途，是他們有問題。這是謊話，而且會毀了他。」

「他早就已經毀了。即使他被宣告無罪，大眾也絕對不會相信他是無辜的，這種屎會永遠黏在人身上。但克莉絲汀不必受這種罪，只要大衛認罪，我們就會保障她的安全。一切取決於你。不用擔心大衛．柴爾德，就像我說的，屎是會黏著人不放的，而他已經陷得太深，你救不了他。」

戴爾用肩膀頂開我，從我身邊走過，回到法庭內。我轉身，看到派瑞以他瘸腿的最快速度朝我走來。他把手機還給我，用嘴形說「抱歉」，然後拖著腳進電梯，匆忙到差點跌倒。

走廊彷彿縮小了。我吞了吞口水，試著抑制反胃感，拚命找回鎮定。

蜥蜴走出法庭來到我身邊。我不得不靠在他肩膀上，大口深呼吸。我們找了個角落，好讓別人聽不見我們的對話。

「看來你的老朋友派瑞並不想跟伯特與恩尼見面。他說他得離開一陣子，去托皮卡看他阿姨。」

「戴爾讓克莉絲汀溜出法庭，結果事務所在等她。這全是爲了向我施壓，要我放棄大衛的案子，逼他認罪。派瑞有告訴你是誰雇用他撞大衛的車嗎？」

「他認得手機裡照片上的人，說是第三張照片的人。」

「他確定嗎？」

「百分之百確定。你要讓大衛認罪嗎？」他問。

「我不信任戴爾。他樂於讓克莉絲汀冒生命危險，我可不確定他願意救她。」

蜥蜴找出手機中的第三張照片，是我偷拍的朗希默。

「該死，大衛是對的。」我說。

「你說你需要蜥蜴。」蜥蜴說。

「克莉絲汀在事務所手裡，我想他們帶她去萊特納大樓了。你還記得我們第一次見面時，你的廂型車後頭有個鋼盒，裡面放了些玩具嗎？」

「它還在。」他說。

「我需要你這麼做……」

蜥蜴唸了聲萬福馬利亞便出發了，快步衝下樓梯。在這整個見鬼的事件中，他大概是我唯一徹底信任的人。後方傳來沉重的腳步聲，甘迺迪輕拍我肩膀。

「是朗希默，他付錢要駕駛撞大衛的車。我剛剛確認過了，就是他設計出整件事，而我在法庭上沒辦法使用這項證據。你得把他抓起來。」我說。

「我們會的，但我們還沒有掌握全部的資訊。這個改變了狀況。」他把手機舉向前，螢幕上有個影像。

「你要我去查是誰看過了那份關於槍擊殘跡與安全氣囊的法文報告。我打去大學，他們說在線上購買那篇文章的人只有你一個，昨天買的，他們那裡有紀錄。除此之外，那份報告從來沒在任何期刊上發表過。只有在另外一個場合上能看到報告的一部分，那就是去年的國際刑警組織會議。我拿到了出席者名單，沒有什麼特別引人注意的線索，所以我打到國際刑警組織，索取參加那場演講的會議代表通行證資料。總共有十四名代表出席，而我們要找的是這一個：莎拉．卡蘭。」

我再看看甘迺迪手機裡的影像，這次我看出關聯了。

「你是在開玩笑吧。」我說。

他搖搖頭。

「艾迪，這到底代表什麼鬼？」

當下我還不知道。

「你查到這個莎拉．卡蘭的背景資料了？」

「我的主管要用電子郵件寄給我。我告訴他專案小組發生哪些狀況，他跟我一樣氣個半死。他不希望這件事在我們面前炸掉。」

我告訴他克莉絲汀的事——他聽了忍不住畏縮。

「我聽說專案小組正在前往萊特納大樓，他們要疏散員工，逮捕辛頓和事務所的保全人員。她不會有事的。我會囑咐斐拉和溫斯坦，確保她受到照顧。」他說。

# 83

「法官大人，我們似乎遇到一點困難，無法確認下一位證人伍卓先生人在哪裡。」瑞德說，「他的證詞是關於車禍以及在被告車上看到凶器。我們無法進行這部分的證詞，不過我們這裡確實有在車上發現凶器並執行逮捕的員警。檢方傳喚巡邏員警菲利普・瓊斯。」

一名制服員警走上前，他體格健壯，年紀四十出頭，深色頭髮，臉頰有一層隱隱可見的鬍碴，雖然他顯然今天早上才刮過鬍子。

「警官，據我了解，你最近離開警隊了？」瑞德問。

「不算是。我逮捕被告的那天，原本是我擔任警職的最後一天，不過由於這個案子發展成重大案件，我同意多待一個月，協助進行起訴。」

瑞德感謝他的付出，然後快速問出開場問題：擔任警職的時間、有哪些經歷、如何出現在車禍現場。快問換來快答，瑞德迫不及待想切入重點。

「警官，在車禍現場，你站在被告車輛副駕車門旁的時候，看到了什麼？」

「一把手槍，就放在腳踏墊上。」

「你確定那是一把槍嗎？」

「我看得很清楚。我打開車門，拿走武器，然後向嫌犯問話。他說他沒有槍，也從沒見過這把槍。」

「謝謝你，警官。請留在證人席，弗林先生可能有一、兩個問題。雖然我無法想像會是什麼問題。」瑞德說。

「你確定這會有用嗎？」大衛說。

「我必須試一試。」我告訴他，邊拍拍他的肩膀邊站起來。他愈來愈適應肢體接觸了——很可能是因爲，儘管他沒有意識到，但他現在頗爲需要這類接觸。

「警官，你眞的很快就趕到了車禍現場，這是怎麼辦到的？」我問。

「並沒有那麼快吧。我接到派遣中心的呼叫時，離現場大概有兩個街區的距離，所以我就回應了。」

「你接到呼叫時是在什麼地方呢？」

他在回答前先吸了口氣，然後微微搖頭。

「我不是很確定，就在附近。」

「你說你離車禍現場大約兩個街區遠，表示你一定有點概念吧？」

「我想我在西六十三街附近。」

「你確定嗎？」

「對啦，對啦，我確定。」他說。

我把派遣中心的紀錄遞給證人，這是甘迺迪幫我弄來的。我給了法官和瑞德各一份影本。

「你的帽子裡還有兔子嗎？」瑞德問。

「只剩幾隻。」我說。

「這是凶案當晚派遣中心的錄音檔逐字稿。撞上被告車輛的皮卡車駕駛伍卓先生通報他的位置在西六十六街與中央公園西大道交叉口。你可以唸出你回應派遣中心的內容嗎？」

他清了清喉嚨，然後自信地、甚至冷漠地唸道：「『二十C正前往處理。我在西六十三街，即將轉入中央公園西大道。』我隸屬二十分局，然後我的車是C車，這是我的呼叫代碼。看吧，我說對了，我記得沒錯，我是在西六十三街。」他說時帶著微笑。

「所以你接到呼叫時，人在西六十三街。我假設你當時在巡邏？」

「沒錯，我在移動。」

法官搖搖頭。我得明明白白解釋給他聽。

「你說你在移動的意思是，接到呼叫之前，你正開著車在那一區巡邏，是嗎？」

瓊斯微微遲疑了一下，然後說：「是的，我那天下午開始一直都在巡邏。」

「而你回應呼叫後，立刻就前往車禍現場了？」我問。

「是的。我開到西六十三街盡頭後，左轉到中央公園西大道上，車禍現場就在前方三個街區外。」

羅林斯法官點點頭，快速瀏覽他的筆記。到目前爲止，瓊斯警官都很坦率。

「警官，那天在二十C巡邏車上只有你一位巡邏員警嗎？」

「是的，我的年資很深。我不是警佐，但我當警察已經夠久，可以一個人出外勤。」

「你報考警佐升等考幾次均未通過？」

「這有何相關？」瑞德問。

「法官大人，請給我一點鋪陳的空間。」我說。

「我允許。」羅林斯說。

他咳了一聲，說：「八次。」

「據我了解，你已有了新工作；你要離開警隊？」

「是的，我即將去伊拉克替一間私人保全承包公司負責保全工作。那裡比曼哈頓危險一點，不過薪水是我當警察時的三倍。」

「眞好。你是什麼時候找到這份新工作的？」

「我在兩、三個月前獲得公司的確認。」

「你的簽約獎金是多少錢？」

「我必須回答這個問題嗎？」

「法官大人，這是我在這個主題上的最後一個問題了。」

羅林斯法官點頭，瓊斯搖搖頭。他雙手合十用力按壓，指尖都發白了。

「二十萬美元。」瓊斯說。

我不動聲色，不過我看到羅林斯法官鼓起腮幫子。

「你在那天之前從沒見過被告嗎？」

「沒有。我顯然聽說過他，不過沒有見過本人。」

「所以你跟他沒有任何過節？」

「沒有。我是執法人員，我們不會跟人有過節。而且如我所說，我從未見過他。」

「你沒有理由對這些問題撒謊，對吧？」

「完全沒有理由。」他說，搖搖頭，噘起嘴巴。

「又不是說你想升遷，你都要接受另一個薪水更好的工作了，不是嗎？」

「是啊。」他邊說邊扠起手臂。

「那你爲什麼要說謊呢？」

羅林斯法官迅速轉頭看我，然後又轉去看證人。

「我沒有對任何事撒謊，律師。」

我拿起甘迺迪弄來的最後一份文件，把影本發給法官和瑞德，然後也給了瓊斯一份。他有點勉強地接過去，掃視了一下，然後垂下頭。

「警官，這是謀殺當晚你巡邏車上的全球衛星定位系統紀錄。紐約市警局的每一部車輛都裝有追蹤器，是嗎？」

「對，我們有追蹤器，可是……」

「這是那天晚上你的巡邏車在紐約市警局留下的移動紀錄。請花一點時間仔細看一遍，然後告訴我追蹤器顯示你是幾點幾分出現在西六十三街的。」

他沒有讀報告。他搖搖頭，呆呆地盯著紙頁。他已經知道了。瑞德和羅林斯迅速掃描，尋找相符的紀錄。

「也許我可以協助你，警官。報告證實你的巡邏車在那天根本沒有開進西六十三街過。」

「也許衛星失靈了。」瓊斯說。

「不，並沒有。我們往回看，紀錄顯示你的巡邏車在西六十六街與中央公園西大道交叉口停了二十三分鐘，那時你在處理車禍、找到槍，並逮捕柴爾德先生。在那之前，你的巡邏車沿著中央公園西大道開到車禍現場。事實上，你前往車禍現場時還經過西六十三街的路口。」

瓊斯點點頭，但沒有回答，他環顧四周尋求救助。沒人伸出援手。

「所以你剛才作證說你在西六十三街盡頭左轉到中央公園西大道上，這是個謊言囉？」

「不，我是弄錯了。」

「紀錄顯示，在你開到車禍現場之前，你的巡邏車在中央公園十一號外頭停了三十三分鐘。你對派遣中心撒謊？」

「我是犯了個錯，我……」

「你當警察的年資很深，這是你自己說的。你現在是要在這個法庭上說，你無法分辨中央公園西大道和西六十三街嗎？」

「不是，我只是弄錯了。」他說。

「弄錯，不是說謊？」

「不是，我是弄錯了。」

「所以克萊拉．瑞斯遇害的同一刻，你就停在她那棟建築的對街，只是個巧合囉？」

「是的。」

「你回應派遣中心的呼叫去處理車禍，後來演變成逮捕被告及查獲凶器，也是巧合？」

「對。」

「今天早上諾伯警官提出證詞時，你在法庭內嗎？」

「是的，我在。」

「你聽到他的證詞，說他退出凶器中的彈匣時，在裡面找到沙土或泥土？」

「他是這麼說的。」

「你也聽到他作證說，凶手有可能故意朝柴爾德先生的公寓窗戶開槍，動機或許是要驚動鄰居葛許包姆先生？」

「我有聽到。」

「打破窗戶可能還有另一個理由。柴爾德先生的公寓在該棟建築的二十五樓。以那樣的高度來說，不需要力氣很大的人，也能把凶器丟到對街的中央公園裡面，對不對？」

沉默。證人動也不動，根本放棄回答這個問題。他眼睛發直，彷彿穿過我看向後方。在大衛那棟大樓的門口，就連五年級學童都能把球丟進公園。而從大衛位於二十五樓的公寓陽台，你他媽吐一口痰都能飛進公園。

「你的巡邏車在公園旁邊停了很久。你在大樓對面的公園裡等待，眼睛盯著被告的陽台。公園裡的那個區域相當隱密，你躲在樹籬後面。一切都經過精心策劃，因此你確切地知道在幾點幾分的時候，那把槍會從陽台丟進公園。你一直等到武器從公寓丟出來，然後你從草地上撿起槍，擦掉泥土，再把它塞進外套……」

「簡直是狗屁——」

「在法庭內請注意用語。」羅林斯法官瞪著瓊斯說。我覺得在羅林斯臉上看到一絲光芒，在他眼裡有小小的火光——他開始懷疑了。我得助長火勢。

「你回到車上後，拔出你踝部槍套的備用槍，把它鎖在置物箱裡，然後將凶器插進你的槍套，對不對？」

「這是……謊言。」

「警官，你搜查了被告身上、他的包包，以及整輛車，是不是？」

「的確如此，我搜了。」

「而你沒有找到手套？」

「我沒有找到手套。」

「儘管沒有手套，或是可以仔細清理凶器的工具，手槍上卻沒有發現被告的指紋？」

「我想是沒有。」

「瓊斯警官，手槍上只有你的指紋？」

「我撿起槍的時候應該戴手套的。」

「你指的是你在中央公園裡從泥土上把槍撿起來的時候？」

剎那的遲疑，然後他說：「不是。」

「你沒能把凶器上的所有泥土都清乾淨，不是嗎？我猜你的時間不太充裕。街上不會有人看到頭上有把槍飛過，但你得趕緊把它從草地上撿起來。」

他沒有回答。

「伍卓先生不在這裡，沒辦法作證他看見什麼。這裡只有你。當你彎下腰去看大衛的座位踏墊時，你從踝部槍套取出凶器，然後舉起來讓道路監視器拍到？」

「才沒有。」

「西六十三街和中央公園十一號只相隔兩個街區。你不認爲派遣中心會注意到，也沒人有理由懷疑你所在的位置，至少你是這麼想的。你謊報了你的所在位置，是因爲你不想跟凶案現場扯上關係，以免有人把事情兜在一起，對不對？」

「我是對派遣中心撒謊了，我當時在開小差。在我把槍從你的委託人車裡拿出來之前，我跟它一點關係也沒有。我說的是實話。」

「所以說，不久之前你才在宣誓後撒謊作僞證，但你現在說的是實話，是嗎？」

「是啊。」

「所以你是個誠實的騙子？」

他站起來，指著我大吼：「你眞是滿嘴屁話。」

法官沒有責備他——他已經聽夠了。

「再問最後一個問題就好，」我說，「二十萬元是栽贓凶器的行情價嗎？」

瓊斯用手背抹抹嘴巴。他還想說更多話，他想說的話還多得很，他整個人都被激怒了，但他似乎努力在踩煞車，努力阻止自己擴大損害。所有目光都在他身上。他靠向椅背，望著法官，說：「根據不自證己罪的原則，我拒絕回答。」

我坐下來。瑞德沒有看瓊斯，只是伸手指著門。他要瓊斯滾出去，連個眼神都沒給他。

# 84

## 槍擊前兩小時

「艾迪，我覺得法官已經開始思考我們的論據了。」大衛說。

「光是思考還不夠，他得相信才行。」

「檢方傳喚安迪．摩根警探。」

一個穿著褪色棕色西裝的金髮警察把口香糖吐到手裡，掛掉手機，然後將口香糖和手機放進同一個口袋。無論那通電話的內容是什麼，都讓他顯得憂心忡忡。從他漲紅的臉龐看來，我猜他也在擔心我會問他什麼。他已經看到兩個警察敗下陣來，現在輪到他上場。他宣誓，用手指梳過頭髮，我注意到他前方的頭髮有一塊變白了，幾乎就像他褪色的西裝一樣明顯。我感覺手機在震動，拿出來查看簡訊。蜥蜴傳了封新簡訊給我。

**聯邦調查局的人剛出現。你要我出手嗎？**

我在桌子底下打字回應。

**不要。他們會把克莉絲汀帶到別的地方。盯著，她身邊沒人時跟我說。**

地方檢察官帶領摩根講了一遍他參與的部分：派遣中心轉達，制服巡警已確認大衛公寓裡的屍體可能是凶殺案被害者，他抵達大樓，搜查柴爾德的公寓，記下致命傷，聯絡犯罪現場調查員，一直到從監視器畫面中尋找證據。

「然後我去大樓的保全辦公室，與他們的保全主管馬德拉諾先生談話。他能夠找出相關的監視器影片，我取得一份副本。」

「這片光碟是你指的影片嗎？證據ＴＭ２？」瑞德問。

「是的。」摩根說。

「如果庭上允許，現在是觀看影片的適當時機。」

「好吧。」羅林斯說。

他把光碟交給摩根，摩根起身把光碟放進ＤＶＤ播放器，播放器上方是七十吋的電視螢幕，就在法官左邊。

摩根把遙控器交給地方檢察官，並回到座位上。

瑞德一邊播放和暫停影片，一邊要求摩根指出大衛和克萊拉——他們一起走進公寓，十七分鐘後，大衛獨自離開。再過四分鐘，由佛瑞斯特率領的保全小組來到葛許包姆門口。

「由這段影片可以得出什麼結論？」瑞德問。

「看起來它是無可爭辯的證據，證明被告及死者一同進入公寓，只有其中一人活著離開。搜查公寓後，並沒有發現第三人的存在。這些都是事實。唯一可能開槍殺害被害者的人就是被告。」

「謝謝你。」瑞德說。

我從螢幕底部冒出的數字顯示器看得出來，這片收錄大衛公寓外走廊監視器的影片光碟後面還有長達八小時的畫面。馬德拉諾大概直接把二十四小時的完整影像燒成一片光碟。我可以用瑞德自己提出的證據反將他一軍。

「有要交互詰問嗎？」羅林斯法官問。

我站起來，開始提出一連串平庸的問題，這是爲了讓摩根說話，讓他敞開心房放鬆戒備。警察很習慣在預審聽證會上被交互詰問很長時間，最後根本沒什麼突破性發展。只是在做釣魚式蒐證而已。

我抛出釣線。

「警探，你是在什麼時間接到派遣中心的通知，說中央公園十一號疑似發生凶殺案？」

他取得許可後查詢他的筆記，然後才回答。「我的紀錄是二十點二十七分。」

「你又是在什麼時間抵達犯罪現場的？」

「二十點三十八分。」他嘆口氣說道，不知道還得在椅子上回答愚蠢問題多久。

「你抵達現場後，首先做了什麼事？」

「我清場，確認所有人員都離開公寓，然後打開凶殺案紀錄。」

「打開什麼？」法官問。

「紀錄，法官大人。我們會記下人員進出犯罪現場的活動、重要進展、安排面談時程、記錄決策。這是我們調查凶殺案的骨幹；它是記錄我們調查內容的聖經，也是證物監管鏈的起點。」

羅林斯做筆記。

我從瑞德那裡拿走遙控器，快轉到摩根抵達時的畫面。

「所以，根據監視器顯示的時間，二十點五十一分時，公寓裡就只有你和你的搭檔艾爾金警探兩人？」

他查閱紀錄，看著監視器的靜止畫面。

「對。」

「你進入公寓後做了什麼？」

「我在公寓內到處看了一遍，確認都清空了。之後我檢視屍體。我一開始先看傷口，確認被害者後腦杓被射擊多次，腰部則中了兩槍。」

「接下來你做什麼？」

「我觀察到被害者臀部的口袋微微鼓起，心想那可能是錢包或皮夾，所以我從被害人身上把它拿出來查看。」

「結果那是什麼東西呢？」

「一只粉紅色眞皮皮夾。皮夾裡有一張借書證、一張駕照、一張支票帳戶的提款卡，以及大約八十五美元現金。」

「那些證件上的姓名是？」

「克萊拉・瑞斯。」

「被害者的駕照是在哪一天由汽車管理局核發的？」

這個問題之愚蠢令他頭往後仰，詫異地瞪大眼睛。

「駕照在這裡，法官大人。我可以查看它嗎？」

瑞德朝法官伸出雙手，提出懇求：「法官大人，現在根本完全是釣魚式蒐證了。您應該立刻制止。」

「弗林先生，我傾向於同意地方檢察官。我已經給了你一些鋪陳時間，但我看不出這與案情有何相關。」羅林斯說。

「這與案情有高度相關，我只需要用三個問題就能展示關聯。如果問完三個問題後您還看不出關聯，我會換下一個主題。」

他考慮了一下，嘆口氣。瑞德放下雙手，啪地打在大腿上，並盡他所能擺出不爽的表情。

「好吧，三好球之後你就出局了，弗林先生。」羅林斯法官說。

我等待摩根從另一位警官那裡拿來證據，然後取出裝在透明證物袋裡的駕照。他讓駕照在袋子裡翻了一面，瞇眼細瞧塑膠卡。

「核發日期是去年八月三十日。」

「謝謝你。」我說，看到羅林斯在筆記上做了個記號。他在計算我問的問題——我還剩兩次機會。

「被害者的支票帳戶是在幾月幾號開戶的？」

他從身旁的包包拿出一本筆記本翻開，一頁一頁地翻，翻頁前還舔一下拇指，故意把我交互詰問的時間拖長。過了半分鐘左右，他在筆記本中找到那一頁。

「八月三十日？」他說。這次他不是在宣布答案，而是在質疑他的筆記。

「借書證核發的日期呢？」

他又得找出借書證了，他在一個證物袋裡找到，檢查日期，然後望著我。

他的眉毛在額頭中間擠在一起，說：「去年八月三十日。」

「法官大人，我想要再多一點時間。」我說。

羅林斯法官被勾起了好奇心。

「我給你一點發揮的空間，弗林先生，請節制使用。」他說。

「摩根警探，在這個案子中，被害者應該沒有遺失皮夾——或類似的事吧？」

「這我不能確定。」摩根說。

「她的銀行帳戶、駕照、借書證都是去年同一天申辦的，並不是說這些帳戶或證件本來就存在，只是換新的，對吧？」

「對。」

「克萊拉·瑞斯的證件全都是去年辦的，就在她認識大衛·柴爾德前幾週，對嗎？」

「我想是這樣沒錯。」他說。

「所以，你能夠根據這項證據來確認被害者的身分嗎？」

「不光是因爲這些。法醫檢視過被害者後，她被翻過身來，而我在她身上找到一支手機。手機裡安裝了推特和瑞樂等社交媒體應用程式，兩者都登入克萊拉·瑞斯的帳號。之後我們在手機裡找到一張數位相片，那兩個帳戶都張貼了這張相片。相片中是克萊拉·瑞斯，她的右手腕有一個新的紫色雛菊刺青。而現場發現的屍體在同樣的位置也有一個新鮮的刺青。根據這些，我們相當確定她的身分，再加上駕照和提款卡，我們便確認了被害者的身分。此外，保全警衛根據她進入大樓時的監視器畫面，指證她是克萊拉·瑞斯。」

他清了清喉嚨，坐直身體。他要進攻了。

「我們無法正式確認屍體的身分，因爲多虧你的委託人，克萊拉·瑞斯已經沒有臉了。」

我聽到瑞德猛抽了一口氣。他遮住眼睛，從雙唇間吐出一個大大的「喔」字——好像他剛才目睹拳王舒格·雷·隆納德出其不意地出拳，把一個芭蕾舞者送進醫院。

羅林斯似乎畏縮了一下，不過他好歹有足夠的知識說：「摩根警探，我看得出你顯然是熱情且投入的警員，不過請把罪咎方面的事擱到一邊。你是陳述事實的證人，不是來這裡提出見解的。」

「法官大人，我很抱歉。」

我換了個題目，讓瑞德認爲我被打中要害了。接下來十分鐘，我帶摩根講了一遍法醫、諾伯和他底下的三名犯罪現場調查員抵達的情況，以及兩名急救護理人員把屍體送到停屍間的過程。每提到有新的人抵達時，我都要求他查閱凶殺案紀錄，確認每個人抵達的時間，並用監視器影片做對照。

「你是在犯罪現場完成紀錄的？」

「對。」

「確切來說是哪裡？」

「我想我是站在客廳區域完成紀錄的。」

「而根據凶殺案紀錄，諾伯警官和他的團隊是什麼時候離開現場的？」

「呃，十一點十五分。」

我找到相關的影片，播放諾伯警官和另外三個穿白色連身工作服的人離開公寓的片段，只不過影片上顯示的時間是十一點十六分。然而，紀錄和監視器的時間差並不是有趣的部分。

「急救護理人員呢？」

他翻了一頁紀錄，說：「十一點零九分。」

我們看到急救護理人員帶著屍體離開，屍體裝在有拉鍊的黑色屍袋裡，放在擔架上，根據走廊的監視器，他們離開的時間大致符合紀錄。

「法醫呢？」

「十點四十五分。」

我再次播放高個子法醫離開的畫面。

「除了你和你的搭檔外，十一點十五分時，諾伯警官和他的團隊是最後離開的人嗎？」

他好整以暇地查看筆記。

「對。」

「你和你的搭檔又是幾點離開的呢？」

「我們在十一點二十七分一起離開。我們離開之前，我跟大樓的保全主管談過話，確保他明白那間公寓必須保持封鎖。」

我們看到摩根和他個子較矮、較年輕的搭檔與馬德拉諾交談。門前橫過藍色的犯罪現場封鎖膠帶。監視器畫面顯示他們在十一點二十八分離開。

「所以，到了十一點三十分的時候，你的每一個工作人員都離開了，公寓空無一人？」

「對。」摩根說，忍著不打呵欠。

我把影片快轉到十一點五十一分。畫面是公寓外的監視器拍攝的。

「既然如此，你能不能告訴我，十一點五十一分走出公寓的這個人是誰。」

那個人很瘦，穿著白色生化防護衣，手裡拿著一個包包。那人走出公寓，彎腰從犯罪現場封鎖膠帶底下鑽過，關上門，並走向樓梯。

他查閱紀錄。

「我不確定。我已經關閉現場，要等隔天才會繼續調查。那可能是某個犯罪現場調查員吧。」他說，仍然不感興趣，深信我只是在打迷糊仗。

「可是我們剛剛看到諾伯警官跟另外三個犯罪現場調查員一起抵達，也看著他們在你和你搭檔關閉現場之前就離開了。你自己也記下了他們離開的時間。」

他搖搖頭，盯著螢幕。

「咱們換個方式說好了。你在十一點二十七分離開現場時，是否讓所有人都離開了？」

他快速翻閱筆記，說：「我相信是。」

「由我們剛才看的影片，看起來你確實讓所有人都離開了。」

他點點頭。

「你的意思是『是』嗎？」我說。

「是。」

「我們看到進入公寓的犯罪現場調查員，沒有人像這個穿生化防護衣的人一樣，這麼矮、這麼瘦，你不覺得嗎？」

摩根檢視紀錄，又回頭看著螢幕，我把畫面凍結了。

「我不確定我能認出那個警官。」

「你同意我們似乎沒看見在凶案發生後，這個警官有進入公寓？」

摩根臉頰流下一滴豆大的汗珠。

「可能是在人堆裡漏看了。」他說。

「在我們剛才播放的影片中，我們沒看見這個人進入公寓，對嗎？」

「對。」

羅林斯法官把筆一丟。

「弗林先生，你這些論述有重點嗎？你現在是要提出，因爲這個警官沒被登記到，你的委託人的憲法權利受到損害嗎？」

「不是，法官大人。」

「那麼你一直強調這位警官的行動，意義何在？」

大衛動也不動地坐著，兩手交疊擱在面前，眼睛望著我，庫奇悄聲鼓勵他。

「法官大人，您在監視器畫面上看到的這個人，並不是眞正的警官。這個人不是急救護理人員，不是犯罪現場技術人員，不是法醫辦公室的人。監視器畫面並沒有拍到這個人在凶案發生後進入公寓。」

「那這個人到底是誰？」羅林斯問。

我在開口前先站穩腳跟，挺直背脊，讓我的話輕柔而有自信地飄向法官。

「法官大人，辯方相信這個人就是眞凶。這個人殺害了克萊拉·瑞斯。」

# 85

我從包包拿出另一片光碟，放進播放器。我說明辯方是從中央公園十一號那裡取得這段影片的，如果需要，保全主管馬德拉諾可以作證它是眞實的。我把影片快轉到凶案前一天剛過下午兩點時，鏡頭對著電梯。電梯裡有很多人，其中一個是克萊拉·瑞斯，她非常平靜，一點幽閉恐懼症的跡象都沒有。

我忍不住瞥向大衛。他看到克萊拉在擁擠的電梯裡鎮定自若的樣子，知道她說有幽閉恐懼症是騙他的。我看著克萊拉搬著一箱私人物品走出電梯，另外還有一個女人幫忙她搬著一個紙箱進入大衛的公寓，那女人跟克萊拉的髮色、髮型、髮長都一樣，體型和膚色也相仿。

「這是克萊拉·瑞斯搬進被告公寓的畫面，另外有一位女性在幫她。」

另外那女人搬著最後一個紙箱進入公寓時，我按下暫停，快轉到二十分鐘後，看到克萊拉·瑞斯一個人離開公寓。

「另外那位女性還在公寓裡嗎？」

「是的，根據這影片，的確如此。」摩根說。

「你看過這段影片嗎？」

「沒有往回看這麼長時間。據我們了解，在被告和被害者當天晚上抵達前，公寓是空的。大樓保全搜過公寓，紐約市警局的制服員警搜過公寓，我自己也搜過公寓。除了被害者的屍體，那裡一個人也沒有。我們不需要往回看那麼久以前的影片。在凶案發生前不久，被害者和被告才一起進入公寓。後來被告離開，他是最後一個見到她活著的人。他把她的屍體留在空無一人的公寓裡——那裡沒有別人，所以我們不需要去看前一天的影像。」

*人們相信眼睛能看到的東西。*

我按下快轉，每一秒跳過監視器十分鐘的畫面。如果那個樓層一個小時都沒有人經過，燈光就會暗下來，這是一種節約能源的機制。所以我們很容易看到是不是有人走出電梯，因爲燈會變亮。我在晚上七點三十分時停止快轉，這時候大衛和克萊拉一起回到公寓。晚上九點十五分時我再次暫停，這時候葛許包姆回到他的公寓。在那之後就沒有動靜，直到早上九點左右，克萊拉和大衛才離開公寓，在那稍早之前葛許包姆已經先出門了。接著就是到了傍晚。葛許包姆走出電梯時，我按暫停，倒帶，然後播放影片直到他進入公寓，再按快轉，直到大衛和克萊拉走出電梯，最後一次進入公寓。

「摩根警探，根據這段影片，我們在前一天看到進入公寓的女性還在裡面。」

他吸了一大口氣，然後藉由緩慢而憤怒的嘆氣吐出來。

「對。」

羅林斯法官身體向前傾，專注地盯著畫面，好像我剛變了個魔術給他看，而他努力想破解。我退出光碟，放入另一片。

「法官大人，這段影片是聯邦調查局昨晚從中央公園十一號取得的。您看到的鏡頭來自放在牆壁通風口裡的隱藏攝影機。這個攝影機照向樓梯。」

影片放出大衛和克萊拉進入公寓的畫面，我快轉到晚上八點整，這時公寓門打開了。

「第一件要注意的事是時鐘。根據這部攝影機的時間戳記，被告離開公寓的時間比葛許包姆通知保全的時間足足早了兩分鐘。在此聲明，這個時鐘是跟保全紀錄的時鐘同步的。摩根警探，我要播放影片了，請你仔細看。」

我按下播放。整個法庭鴉雀無聲。我能聽到光碟在播放器裡旋轉，羅林斯身體傾向前使椅子嘎吱作響，瑞德的筆輕點嘴唇，以及許多攝影機發出的微弱電子隆隆聲。大約有兩百個人都沉默地盯著看。

除了一個人之外。

戴爾在法庭後方望著我。

螢幕中的大衛遲疑了一下，回頭看向門，然後停下來，轉身時戴上耳機，往電梯走，脫離鏡頭範圍。

「你看到了嗎？」我問。

「看到什麼？我不確定你指的是什麼。」摩根說。

「我們再看一次，這次我可以用慢速播放。」

我再放了一次。這次我聽到新聞攝影師倒抽一口氣，其中一個助理檢察官舉起雙手，然後想起自己在什麼場合，又扠起雙臂。不過他難掩驚訝的表情。

「我還是不確定你指的是什麼。」摩根說。

「我也是。」羅林斯法官說，不過他的語氣不帶怒意——只有好奇。我提點他們兩個。

「警探、法官大人，不要看被告，看他後面，看鏡子裡。」

光碟再次播放，仍然用慢速播。這次他們不可能再錯過了。

大衛把門帶上，走了幾步，然後停下來，我原本猜想他是不是在抗拒想轉身確認門有沒有鎖好的衝動。不過不是這樣——他停下來是因為感覺有異。就在他轉身前，走廊小桌子旁的全身鏡照出那扇門。那一秒之間，門把動了，往下壓，再抬起來。門的另一側有人在確認門是不是上了鎖。

趁所有人都盯著螢幕，我花了點時間望向瑞德。他迎向我的視線——他知道遊戲結束了。

「警探，門把是不會自己動的。那間公寓裡有人活得好好的。」

摩根無法回答。他只是帶著歉意看著瑞德，抬起雙手露出掌心。抱歉，我們漏了這一個。

「摩根警探，我們由這段監視器畫面得知大衛．柴爾德是在二十點整離開公寓的，比葛許包姆先生聽到槍聲、通知保全足足早了兩分鐘？」

「如果這段影片的時間戳記和九一一紀錄分別是準確的話，那麼是的。」

「兩分鐘足以讓犯人把屍體從緊急避難室拖到廚房——現在我們已經從殘留的血跡知道她是在緊急避難室背部中槍的——然後朝她頭部開槍？」

摩根咬著牙說：「是的。」

「接著犯人還有多餘的時間，在保全人員進入公寓之前——足足四分鐘時間——射穿玻璃，把槍丟進公園，再進入緊急避難室。」

「這是一種理論。」

我還有最後一次擲骰子的機會，最後一項證據可以丟進這鍋大雜燴。

「警探，作爲調查人員，你聘請了一位獨立專家來檢驗從被告臉上、衣服上和手上採得的樣本，尋找槍擊殘留物質，是嗎？」

「是。」

他望著瑞德，生怕自己說出不該說的話。

「檢驗結果都包含在這份波特博士所寫的報告裡？」我說，舉起那份文件。

「是的。」

「檢方在這場聽證會上並不打算訴諸這份報告，是嗎？」我說。

他的嘴巴開闔的動作，活像一條突然從魚缸跳進壁爐的魚。瑞德站起來對法官說話。

「法官大人，我們沒有要訴諸這份報告。」

「法官大人，我想把這份報告列入證據，連同這篇學術論文一起。」

「我要確定一下：你想訴諸檢方的報告？」羅林斯問。

我把影本交給書記官，書記官在文件上蓋章，然後遞給法官。

「摩根警探，檢方先前打算訴諸這份波特博士所提出的證據報告，報告的結論是被告身上發現大量槍擊殘跡，是不是？」

「原本是，但現在我們不打算訴諸這份報告了。」

「爲什麼？」羅林斯法官問。

「因爲波特博士承認那些物質很可能不是槍擊殘留物質，而是被告車輛安全氣囊啓動的爆炸後，噴射到被告身上的殘留物質。」

我幾乎堵到他了，只差臨門一腳。

「一開始，波特博士深信那些物質是槍擊殘留物質，是嗎？」我問。

「他在報告裡是這麼說的，直到你反駁他，後來他就改變心意了。」摩根說。

「警探，如果有人想要讓自己看起來像沾滿槍擊殘跡，那麼經歷一場觸發安全氣囊的車禍，或許足以騙過像波特博士這樣的專家？」

「或許吧。」

「我們要還波特博士一個公道，他並沒有讀過辯方發現的那篇『比較安全氣囊與槍擊殘留物質』的科學研究，對不對？」

「對，他沒讀過。」

「假設有人具備這項知識，刻意製造一場車禍，就可以讓車輛駕駛看起來像沾滿槍擊殘跡？」

「我不知道。」

甘迺迪給了我他從國際刑警組織會議取得的安全通行證影本，他收到電子郵件寄來的副本了。我把影本發出去，看到瑞德臉色發白。摩根和法官則還沒看出關聯。

「這份安全證件是從國際刑警組織會議取得，該篇論文就在那場會議上發表。這張證件歸其中一名出席代表所有。你認得照片裡的人嗎？」我問。

「我不覺得我認得。」摩根說，不過聽起來毫無說服力。

「讓我幫幫你，請看第十四號證據。」

羅林斯在卷宗裡找出我說的證據，摩根也是。

「這張證件的所有人是莎拉．卡蘭。比較一下證件上的照片和十四號證據，也就是克萊拉．瑞斯的瑞樂帳號頭像。這顯然就是在影片中陪同被告進入公寓的女人，也毫無疑慮就是莎拉．卡蘭證件上照片裡的年輕女人，不是嗎？」

「是同一個女人。克萊拉．瑞斯和莎拉．卡蘭是同一個人。」羅林斯說。

靜默。法官回答了我問摩根的問題。

沒有哪個經驗豐富的警探會在證人席上反駁法官。

「看起來是如此，法官大人。」摩根說。

「警探，支票帳戶、借書證、駕照全都是在去年同一天申辦核發的，會不會是有人在為假身分創造歷史資料？」

「這我無從判斷。」他說。

「那是當然，畢竟你隸屬紐約市警局嘛，警局從未替臥底警員創造過假身分，不是嗎？」

就連羅林斯法官聽了都忍不住微笑。

「是有這個可能。」他說。

「你沒找到與公寓裡那具屍體DNA或指紋資料相符的人，對吧？」

「對。」

「而被害者的臉被毀壞了，所以你無法確認屍體的身分？」

他點點頭。

羅林斯打岔，問道：「弗林先生，這代表什麼？」

就是這一刻了，這是我的良機。我深吸一口氣，放下文件，一手按在大衛肩上。他在椅子上前後搖晃，搖著頭，眼中噙滿淚水。我穩住他。

「法官大人，辯方相信莎拉．卡蘭使用假身分，藉此誣陷大衛．柴爾德犯下謀殺案。她自己的謀殺案。」

「什麼？」羅林斯說。

我換了一片光碟，找出那段影像——穿著生化防護衣離開公寓、鑽出犯罪現場封鎖膠帶的神祕人士。

「法官大人，影片中的人就是在那間公寓裡行凶的人。同一個人也出席了巴黎舉行的國際刑警組織會議，以莎拉．卡蘭的名義聽了演講，知道安全氣囊觸發後的殘留物質與槍擊殘跡十分相似；同一個人在三個月後開始使用克萊拉．瑞斯的假身分；同一個人又在三週後結識億萬富翁大衛．柴爾德並與之交往。我們看到同一個人在凶案前一天，與外貌相似的年輕女性進入公寓，然後獨自離開公寓。我們還不知道眞正的被害者是誰，但我相信克萊拉・瑞斯——或該說莎拉・卡蘭——還活著，因爲她具備罕爲人知的專業知識，懂得如何製造令人信服的槍擊殘跡僞陽性結果，我也相信是她安排了那場車禍，好讓被告身上沾滿假證據。眞正的被害者是在緊急避難室被槍殺的。那個房間有隔音功能，可以輕易把一個人藏在裡面。眞正的被害者被槍傷毀容，爲的是不讓人識破她的身分。通風口裡的攝影機時間戳記與大樓的保全紀錄相符，這表示有人開槍時被告並不在公寓裡。而且我們知道柴爾德先生離開公寓後，屋子裡還有人活著走動——因爲門把動了，我們都看見了。她就在螢幕中，走出犯罪現場。這是一樁極爲縝密但終究失敗的計謀，目的是誣陷柴爾德先生犯下謀殺案。」

「動機是什麼？」羅林斯問。

「法官大人，柴爾德先生是本市最富有的人之一。」我言盡於此，讓羅林斯自己去塡補想像空間。就讓他相信這個謊言吧。大衛是被人設計了沒錯，但這案子跟勒索一點關係也沒有。莎拉・卡蘭的證件標記她爲公務員，那範圍太廣了，不過圖書館員跑去參加國際刑警組織演講的可能性很低。

摩根剛才一直盯著天花板，試圖消化這一切。法官直接對他說話時，他迅速由沉思狀態驚醒。

「警探，我不需要再聽更多了。瑞德先生，我想警探是你最後一位證人了？」

地方檢察官站著，準備發動救援任務。現在他才意識到羅林斯打算否決他。事實證明，移動門把的影片是最後一根稻草。

「是的，法官大人。這實在太荒謬了。被告可能精心策劃了這套說詞，任何人都料想得到……」

「瑞德先生，你這話有證據嗎？」羅林斯說。

「沒有，法官大人，現在沒有，可是……」

「那麼我建議你去仔細調查吧。弗林先生似乎展示了大量證據，都是警方忽略或甚至漏掉的。我也很不欣賞瓊斯警官公然試圖在這個法庭上誤導我。有鑑於影片無庸置疑地證明在柴爾德先生離開後，公寓裡還有人在走動，並且考慮到九一一與保全紀錄的時間標示並不一致，再加上葛許包姆的證詞未受到挑戰，我的看法是就眼前來說，沒有足夠的證據表明槍擊發生時被告人在公寓裡。沒有足夠的證據繼續以當前的罪名起訴被告，因此，我採信辯方的說詞。瑞德先生，如果你對這項控訴仍有把握，你還是可以召集大陪審團。我沒有被你說服——此案駁回。」

羅林斯法官起身，把椅子往後推，闔起筆記本，離開法庭，但這些聲音都被群眾的譁然聲給淹沒。原本預期這會是一場名人謀殺審判，能蒐集到供應兩、三個月的新聞材料，現在卻轉變為充滿陰謀的名人謀殺疑案，記者們知道這案子將在全國陰魂不散好幾年——或者更精確來說，媒體臆測眞凶身分的報導將如陰魂糾纏大眾。

我幾乎沒聽見大衛的哭聲。荷莉緊緊擁著他。他的肩膀上下抽動，充滿獲釋、自由、逃過一劫的狂喜，以及失落感。他又重新失去她一次，而他和克萊拉共度的那段生活只是謊言。克萊拉．瑞斯根本不存在。等著他的未來生活很可怕、充滿不確定，不過至少他還能有所作為。

「大衛，不要為克萊拉哀悼。謀殺案當晚，她告訴你她在電梯裡表現異常是因為她有幽閉恐懼症，但你也看到前一天的影片了，她根本沒有幽閉恐懼症。她在設計你：裝作你嚇到她了，讓你有殺人動機。」

他點點頭，挺起身子。

我聽到瑞德從背後走過來。

「準備好進行第三回合。」瑞德說。

「我不認爲。」我說。

「相信我。我們已經讓一支大陪審團待命了。再過二十分鐘，我就會帶同樣的證人講一遍證詞。眞可惜我們沒時間等這場聽證會的逐字稿出來，你交互詰問的內容一個字都不會傳到大陪審團耳裡。我會拿到我的起訴書。你甚至沒有理由在場——你不能提問或是發言。你就把場子留給我吧，我一定會打給你，讓你知道都發生了什麼事。」

「就我所知，大陪審團不會給你起訴書。不過有件事你說對了——我不會出席聽證會。但他會。」我指著庫奇說。

「只可惜他也不能交互詰問任何證人。」瑞德說。

「他不需要。」我回答，這時候庫奇走向法官席，從書記官那裡取回一片唯讀光碟，然後加入我和瑞德的對話。

「這位庫奇隆先生，」我說，替瑞德娓娓說明，「深受聽力受損之苦。他戴了助聽器。他的助聽器接收到的即時訊息都錄在數位裝置上，讓庫奇隆先生隨時可以重播。他是不能向你的證人提問或發言——這部分你說對了——不過他可以播放錄音檔。這是受到法庭認證的。」

我把光碟丟向瑞德的臉，他反應很快，一把接住。

「我剛才當著攝影機的面，在公開法庭內把光碟交給你了。庫奇隆先生會告訴我你有沒有播放。要是我聽說你沒播，我會用檢察官的不當行爲及濫用公職的罪名起訴你。你在這種情況下要拿到起訴書，我只能祝你好運了。」

「該死。」瑞德說。他轉向隨行團隊說：「延後一個月再召集大陪審團。」我朝法庭外走，庫奇、荷莉和大衛都跟著我。我聽到瑞德在後面叫囂：「這事還沒完。」

我查看手機，蜥蜴傳了一封簡訊：

聯邦調查局清空大樓。兩個探員在裡面陪克莉絲汀。她沒事。

我拚盡全力才維持鎮定，繼續走路，沒因鬆了一口氣而癱軟在地。不過這件事還沒結束。

記者組成的堅實人牆似乎並不打算因我靠近而退讓。閃光燈把人照得都快瞎了，快速球般的提問淹沒在排山倒海的雜音中，懇求的手、塞過來的麥克風和錄音筆全都融爲一大團飢渴的沸騰物質。人堆後方發生某種狀況；記者分開來，兩個穿西裝的男人從人堆後方硬擠向前，其中一人舉著手銬。我見過這兩個人——他們都穿著深色西裝，都三十幾歲，都體格健壯，而且步伐帶有一股權威感。就是他們兩個把克莉絲汀帶進法庭的。其中一人是拉丁裔，另外那人是個混球；混球戴著飛行員墨鏡，看起來一副洋洋得意的樣子。我幾乎伸出手迎向手銬，但他們從我身旁經過，拉丁裔把手銬銬在大衛手上。手銬在大衛手腕上卡緊所發出的每一個喀嗒聲，都使雜音和閃光燈變得更加瘋狂。大衛搖著頭，身體往後傾，他的世界在他眼前崩解，像是被吸進土壤的腐朽地板裡。

「嘿，那是我的委託人，法官剛才放他走了。你在搞什麼鬼？」

「我姓多明圭茲，我是美國財政部探員。我要逮捕他。」

「爲了什麼？」

「重竊罪。」他回答，接著開始宣讀大衛的權利。

「什麼？胡說八道。」我說。

我後方傳來說明的聲音，是戴爾在對我耳語。

「就叫你別被這傢伙騙了。你搞砸了。他騙你，艾迪。你的客戶剛偷走七十九億美元。」

# 86

我們坐在黑色休旅車後座急馳穿過曼哈頓，我在腦中瀏覽每一項證據、傑瑞・辛頓耍的每一個花招，以及過去四十八小時內別人告訴我的每一件事。大衛咬著嘴唇，既生氣又害怕。我發現自己很難把目光從他臉上移開。我腦中有個念頭一遍又一遍地大聲播放。

**我被騙了。**

由於曾經做過騙子，這念頭帶來莫大的恥辱。儘管很邪惡，儘管有人喪命，我還是不禁要佩服這計謀之高明。這或許是我遇過最厲害的騙局。

而且是用在我身上。

休旅車放慢速度，在車道上左右飄移。聖派翠克節的夜晚慶祝活動正蓄勢待發。幾百個穿著白色和綠色服裝的人散布在人行道上。愛爾蘭紀念品攤販、熱狗推車，和咖啡小販沿著遊行參觀者的人龍奮力前進，爭取最後一刻的交易。遊行車隊半小時前已經通過了，以這種路況來說，我們至少也要花半小時才能抵達萊特納大樓。紐約市警局在重新開放道路，休旅車加快了速度。整座城市正在準備迎接天空節，這是聖派翠克節的煙火表演，起初是從都柏林開始的，後來在各大城市間輪換，去年輪到巴黎，而現在紐約也想在這傳統上蓋上自己的章。

八人座的休旅車上，我坐在大衛旁邊。他看起來很麻木，不停搖頭，喃喃自語。我要他安靜。財政部的探員坐在我們後方額外的座椅上。甘迺迪坐前座，旁邊是負責開車的戴爾。

「眞是亂七八糟。」戴爾說。

「你的行動已經完全失控了，」甘迺迪說，「我在這裡是要確保你在這瘋狂的任務中不會傷到平民。」

戴爾狠瞪他一眼，說：「我跟你保證，在你搞了這麼一手之後，我絕對會找你的上級長官談談。在這個專案小組中，你應該當我的副手才對。你應該把心思放在事務所上，而不是柴爾德的案子上。」

「我們要去哪裡？」我問第三遍。我堅持陪大衛走後續流程，但我知道他絕對不會被帶到警局或聯邦調查局的地盤。我知道我們要去哪——我只是要得到證實。

戴爾在我問第五遍後滿足我的心願。

「你的委託人給我們的演算法追蹤程式讓我們的科技人員能夠追蹤錢流，就像你所說的。但是十四分鐘前，那程式當掉了。在它徹底失效之前，它回報說所有資金——將近八十億——並沒有如計畫中進入班．哈蘭的帳戶。它反而轉進哈蘭與辛頓一個客戶的帳戶，那個帳戶的名字是『大衛．柴爾德』。錢進入那個帳戶後四十三秒就消失了。我們現在要去哈蘭與辛頓，跟已經執行逮捕的其他團隊成員會合。你的委託人必須登入他們的帳戶系統，告訴我們他把錢藏在哪裡。」

「我沒有拿那筆該死的錢！」大衛叫道。他已經瀕臨另一次恐慌症發作了。我輕聲安撫他，並用力握住他的手臂。疼痛降低他激動的情緒，讓他集中注意力。

我悄聲對他說：「大衛，告訴我你沒做這件事。」

他看起來好像快溺斃了，眼神發直，只是搖搖頭。

這張臉的主人是被誣陷第二次的人嗎？還是偷走全世界的人呢？我難以分辨。我讓自己太鬆懈了。

我相信自己的直覺。我力挺大衛。我相當確定他不是殺人犯。那他會偷八十億美元嗎？我毫無頭緒。我是以他的律師身分待在他身邊，而我們正要去克莉絲汀被拘押的大樓。此時此刻，我只關心怎麼把老婆救出來。

「等著瞧會怎麼樣吧。」我說。

他把頭埋進手裡，我知道我不會再從大衛口中問出任何事了。

我傳簡訊給蜥蜴。

**我在路上了。在我說好之前什麼也別做。**

「柴爾德，你是唯一可以登入那個演算法的人。昨天晚上你登入哈蘭與辛頓資料庫、追蹤演算法的時候，你更改了程式碼——這代表你要不就是偷了那筆錢，要不至少也知道錢在哪裡。在你告訴我們你到底做了什麼，以及我們該怎麼找到錢之前，我們不會離開那棟大樓。」戴爾說。

我看著大衛，他向後靠，兩手在褲子上擦拭，然後吁出兩口帶有哀鳴的氣。

我們花了一小時才到事務所，跨下車的時候，最後一抹天光正消逝在遠方克萊斯勒大樓的後頭。萊特納大樓外沒有人在等我們。接待櫃檯裡沒有人，電梯旁也沒有人站崗。

「他們應該封鎖這個地方才對。」戴爾邊說邊從口袋拿出手機。在等電梯的時候，我好像聞到一股熟悉的氣味。

腐敗的菸味。

電梯門打開，財政部探員出去後呈扇形散開來。我隔著玻璃隔板看到克莉絲汀和兩個男人一起坐在會議室。戴爾帶頭走進大會議室，房間中央的桌子佔了很大的空間。

斐拉和溫斯坦坐在會議桌邊喝咖啡，克莉絲汀在他們旁邊，雙手上銬擱在身前。我奔向她，但斐拉擋住我的去路。

「你不能接近她，她現在受到聯邦管束。」斐拉說。

「如果你不讓開，你就等著進醫院吧。」我說。

一隻手按在我肩上，是甘迺迪。

「艾迪，冷靜一點，這樣沒有好處。」克莉絲汀說。她臉上有骯髒的淚痕，看起來疲憊而挫敗，已經順從地準備因為事務所而去坐牢。我聳肩甩開甘迺迪的手，朝克莉絲汀走去。斐拉想要拔槍，卻又停了一下，他意識到自己的慣用手臂仍然痛得要命，所以他把槍換到左手。我從他旁邊擠過去，擁抱克莉絲汀。

「斐拉，讓他去吧。」甘迺迪說。

她把雙手擱在我肚子上，我把她擁入懷中。我能感覺她在發抖。我親吻她的頭和嘴巴，緊緊摟住她，並悄聲說：「妳出去以後就一直走，不管發生什麼事都不要回來。艾米沒事，她跟卡梅兒在一起。」

她什麼也沒說，但我感覺她雙腿一軟。我牢牢抱住她。她全靠對艾米的擔憂才撐到現在，在知道我們的女兒安全無虞後，身體就準備好投降了。

戴爾對斐拉和溫斯坦發話。「你們兩個，謝夫勒到哪去了？他應該在樓下守著大門啊。」

「我可不知道。」溫斯坦說。

「員工都清空了？」戴爾問。

「一個不剩。傑瑞．辛頓在隔壁的辦公室。突擊行動是派頓探員帶隊，人也是他逮捕的。除此之外，整棟大樓都沒有人了。」溫斯坦說。

「很好。我們會需要辛頓。」

溫斯坦用無線電呼叫派頓探員，要他帶傑瑞．辛頓到會議室。

戴爾拽著大衛的手銬讓他往前，然後把他推進板岩會議桌盡頭的椅子裡。桌上放著一部打開的筆電，戴爾抓起筆電放在大衛面前，吩咐多明圭茲解開手銬。

「替我把錢找出來。」戴爾說。

戴爾從外套口袋拿出一個隨身碟，插在筆電上。

「這是你那追蹤演算法的程式。這是你唯一的機會，不要敬酒不吃吃罰酒。我只會問一遍──你把錢送到哪裡去了。」

我背靠著會議室的窗戶，甘迺迪的眼神和我交會了一秒。克莉絲汀往我身體緊靠。

「我沒拿那筆錢，它應該會落入班．哈蘭名下的新帳戶裡──追蹤結果就是如此。我親自確認過了。如果有人改變了最後的目的地帳戶，也不會是我。來，讓我示範給你看。我來跑追蹤程式。」

他的手指在柔軟的鍵盤上快速移動。沒有人說話，我聽見的唯一聲響來自克莉絲汀，她呼吸的時候胸腔微微顫抖，像是受驚的小鳥。

「這是什麼鬼？」大衛說。甘迺迪越過大衛的肩膀看。

「我的天啊，這是病毒。」大衛驚呼，「它在吃掉資料，它銷毀所有東西──包括這裡以及銀行的資料。我被擋在外面，我什麼也不能做。」他說。

「你在系統裡放入病毒？」戴爾說。

大衛張大嘴，兩手攤開，渾身發抖，嚇得半死。他把螢幕轉過來，畫面模糊而靜止──充滿扭曲的影像。

大衛拔下插在筆電上的隨身碟，舉在戴爾面前說：「病毒是從這個隨身碟來的，我一開啓它，它就上傳病毒。」

「放屁。你從頭到尾都在耍我們。」戴爾邊說邊從大衛手上搶過隨身碟。「這是證據。剛才是你最後的機會，你完了，柴爾德。」

大衛站起來，憤怒使他挺直身體。

「我什麼也沒做。」

「該死！」戴爾說，用力蓋上筆電的上蓋。「甘迺迪、斐拉、溫斯坦，把懷特小姐和柴爾德都收押，起訴他們兩人。懷特的罪名一項都別少——洗錢、詐騙，整套罪名。指控柴爾德犯下重竊罪，以及你們能想到的任何《反勒索及受賄組織法》罪名。他要不就是幫傑瑞・辛頓藏錢，要不就是偷了準備自己獨佔。不管是哪一種，他都要在聯邦拘留所從實招來。帶走他們。艾迪，你留在這裡，我需要知道大衛對你說了哪些演算法的事。我不確定你是不是從頭到尾都在耍詐。如果我發現你知道什麼內情，你就等著跟你的客戶當獄友吧。」

「去吧，」我對克莉絲汀說，「我會去找妳，把妳弄出來。」

「這是錯的。」甘迺迪說。但戴爾聽不進去。甘迺迪、斐拉和溫斯坦有點勉強地帶著克莉絲汀和大衛走向電梯，大衛還在抗議，說他是清白的。甘迺迪帶克莉絲汀進電梯時動作輕柔，我很感謝。她垂首並搖搖頭，抹掉新的淚水，不讓任何人看到她這副模樣。我看到甘迺迪下顎的肌肉不斷抽動。他的目光牢牢鎖定大衛。電梯門開了，將他們吞噬。

# 87

多明圭茲走樓梯離開了，他要去駐守接待櫃檯，保障大樓的安全。他的搭檔調整一下墨鏡，然後拿起咖啡壺，給自己倒了杯咖啡，拉了張椅子坐在會議桌邊。戴爾轉身捶了會議室的玻璃隔板一拳。我猜想那個穿著藍色T恤的大塊頭禿頭男人是派頓探員，他押著傑瑞．辛頓進入會議室。傑瑞的手腕用束線綑住。派頓探員站在他身後，一手按著傑瑞的脖子，強迫他低下頭。

「大樓裡沒有別人了？」戴爾問。

辛頓聽到戴爾的聲音，猛然抬起頭，與戴爾四目相交。

「清潔溜溜，戴爾先生。」派頓探員說。

「他在這裡做什麼？」辛頓看著我說。他沒穿西裝外套，束線阻礙了他手腕的血液循環，他手紅通通的——跟他的臉一樣。

「你的前共同律師或許可以幫我解決一些問題。」戴爾說。

「我們何不私下談？」辛頓問。戴爾搖頭。

「在我們釐清狀況之前不行。艾迪，辛頓說錢不在他手上，他一直在等錢進入他合夥人的帳戶。他殺了合夥人，是因爲知道錢最後會進入哈蘭名下的帳戶。根據他們的合夥契約，當其中一名合夥人失蹤時，另一名合夥人有權以律師身分管理他們的財務與合夥事務。我猜這位傑瑞先生準備把八十億美元整碗端走，布置成班．哈蘭帶著錢開遊艇消失的假象。但傑瑞沒料到班的屍體會在昨天被沖上岸，這可就麻煩了。錢必須再次移動，進入另一個無法追蹤到他身上的帳戶。所以柴爾德和辛頓其中一人拿了那筆錢，或者他們合作。不論是哪種情況，我們都要待在這裡，直到有人告訴我錢在哪裡。」

辛頓確實很聰明。他可以殺死合夥人，把整件事賴在他頭上，並且帶著錢遠走高飛。哈蘭的屍體被發現時，他改變計畫了嗎？大衛先前談到演算法，給我的感覺是它無法修改，但那全取決於大衛有沒有告訴我實話。

派頓粗暴地踢向辛頓的腿後側，讓他跪倒在地。

戴墨鏡的財政部探員憋住笑意，說：「你聽到戴爾先生的話了，開始招供吧。」

「我們單獨談。」辛頓用眼神懇求戴爾，又被派頓探員踢了一腳。

此時我的手機響了，是甘迺迪。

「戴爾，等一下，讓我接這通電話。」我接聽。「嘿。」

「艾迪，我是甘迺迪。仔細聽我說。大衛和克莉絲汀很安全，你不安全。接下來五秒，無論你正在做什麼，都不要因爲我告訴你的事而有特殊反應。」

# 88

「庫奇，我在聽。」我說。

「很好。」甘迺迪說。

我的心怦怦跳。我閉上眼睛，深呼吸。

戴爾搖頭，他不敢相信我膽子這麼大，敢接電話來打斷他。「這傢伙有沒有搞錯？」戴爾說，手往我的方向一揮。

「我剛接到聯邦調查局副局長的電話。先前我要求查詢假扮成克萊拉．瑞斯的女人莎拉．卡蘭的情報，剛才最高層給了我答覆。莎拉．卡蘭是蘇菲．布蘭克的化名——她是中情局探員。依照紀錄，她去年在大開曼島殉職，起因是她的車隊遭到武裝攻擊，攻擊目標是車隊護送的一名正在進行調查的證人。」

「庫奇，你知道這代表什麼嗎？」我問。

「派頓，辛頓有沒有帶武器？」戴爾問。

派頓從腰間拔出一把克拉克交給戴爾。戴飛行員墨鏡的財政部探員大口喝咖啡。

「死掉的女人是不會參加槍擊殘跡的演講。戴爾騙了我們。整件事都是蘇菲和戴爾布的局，他們要偷走那筆錢，並栽贓大衛殺人及竊取八十億美元。」

我所能做的只是輕咬嘴唇。戴爾和他女友陷害大衛犯下謀殺罪，他們要他認罪，然後進入監獄等死。而且他一定會死在裡面，因爲他們不但誣陷他殺人，還誣陷他偷錢。眞是巧計。

戴爾檢查派頓給他的武器。把彈匣退出來，再卡回去。

「地方檢察官掌握了多少證據？」我問。

「我們查到的還不多，但足以逮人了。我們馬上就要上去，全面戰術突襲。你再堅持兩分鐘。」

「等地方檢察官回覆你之後再打給我。」說完，我把手機放在桌上。

戴爾岔開雙腿，轉身，若無其事地射擊派頓探員的臉。財政部探員丟下咖啡杯、把腿從桌上移開，戴爾一槍射穿他的墨鏡。戴爾放低手槍，指著辛頓。我在桌子另一側，就他所知，我沒有武器，不構成威脅。

我有兩個選擇。我可以拍手，也可以自己採取行動。這狀況太複雜，不能依靠別人。

我彎下腰，半秒後，戴爾的備用武器已經在我手裡，槍口越過桌子指著戴爾的頭。這把槍塞在我背後一整天，摸起來還很熱。

「不准動。」我先發制人地瞄準戴爾了。

我的手在發抖，背部全是汗。我試著握牢這把儒格槍，滑套上的準星在我手裡顫動，這時我在這把槍上看到某樣東西。或者應該說，我看到它沒有某樣東西——戴爾的儒格槍上沒有序號，就跟凶器一樣。要拿到沒有序號的槍只有一種方法，就是跟製造商說你要沒有序號的槍。美國政府可以辦到這件事，如果他們不想要可以追蹤到政府身上的武器。在中情局黑色行動中就會使用這種武器。

戴爾看著我手裡的槍。

「那是我的傢伙，我要拿回來。」

沒人移動。

「戴爾，你這該死的雙面人。」辛頓說。

中情局探員揍了辛頓的臉一拳讓他閉嘴。

「手舉起來，戴爾。」我說。他退後一步，槍仍指著辛頓，臉慢慢轉向我。

「艾迪，你有開槍射過人嗎？這沒有看起來容易喔。你知道，你不必殺人，也可以走出去。總是可以談條件的，對吧？但我需要了解你知道多少，還有要花多少代價才能讓你安靜。我打算送兩顆子彈到傑瑞腦袋裡。是這樣的，傑瑞．辛頓剛才殺了兩名財政部探員。而我要離開這裡，去見一位特別的朋友。那位朋友可以匯給你五千萬美元，你明天就會收到了。同一位朋友也會在傑瑞的各個帳戶留下一些小額金錢——譬如說七、八千萬好了。大衛．柴爾德、你、我，和你太太也都能分一杯羹。我們會清清白白又很有錢。所以告訴我你知道多少，值不值五千萬？」

「不……」辛頓說。

我說話時眼睛盯著戴爾的手。我需要時間，甘迺迪就快來了。

「比五千萬值更多錢，戴爾。你說過大開曼島就像黑錢界的巴拿馬運河，我猜你經手了每一筆交易，光靠撈油水就賺得飽飽的。但那種生意風險很高，你自己也這麼說過。愈少人涉入愈好。我猜辛頓想到用科技來洗錢的點子，就把你連同其他錢騾給解雇了。這下你可不爽了。我猜伯納德．朗希默是中情局的工具人——你的工具人。他就是你特別的朋友。你要他陷害法魯克，好讓你對法魯克施壓，得到你需要用來假裝追查事務所的資訊。法魯克告訴你演算法的事，就是這項科技取代了你，所以你渴望報復大衛，跟渴望報復事務所的動機一樣強烈。」

戴爾點點頭，歪嘴一笑。

「莎拉，或蘇菲，或不管她是誰，創造了克萊拉．瑞斯這個身分來接近大衛。她捏造克萊拉之死，謀殺某個可憐的女孩，毀掉她的臉，讓警方無法辨認屍體。然後克萊拉便躲在緊急避難室，直到公寓裡沒人，再穿著生化防護衣走出公寓。朗希默安排那場車禍來幫你們陷害大衛。你利用我，利用克莉絲汀，利用大衛。他被逮捕使事務所天下大亂，促使他們啓動演算法。他們不希望大衛和聯邦調查局談話。你需要讓事務所驚慌失措並按下洗錢鍵，這樣你就能等著在錢落定時整個撈走，還誣賴大衛偷了八十億元。

「如果你想從大衛身上得到資訊，大可以把他抓起來恐嚇一番，你要知道什麼他都會招供。但是你需要的是替死鬼。你需要大衛承認謀殺。那是你把我拖下水的唯一原因。屎很黏人，不是嗎？這話是你自己說的。大衛承認殺害女友之後，沒人會相信他沒偷錢。你不光是誣賴他殺人，更要他爲你的竊盜頂罪。從頭到尾都是爲了錢。陷害大衛的計謀精巧而高明——絕對值八十億美元。我知道的就這些，應該比五千萬値更多錢吧。」我說。

「你這狗娘養的！」辛頓大叫。

戴爾把注意力轉向辛頓。「你付錢讓我洗錢，但柴爾德帶著演算法出現後，你就不需要我了。我不喜歡被付錢買我服務的犯罪組織炒魷魚；這爲其他犯罪組織設立了壞榜樣。這是史上最偉大的竊案，你看不出來嗎？我追得你像野兔一樣逃竄，而你很快就下手殺了老合夥人。我得說，這讓我樂在其中，我們這下都比較好辦事了。你現在有什麼感覺？我要全部，傑瑞。」

我手裡的槍在抖，我從沒對人開過槍，但現在似乎是開先例的好時機。

「艾迪，我要扣扳機了。傑瑞已經沒戲唱了。不要開槍。在我動手之前，我需要知道，我們一言爲定了嗎？一億美元聽起來公平嗎？」

「戴爾，既然那是黑錢，何必還要煞費苦心布局？」我說。我需要爭取時間。我不打算放棄大衛或任何人，而且我知道一逮到機會，戴爾就會殺了我。我就知道我不該拔槍的，我應該拍手才對。快呀，甘迺迪，你在哪裡？

「噢，我不擔心警察，我擔心的是擁有那筆錢很大一部分的那些組織。販毒集團已經派了人來了解狀況，我能活命的唯一方式就是讓他們去找別的人——例如大衛．柴爾德。」

電梯發出叮的一聲，電梯門打開了。我感謝上帝讓甘迺迪及時趕到。戴爾慢慢轉過身去，同時把槍掩住。我看到來人不是甘迺迪，腸子緊縮起來。站在六公尺外電梯門口的，是我作夢也想不到的兩個人。

其中一人全身黑，是有〈吶喊〉刺青的男人——葛利托。他一手拿槍，另一手掐著蘇菲．布蘭克的喉嚨。她的頭髮剪短染黑了，瘀青幾乎把她的臉分成兩半。不過是她沒錯。莎拉、克萊拉、蘇菲，她究竟還知不知道自己到底是誰？現在這大概都不重要了，她知道她死定了。

「我們一直在盯著你。」葛利托用濃重的拉美口音說。「朗希默死了，沒人會來救你。我在朗希默的公寓裡找到這個小婊子。把槍丟了，帶我去找錢，我就讓她死個痛快。這是我能提供最優惠的方案了，你很清楚，混蛋。」

這個販毒集團的殺手爲我開了一扇小窗戶，我就只需要這片刻的干擾。我鬆手讓儒格槍落在腳邊，雙手高舉過頭，然後拍手。我周圍的窗戶往內炸開，撒了我一身碎片。玻璃板破裂的巨響換來槍聲回應。葛利托把他的人質丟在地上，開始射擊。電梯旁的門被大力推開——甘迺迪壓低身體走進來，溫斯坦和斐拉跟在後面。

我蹲下來，靠在板岩桌面上，用雙手握住桌子邊緣，然後把整張桌子翻倒側立。這張桌子重得要命，我在抬桌子時拉傷背部肌肉。我鬆手放開這該死的東西，它撞到我太陽穴。我躲到桌子後頭。整棟大樓的燈光都熄滅了，這是聯邦調查局戰術突襲的標準程序。

耳聾。

我能感覺武器的震動。讓血液和牙齒都粉碎的槍聲在我耳邊怒吼。目盲。

槍口閃爍的火光讓內臟像在跳舞。遊行活動的煙火讓曼哈頓的黑色天空綻放磷花。屋內，震耳欲聾的芭蕾只被濃濃的黑暗給打斷，它似乎在跟槍口的閃光對抗。黑暗想要這個地方，而且奮力爭取。我不確定正在大開殺戒的是黑暗還是人類。

我趴在地上，看著電視炸開噴出的火花點燃地毯。

然後是寂靜。

緊隨寂靜而來的是氣味——熱金屬燒灼、撕裂肌肉、骨頭，及生命的酸味。破碎的窗戶讓曼哈頓的微風吹送進來——幾乎像是徒勞無功地試圖吹散那股氣味。

我的身體動彈不得，我的四肢感覺好像背叛了我、癱瘓了我，讓我不能站起來挨子彈。我想到克莉絲汀和艾米，於是我莫名地可以動了。

我還是看不到什麼東西。地毯燃燒製造出的濃煙刺痛我的眼睛。我趴跪在地上，找不到那把儒格槍。我前方有一把克拉克。我拿起槍站起身。

# 89

我以爲所有人都死了。

哈蘭與辛頓律師事務所的辦公室看起來像戰場。我嘴裡嚐到血味，大概是因爲桌子壓在我身上。金屬味摻雜著在地板上到處亂滾的空彈殼所散發的焦酸味。一輪肥大的滿月照亮一縷縷幽魅的煙絲，它們似乎是從地板浮出來的，又在我剛瞥見時就消散無蹤。我的左耳感覺像灌滿了水，但我知道這只是槍擊聲所導致的暫時性失聰。我的右手握著一把公家配發的克拉克十九。我繞過桌子，藉著悶燒地毯的火光，看到辛頓在地上爬行，試圖拿到一把槍。我想都沒想就用克拉克對他開了一槍。子彈射中他大腿，他翻身仰躺。他那帶血的粗糙呼吸聲停了。他的胸部已經有很多彈孔。我感到安慰，我沒有殺他——他早就死了。

現在克拉克空了。辛頓的腿跨在他身邊那具屍體的肚子上，在那奇妙的一瞬間，我醒悟到會議室地上的所有屍體似乎都在朝彼此延伸。我沒有看任何一個人；我不忍心看到他們死去的臉。我看到財政部的探員——派頓和墨鏡男，他們是戴爾的被害者。我四處搜尋甘迺迪，卻沒看到他。

腎上腺素威脅要擠扁我的胸腔，我的呼吸短促而粗重，每一下都必須奮力突破這股緊縮感。冷風從我後方的破窗灌進來，開始吹乾我脖子後頭的汗。不久之前隔開接待區和會議室的玻璃隔板，現在布滿龜裂紋路、化作厚厚的碎塊落在地板上。

牆上的數位時鐘顯示八點整的時候，我看見我的殺手。

我看不清對方的臉或甚至是身體，我的殺手躲在會議室的漆黑角落裡。在時代廣場上空炸開的煙火，將綠色、白色、金色的光以奇特的角度送進室內，在片刻間照亮一把小手槍，它被一隻貌似虛幻、戴著手套的手給握住。那隻手握著的是一把儒格LCP。雖然我看不見對方的臉，這把槍卻告訴我許多事。那把儒格槍裡裝著六發九毫米子彈。它的體積小到能塞進掌心，重量比一塊上好的牛排還輕。腦中蹦出三種可能。

三個槍手人選。

這是戴爾的槍，也許他找到它了。

我沒看見葛利托的屍體，他可能撿起那把槍，或者槍是他帶來的。

第三種可能：戴爾的情人。

別想說服任何一人放下手槍。

想想這兩天來我在法庭上的表現，三個人都有充分的理由殺我。我對於那人可能是誰有個想法，不過在這當下似乎並不重要。

儒格槍管對準我的胸膛。

我閉上眼睛，心裡異常平靜。事情不該如此發展的，這最後一口呼吸不知怎麼感覺就是不對勁。我好像被耍了。即使如此，我的肺裡還是灌飽了槍枝擊發後久不散去的煙硝和金屬味。

我沒聽到槍聲，只有悶悶的咚一聲，那不可能是槍聲。我緊閉雙眼，所以沒看到槍口火光一閃——我感覺到子彈鑽入我的皮肉。從我接受協議、承諾說服大衛認罪以換取克莉絲汀的豁免那一刻起，這致命的一槍便無可避免。

我的褲子感覺又濕又熱，我猜那是我的血。

直到這時我才聽到槍聲，那聲音像長鞭抽了一下。

我立刻就知道那聲音不一樣——這不是子彈射出槍口、氣體推進力脫離內膛那種震耳欲聾的「砰」——這個不一樣。這是子彈衝破音障的聲音。我知道我不會聽到槍聲，因爲槍手離得太遠了。他在對街的大樓裡，躲在「出租」招牌後面，手持M2狙擊步槍，這是他最心愛的玩具之一。他一直從柯賓大樓看著克莉絲汀，如果有人想把她帶走，他會輕扣扳機轟掉他們的頭。

我睜開眼睛。那把儒格槍已經不在了，戴著手套的手也是。那隻手被蜥蜴的子彈乾淨俐落地轟掉，只剩血淋淋的骨頭斷肢。這時我聽到慘叫聲。是女人的聲音，不過低沉而痛苦。她走向前，進入月光下，蘇菲·布蘭克用另一隻手舉起克拉克。

我以爲所有人都死了。

我錯了。

快速的四槍擊來，她的身軀倒在地上。

我轉身，看到甘迺迪從沙發後面探出身體。

我胸部的痛楚由類似割傷的燒灼感增強爲像是肋骨間插著一把冰鑽。我逼自己低頭看。我胸部沒有槍傷，反倒是插著儒格槍的滑套。蜥蜴的狙擊步槍射出的空尖艇尾子彈把手槍打得四分五裂，我猜這根碎塊大概有十五公分長，而它大部分都插進我的胸口。

我不記得倒下，但我記得甘迺迪大喊我的名字。接著溫斯坦出現在甘迺迪身旁，他的頭被煙火的強光給框住。

「艾迪，保持清醒。我們逮到他們了，我們逮到他們全部了。我們從你的電話聽得明明白白。」甘迺迪說。

我跟甘迺迪講完電話沒有掛斷，我只是把手機放在會議桌上，讓戴爾高談闊論。

「你太太很安全，大衛也是。沒事了。急救人員已經在路上了……」

我的頭不肯保持直立，它一直倒向我左邊。每次它倒下來，我都看到戴爾的屍體，他的頭頂不見了。蜥蜴會先除掉戴爾。我看到他旁邊是葛利托的屍體，失去生命的眼睛盯著我。

我聽到甘迺迪大吼呼喚急救人員。

我敗下陣來，眼前不再有光。

節錄自《紐約時報》

三月十八日星期三

昨天晚間曼哈頓商業區中心發生一起血腥槍擊事件，紐約市警局二十分局公布了部分事件中的死者名單。雷斯特·威廉·戴爾（五十一歲）和蘇菲·布蘭克（三十一歲）是與財政部合作的執法人員。伊萊·派頓（二十八歲）、喬·弗倫德（二十九歲），和桑尼·斐拉是聯邦調查局探員。傑瑞·辛頓是哈蘭與辛頓的知名合夥人，這是美國最具威望的律師事務所之一。兩天前，他的合夥人班傑明·哈蘭才在駕船過程中意外身亡。警方的消息來源指出這兩起事件沒有關聯。有一名死者據信與羅沙販毒集團有關，該名死者的姓名不明。最後，刑事辯護律師艾迪·弗林（三十七歲）亦喪生。地檢署尚未訂定克萊拉·瑞斯的大陪審團聽證會日期。未有官方聲明發布，說明這起暴力事件發生的原因。

# 90 槍擊後六週

「變成死人的感覺如何?」甘迺迪說。

這位聯邦調查局探員雖然已有時間休息、從苦難中復元,看起來卻仍像一灘爛泥。

「我感覺比你看起來要好太多了。你到底有沒有睡覺?」我問。

「沒怎麼睡,自從斐拉的葬禮以後就是如此。我在現場有看到你,但如果我們交談,對局裡交代不過去,你懂吧?」

我點頭。

「聽著,我知道《紐約時報》昭告天下說你死了以後,你的事業就一落千丈,不過當時我們別無選擇。我們必須讓風頭過去。國務院、財政部和司法部都氣炸了,竟然有變節的中情局探員設立聯合專案小組,藉此進行美國本土史上最大規模的竊盜案。中情局說他們要進行自己的調查。」

「我相信他們的調查會很徹底,他們必須完全搞清楚來龍去脈,才能確保所有事永遠被掩蓋。」

甘迺迪微笑說:「你可能是對的。我想這一切都不會公開——太難堪了。風波會平息的。在那之前,我想你和你的家人暫時避避風頭也好,反正所有人都以爲你已入土爲安。販毒集團不會去找死人的。」

「你找到錢了嗎？」

他搖頭。「大衛無意間上傳的病毒把整個系統都清空了。我們相信製作病毒以及把錢轉進大衛帳戶、再憑空消失的人，就是伯納德．朗希默……」

他提到朗希默時臉色一沉。

「你找到他了沒？」我問。

「找到大部分。」甘迺迪說，「看來戴爾的搭檔蘇菲一直躲在朗希默的公寓裡。葛利托找上他們，逼朗希默和蘇菲開口。那場面並不好看。」

「所以你認為販毒集團知道搶他們錢的人是戴爾？」

「我們是這麼認為，不過我們要確保這事發生。我們可不希望他們找錢的過程中搞得腥風血雨。我們向媒體掩蓋這件事的同時，還洩露消息給販毒集團裡的線人，說戴爾是個叛徒，我們把錢找回來了。這樣一來就不會有人去找大衛或克莉絲汀討債。販毒集團對他們的人被槍殺很火大，不過原來葛利托已經向他的老闆回報，說事務所已經起內鬨了，傑瑞．辛頓殺了班．哈蘭和他女兒。」

「他女兒？」

「我們上星期已證實大衛公寓裡那具屍體的身分就是莎曼珊．哈蘭，跟她老爸的屍體比對DNA相符。我們也拿到毒物學報告，原來她被下了強效鎮靜劑。我們猜想凶案前一天，蘇菲帶她到大衛的公寓，給她下藥，然後把她藏進有隔音效果的緊急避難室。隔天大衛離開公寓後，她就朝莎曼珊背後開槍，然後把她拖到廚房，再朝她後腦杓連續射擊。莎曼珊今年才二十三歲。她老爸那種混蛋從來沒想過，他們做的骯髒事可能會害到自己的孩子。」

我望向街道。

「抱歉，我不是指……」

「沒關係。」我說。

「我想你最好先低調一陣子，等你想再執業，我們會讓《紐約時報》刊登更正啓事。要是販毒集團發現你活下來了，他們會基於原則而殺了你。但他們對剛正不阿的律師記憶很短暫。有時候殺死一個普通人要比除掉出來混的還要難。」

「我了解。」我說。

「你的記憶還沒有改善嗎？」他說。

「什麼意思？」

「柯賓大樓三十八樓玻璃上被割了個狙擊孔？戴爾和蘇菲．布蘭克身上都有符合大口徑步槍子彈的彈孔？你都沒有想到什麼嗎？」

「我已經告訴過你了，我什麼都不知道。」

我把我的藍莓鬆餅吃掉，喝乾最後一點咖啡，在桌上留了四十美元買單加上小費。

「大衛有付你預審的費用嗎？」甘迺迪問。

「付得可太多了。」我說。我的財務困境算是解決了，至少暫時如此。

泰德小館外頭傳來喇叭聲，我和甘迺迪握手。

「我的車來了。」我說。

「噢，我差點忘了。」甘迺迪遞給我一個大牛皮紙信封。我查看內容，再度跟甘迺迪握手，然後把信封收進包包，跟另外兩個尺寸相仿的信封放在一起。

這時已是四月底，花瓣從人行道的水窪上漂過。我打開休旅車後座的門並爬上車。

「這跟那輛本田相比眞是好大的進步啊。」我說，咬牙撐著身體爬上很高的車體。我胸口的傷仍然會在我料想不到時痛得要命。它會癒合的，不過醫生告訴我會有很醜的疤。

荷莉開進車流，從後視鏡看我。「我知道，」她說，「你可以說我們的關係有發展。大衛想給我弄一輛法拉利，但我告訴他那太招搖了。這樣很好。」大衛從副駕駛座傾向她，悄聲說了什麼。她拍拍他的膝蓋，兩人一起輕聲笑起來。大衛在聖派翠克節翌日獲釋後，是荷莉收留了他。他們共同經歷那衰事連連的兩天後，不知怎麼地發現了彼此的好。我很欣慰。

「你準備好了嗎？」大衛問。

他問的對象不是我，而是坐在我旁邊的另一個乘客。他沒有回答，只是盯著窗外。

大衛和我在路上小聊了一下，荷莉興沖沖地告訴我，他們計畫去外地度過浪漫週末——這是他們的第一次。另外那個乘客從頭到尾不發一語。一小時後，我們已深入紐約州北部，隨著逐漸接近目的地，我們都沉默下來。荷莉和大衛熱烈相愛，我樂見此景，卻不禁心痛。克莉絲汀和艾米現在住在克莉絲汀的父母家，我出院以後曾和她們短暫地見過一面，我們說好約在公園。

我看著艾米盪鞦韆。克莉絲汀和我坐在她父母家附近小公園的草地上，就這樣待了一陣子，我刻意不聽克莉絲汀說話，只是專注地望著女兒。我不想聽她說的事。她說我有種特質，會把危險帶入生活，只要我繼續當律師，就會莫名地吸引壞人。不論我是不是想做正確的事，都會導致壞的結果。

克莉絲汀和艾米會搬到漢普頓和她父母住。艾米會轉學。我一個月可以見艾米一次，去他們家見她。就這樣，暫時如此，直到克莉絲汀確定她們很安全。我再次隔絕她的嗓音，直直盯著艾米。

「那你覺得怎麼樣？」克莉絲汀問。

「妳說什麼？」我說。

「你剛才沒有眞的在聽對不對？我說你覺得我們六個月之後再試試看怎麼樣？」

「妳是指我們？」

「對，我是指我們。」

鞦韆的嘎吱聲再次把我的目光引向艾米。她長高了，每當鞦韆盪到低點時，她的腳都拖在地上。去年我帶她來過同一座公園，當時她的腳還碰不到地呢。我想起在離此不到兩公里外，我在委託人家裡找到血跡斑斑的十七歲少女；我想起大衛在法院的會談室裡拚命呼吸，哀求我幫助他；我想起克莉絲汀在哈蘭與辛頓的模樣，在我救出她以前。

「我不能，我太愛妳們兩個了。」我說。

「這是什麼意思？」

「我周遭總有壞事發生。也許是我讓它們發生的，我不知道，克莉絲汀。我不能冒險讓妳或艾米出任何事。我不想跟妳們分隔兩地，我想看著我的小女兒長大。但她得有機會長大，並且能跟妳在一起，才是更重要的事。發生在我身上的事，發生在我們身上的事，我都改變不了。我能做的只是確保不要再造成更大的傷害。」

「艾迪，這不是永久的。等事情平靜下來，我想要再試試看。問題出在你的職業，而不是你。我想你可以考慮慢慢減少難纏的案子，甚至可以試著開發別的事業。而且，嘿，我也不是聖人啊，事務所的事不是你的錯。」

「妳說錯了。戴爾告訴我妳不是目標，我才是目標。他們想利用我來對付大衛。妳對他們而言是個操縱我的工具，僅此而已。我不能讓妳或艾米暴露在那種風險底下。就眼前來說，我是個死人。這個假象不會維持很久。我可以在這裡度過週末，但我還是必須再回去。」

「爲什麼？」

「因爲我就是必須回去。我不怎麼能解釋，但我需要這個，我需要工作。我能幫助別人，這是大衛提醒我的。」

「還有別的律師……」

「我知道，但他們可能大多都像把漢娜・塔布羅斯基救出來之前的我。如果我不做了，誰會救出下一個女孩？」

她慢慢靠近我，把頭擱在我肩膀上。

我將獨自生活。爲了我的家人著想。我不禁思考我算是什麼樣的人，我的家人沒有我——這個騙子、律師、詐騙大師——反而過得更好。

荷莉左轉，沿著窄窄的碎石路開向一座大宅，宅邸四周都是開闊的草原。

我們在屋外停車。有幾個男人在外頭等候，他們都穿著白色醫院制服。我下車，繞了半圈去打開另一側的後車門。角度很低的朝陽照進車內。這個地方沒在網路上打廣告，在任何地方都沒打過廣告。全美國大概有一百位醫生知道它的存在。就我所知，這大宅甚至沒有名字。搖滾樂手、電影明星、超級富豪都來這裡戒毒。

波波跨下休旅車時忍不住啜泣。他在發抖，嘴唇裂了，流著血。我叫他別再咬嘴唇了。大衛和荷莉湊過來。

「你在這裡住到康復爲止，直到你戒掉毒癮。」大衛說。「你戒毒成功後來找我，我保證讓你在瑞樂有一份工作。」

「我不知道該說什麼好。」波波說。

「你什麼也不必說。你救了我的命，我能做任何事來救你的命，我都會做。」大衛說。

我知道波波能辦到。他獲得一次扭轉人生的機會，可以變成另一個版本的自己，更好、更強大、更純粹的版本。他有機會找回自己的眞貌。

我希望有一天我也能有同樣的機會。

我們揮手向波波道別，然後回到休旅車上。

「好了，該辦正事了。」我說，「你們可以讓我在霍根路下車。」

# 91

「死人站起來走路啦。」我關上瑞德位於霍根路一號的辦公室門時，他說。

我坐下來，欣賞他鋪在面前的一堆報紙頭版。大部分標題都在臆測他對大衛・柴爾德案會採取的下一步行動是什麼，以及大陪審團什麼時候能聽取證詞。地方檢察官看起來很累，他眼皮低垂，領子沒有扣上。

「所以，你的委託人下星期準備好面對大陪審團了嗎？」他問。

我打開包包，拿出三個信封，放在報紙上面。

「欸，可以給我點喝的嗎？」我說。

他把冷笑轉換成似笑非笑，按下他桌上電話的一個鈕。

「蜜莉安，麻煩兩杯咖啡。噢，抱歉，取消。給我一杯咖啡，然後看看妳能不能替弗林先生湊出一杯威士忌，他看起來很需要。」

「我不喝酒了，」我說，「你是知道的。」

「蜜莉安？」瑞德朝對講機說，「蜜莉安，妳在嗎？」

「也許她去拿你的乾洗衣物了？」我說。

他靠向皮椅椅背，說：「我們要控告你的委託人爲謀殺共犯。不是最理想，不過……」

我能看到他的目光聚焦在我後頭的某個東西上，停止滔滔不絕。蜜莉安用塑膠托盤端著兩杯咖啡走進他辦公室。她把一杯咖啡放在我面前，另一杯擺在旁邊。她拉了張椅子坐下，第二杯咖啡是給她自己的。

「要加糖和奶精嗎？」她問我。

「謝謝。」我說。

瑞德瞪著我們兩人。

「不會有大陪審團。」我說，拿起第一個信封拋向瑞德。他打開來，開始讀總計兩頁的文件，正準備發表什麼短語，就被我打斷。

「司法部、國務院和財政部希望大衛．柴爾德的案子默默消失，這對他們來說太麻煩了。我不能告訴你原因，但我相信你已經知道有這回事；高層的某人大概已經跟你進行過同樣的對話。我暫時替你省下讀這個的時間吧，這是你的辦公室將在今天下午發布的新聞稿，它證實在你們詳細的調查後，認定大衛．柴爾德與克萊拉．瑞斯相關的所有謀殺罪名皆不成立。這件事還沒公布，但克萊拉根本不存在。大衛．柴爾德公寓中死去的女孩是莎曼珊．哈蘭，刺青相符等等。這裡有一份給大衛．柴爾德的完整公開道歉信，我要你在鏡頭前唸出來。你可以注意到，這份新聞稿是司法部擬的。他們向你傳達了清楚的訊息，要你把這案子搓掉——你若是搞砸了，就是跟美國政府作對。」

「你太天眞了，以爲我會迫於壓力——」

「你向無辜的被告施壓，要他們對沒有犯下的罪行認罪。你每一天都在做這件事，拿著認罪同意書在他們面前晃。認罪判五年，或是抗辯而冒險被判二十年。這下你嚐到壓力的滋味了吧。打開這個……」我把第二個信封遞給他。

這個包裹很鼓，他把裡頭的東西一股腦倒到桌上。他看到乾洗店收據的照片，還有命令蜜莉安把案情最重大的案件交給資淺助理檢察官，以減少她負責案件的電子郵件。此外還有各種影片截圖：蜜莉安替他端咖啡、打掃他的辦公室、用吸塵器清地毯、洗咖啡杯。在照片和電子郵件之間還有幾個迷你卡帶，裡頭錄下瑞德最勁爆的性別歧視言論。

「你跟蜜莉安角逐地方檢察官職位時，曾在訪談中表示你如何敬佩她的律師才華，如果你競選成功，而她同意留下來擔任資深檢察官，你又會感到多麼榮幸。然而這裡有山一般的證據，證明你是如何糟蹋她。而且你這麼做是因爲她是女性。這些錄音帶特別棒，我最喜歡的是三個星期前你跟蜜莉安的對話，你對她說在法庭上打官司時，女律師永遠都會被男律師打敗，因爲男人更值得信任。好樣的。我看光憑這一句，陪審團就會罰你十萬塊了。」

蜜莉安對他嫣然一笑。

「蜜莉安，這太過分了。就算我對妳很糟糕，那也只是因爲妳是我的對手，即使妳是男人我也照樣會這麼做。」瑞德說。

「好個有力的辯解。」我說，「法官大人，我騷擾蘇利文小姐不是因爲她是女性，我貶低她純粹是我人品差，換作男人我也會做一樣的事。」

我聽到蜜莉安發出嘖嘖聲。

「你也會在這堆東西裡找到兩份你該讀一讀的文件。第一份是我爲我的委託人草擬的性騷擾訴狀影本，如果你現在不簽同意書，我今天下午就會送出去。」

「什麼同意書？」瑞德問。

我在他桌上找到同意書遞給他。

「重點是你明天早上做的第一件事就是請辭。你可以說是私人因素，你會全力支持蜜莉安．蘇利文，指派她爲代理地方檢察官，直到舉行新的選舉。如果你拒絕爲大衛召開記者會，或是拒絕簽這份同意書，我會爲蜜莉安遞出訴狀，她會勝訴，而你的職業生涯就結束了。照我們的方法，你還可以不必背負敗訴走出這個地方。」

他的目光在照片和同意書之間跳躍。一滴汗落在桌上，他抹抹額頭，扯扯領帶，雖然它本來就是鬆的。

「我會力爭到底。你以爲你贏了，但你錯了。我不是被嚇大的。」

我轉向蜜莉安說：「妳說對了，他眞的很笨。」

「我就說這樣還不夠。」蜜莉安說。

「是妳料中的，就讓妳來享受這份榮耀吧。」我說。

蜜莉安從外套口袋裡拿出兩張紙，不發一語地遞給瑞德。第一張紙是助理檢察官比利．懷特的宣誓書。他陳述瑞德曾要求他聯絡私家偵探，針對紐約每一位法官取得極度敏感個人與財務方面的機密資訊。在案子開始時，瑞德早已握有他用來踢掉諾克斯法官的私人股票資訊，而他直到諾克斯看似將做出有利於辯方的判決時才祭出這法寶。光是這個就足以發動針對檢察官不當行爲所進行的國家調查，更何況他是用非法手段取得這些資訊，並且爲每個法官建檔的事實，可以在瞬間終結他的職業生涯，更很可能會讓他吃牢飯。第二張紙很明顯地標示爲電子郵件草稿。收件者是聯邦調查局和現任州長。這封電子郵件的唯一附件就是比利．懷特的宣誓書。這封電子郵件草稿等同於拉開手槍的擊錘，然後把槍口抵在瑞德的太陽穴上。

「你不能身兼重罪犯和地方檢察官。或許當州長還可以吧？」我說。

「你知道嗎？你是個混蛋。」他說，「我不可能在今天之內召開記者會，那要花上……」

「媒體已經在簡報室了，」蜜莉安說，「我擅自把他們找來。你要我寄出那封電子郵件嗎？」

他搖頭。我沒管他，只是等著。

他一眼看到最後一個信封，尚未拆封地放在我面前。

「那裡面是什麼？」

「B選項。」我說。

他伸出顫抖的手。我把信封給他，喝光咖啡，然後站起來，扣好外套釦子，對蜜莉安說：

「歡迎妳回來。」

她微笑以對。

瑞德撕開信封時，我把他的辦公室門帶上。靜默。然後我聽到蜜莉安嚴厲的嗓音。我離開開放式辦公室前，在咖啡販賣機旁等了一下。我剛才先出來，是因爲這份勝利屬於蜜莉安。她走出瑞德的辦公室，與我對到眼神，咧嘴一笑，興奮地豎起大拇指。簽好的同意書和新聞稿都在她手裡。我在第三個信封裡給了當初瑞德給大衛．柴爾德的同一個選項——信封是空的。

我走進電梯，與接待櫃檯的赫伯．戈德曼揮手道別，按了一樓的按鈕。瑞德來到赫伯的桌子旁，帶著極度恥辱的目光送我離開。他的皮膚在燈光下發亮，恐懼和憎恨化作大顆汗珠在舞動。他用力拍赫伯的桌子，朝我罵髒話。

我什麼也沒說。

赫伯用熱切的眼神看看我們兩人，然後暗自竊笑。赫伯彷彿知道他很快又要替另一個新的地方檢察官效力了。

電梯門開始關上。在門闔起之前，我聽到赫伯對著地方檢察官的背影提出最後的建議。

「瑞德先生，您知道那句話怎麼說的，」赫伯說，「別妄想騙到騙子。」

# 致謝

要感謝的人多不勝數。名單上的第一人是我的太太 Tracy，她源源不絕地提供超棒的點子、洞見、支持、靈感以及薑餅人拿鐵。我欠她的無法言喻。

感謝我的經紀人 Euan Thorneycroft，以及 AM Heath 的所有人，感謝他們的支持、建議和專業的代理。

感謝我的編輯——Orion Books 的 Jemima Forrester，以及 Flatiron Books 的 Christine Kopprasch，感謝她們的耐心、專業和投入，讓這本小說呈現最好的樣貌。也要大大感謝 Jon Wood、Angela McMahon、Graeme Williams 以及 Orion Books 和 Hachette Ireland 的所有人。還要大大感謝我的美國團隊：Flatiron 的 Amy Einhorn 和 Marlena Bittner。

感謝我的家人、朋友、讀者、所有給予本書評論的人，尤其是從第一天起就爲我而戰的書商——我欠你們一大杯啤酒和一個擁抱。

# THE LIAR

## 艾迪・弗林

**【史上最囂張的騙子律師——艾迪・弗林系列3】**

**一名失蹤的少女，一位絕望的父親**
**一起會撕裂他們的血腥案件！**

在眞實與謊言交織的法庭上，
艾迪發現自己已深陷這場血腥遊戲之中，
並且以性命爲賭注……

**——2020年秋・敬請期待！**

【Mystery World】MY0013

# 騙局【艾迪．弗林系列2】

*The Plea*

作　　者❖史蒂夫．卡瓦納（Steve Cavanagh）
譯　　者❖聞若婷
美術設計❖Ancy Pi
內頁排版❖HAMI
總 編 輯❖郭寶秀
責任編輯❖遲懷廷
協力編輯❖楊培希
行　　銷❖許芷瑀

發 行 人❖凃玉雲
出　　版❖馬可孛羅文化
10483臺北市中山區民生東路二段141號5樓
電話：(886)2-25007696
發　　行❖英屬蓋曼群島商家庭傳媒股份有限公司城邦分公司
10483臺北市中山區民生東路二段141號11樓
客服服務專線：(886)2-25007718；25007719
24小時傳眞專線：(886)2-25001990；25001991
服務時間：週一至週五9:00～12:00；13:00～17:00
劃撥帳號：19863813　戶名：書虫股份有限公司
讀者服務信箱：service@readingclub.com.tw
香港發行所❖城邦（香港）出版集團有限公司
香港灣仔駱克道193號東超商業中心1樓
電話：(852)25086231　傳眞：(852)25789337
E-mail：hkcite@biznetvigator.com
馬新發行所❖城邦（馬新）出版集團
Cite (M) Sdn. Bhd.(458372U)
41, Jalan Radin Anum, Bandar Baru Seri Petaling,
57000 Kuala Lumpur, Malaysia
電話：(603)90578822　傳眞：(603)90576622
E-mail：services@cite.com.my
輸出印刷❖前進彩藝有限公司
初版一刷❖2020年7月
初版八刷❖2024年1月
定　　價❖420元

國家圖書館出版品預行編目(CIP)資料

騙局 / 史蒂夫.卡瓦納（Steve Cavanagh）著；聞若婷譯. -- 初版. -- 臺北市：馬可孛羅文化出版：家庭傳媒城邦分公司發行, 2020.7
面；　公分. --（Mystery World；MY0013）
譯自：The Plea
ISBN 978-986-5509-24-8（平裝）
873.57　　109006587



ISBN：978-986-5509-24-8（平裝）

城邦讀書花園
www.cite.com.tw